BIERBRAUERBLUES

Die Wahlwienerin Natascha Keferböck, Jahrgang 1969, ist seit über dreißig Jahren beruflich in der Technologie zu Hause. Trotz – oder gerade wegen – ihres alltäglichen Umgangs mit Bits & Bytes sind Phantasie und Vorstellungsvermögen die Triebfedern hinter den Geschichten, die sie erzählt. Jetzt hat sie mit dem Aufschreiben ihrer Geschichten begonnen, die von ihrer Liebe zu Salzburg und Bayern und deren Menschen geprägt sind.

Im Anhang findet sich ein Glossar.

NATASCHA KEFERBÖCK

BIERBRAUERBLUES

Ein Krimi aus dem Salzburger Land

emons:

Bibliografische Information der Deutschen Nationalbibliothek
Die Deutsche Nationalbibliothek verzeichnet diese Publikation in der Deutschen Nationalbibliografie; detaillierte bibliografische Daten sind im Internet über http://dnb.d-nb.de abrufbar.

FSC www.fsc.org
MIX
Papier aus verantwortungsvollen Quellen
FSC® C083411

Umschlagmotiv: boing/photocase.de
Umschlaggestaltung: Nina Schäfer, nach einem Konzept von Leonardo Magrelli und Nina Schäfer
Umsetzung: Tobias Doetsch
Gestaltung Innenteil: César Satz & Grafik GmbH, Köln
Lektorat: Susanne Bartel
Druck und Bindung: CPI – Clausen & Bosse, Leck
Printed in Germany 2020
ISBN 978-3-7408-0931-7
Ein Krimi aus dem Salzburger Land
Originalausgabe

Für all jene, denen ich mit meinem Buch ein paar
unterhaltsame und amüsante Stunden bereiten darf

Mittwoch

Die Steinhauser Marie hebt ihre Hand und winkt mir zu. Ich tu so, als hätte ich nur zufällig durch das geöffnete Seitenfenster in ihre Richtung geschaut, und tippe lässig mit der Linken an meine Sonnenbrille. Vorsichtshalber nehme ich rasch noch das Anzeigenformular in die Hand, das ich vorhin mühsam mit dem Eidenpichler ausgefüllt hab.

Die Marie verschwindet wieder in ihr kleines Feinkostgeschäft gleich gegenüber vom Dorfbrunnen, vor dem ich meinen Streifenwagen wie üblich im Halteverbot abgestellt habe, kommt im nächsten Moment aber auch schon wieder heraus und zieht mit einer Hand einen Ständer mit Ansichtskarten für die Touristen hinter sich her. Sie trägt blaue Jeans und eine weiße Bluse, unter der sich ein sensationeller Busen abzeichnet. Ihre langen blonden Naturlocken hat sie wie meistens hochgesteckt, nur ein paar Strähnen fallen ihr in die Stirn.

Ich beobachte sie noch verstohlen durch meine Sonnenbrille, da kommt sie auf mich zu und reicht mir freundlich lächelnd ein in Papier gewickeltes Etwas durchs offene Autofenster.

»Ein Kornspitz mit Schinken. Beamtenbestechung mal auf bio.« Sie lacht und zeigt mit ihrem langen schlanken Zeigefinger auf das Formular, das ich immer noch in der Hand hab. »Also, dass ihr bei der Polizei aufs Verkehrtherumlesen trainiert seid, hab ich gar nicht gewusst.«

Ich grinse, lege das Formular, das ich dummerweise kopfüber gehalten habe, samt Kornspitz auf den Beifahrersitz und nehme lässig meine Sonnenbrille ab. Die Marie scheint bestens gelaunt zu sein.

»Tja, ich hab eben eine Amtshandlung abgeschlossen.« Übertrieben bedauernd hebe ich meine dunklen Augenbrauen, was immer Eindruck bei den Frauen macht. »Beim Eidenpichler ist schon zum vierten Mal eingebrochen worden. Jetzt hat er mir den Schlüssel in die Hand gedrückt, damit wir ab sofort auch nachts nach dem Rechten schauen können.«

»Ist etwas gestohlen worden?«, fragt sie mich neugierig.

»Nein, vermutlich handelt es sich nur um Besitzstörung. Die Kerle dürften einen Schlüssel gehabt haben, woher auch immer.« Meine Lippen verziehen sich zu meinem sympathischsten Lächeln. »In der Früh hat er immer eine ordentliche Sauerei vorgefunden, vor allem, was das Bett in der Auslage betrifft, das Modell E711, eine Luxus-Boxspring-Variante. Besonders gut geeignet für spezielle Matratzengymnastik, wenn du weißt, was ich meine«, zwinkere ich ihr eindeutig zweideutig zu.

Weil die Marie tatsächlich leicht errötet, wechsle ich rücksichtsvoll das Thema. »Sag mal, was meint eigentlich der Max zu eurem Hochzeitstermin morgen? Ein Wochentag ist nicht eben üblich für eine kirchliche Trauung bei uns am Land, oder? Wobei, wenn ich es recht bedenke, wird es der Max genießen, dass der ganze Ort wegen seiner Hochzeit quasi einen Feiertag einlegt. Oder hat ihm der Pepperl eins auswischen wollen, weil doch morgen Abend Red Bull spielt?« Unser Pfarrer heißt eigentlich Josef Samhuber, aber im Ort nennt ihn jeder nur »den Pepperl«. Der Pepperl kann dem Fußball überhaupt nichts abgewinnen, schon gar nicht den Bundesliga-Spielen. Ganz im Gegensatz zu Maries Bräutigam, dessen Fußballerherz, wie jeder im Ort weiß, nur für Red Bull Salzburg schlägt.

Die Marie hört schlagartig auf zu lächeln, und ihr Gesicht nimmt wieder eine normale Farbe an.

»Nun ja, du kennst doch den Max. Er ist geradezu besessen von seinem Lieblingsverein. Um ehrlich zu sein, mir wäre eine kleine standesamtliche Trauung lieber gewesen, aber der Pepperl hat den Max letztendlich überzeugt. Ihm kann es nicht schnell genug gehen, außerdem wollte der Max unbedingt noch vor meinem Einzug in seine Wohnung heiraten, und der ist nächste Woche.« Sie seufzt und lehnt sich auf ihre Ellenbogen gestützt durchs offene Wagenfenster. Ich frage mich sowieso, warum die Marie überhaupt noch mal heiratet. Nachdem schon ihr erster Ehemann nicht unbedingt ein Volltreffer gewesen ist, hätte ich ihr keinen zweiten Fehlgriff mehr zugetraut. Aber eigentlich geht mich das alles ja gar nichts an; soll sie machen, was sie will.

»Der mischt sich überall gerne ein, der Pepperl. Ich glaube, ich muss mal ein ernstes Wort mit der Gabi reden«, grinse ich spitzbübisch.

Die Gabi ist meine Schwester. Und heißt eigentlich Gabriele. Mein erzkatholischer Vater hat schon immer eine besondere Vorliebe für Erzengel gehabt. Nachdem es bei der ersten Schwangerschaft mit dem erhofften Gabriel nicht geklappt hat und nur eine Gabi daraus geworden ist, hat er mich mit dem Namen Raphael beglückt. Aber da ich, katholisch betrachtet, trotzdem ein kompletter Reinfall bin, zählt für ihn die Gabi heute mindestens so viel wie drei Erzengel zusammen. Er ist unheimlich stolz auf sie, weil sie es bis zur Pfarramtssekretärin gebracht hat. Ich dagegen hab bloß auf Lehramt studiert und zum Verdruss meines Vaters dann auch noch auf Kriminalbeamter am LKA umgesattelt. Ein paar Wochen als Lehrer am Gymnasium haben meinen ursprünglichen Berufswunsch schnell zunichtegemacht. Anschließend erschien mir die Aussicht darauf, Verbrecher zu fangen, anstatt Jugendlichen Englisch und Sport schmackhaft zu machen, ungleich attraktiver.

Und jetzt bin ich auch noch zum Inspektionskommandanten von Koppelried degradiert worden. Und das nur aus dem Grund, weil ich die Gabi brauche. Sie ist nämlich die perfekte Tante und eine Art Ersatzmutter für meinen inzwischen sechs Jahre alten Buben, den Felix. Aber auch ich verdanke meiner Schwester den Großteil dessen, was ich so an Erziehung in meinem Leben genießen durfte. Weil unsere Mutter den Vater samt uns Kindern sitzen gelassen hat, als ich noch keine zwei war, musste die Gabi nämlich auch bei mir erziehungstechnisch einspringen.

»Und dann war eben nur mehr der Termin am Donnerstag frei. Am Samstag ist Pfarrwandertag und Sonntagnachmittag das Freundschaftsspiel FC Koppelried gegen den FC Hallein. Da steht der Max im Tor, und das lässt er auf keinen Fall sausen«, holt mich die Marie aus meinen abschweifenden Gedanken zurück. »Ich bin schon gespannt, wie er es morgen überhaupt ohne Fußball aushält.«

Bevor ich mich jetzt wieder mal fragen kann, was die Marie eigentlich am Riegler Max findet, werde ich angefunkt. Es ist meine junge Kollegin, Revierinspektorin Sandra Obermüller.

»Cheeef?« Die Sandra ist nicht nur beim Reden die Langsamste. Wer das Pech hat, bei ihr eine Anzeige erstatten zu müssen, muss Zeit mitbringen. Sehr viel Zeit.

»Cheeef, kommst du mal auf die Inspektion? Der Haubner …«, fängt sie an, hält dann aber inne.

»Was ist schon wieder mit dem Alten?«

Sie holt tief Luft. »Der macht Stress … Aber ich blick da nicht durch.«

»Bin gleich da«, geb ich ihr knapp Bescheid.

»Du kommst doch morgen, oder? Trotz Fußball und obwohl es unter der Woche ist?«, fragt die Marie noch rasch, während sie sich wieder aufrichtet und mir dabei einen beinahe flehenden Blick schenkt.

»Aber natürlich. Einen Riegler Max im Anzug lass ich mir bestimmt nicht entgehen«, grinse ich spöttisch.

Die Marie weicht etwas erschrocken zurück und lässt ihre Mundwinkel traurig nach unten hängen. Schuldbewusst denke ich mir, dass ich wohl kein angenehmes Bild vor ihrem inneren Auge heraufbeschworen habe. Der Max ist nämlich noch um einiges gewichtiger als meine Schwester, und trotzdem ist sein beinahe quadratischer Kopf zu seinem Körper noch immer überproportional groß. Und als Draufgabe hat der liebe Gott ihn äußerst kurz geraten lassen, ihm schütteres schwarzes Haar, rosige Haut und ewig gerötete Wangen verpasst. Die beeindruckende Bierwampe auf seinen zwei dünnen Beinen hat er sich allerdings ausschließlich selbst zu verdanken. Und als wäre das noch nicht genug, kann der Max neben seiner nicht eben ansprechenden äußeren Erscheinung auch einen bemerkenswert unangenehmen Charakter vorweisen – finde ich jedenfalls. Ich hab den Kerl noch nie gemocht. Cholerisch, laut und rüpelhaft sind die schmeichelhaftesten Eigenschaften, die mir auf Anhieb zu ihm einfallen. Es hilft alles nichts: Er ist ein Prolet, wie er im Buche steht. Das einzig Positive, was ich mit dem Max in Zusammenhang bringen kann, ist sein Bier. Sein Brauwirtshaus produziert das beste weit und breit.

Und trotzdem wundere ich mich einmal mehr darüber, wie es möglich ist, dass dieser Kerl morgen eine Frau wie die hübsche Marie vor den Traualtar führen wird.

»Ich würd mich freuen, wenn du, der Felix und die Gabi mit dabei wärt. Schon allein, weil ich die Sabine so gemocht hab.« Die Marie spricht ganz leise, aber dennoch war das jetzt bei mir das falsche Wort zur falschen Zeit. Über die Sabine will ich nämlich auf keinen Fall reden, schon gar nicht mit der Marie.

Also lasse ich rasch den Motor an, bevor sie noch sentimentaler werden kann. »Dann bis morgen, Marie. Der Felix freut sich schon drauf, sich am Spielplatz vom Rieglerbräu auszutoben.«

Ich fahre los und beobachte, wie die Marie, die jetzt gar nicht mehr fröhlich wirkt, im Rückspiegel immer kleiner wird. Kein Wunder, ich wäre auch nicht glücklich, wenn ich einen wie den Max heiraten müsste. Warum diese Frau das wohl tut? Quasi über Nacht hat sie sich entschieden, den Brauwirt-Zwerg zu ehelichen. Niemand im Ort hat auch nur andeutungsweise etwas von einer Romanze zwischen den beiden mitbekommen, was bei uns in Koppelried an und für sich völlig unmöglich ist. Trotz stolzen sechstausend Einwohnern weiß bei uns jeder alles über jeden. Aber die Marie war schon immer eigenartig, denke ich mir. Ich kenne sie schon fast mein ganzes Leben lang, da sie als kleines Mädchen zu ihrer Tante nach Koppelried gezogen ist. Schon in der Schule hat sie sich immer abgesondert, war eine Streberin, die kaum Freunde hatte. Nach der Matura ist sie sofort in die Stadt gezogen und hat sich bei uns im Ort kaum mehr blicken lassen. Die meisten Leute hier halten sie heute noch für hochnäsig und eingebildet. Für die gehört sie einfach nicht hierher.

Ich biege am Bründlhof, unserem neuen und einzigen Hotel im Ortskern, links ab. Der Wellness-Tempel wurde im Frühjahr eröffnet. Seit der Bürgermeister den Tourismus erfolgreich angekurbelt hat, schießen auch kleine Pensionen in und um unseren Ort herum wie Pilze aus dem Boden. Zahlreiche Wander- und Radwege zum nahen Nockstein, Klausberg und Gaisberg, ein neuer professioneller Mountainbike-Park, Pferdekutschenfahrten und eine künstliche Eislaufbahn locken winters wie sommers jetzt auch bei uns vermehrt Touristen an.

Ein paar Minuten später nehme ich den Fuß vom Gas und fahre mit gemütlichen dreißig Stundenkilometern am Kindergarten vorbei. Im Garten davor spielen mehrere Mädchen und Buben, aber meinen kann ich nicht gleich ausmachen. Der Felix hat seine Mutter kaum kennengelernt. Als der Kleine zehn Monate alt war, ist sie bei einem Autounfall ums Leben gekommen. Damals haben wir noch in der Stadt gewohnt, und die Sabine war zu diesem verfluchten Klassentreffen in Koppelried gefahren. In geselliger Runde hat meine Frau gerne das eine oder andere Glas getrunken und es leider an diesem Abend übertrieben, sodass sie mit null Komma neun Promille ins Auto gestiegen ist. Wie so oft hier bei uns regnete es auch in dieser Nacht in Strömen, und die Sabine war nie eine besonders gute Autofahrerin. Auf der Bundesstraße kam sie ins Schleudern und krachte frontal gegen einen Baum. Der Arzt meinte, sie sei sofort tot gewesen. Ich hoffe, das stimmt.

Wegen ihres plötzlichen Todes bin ich also von Salzburg nach Koppelried zurückgekommen; allein kam ich mit dem Baby in der Stadt einfach nicht klar, das muss ich wohl zugeben. Mehr oder minder unfreiwillig bin ich so vom coolen Kriminaler in Zivil zum Inspektionskommandanten in Uniform mutiert. Den Wechsel auf die Koppelrieder Inspektion haben meine Kollegen vom LKA, allen voran mein alter Spezl Markus Buchinger, zusammen mit meiner Schwester eingefädelt. Seitdem unterstützt die Gabi mich und meinen Sohn rund um die Uhr. Mehr als uns drei braucht es auch nicht, wenn es nach mir geht. Wobei ich anmerken muss, dass ich trotz der Umstände kein Kostverächter bin. Der Andi, mein bester Freund, meint, ich komme wegen meines frechen Grinsens, den dunklen Locken und blauen Augen so gut bei den Frauen an. Die Weiber stehen auf diese Kombi, sagt er. Allerdings mache ich den Frauen nie vor, ich würde eine Beziehung mit ihnen wollen.

Und trotzdem macht mir im Moment meine letzte Eroberung das Leben schwer. Die Betty, eine Salzburgerin, die ich bei meinen Streifzügen mit dem Andi aufgerissen habe. Mit ihren sechsundzwanzig Jahren ist sie ganze dreizehn jünger als ich und hat zweifelsfrei ihre Vorzüge. Aber aus irgendeinem mir unerklärlichen Grund bildet sie sich ein, die einzige Frau auf der Welt zu sein, die mein Junggesellendasein beenden kann.

Im Wachzimmer kommt mir schon der Schorsch grinsend entgegen und setzt sich die weiße Polizeikappe auf. »Auch einen Leberkas, Chef?«

Da unsere Inspektion neben Koppelried auch für die kleinen Gemeinden Moosbach und Ipferdingen zuständig ist, schieben trotz aller Rationalisierungsmaßnahmen nebst meiner Person immer noch fünf Polizisten ihren Dienst: der Bruder meines besten Freundes Andi, Gruppeninspektor Georg Baumgartner, den alle nur »Schorsch« nennen. Bezirksinspektor Herbert Lederer, dem nur mehr zwei Jahre bis zur Pensionierung fehlen. Gruppeninspektor Heinz Rohrmoser, der in meinem Alter ist, und die beiden jungen Revierinspektoren Sandra Obermüller und Michel Haslauer. Letzterer wird uns wohl bald verlassen, da er sich für die Spezialausbildung zum Kriminalpolizisten gemeldet hat. Und nicht zu vergessen, erleichtert vor allem mir unsere Verwaltungsangestellte Gerti Schwaiger mit ihrem fröhlichen Wesen und ihrer mütterlichen Art den Arbeitsalltag massiv.

Da entdecke ich den alten Haubner. Er sitzt in seinem obligatorischen blauen Lagerhausmantel, ohne Hose, aber dafür mit weißen Tennissocken und alten Ledersandalen auf dem Stuhl vor Sandras Schreibtisch. Normalerweise nimmt der phlegmatische Schorsch die Anzeigen vom Haubner auf, aber heute haut selbst er ab. Es muss ziemlich schlimm sein.

»Nein«, brumme ich den Schorsch an, um mich schon mal in die richtige Stimmung für den alten Querulanten zu bringen.

Unser Gruppeninspektor zuckt unbeeindruckt mit seinen breiten Schultern und verschwindet fröhlich nach draußen.

Voller Ungeduld dreht der Haubner seinen grünen Jägerhut in den Händen. Dabei gähnt er ausgiebig, die einschläfernde Wirkung von Sandra hat sich also schon voll entfaltet. Unbeweglich sitzt sie da, ihre rechte Hand verkrampft auf der Computermaus, und starrt mit offenem Mund auf den Bildschirm. Ein lang gezogenes »Ahhhhhhhhhhhh« entweicht ihr.

Ich gehe zum Schreibtisch und tippe ihr von hinten auf die Schulter. In Zeitlupe dreht sie sich um, hält mir die Maus vor die Nase und schüttelt den Kopf.

»Ich find da in unserem System … überhaupt … nix meeehr.«

Woraufhin am Schreibtisch hinter der Sandra der Rainer, unser Praktikant, den ich vorher vergessen habe zu erwähnen, wie blöd loskichert. Vor Kurzem hat er ein zwölfmonatiges Verwaltungspraktikum im Bundesdienst an der Landespolizeidirektion Salzburg begonnen, während dem die Praktikanten unter anderem Zeit in Inspektionen verbringen.

Ich drehe mich entnervt zu ihm um. »Warum nimmst eigentlich nicht du die Anzeige auf, Rainer?«, fauche ich ihn an.

»Weil ich das net darf, Chef«, antwortet mein Praktikant wahrheitsgemäß.

»Dann hättest halt du den Leberkas geholt, und der Schorsch hätte die Anzeige aufnehmen können.«

»Ähhh …« Der Rainer bleibt mir stark errötend eine Antwort schuldig.

»Kann sich da irgendoana mal auch um mich kümmern? Was seids ihr denn für Dodeln da?«, keift jetzt der alte Haubner los und knallt seinen Hut auf Sandras Schreibtisch.

Ich seufze tief, schiebe die Sandra vom Stuhl und nehme vor dem Haubner Platz. »Und jetzt schau gefälligst genau zu. Das nächste Mal will ich, dass das hinhaut, verstanden?«, fahre ich die Sandra an und klicke mit der Maus auf einen Ordner. Ich kann förmlich spüren, wie die Sandra wie erstarrt hinter mir steht und mit immer noch offenem Mund auf den Bildschirm stiert.

Ich hingegen fokussiere meinen bösen Blick auf den Haubner. »Was gibt's denn, Haubner? Bist schon wieder wegen der Schneider Renate da?«

»Was hoaßt da ›schon wieder‹, Aigner?« Die schrille Stimme vom alten Haubner tut mir fast in den Ohren weh. »Die zwoa Funsn aus der Stadt, die machen mich fei narrisch, woaßt schon. I halt das nimmer aus. Mit der ewigen Klimperei bringen mich die Renate und ihre Tochter noch um den Verstand. Die Rosi gibt schon fast koa Milch mehr. Die plärrt den ganzen Tag nur mehr und ist zwider.«

»Wer jetzt?«, grinse ich den Alten frech an. »Die Renate oder die Rosi?«

Der Haubner verschränkt beleidigt seine kurzen Arme.

»Daran bist doch selber schuld«, mache ich ihm klar. »Hättest das Häuserl auf eurem Hof halt nicht verscherbelt. Wärst nicht so geldgeil gewesen, hättest jetzt deine liebe Ruh.«

Der Haubner wird ganz rot vor Zorn. »Du woaßt schon, dass man mit meine paar Milchküh heutzutag koa Einkommen mehr hat. Die EU frisst uns die Butter vom Brot. Uns kloanen Bauern, uns bleibt ja nix mehr.«

»Wenn du jetzt behaupten willst, dass du am Hungertuch nagst, dann kann ich darüber nur herzlich lachen. Was ist denn mit deinem Wald und der Jagd, die du verpachtet hast? Und mit deinen Feldern? Zweihundert Hektar, wenn ich mich nicht irre.« Ich schaue ihn streng an. Irgendwie muss ich ihn ja dazu kriegen, uns nicht beinahe täglich mit seinen sinnlosen Anzeigen zu quälen.

»Wennst mir nur einmal zuahören tätst, Aigner. Die sind doch alle so was von billig verpachtet, und mein Bua, der Walter, der hat doch nur die Küh im Schädel.«

»Schau, Haubner«, versuche ich es noch mal auf die nette Tour, »die Renate bessert sich mit den Klavierstunden nur das geringe Gehalt auf, das sie von der Kirche als Organistin kriegt. Was sie übrigens auch brav und ordentlich versteuert. Nicht, dass du da noch auf eine weitere dumme Idee kommst, gell? Warum verträgst dich nicht endlich mit ihr, die Renate ist wirklich ein netter Kerl.«

»Aber geh.« Der Haubner macht eine wegwerfende Handbewegung. »Und derweil verrecken mir meine Küh wegen ihrer Katzenmusik. Das hält ja koa normaler Mensch net aus. Mit der Funsn hab i nix wie Gscherr.«

Resigniert öffne ich das Anzeigenformular. »Aber du weißt eh, dass die Anzeige nix bringen wird, oder? Bist ja nicht deppert.« Ich beuge mich nach vorn zu dem alten Trottel und versuche es ein allerallerletztes Mal. »Niemand wird dir bescheinigen, dass die Milch von deinen Kühen wegen der Klavierstunden sauer wird.« Dann lehne ich mich wieder auf dem Stuhl zurück und verschränke lässig die Arme. »Lassen wir's halt bleiben, was meinst?«

»Nix da!« Wütend springt der Haubner vom Stuhl und fuchtelt drohend mit dem Zeigefinger durch die Luft. »I zeig an, wen i will! Und wenn du es net machst, dann fahr i nach Salzburg nei und zeig euch alle auch noch an! Wegen Dienstverweigerung!« Sein Kopf ist feuerrot vor Zorn. »Mein neuer Anwalt wird mir schon helfen, dass i die Schneider wieder aus dem Häusl rauskrieg. Aber dazu brauch i jede Anzeige, die i kriegen kann.«

»Ich warn dich, Haubner. Entweder kriegst dich schleunigst wieder ein, oder –«

Er unterbricht mich einfach. »Oder was? Sag, haben s' dir ins Hirn g'schissen, Aigner? Hosenscheißer, das seids ihr da doch alle.«

»Du beruhigst dich jetzt augenblicklich.« Ich funkle ihn böse an und werde sehr laut. »Noch ein einziges Wort und ich hab dich dran wegen Beamtenbeleidigung – vor Zeugen.« Die Sandra und der Rainer nicken brav im Duett. »So schnell kannst du gar net schauen. Also, schnauf jetzt dreimal tief durch und dann schaust, dass du weiterkommst. Ich denke gar nicht dran, deine idiotische Anzeige aufzunehmen. Schade ums Papier und um meine Zeit.« Ich stehe auch auf und gehe bestimmten Schrittes zu meinem Büro.

Das wirkt. Der Haubner schaut mir ein paar Sekunden lang blöd nach, setzt sich dann aber seinen Filzhut auf und murmelt im Hinausgehen in seinen Geißbart: »Wie du moanst, Aigner. Ab jetzt komm i nur mehr, wenn der Schorsch Dienst hat. Der ist noch ein echter Gendarm, so wie's sein seliger Vater war.«

Ich seufze. Kaum jemand im Ort hat mitgekriegt, dass wir alle schon längst keine Gendarmen oder Schandis mehr sind, und der Haubner erst recht nicht.

Als ich mich umsehe, lächelt mir die Sandra triumphierend zu, und der Rainer reckt einen Daumen nach oben, während er weiter auf YouTube rumsurft, was ich sehr gut auf seinem Bildschirm sehen kann.

Donnerstag

»Es langt, Felix! Her mit dem Kleid, aber flott, oder ich werd fuchsteufelswild!« Meine Schwester ist ein Pfundskerl im doppelten Wortsinn. Bei einer Körpergröße von kaum eins fünfundsechzig wiegt sie garantiert … wobei, so genau weiß ich das gar nicht, denn ihr Gewicht ist eines der bestgehüteten Geheimnisse, die ich kenne.

Glucksend vor Lachen springt mein Sohn im weißen offenen Hemd, Unterhose und schwarzen Socken auf die Eckbank in Gabis Küche. Meine Schwester bewohnt das obere Stockwerk des Hauses und ich das untere. Der Vater ist bereits vor meiner Rückkehr ins Elternhaus ins Koppelrieder Seniorenheim übergesiedelt, sitzt aber jetzt in seinem teuren Gössl-Trachtenanzug im alten Lehnstuhl in Gabis Küche und schaut vorwurfsvoll vom Kirchenblatt auf.

Die Gabi versucht inzwischen, immer noch schwer atmend, dem Felix das Zweimannzelt zu entreißen, das ihr Kleid ist. Doch der Bub hüpft behände von der Eckbank, läuft in Richtung Wohnzimmer und lacht ihr fröhlich ins Gesicht.

Weil die Gabi mit hochrotem Kopf so aussieht, als würde sie kaum mehr Luft kriegen, mische ich mich sicherheitshalber doch mal ein. »Es reicht jetzt, Felix. Gib der Gabi den Fetzen, sonst machst noch mehr Falten rein und sie muss ihn noch mal bügeln. Wir sind eh schon spät dran.«

Mein Sohn blickt mir kurz in die Augen und erkennt geübt den Ernst der Lage. Mit treuherzigem Blick übergibt er der Gabi feierlich den Riesenfetzen Stoff und drückt sich an deren weichen Bauch. »War ja nur Spaß, Tante Gabi.«

Die Gabi versetzt ihm einen sanften Klaps auf den Hinterkopf, macht sich von ihm los und dampft schnaufend wie ein Walross ab in ihr Wohnzimmer. Aber nicht, ohne sich zu rächen. »Dafür ziehst du deine Anzugjacke an, Bürscherl.« Eins zu null für die Gabi.

Der Felix blickt mich hilfesuchend an, aber ich schüttle nur grinsend den Kopf. Das hat er sich selbst zuzuschreiben.

Ich trage meinen hellgrauen Anzug und fühle mich eigentlich recht wohl darin. Die Gabi behauptet sogar, ich würde damit ausschauen wie einem Plakat entstiegen. Tja, Geschwisterliebe, kann ich da nur sagen. Mich jedenfalls erinnern Anzüge immer an meine LKA-Zeiten, als es keine Dienstuniform gab, und kurz werde ich wehmütig. Dann aber schiebe ich den Gedanken schnell wieder beiseite und knöpfe meinem Sohn sein Hemd über der schmächtigen Hendlbrust zu.

»Jetzt noch die Hose, Felix. Und das Sakko lässt du bis nach der Kirche an, danach kannst du es mir unauffällig geben, okay?« Ich zwinkere ihm verschwörerisch zu und ernte einen erleichterten Blick.

Endlich kommt eine sehr hübsch zurechtgemachte Gabi im grünen Seidenkleid aus dem Wohnzimmer. Ihr mächtiger Busen ruht gut festgeschnallt im offenherzigen Dekolleté. Eines muss man meiner Schwester lassen: Sie hat ein verdammt hübsches Gesicht. So herausgeputzt schaut sie mit ihren langen schwarzen Haaren richtig gut aus. »Fesch bist, Schwesterherz«, sage ich und drücke ihr einen anerkennenden Schmatz auf die Wange.

Sie freut sich sichtlich, schlägt aber gleich wieder ihren gewohnten Befehlston an. »Also, ich hab den Pepperl schon gewarnt. Jedes dumme Wort bei der Predigt kostet ihn ein Mittagessen, das nicht ich koche. Wirst sehen, der wird sich gewaltig zusammenreißen.« Sie lacht spitzbübisch und zwängt den Felix ins schon etwas zu enge Sakko. »Und jetzt schlüpfst du noch in die Hose und ziehst deine schwarzen Schuhe an.« Meine Schwester streicht ihm lächelnd übers Haar, und der Felix hüpft übermütig auf einem Bein zum Tisch, wo seine Hose liegt. Brav zieht er sie an, während die Gabi kurz ihren

Zeigefinger ableckt, um mir gleich darauf damit die Haare aus der Stirn zu streichen. Als ich ihr gekonnt ausweiche, weil ich das nicht leiden kann, reckt sie streng den noch feuchten Finger in die Höhe. »Dann bind dir halt wenigstens eine Krawatte um, Raphi.«

»Nur über meine Leiche«, antworte ich und öffne demonstrativ noch einen weiteren Hemdknopf.

Überraschend leichtfüßig kniet sich die Gabi gerade nieder, um dem Felix seine Schuhbänder zuzubinden, als die Tür aufgeht und einer meiner Polizisten, der riesige Schorsch, im Trachtenanzug hereinkommt. Keiner drückt bei uns die Klingel, weil wir unser Haus so gut wie nie abschließen.

Hinter ihm steckt auch schon der Andi, Gymnasialprofessor und seit jeher mein bester Freund, den Kopf durch die Tür. Der Andi und der Schorsch sind Brüder, beide Junggesellen aus Überzeugung und wohnen immer noch bei ihrer Mutter. Zum Leidwesen vom Schorsch wurde er von seiner Mutter zum Besuch der Hochzeit beinahe genötigt und muss wie ich und die Mehrzahl der Kollegen nun einen Urlaubstag dafür opfern. Nur die Sandra und unser altgedienter Bezirksinspektor Herbert schieben heute Dienst. Weil die Sandra keine Koppelriederin, sondern Ipferdingerin ist, wurde sie sowieso nicht zur Hochzeit eingeladen, und dem Herbert ist, ähnlich dem Schorsch, jede Ansammlung von mehr als zehn Menschen zuwider.

»Hoch mit euren Hintern und ab die Post, es geht gleich los«, sagt der Andi und schaut dabei ungeniert meiner Schwester aufs Gesäß, etwas zu lüstern für meinen Geschmack.

»Gabi, wenn ich das sagen darf: Ein sauberes Weiberleut bist heut. Respekt.« Er leckt sich demonstrativ über die Lippen, und ich muss an die Mädels mit maximal fünfzig Kilogramm Lebendgewicht denken, die der überzeugte Junggeselle sonst so abschleppt.

Der Schorsch tippt sich an die Stirn. »Spinner seids ihr, alle miteinander.«

Endlich quetschen wir dreieinhalb uns auf die Rückbank des hässlichen Fiat Multipla vom Schorsch und fahren die paar Meter zur Kirche. Die Gabi darf natürlich wie immer vorne sitzen.

Ich drücke gegen die Kirchentür, um sie unter Quietschen zu öffnen. Wir sind wieder einmal die Letzten. Pünktlichkeit ist nicht gerade die Stärke der Aigner Gabi. Heute ist die Kirche zum Bersten voll. Es scheint, kaum jemand in Koppelried will sich dieses Schauspiel entgehen lassen.

Mit hoch erhobenem Haupt stolziert die Gabi den Mittelgang entlang, und wir traben ihr hinterher. Mangels Verwandtschaft vom Riegler und der Marie sind auch die vordersten Plätze nur von Einheimischen besetzt. Die zweite Reihe wurde wie immer für die Gabi frei gehalten, also können wir vorne Platz nehmen und überlassen der Gabi gerne die Poleposition am Gang.

Weil der Pepperl, der bereits vorne am Altar steht, meiner Schwester erfreut zuwinkt, drehen sich der Riegler Max und sein Trauzeuge, der versoffene Rauchfangkehrer Hödlinger, genervt zu uns um. Als der Max die Gabi erblickt, zuckt er etwas zusammen. Tja, vor meiner Schwester hat selbst ein Riegler Respekt.

Die Renate, unsere Organistin, beginnt wie wild in die Tasten zu hauen, und ich schiele eifersüchtig zum Schorsch. Beneidenswert, zwei Takte Orgelmusik und er schläft.

Da quietscht wieder die Kirchentür, und alle Köpfe drehen sich nach hinten zur Marie, die am Arm ihres Onkels den Gang entlangschreitet. Der klein gewachsene Steinhauser Hansl ist der jüngere Bruder von Maries verstorbenem Vater. Die Braut sieht im Gegensatz zum Bräutigam sehr gut aus. Wie eigentlich immer, denk ich. Sie trägt ein einfaches weißes Kleid, ganz ohne Schnickschnack, das ihr knapp bis zu den Knien reicht. Dafür mit einem genialen Ausschnitt, der ihren schönen Busen ins rechte Licht rückt. Nur ihre Frisur ist nicht wirklich gelungen, ihre schönen blonden Locken sehen aus, als wären sie am Kopf festgetackert.

Kurz wende ich mich von dem Anblick ab und nehme dem Felix mein Handy weg, das er mir aus der Sakkotasche stibitzt hat, um zu spielen.

Als ich wieder aufschaue, ist die Marie vorne beim Max angekommen, und der Hansl stellt sich neben den Rauchfangkehrer. Der Max grinst selbstzufrieden. Sein hellblau schimmernder Anzug lässt ihn noch breiter als sonst aussehen, ein rot glänzendes Gilet spannt sich um seinen massigen Bauch. Seine wenigen verbliebenen Haare sind an den Kopf gegelt, und sein Gesicht ist wie immer vom ständigen Alkoholgenuss puterrot.

Das Brautpaar setzt sich rasch auf die vor dem Pfarrer aufgestellten Stühle. Wahrscheinlich, weil sonst auch der Letzte in der Kirche merken würde, wie klein der Max neben der Marie ist.

Dann fängt der Pepperl im Hintergrund zu schwafeln an. Neben mir gähnt der Andi vorsichtshalber schon mal, zieht verstohlen sein Handy aus der Tasche und beginnt zu spielen. Als mein Sohn wütend die Arme in die Seite stemmt, lässt der Andi sofort schuldbewusst das Telefon wieder zurückgleiten. Weil dem Felix offenbar langweilig ist, klettert er auf meinen Schoß. Um den kleinen Kerl bei Laune zu halten, zähle ich mit ihm zusammen die kleinen Steinfliesen auf dem Kirchenboden. Aber der Felix kichert und wird beim Zählen immer lauter, zu flüstern liegt ihm nicht so.

Als der Pepperl den Kopf zu uns dreht und hüstelt, errötet mein Vater vor Scham, und die Gabi versetzt mir einen warnenden Stoß in die Rippen. Schuldbewusst bedeute ich dem Felix mit dem Zeigefinger am Mund, leise zu sein, woraufhin er von meinem auf Gabis Schoß klettert. Der ist sowieso weicher und bequemer, und in null Komma nix ist der kleine Kerl eingeschlummert.

Der Pepperl predigt immer noch, als hinge sein Leben davon ab. Wahrscheinlich, weil die Gabi aufmerksam zuhört, dass er nur ja nichts Falsches sagt. Aber er dürfte seine Sache gut gemacht haben, denn am Ende macht die Gabi ein zufrieden grunzendes Geräusch. Ich muss zugeben, ich habe wie üblich, wenn ich mal in der Kirche bin, kein einziges Wort mitbekommen.

Es ist etwas später am Abend, und mein Vater ist mit dem Felix schon nach Hause gegangen, damit die Gabi und ich länger auf der Hochzeit bleiben können. Eines muss ich ihm lassen: Seine Rolle als Opa beherrscht er um Klassen besser als seinerzeit die des Vaters.

Die Ipferdinger Beverly Brothers spielen zum gefühlt siebzigsten Mal die Hochzeitspolka in einer Lautstärke von über hundertzwanzig Dezibel. Die Koppelrieder machen das, was sie so tanzen nennen, und hüpfen zwischen den Tischreihen und auf der Tanzfläche im großen Saal auf und ab wie die Idioten.

Da ich wegen der lauten Musik ohnehin kein Wort verstehen kann, habe ich mich aufs Beobachten verlegt. Zum Beispiel sehe ich, dass die Gabi an Andis Schulter lehnt und der alte Schwerenöter seine Hand auf dem Knie meiner Schwester hat. Um dem ein Ende zu machen, nehme ich ein paar Kaffeebohnen von der Tischdekoration und schnippe ihm die Dinger mit warnendem Blick gekonnt gegen die Stirn. Der Andi erschrickt und zieht seine Hand sofort zurück. Allerdings bin ich dafür jetzt dem verärgerten Blick der Gabi ausgesetzt.

Um dem zu entkommen, brülle ich den Schorsch neben mir an, ob er nicht mit mir zur Bar gehen will. Der schaut kurz verständnislos von seinem Bier auf, zuckt mit den Schultern und greift sich an die Ohren. Ich kapiere – er versteht nichts. Dann starrt er wieder wie hypnotisiert auf den Schaum seiner mittlerweile siebten Halben, der langsam in sich zusammenfällt.

Geh ich eben allein, denke ich mir, nehme mein Bier und begebe mich durch die offene Schiebetür in die Schankstube.

Im Saal und an der Schank ist es gesteckt voll und ziemlich heiß, obwohl alle Terrassentüren weit geöffnet sind. Trotz der schwülen Sommernacht ist der Garten heute für Gäste gesperrt, wohl zur Entlastung des Servierpersonals. Dass das was bringt, wage ich zu bezweifeln, denn augenscheinlich ist ganz Koppelried auf dieser Hochzeit. Kein Wunder, schließlich lässt der Riegler sich nicht lumpen und zahlt heute alles.

Geschickt schlängle ich mich an den Tanzwütigen vorbei in Richtung Renate, weit genug von den Lautsprecherboxen der Band entfernt. Ich mag unsere Organistin. Zwar redet sie gerne und viel, ist dabei aber immer gut gelaunt und weiß über alle im Ort bestens Bescheid. Als positiver Nebeneffekt ist Renates Tochter ein absolutes Aha-Erlebnis, denke ich mir, wie ich auf die beiden zusteuere. Im knallroten bauchfreien Top, hautenger schwarzer Hose und schwarzen High Heels sitzt sie gelangweilt neben ihrer Mutter. So wie das Mädel aussieht, fällt die Kleine garantiert in Andis Maximal-fünfzig-Kilo-Beuteschema. Altersmäßig steht sie zwar noch unter Naturschutz, aber schauen darf man doch. Wie heißt sie bloß noch mal?

Wie ich mich neben die Renate setze, klopft sie mir erfreut auf die Schulter. »Raphi. Wie nett, dass du uns Gesellschaft leistest. Nicht wahr, Marlene?«

Ach ja, Marlene war's, denke ich mir und muss grinsen. Aber die Angesprochene nickt nur mit nach unten gezogenen Mundwinkeln und nippt lustlos an einem Glas Prosecco.

»Danke übrigens, dass du gestern den Haubner nach Hause geschickt hast. Sein Sohn, der Walter, ist furchtbar unglücklich, weil sein Vater so störrisch ist. Der Junior ist wirklich eine Seele von Mensch, und das, obwohl er Bauer ist. Ich weiß, man darf den Menschen eigentlich nicht mit Vorurteilen begegnen, aber der Haubner senior, der ist der personifizierte bäuerliche Starrsinn.«

»Nicht der Rede wert, Renate. Ich bin ja froh, wenn wir keine sinnlosen Anzeigen aufnehmen müssen«, versuche ich, ihren Redeschwall zu unterbrechen.

»Aber natürlich ist das der Rede wert, Raphi. Du hast ja keine Ahnung, wie diese ständigen Anzeigen mir das Leben schwer machen.«

»Vergiss doch den alten Grantscherm und angle dir einfach seinen Sohn, den Walter. Damit wärst du all deine Sorgen los.« Ich lege kurz freundschaftlich den Arm um sie, und sie lacht so laut, dass ihre Metallbrille auf der Nase wackelt.

Plötzlich steht der schmierige Sieder Hannes vor uns. Im Schlepptau hat er den Wimmerl-Roman, den Sohn vom Tischler Leitner, und die Petra, die dicke Tochter vom Eidenpichler. Mit einer sichtlich erleichterten Marlene ziehen die drei jungen Leute in Richtung Bar ab.

»Schön hast du gespielt«, wende ich mich wieder der Renate zu. »In der Kirche, mein ich.« Eigentlich ist ja eher die Renate mein Baujahr als ihre Tochter, nur ist sie halt so gar nicht mein Typ. Zerzauster Kurzhaarschnitt, dünn und ungeschminkt und mit flatternden weiten Baumwollhosen, selbst auf der Hochzeit. Unser Pfarrer Pepperl hat großzügig über ihre enge Freundschaft zu einem original Salzburger Schamanen hinweggesehen, als er die etwas eigenwillige, aber sehr talentierte Klavierlehrerin zu seiner Organistin gemacht hat.

»Tja, eigentlich hätte ich heute lieber auf einer Hochzeit mit einem anderen Bräutigam gespielt. Die Marie ist ein lieber Mensch, die hätte wirklich einen Mann verdient, der besser zu ihr passt als der ungehobelte Brauwirt«, seufzt sie und deutet nach vorne zum Brauttisch, wo die Marie ohne den Bräutigam sitzt. Der Max ist nirgendwo zu entdecken.

Angespannt presst die Braut ihre Lippen fest aufeinander, und neben ihr macht die Erni, die alte Tante vom Max, ein ebenso saures Gesicht. Die Eltern vom Max sind beide schon verstorben, sodass die Erni seine einzige lebende Verwandte ist. Seit ich denken kann, hat sie im Wirtshaus gekocht und Leute bedient, bis sie vor ein paar Jahren aus Küche und Wirtshaus mehr oder minder verschwunden ist.

»Weißt, die Leute sagen ja, der Max hat sich die Marie

nur geschnappt, weil sie so klug ist«, nimmt die Renate wieder Fahrt auf. »Dabei ist die Marie auch eine ausnehmend hübsche Person. Ich kann einfach nicht verstehen, warum sie ausgerechnet unseren derben Brauwirt heiratet. Sie kann doch nicht schon in ihrem Alter in Torschlusspanik geraten sein, oder?« Verständnislos schüttelt sie den Kopf. »Eigentlich hab ich ja gedacht, dass die Moser Kathi, die Kellnerin, irgendwann mal die Wirtin wird. Stell dir nur vor, angeblich hat sie immer noch ein Gspusi mit dem –«

Weiter kommt sie nicht, da auf einmal ein ohrenbetäubender Krach ertönt. Instinktiv halten wir uns die Ohren zu, dann marschiert auch schon der gesamte FC Koppelried mit nervigen Vuvuzelas in den Saal. Trotz seines massigen Körperbaus ist der Max seit seiner Schulzeit aktives Mitglied in dem Verein.

»Eh … oooh …«, grölen die Männer, schieben dabei unsanft die Tanzenden zur Seite und steuern auf den Brauttisch zu, den besoffenen Max im Schlepptau. Die Marie blickt erschrocken auf die illustre Runde vor sich, während die Erni den Max böse anstarrt.

Als die Ipferdinger Beverly Brothers endlich aufhören zu spielen, räuspert sich der Trainer des FC, der Huber Karl, laut und zieht ein zerknittertes Blatt Papier aus seiner Hosentasche. Die Fußballer tragen alle Red-Bull-T-Shirts und schwingen wie die Deppen kleine Fahnen ihres Lieblingsvereins. Meine zwei Polizisten, der Heinz und der Michel, beides aktive FC-Mitglieder, sind auch dabei, und ich beginne, mich fremdzuschämen.

Dieses Gefühl verstärkt sich, während der Heinz dem Max das glänzende Gilet samt Hemd über den mächtigen Quadratschädel zieht. Mit nacktem Oberkörper steht der jetzt vor der Marie, seine großen Dutteln hängen über dem voluminösen Schwabbelbauch. Die Marie schließt kurz die Augen und schluckt unübersehbar schwer.

Unbeholfen zwängt mein Revierinspektor Michel den Max

in ein viel zu enges T-Shirt. Was die Sache auch nicht viel besser macht, denn seine Hängebrüste zeichnen sich auch durch den Stoff aufs Deutlichste ab. Rasch greift sich die Marie Ernis Schnaps und stürzt ihn hinunter. Die alte Erni schenkt ihr einen mitfühlenden Blick. Wenigstens sie scheint die mittlerweile leidgeprüfte Braut zu verstehen.

Der Huber Karl räuspert sich erneut, bevor er loslegt: »Der Max ist jetzt im Ehestand, die Marie geht ihm ab sofort zur Hand.« Pause. Erwartungsvoll blickt er in die Menge der Hochzeitsgäste.

Verhaltenes Gelächter und etwas Geklatsche belohnen ihn. Hinzu kommen zweideutige Gesten der Fußballer, freundlich unterstützt von unseren freiwilligen Feuerwehrlern. Langsam wird die Situation so peinlich, dass ich anfange, mich zu amüsieren.

»Der Max, der ist jetzt Ehren-mit-Glied«, wieder blödes Lachen und Gegröle, »vom Fußballverein Koppelried. Somit, liebe Braut, entführen wir hier … den Bräutigam vom Tische dir.«

Lauteres Gelächter und Gewieher kommen jetzt von der schon sehr angeheiterten Menge.

Die Marie zwingt sich zu einem dünnen Lächeln, weil alle Koppelrieder im Saal sie anstarren. Der Schweiß steht ihr in kleinen Tropfen auf der Stirn.

»Für dich, Max, den besten Brauwirt hier«, Kunststück, denke ich, er ist ja auch der einzige, »ein Aufruf von uns, also folge mir.« Der Huber Karl deutet mit seinem dicken Zeigefinger Richtung Nebenstüberl.

»Der Fernseher ist schon aufgebaut, das Spiel kann beginnen, trotz Hochzeit und Braut.«

Bestimmt hat der Depp das selbst gedichtet, denke ich mir, die Qualität lässt das vermuten.

Der Max greift nach der Schnapsflasche auf dem Brauttisch, nimmt einen kräftigen Schluck und schwankt in seinem hautengen T-Shirt etwas hin und her.

»In Strömen fließt ab jetzt dein Bier, garantiert verlieren die Grazer eins zu vier. Das Ende der Steirer wirst du gleich mit uns schauen, auslösen darf die Marie dich erst im Morgengrauen.«

Jubelnd reißt der Max seine Arme in die Höhe, und jeder kann sehen, dass sich angesichts der kurzen Zeit beeindruckend große Schweißflecke auf dem T-Shirt abzeichnen. Maries Gesicht ist hingegen rot gefleckt. Wahrscheinlich hat sie eben bemerkt, dass sie den mit Abstand größten Fehler ihres Lebens begangen hat.

Neben mir schlägt sich die Renate erschrocken die Hand vor den Mund. »Mein Gott, die arme Marie.«

Zu sechst heben die Fußballer den Max hoch und tragen ihn ins Nebenstüberl, gefolgt von all den Ehemännern, die emanzipiert und mutig genug sind mitzugehen. Wie ich zu ihr rübersehe, atmet die Marie aus und sinkt in sich zusammen. Schnell bedeutet die alte Erni den Ipferdinger Beverly Brothers weiterzuspielen.

Die Band jault erneut los, und die alte Frau stapft schimpfend ins Nebenstüberl, wird aber von den Männern sofort wieder rausbugsiert. Also setzt sie sich an den Tisch der Frau Heininger, unserer Fleischhauerin, und beide schimpfen im Duett, während der Heininger traurig und sehnsüchtig die Tür zum Nebenstüberl hypnotisiert.

Neugierig drehe ich meinen Kopf wieder zur Marie. Neben ihr entdecke ich meine Schwester, die ihr beruhigend den Arm um die Schultern gelegt hat und auf sie einredet.

»Mit dem Max hat sie sich schon was besonders Unappetitliches geangelt.« Die Renate verzieht angeekelt das Gesicht, dann kommt auch schon der Haubner Walter an den Tisch, fordert sie mit hochrotem Kopf zum Tanz auf, und strahlend schwingt sie sich mit dem Sohn ihres Erzfeindes auf die Tanzfläche. Die Renate tanzt gar nicht schlecht, denke ich mir, wie ich sie so beobachte. Taktgefühl halt.

Irgendwann habe ich genug von dem ganzen Theater und

beschließe, nach einem letzten Bier endgültig die Kurve zu kratzen. Wie aufs Stichwort rauscht Kellnerin Kathi mit einem vollen Tablett und extrem finsterer Miene an mir vorbei. Schon vorher ist mir aufgefallen, dass sie heute entgegen ihrer sonstigen Art äußerst unfreundlich und ruppig ist. Kein Wunder. Garantiert und nicht ohne Grund hat sie gehofft, selbst eines Tages auf dem Platz der Marie zu sitzen. Im Vorbeischlängeln nehme ich der Kathi eine Halbe Bier vom Tablett und grinse sie so nett an, dass sie mir nun doch ein schiefes Lächeln schenkt.

»Aber, Raphi, das ist doch bestellt.« Das hübsche Mädel blickt mir tief in die Augen.

Doch die Kathi war mir noch nie eine Sünde wert, an der war mir schon viel zu oft der Riegler dran. Also grinse ich sie noch zwei Sekunden länger an und suche dann schnell das Weite. Mit Bier.

Erleichtert lasse ich mich neben dem Andi nieder, der jetzt offensichtlich seinerseits die Kathi im Visier hat und sie ausgiebig beim Servieren beobachtet. »Deinen Erfolg hast du bloß deinem Wuschelhaar zu verdanken, Raphi. Das macht die Weiber ganz narrisch. Obwohl, die Marlene hat wohl nicht angebissen, oder?« Er zwinkert mir zu.

»Spinnst du?«, rege ich mich auf. »Das Mädel steht doch noch unter Naturschutz.«

»Aber geh, mein Lieber, die ist schon fast so alt wie deine Betty.« Der Andi grinst von einem Ohr zum andern.

»Du bist so ein Depp!«, schreie ich, um gegen die Musik eine Chance zu haben.

Weiter komme ich allerdings nicht, weil die Gabi energisch auf sich aufmerksam zu machen versucht. Seufzend erhebe ich mich und wandere mit meinem Bierglas zu ihr und der Marie. Ich kann gar nicht so schnell schauen, wie mich meine Schwester schon unsanft auf den Stuhl neben die Braut drückt.

»Vertritt mich mal kurz, kleiner Bruder! Ich muss dringend aufs Klo, und inmitten all der Deppen hier kann man die

Marie ja keine Minute alleine lassen!«, schreit sie und zieht von dannen.

Was mir eigentlich gar nicht recht ist. Die Marie und ich starren betreten in unsere Gläser.

»Tut mir leid«, sagt sie dann doch gedehnt.

»Was denn?«, frage ich erschrocken. Sie soll mich jetzt bloß nicht volljammern. Der Max ist ihr Problem, nicht meines.

»Dass die Gabi dich zu mir abkommandiert hat, meine ich. Ich nehme an, du wolltest nix wie weg von hier«, sagt sie und lächelt dabei sogar zaghaft. »Glaub mir, ich kann dich nach der unsagbar peinlichen Vorstellung gerade eben gut verstehen.«

Weil mein Bier auf wundersame Weise verdunstet ist, winke ich dem Gregor, dem Lehrbuben der Wirtschaft, und nehme ihm zwei kleine Biere vom Tablett. Ich will es ja nicht übertreiben.

Eins davon schiebe ich der Marie hin, proste ihr mit meinem grinsend zu und finde meine Stimme wieder. »Also, jetzt, wo der Max nicht mehr da ist, sehe ich eigentlich keinen Grund mehr, schon nach Hause zu gehen.«

Wir stoßen an und müssen beide lachen. Die Marie greift sich an die Stirn, und ich bemerke, dass sich aus der furchtbaren Frisur bereits mehrere ihrer umwerfenden blonden Locken befreit haben.

»Was habe ich mir bloß bei der ganzen Sache gedacht?« Jetzt klingt ihr Lachen beinahe hysterisch.

Ich nehme noch einen kräftigen Schluck, stehe auf und greife nach ihrer Hand. »Weißt du was? Ich entführe dich jetzt, ist doch so Brauch.«

Erstaunt verstummt sie.

»Eigentlich muss man auf einer Hochzeit ja die Braut entführen und nicht den Bräutigam, und was die vom FC können, das kann ich schon lange. Komm, Marie.« Ich ziehe sie vom Stuhl in Richtung Tanzfläche, und sie stolpert hinter mir her. In dem Tumult, der um uns herum herrscht, scheinen wir niemandem aufzufallen.

Endlich im Freien laufen wir durch den Gastgarten zum großen Parkplatz. Zum Glück habe ich dem Schorsch vorhin den Schlüssel von seinem Multipla abgeknöpft, weil er mir schon zu viel getrunken hatte, sodass ich der Marie jetzt galant die Tür öffnen kann. Ich nehme auf dem Fahrersitz Platz.

Die Marie kichert neben mir wie eine Zwölfjährige. »Und was machen wir jetzt?« Sie sieht mich fragend an.

»Na ja …« Ich überlege fieberhaft. Bei uns im Ort ist heute logischerweise alles geschlossen. »Nach Salzburg fahren natürlich.«

Wobei ich die Jakobi Stubm, mein Stammlokal und bestes Jagdgebiet, vergessen kann. Bei meinem Glück würde mir dort noch die Betty über den Weg laufen. Aber in dem Sportpub in der Nähe vom Volksgarten treffe ich garantiert niemanden. Dort war ich bisher nur ein einziges Mal, weil ich die Gesellschaft von grölenden Fußballfans nicht so sehr schätze. »Ins Chelsea!«, rufe ich also und starte den Motor.

»Was? Fußball schauen?« Entgeistert blickt mich die Marie an, ihr ist die Bar wohl durch den Max ein Begriff. Sekunden später kann sie sich vor Lachen nicht mehr halten. »Wenn ich dem Max davon erzähle, der packt das nicht. Während er Fußball schaut, fahr ich mit dir Fußball schauen.«

Fröhlich brettern wir Richtung Stadt. Wegen der paar Bier, die ich intus habe, mache ich mir keine Sorgen, ich kenne genug Salzburger Kollegen.

Das Pub ist randvoll, besonders unsere bajuwarischen Nachbarn tummeln sich im Chelsea. Allerdings schaut man hier nicht die Bundesliga, sondern irgendein Spiel aus der Champions League.

Als die Gäste die Marie im Brautkleid sehen, gibt es ein großes Hallo. Bereits im Auto hat sie ihre furchtbare Frisur zunichtegemacht, indem sie geschätzt tausend Haarnadeln herausgezogen hat, sodass ihre unglaublichen Locken ihr jetzt beinahe bis zum Hintern fallen. An einem der Tische schieben die Kerle sofort die leeren Gläser zur Seite und heben die Braut, die zwei aufregend hübsche Beine übereinanderschlägt, auf die Tischplatte. Nur kurz darauf fällt ein Tor, und alle fangen an zu jubeln. Auch die Marie, obwohl sie wahrscheinlich so wie ich keine Ahnung von dem Spiel hat. Sie hat leicht gerötete Wangen, bestimmt von der Hitze hier im Raum, vom Alkohol und vielleicht auch wegen mir.

Schon komisch, denke ich mir. Es gab mal eine Zeit, noch lange vor der Sabine, da hat mir die Marie ausnehmend gut gefallen, aber ich bin irgendwie nie an sie rangekommen.

Und heute? Heute sitzt sie im Brautkleid vor mir auf einem Bartisch, ist ausgelassen wie ein junges Mädel, lacht kokett, pfeift auf zwei Fingern, und ihr Kleid rutscht immer höher.

Nicht nur wegen der Hitze im Raum wird mir extrem heiß, und ich spüre, wie ich richtiggehend spitz werde. Wir sind schon eigenartig, wir Männer, denke ich mir und verschwinde rasch auf die Toilette, wo ich mir kaltes Wasser ins Gesicht klatsche.

Als ich zurückkomme, kollidiere ich mit Germany's Next Topmodel. Ein großes brünettes Mädchen, das sich zu mir umdreht und mir zuprostet. Sie hat eine riesige Klappe und einen urbayrischen Dialekt. Schnell schaue ich in Richtung Marie, die gemeinsam mit einer halben Kompanie Männer noch immer das Fußballspiel verfolgt. Ein blonder Bajuware versucht immer wieder, seinen Arm um ihre Hüfte zu legen, was die Marie lachend, aber bestimmt abwehrt. Schaut ganz so aus, als käme die auch ohne mich zurecht.

Die Brünette nippt an einem Alcopop und flirtet mich an. Ich erfahre, dass sie aus München ist und hier bei irgendeinem TV-Sender jobbt. Glaube ich zumindest, denn der Arm vom Bajuwaren liegt jetzt schwer um Maries Hüfte, und der Kerl drückt sich immer näher an sie heran, was mich ablenkt.

»Sag mal, hörst du mir überhaupt zu?« Die Brünette rammt mir sanft ihren Ellenbogen in die Seite.

»Entschuldige mich bitte kurz«, antworte ich, stelle meine

Bierflasche ab und drängle mich genervt an den anderen Gästen vorbei zu Marie. Die Speckfinger von diesem Typen werden immer länger in Richtung Maries Busen, es reicht wirklich. Wie ich energisch seinen Arm von ihrer Hüfte ziehe, dreht sich der Typ erbost um und taxiert mich kurz. Aber da ich einen guten Kopf größer bin, lässt er lieber bleiben, was er gedacht hat. Gut so, der soll sich ja nicht mit mir anlegen, diese bayrische Weißwurst. Da schießt schon wieder jemand ein Tor, und der Typ scheint den Tränen nahe zu sein. Als die Marie mit den anderen Männern jubelnd die Arme in die Höhe reißt, dreht sie den Kopf zur Seite und wirft mir unabsichtlich ihre volle Lockenpracht ins Gesicht.

»Entschuldige!«, schreit sie mir zu und schiebt ihre Haare mit einem Handgriff auf die andere Schulter, sodass meine Sicht nun frei ist auf den schmalen Träger, der ihren Arm hinuntergerutscht ist, und auf – auch auf die Gefahr hin, kitschig zu klingen – einen makellosen schlanken Hals. Mein Mund ist urplötzlich so trocken, dass ich der Marie ihre fast noch volle Bierflasche aus der Hand nehme und mir einen kräftigen Schluck genehmige. Irgendwie muss ich mich ja ablenken.

Aber vergeblich. Auf einmal pressen sich meine Lippen auf ihren Hals, und die Marie zuckt zusammen. Sie dreht den Kopf in meine Richtung, blickt mir erstaunt in die Augen, und dann küsse ich sie mitten auf den Mund.

Ich zögere keine Sekunde mehr, hebe sie vom Tisch und ziehe sie an der Hand hinaus aus dem stickigen Laden.

Auf dem Weg zum Auto bleiben wir immer wieder stehen und schmusen. Endlich im Wagen schiebe ich ihr das Kleid nach oben. Was ich sehe, gefällt mir ausgesprochen gut. Ich versuche, mich irgendwie vor sie zu quetschen, aber der verdammte Multipla ist einfach zu eng.

»Dafür bin ich eindeutig zu alt, das geht nicht.« Meine Stimme klingt rau, und ich lasse mich entmutigt zurück auf den Fahrersitz fallen.

Urplötzlich kommt die Marie wieder zu sich. »Vergiss es,

Raphi, bitte. Bring mich einfach nur nach Haus«, murmelt sie, während sie krampfhaft ihr Kleid nach unten zieht.

»Nichts da, auf gar keinen Fall.« Ich schaue ihr tief in die Augen, ziehe ihren Kopf zu mir und küsse sie noch mal leidenschaftlich. Sie leistet keinen Widerstand.

Währenddessen überlege ich fieberhaft, wohin ich mit ihr fahren kann. Zu mir heim kommt nicht in Frage, weil mein Vater mit dem Felix da ist. Beide schlafen zwar oben in Gabis Wohnung, aber auch dort ist jedes Geräusch von unten zu hören. Wenn man denn hinhört. Außerdem nehme ich aus Prinzip keine Frauen mit zu mir nach Hause.

Dann fällt mir die Lösung ein. Ich mache mich von der Marie los und ziehe triumphierend den Schlüssel von Eidenpichlers Geschäft aus meiner Hosentasche. Ursprünglich hatte ich vor, auf dem Heimweg von der Hochzeit dort noch nach dem Rechten zu sehen. »Modell E711 wartet auf uns«, grinse ich die Marie an. Raphi, du bist ein Fuchs, denke ich mir stolz, starte den Wagen und schiebe meine rechte Hand unter Maries Kleid.

Nicht einmal dreißig Minuten später sind wir zurück in Koppelried und stehen vor dem Möbelgeschäft. Die Marie zittert neben mir wie Espenlaub, obwohl es eigentlich sehr warm ist. »Ich komme mir vor wie eine Fünfzehnjährige«, flüstert sie beinahe panisch.

»Keine Angst.« Ich ziehe sie eng an mich, hänge ihr mein Sakko um und schließe mit meiner freien Hand die Tür vom Möbelgeschäft auf. Weil die Straßenlaterne an der Ecke den Verkaufsraum hell genug erleuchtet, mache ich kein Licht. Etwas verloren bleibt die Marie neben der Tür stehen, während ich mich kurz umsehe, ob die Luft auch tatsächlich rein ist. Als ich sie anblicke, schaut sie mich skeptisch an.

»Raphi, meinst du nicht, wir sollten jetzt wieder gehen? Es ist nicht okay, dass wir beide hier sind. Gar nicht okay«, meint sie zaghaft und beißt sich auf die Lippen.

Ich kann ihr deutlich ansehen, wie unwohl sie sich fühlt. Zum Glück fällt mir in dem Moment der Sekt im Kühlschrank hinter der Verkaufstheke ein.

»Ach was. Ein Hoch auf den Eidenpichler, der immer ein paar Flaschen für seine Gäste im Kühlschrank hat«, zwinkere ich ihr aufmunternd zu und gehe zum Tresen. Ich stehe zwar nicht so auf Sprudel, aber für die Marie tue ich jetzt alles, und die muss sich unbedingt ein bisserl entspannen.

Im Kühlschrank entdecke ich nicht nur Sekt, sondern auch eine gut gekühlte Flasche Gin, der bestimmt eine noch entspannendere Wirkung hat. Spontan entscheide ich mich für beides und fülle den Gin großzügig in hohe Gläser und den Sekt in Sektflöten, die praktischerweise im Regal hinter dem Tresen stehen. Dann platziere ich die Gläser in Windeseile auf dem Nachttisch neben dem mir bereits bekannten Luxusbett. Zu meinem Glück lässt sich die Stehlampe neben dem Bett ganz einfach anknipsen und dimmen, was uns das stimmungstötende Neonlicht an der Decke erspart. Schließlich lasse ich mit der Fernbedienung am Tresen noch die Rollläden vor dem Schaufenster herunter, damit wir vor neugierigen Blicken geschützt sind. Gut, dass ich dem Eidenpichler letztens dabei über die Schulter gesehen habe.

Dann gehe ich grinsend auf die Marie zu, die immer noch verunsichert an der Tür lehnt und hilflos zurücklächelt. Ich nehme ihre Hand und ziehe sie sanft hinter mir her, bis wir vor dem großen Bett stehen.

»Darf ich vorstellen? Modell E711, der absolute Boxspring-Luxus, höchster Komfort mit edlem Flair«, lese ich vergnügt vom darüberhängenden Produktschild ab. Dann lasse ich mich aufs Bett fallen, ziehe die Marie auf meinen Schoß und drücke ihr ein Glas Sekt in die Hand. Diese Frau gefällt mir verdammt gut, schon lange.

Freitag

Ich erwache von einem Geräusch, das sich anhört, als würde man mein Gehirn durch einen Fleischwolf drehen. Unangenehm grelles Licht blendet mich, und ich kann meine Augen nur zu schmalen Schlitzen öffnen, mehr ist nicht drin. Mein Kopf fühlt sich an, als wäre er in eine Schraubzwinge eingespannt. Als ich mein Kinn senke, sehe ich wie durch eine Nebelwand ein Gewusel an blonden Haaren auf meiner Brust.

»Ja, spinn ich denn! Was ist denn jetzt das?«, dringt eine dumpfe Stimme in mein Bewusstsein. Die vom Eidenpichler? Was macht der denn in meinem Schlafzimmer?

»Aigner, du Fetzenschädel! Bist jetzt komplett narrisch worden?« Der Eidenpichler steht neben dem Bett, auf dem ich liege, und brüllt mich an.

Das kann nur ein böser Traum sein, denke ich mir, als sich die Haarpracht auf meiner Brust, die blond und garantiert nicht von mir ist, langsam bewegt. Verschwommen taucht das Gesicht von der Marie vor mir auf. Ruckartig fährt sie in die Höhe, und meine Augen können endlich wieder scharf sehen. Gerade noch rechtzeitig, dass ich ihren sensationellen Busen nicht verpasse.

Die Marie schaut verwirrt zum Eidenpichler, dann zu mir. Der Eidenpichler starrt mit weit offen stehendem Mund auf Maries Busen, weshalb sie sich blitzschnell bis zum Hals in das einzige Laken wickelt, das auf dem Bett liegt. Was wiederum mich ganz schön nackt aussehen lässt.

Zwar kann ich endlich wieder normal sehen, nur das, was ich jetzt erblicke, gefällt mir gar nicht. Weil der Eidenpichler offensichtlich schon die Rollläden hochgefahren hat, steht vor dem Schaufenster in Richtung Hauptplatz der Wimmerl-Roman und hält sein Handy quer vor sich in unsere

Richtung. Der Saubub, der elendige, der fotografiert uns, denke ich mir und springe aus dem Bett, so wie Gott mich geschaffen hat.

»Aigner, du Depp«, fängt der Eidenpichler sofort an, wie eine Sirene loszukreischen, »zieh dir wenigstens was an! Die Hose! Die Hose!«

Ich drehe mich um und schaue, wo meine Hose ist. Dabei sehe ich, wie die Marie in die Decke beißt. Ich glaube beinahe, die lacht. Aber an der Hose ist normalerweise mein Gürtel mit der Dienstwaffe, und mit der werde ich dem Wimmerlgesicht jetzt ein Loch in sein verdammtes Handy schießen!

Statt meiner Hose entdecke ich allerdings nur drei leere Flaschen Sekt und eine genauso leere Flasche Gin, die auf dem Boden herumrollen. Und langsam dämmern mir ein paar Erinnerungsfetzen von wegen Sekt aus dem Bauchnabel der Marie schlürfen herauf, und ich bemerke, dass es im ganzen Schauraum penetrant nach Alkohol mieft. Wirklich erinnern kann ich mich allerdings nur an wenig. Eigentlich an fast gar nichts, wenn ich ehrlich bin.

Da hält mir die Marie meine Hose vor die Nase, an der natürlich kein Gürtel mit Dienstwaffe ist. Eh klar, Raphi. Komm endlich zu dir. Du bist Polizist und kein Cowboy!

Der Roman, die freche Kröte, hält sich währenddessen immer noch das Handy vors Gesicht, und trotzdem kann ich sehen, wie er unverschämt grinst. Das Einzige, was ich in einer meiner Hosentaschen finde, ist mein Dienstausweis. Interessant. In Ermangelung von etwas anderem presse ich ihn völlig hirnlos gegen das Schaufenster, während ich mit der Faust kräftig dagegenschlage. »Du Hundsfott, du elendiger! Gib das Handy her, sofort!«

»Aigner, bitte. Zieh dir endlich was an. Wenn da jetzt noch mehr Leute vorbeikommen«, jammert – nein, weint schon fast – der Eidenpichler. Dabei drückt er nervös am Schalter seiner Fernbedienung herum, aber nichts passiert.

»Zieh dir die Hose an, Raphi«, meint die Marie, und das

mache ich jetzt auch, während endlich die Rollläden wieder nach unten surren.

Mit Hose laufe ich raus aus dem Möbelgeschäft und gebe dem verdutzten Saububen von Roman eine Watschen, die sich gewaschen hat. Sein Handy erwische ich leider nicht. In Panik saust er auf seinem Fahrrad davon, und ich nehm mir vor, ihn mir später noch mal vorzuknöpfen.

Wütend gehe ich zurück ins Geschäft. Der Eidenpichler steht immer noch fassungslos da, während die Marie, eingewickelt in die Decke, vom Boxspringbett hüpft.

»Kannst du mir bitte was zum Anziehen besorgen, Eidenpichler?«, fragt sie.

Wie der Angesprochene sie verständnislos anschaut – schon wieder mit offenem Mund –, zeigt sie mit dem Finger nach oben. »Das kann ich ja schwer anziehen, wenn ich halbwegs unauffällig von hier verschwinden will.«

Der Eidenpichler und ich heben synchron unsere Köpfe. An einem der vielen Lampenschirme über uns baumelt wie hindrapiert das weiße Brautkleid.

Dann beginnt der Eidenpichler, sein Handy zu bearbeiten. »Hedi!«, schreit er endlich völlig entnervt hinein. »Komm sofort runter ins Gschäft und nimm eine Hose und ein Leiberl von dir mit. – Frag net so deppert, mach einfach. Und zwar flott!«

Während ich erfolglos meine Socken suche, aber immerhin meine Schuhe finde und barfuß reinschlüpfe, hüpft die Marie noch immer in der Decke zur Kundentoilette und schließt schnell die Tür hinter sich. Als ich mich zum Eidenpichler umsehe, starrt der ihr ungläubig hinterher. Mein Schädel droht zu platzen, wie ich mich nach unten beuge, um meine Schuhe zu binden. Und als mir der Eidenpichler mein grauslich versifftes Hemd vor die Nase hält, dreht es mir gefährlich den Magen um.

»Ich bin wirklich aufs Schwerste enttäuscht von dir, Aigner. Da vertrau ich dir mein Gschäft an, meine Existenz, mein

Leben, damit diese elendige Saubande nachts darin nicht mehr rudelbumsen kann, und was tust du? Machst dasselbe in Grün und schüttest mir quasi als Draufgabe noch literweise Sekt und meinen hochpreisigen Gin auf das teure Bett und sonst wo hin. Da herinnen stinkt es wie in einem Puff.« Er setzt sich aufs Boxspringbett mit Komfort und Flair und legt verzweifelt seinen dicken Kopf in seine Hände. »Ich verklag dich wegen Verdienstausfall … Aigner, du Trottel. Ich verklag dich wegen Existenzgefährdung, wegen … allem.« Jetzt weint er wirklich, glaube ich.

Bevor ich ihm auch nur irgendetwas antworten kann, kommt die Hedi zur Tür herein und schaut schockiert von mir zu ihrem Mann und dann zu mir zurück.

Wortlos deute ich auf das Brautkleid am Lampenschirm und dann zur Toilette. Die Hedi ist recht fix und versteht sofort. Kurz klopft sie an die Toilettentür, bevor sie dahinter verschwindet.

»Ich zahle dir den Schaden natürlich, Eidenpichler. Und jetzt hör auf, so rumzuplärren, das ist ja peinlich«, herrsche ich ihn an, obwohl mir gleichzeitig bewusst wird, dass meine Aktion hier alles andere als astrein war. Noch immer laufen dem Eidenpichler dicke Tränen die Wangen hinunter.

»Darum geht's doch gar net, das Finanzielle regle ich sowieso mit der Versicherung. Aber was die Leut sagen werden! Die werden mein Gschäft doch meiden wie die Pest, wenn sich herumspricht, was hier passiert ist.«

»Das spricht sich schon nicht herum, Eidenpichler«, versuche ich, ihn zu beruhigen. »Dafür sorge ich, das schwör ich dir. Gleich nachher werde ich mir den depperten Leitner-Buben schnappen. Außerdem hol ich mir die verflixte Bande, die da jede Woche bei dir feiert«, ergänze ich.

Der Eidenpichler macht kraftlos eine abwehrende Handbewegung. »Aigner, Aigner. Du hast mich ruiniert. Mein Gschäft ist für immer ruiniert«, schluchzt der dicke Kerl weiter.

Langsam geht mir seine Reaktion echt auf den Senkel, aber

einfach gehen kann ich leider auch nicht. Vor allem nicht, solange die Marie noch nicht wieder aufgetaucht ist.

Ich fische das Kleid vom Lampenschirm und lege es auf den Kassentisch, weil ich nicht so recht weiß, wohin damit.

Endlich kommt die Hedi mit der Marie aus der Toilette. Letztere schaut gar nicht mehr lädiert aus, sondern wirkt sogar überraschend frisch. Jeans und T-Shirt von der Hedi könnte sie sich zwar zweimal um den Körper wickeln, aber eigentlich gibt sie darin einen recht rührenden Anblick ab. Ich bin fast versucht, meinen Arm um sie zu legen, traue mich aber dann doch nicht. Ruhig bleiben ist die Devise, Raphael Aigner, ermahne ich mich. Verlier jetzt bloß nicht die Nerven.

Also mache ich nichts weiter, als einfach nur blöd vor mich hin zu schauen. Ich habe nicht die geringste Idee, was ich in diesem Moment sagen soll.

Während ich noch überlege, geht die Marie zum Kassentisch, rollt seelenruhig ihr Kleid zusammen und tätschelt dem Eidenpichler den Arm. »Es tut mir so leid. Für den Schaden komme ich dir selbstverständlich auf.«

»Aber geh, Marie, vergiss es«, winkt der jammernd ab. »Schau lieber, dass du das mit dem Max klärst. In deiner Haut möcht ich jetzt net stecken.«

»Ganz bestimmt kläre ich das, keine Sorge.« Die Marie streicht ihm noch einmal über die Schulter, dann drückt sie mir wie selbstverständlich einen sanften Kuss auf die Wange und flüstert mir zu: »Mach dir keinen Kopf, Raphi. Das wird keine Folgen für dich haben, weder durch Max noch durch mich.«

Ich schaffe es gerade so, einfach weiter blöd dreinzuschauen. Mehr ist im Moment in meinem Zustand nicht drin.

Die Marie hingegen reicht der Hedi noch mit einem artigen »Danke schön« die Hand und verschwindet dann leise aus dem Geschäft. Durch das kleine Fenster rechts neben der Tür kann ich sehen, wie sie in der viel zu großen Hose und den weißen Stöckelschuhen über den Hauptplatz zu ihrem Haus stakst. Rasch und energisch, das weiße Bündel fest unter ihren Arm gestopft.

Die Hedi ist die Erste von uns dreien, die die Fassung wiedererlangt. »Franz, du rufst jetzt gleich die Putzfrau an, und Aigner, du verschwindest auf der Stelle.«

Massiv erleichtert komme ich ihrer Aufforderung nach, springe in den Multipla und fahre zum Fleischhauer Heininger, wo der Roman seine Lehre macht.

Als ich den Laden betrete, treffe ich auf einen extrem verkatert dreinschauenden Heininger, der mich aber trotzdem auslacht.

»Na, Aigner? Wohl auch zu lang gefeiert gestern. Schaust ja sauber lädiert aus. Nachdem die Grazer eins zu zwei gegen unsere Salzburger Buam verloren haben, hat's kein Halten mehr geben. Meine Alte wollt mich ja erst net schauen lassen, aber was ein echter Mann ist, der kann sich halt durchsetzen.« Er lacht polternd, hört aber gleich wieder auf und greift sich an den Schädel. Anscheinend hat auch er Kopfweh.

»Wo ist dein Lehrbub, Heininger?«, frage ich kurz angebunden. »Ich muss ihn dringend sprechen.«

Da kommt der Roman auch schon aus dem Kühlraum und kriegt einen hochroten Schädel, als er mich sieht.

»Raus mit dir, Roman«, fahre ich ihn an.

»Hast was ang'stellt, du Depp?« Der Heininger zieht ihm mit der flachen Hand eine über den Scheitel. »Verschwind hinten raus mit unserem Schandi, du Rotzlöffel, du. Und sei ja kooperativ, host mich?«

Ich geh mit dem verschreckten Roman nach draußen in den Innenhof. »Her mit deinem Handy!«, brülle ich ungeduldig, bereue es aber gleich wieder, weil mein Schädel dadurch nur noch mehr schmerzt.

»Ich hab alles g'löscht, Herr Aigner«, jammert das wandelnde Eiterwimmerl. »Es tut mir so leid. Ich woaß net, was ich mir dabei gedacht hab. Entschuldigen S' bitte, Herr Aigner.«

»Du hast die Fotos also gelöscht?«, frage ich ihn streng, aber meinem Kopf zuliebe etwas leiser.

Er wird rot und nickt eifrig.

»Egal, her mit dem Handy.« Ich halte ihm fordernd meine geöffnete Hand entgegen.

Der Bursche fischt ein nagelneues iPhone aus seiner weißen Fleischerjacke und wischt zitternd darauf herum. »Tut mir so leid, Herr Aigner«, wiederholt er schon wieder. »Tut mir echt so leid.«

Voller Ungeduld entreiße ich ihm das Handy. In der Galerie finde ich wirklich kein Bild von mir und der Marie, zumindest nicht auf die Schnelle. Aber dafür haufenweise Fotos und Videos von ihm, dem Sieder Hannes, der Marlene und der dicken Tochter vom Eidenpichler. Auf dem mir seit heute Nacht bestens bekannten Modell E711 im Schaufenster des Möbelgeschäfts. Nichts davon lässt auch nur irgendeinen Zweifel. Die jungen Leute sind offensichtlich schwer am Experimentieren, wobei man beim Sieder eigentlich nicht mehr wirklich davon ausgehen kann. Der Kerl dürfte Mitte zwanzig sein.

»Dein Handy ist hiermit konfisziert, Roman. Ich nehme es mit auf die Inspektion. Das alles wird Konsequenzen haben, das ist dir hoffentlich klar. Morgen seid ihr alle vier pünktlich um elf Uhr bei mir im Büro, kapiert?«

Der dünne Roman zittert wie Espenlaub und nickt wie ein Besessener. »Die Petra hat einen Schlüssel, wir sind da nicht eingebrochen. Das war alles legal –«

»Halt die Pappen! Verrat mir nur mehr deine PIN zum Entsperren des Telefons, und den Rest könnt ihr mir morgen erklären. Punkt elf, sonst hole ich jeden von euch persönlich ab.«

Im Auto suche ich auf dem verdammten Telefon noch mal genauer nach Fotos oder Videos von mir und der Marie. Nichts. Trotzdem nehme ich mir vor, den Andi diesbezüglich zu konsultieren. Der ist um einiges gewiefter als ich, wenn es um Smartphones geht.

Schon etwas beruhigter fahre ich zurück zum Eidenpichler. An der Tür hängt ein Schild: »Wegen Inventur erst Samstag wieder geöffnet«, aber ich habe ja immer noch seinen Schlüssel. Drinnen arbeitet fröhlich summend die Putzfrau und duftet das Bett im Schaufenster mit einem Raumspray Marke Tannenduft ein, das noch penetranter stinkt als der abgestandene Sekt. Sämtliche Fenster sind gekippt, damit frische Luft hereinströmen kann.

»Wo ist der Eidenpichler?«

»Chef auf Klo!«, ruft mir der polnische Putzteufel zu.

Ich reiße die Tür zum Häusl auf und vernehme sofort ein geräuschvolles Furzen. »Komm sofort raus, Eidenpichler. Ich weiß, wer hinter den Einbrüchen steckt.« Ich höre, wie er ausgiebig die Klospülung betätigt, dann kommt er auch schon in den Waschraum.

»Warst jetzt aber schon schwer motiviert, gell, Aigner?« Der Eidenpichler weint nicht mehr, sondern grinst mich eher unverschämt an und boxt mich kameradschaftlich in die Seite. »Ich hab doch schon immer gewusst, dass die Marie eine scharfe Braut ist. Kompliment, Aigner. Dem depperten Brauwirt seine fesche Braut verzahnen und gleich vernaschen, das kann net jeder.«

Na ja, Ehre, wem Ehre gebührt, denke ich mir doch ein wenig geschmeichelt. Aber sicherheitshalber brumme ich ihn scharf an: »Kein Wort mehr davon. Zu niemandem, Eidenpichler, host mich?«

»Ehrensache«, grinst der immer noch, und ich glaube ihm kein Wort. »Und jetzt sag, wer ist die Bagage, die sich ständig in meinem Gschäft vergnügt?«

»Schau selbst.« Ich halte ihm das Handy vom Roman vors Gesicht und spiele eins der Videos ab. Je mehr Zeit vergeht, desto blasser wird der Eidenpichler um die Nase herum, bis er kalkweiß ist. Ich habe ein ganz nettes Filmchen ausgesucht, in dem seine dicke Tochter mit dem Roman und dem Hannes gleichzeitig rummacht.

»Was? Wie?« Der Eidenpichler lockert sich die Krawatte. »Aber das kann net sein, meine Petra ist doch so eine Brave. Geh bitte, Aigner, tu das weg, mir graust.« Er schiebt das Handy von sich, dreht den Wasserhahn auf, hält die Hände darunter und macht sich das Gesicht nass. »Das ist zu viel für einen Tag.« Theatralisch greift er sich ans Herz. »Die Petra kriegt eine Watschen, die das depperte Mensch sein Lebtag nimmer vergessen wird.«

Er kramt sein eigenes Handy aus der Hosentasche hervor und schreit gleich darauf hinein. »Hedi! Komm herunter! Aber flott!«

Keine fünf Minuten später betet die Hedi zum lieben Herrgott und weint aus roten, verquollenen Augen. Sanft nehme ich ihr das Handy aus der klammen Hand.

»Das ist Beweismaterial, das muss ich wieder mitnehmen. Jetzt liegt es an euch, ob ihr eine Anzeige machen wollt oder nicht. Ich werde den jungen Leuten erst mal nur ordentlich ins Gewissen reden. Für morgen um elf hab ich die vier auf die Inspektion bestellt, da müssen sie jetzt durch. Servus.«

Dann fahre ich nach Hause, schleiche mich auf leisen Sohlen in meine Wohnung und sperre sicherheitshalber ab, damit mich niemand beim Ausschlafen stören kann. Ich nehme zwar an, dass mein Bub, dessen Kinderzimmer sich einen Stock höher in Gabis Wohnung befindet, vom Vater oder der Gabi schon in den Kindergarten gebracht worden ist, aber man weiß ja nie. Nachdem ich die übel riechenden Kleider ausgezogen habe, werfe ich mich aufs Bett und bin froh, dass ich meinen nächsten Dienst vorausschauenderweise erst für morgen eingetragen habe. Ich bin komplett k.o.

Irgendwann, Stunden später, dringt dumpf ein Klingeln in mein Bewusstsein. Ich öffne die Augen auf Halbmast, kann mein Handy aber nicht sofort entdecken. Erst als es wieder verstummt ist, fische ich es unter dem Bett hervor. Na, servus – zweiundzwanzig Anrufe in Abwesenheit, dazu SMS- und WhatsApp-Nachrichten. Es waren die Gabi, die Gabi, die Gabi ... auch mal der Schorsch, der Andi, die Gabi, die Gabi ... und der Andi.

Ich öffne die erste Nachricht meiner Schwester. »Ruf mich sofort zurück!«

»Wo ist mein Auto?«, vom Schorsch.

»Ruf mich an, Alter«, vom Andi.

»Ruf endlich zurück!«, von der Gabi.

»Wo bist du Wahnsinniger?«, von der Gabi.

»Ruf an, Raphi. Es ist echt dringend«, vom Andi.

Irgendwie wird mir jetzt doch ein bisserl komisch zumute. Ist meinem Buben etwa etwas passiert? Weil ich feige bin, rufe ich den Andi und nicht meine Schwester zurück.

»Raphi, du Irrer, wo bist du? Wir versuchen seit Stunden, dich zu erreichen.«

»Ich bin zu Hause und hab bloß meinen Rausch ausgeschlafen, Andi. Was ist denn los? Ist was mit dem Felix?«

»Nein, der Bub spielt in seinem Zimmer, und da bleibt er jetzt auch besser mal. Ich bin übrigens auch oben bei der Gabi. Echt, Raphi, wir haben bei dir Sturm geläutet, aber du Irrer hattest abgesperrt!«, schreit er, als ob es ein Verbrechen wäre, seine Wohnung abzuschließen. Ich habe wohl geschlafen wie ein Stein.

»Bleib, wo du bist. Ich bin mit der Gabi in einer Minute unten.« Es piept, der Andi hat aufgelegt.

Gleich darauf rennt er mich beinahe um, als ich die Tür öffne. Die Gabi will mir auf Zehenspitzen mit der flachen Hand auf den Hinterkopf schlagen, aber ich weiche geschickt aus. Dieses Erziehungsmittel wendet sie trotz meines fortgeschrittenen Alters immer noch liebend gerne bei mir an.

»So liebevoll heut, Schwesterherz?«

»Red mich besser nicht an.«

Ich versuche, wie ein Unschuldslamm dreinzublicken. Tatsächlich habe ich keine Ahnung, worum es hier geht. Die

Marie wird doch nicht schnurstracks zur Gabi gegangen sein, um zu beichten? Oder, schlimmer noch, zum Pepperl?

Der Andi nimmt sich mein Notebook vom Schreibtisch, stellt es auf den Esstisch vor der Kochnische, klappt es auf und öffnet mein Mail-Programm.

»Baumgartner, spinnst du? Das ist privat.«

»Keine Zeit für Sentimentalitäten«, meint der Andi trocken, um gleich darauf triumphierend aufzuschreien. »Ha! Hab ich's mir doch gedacht. Halb Koppelried hat diese Mail bekommen. Und du natürlich auch.«

Die Gabi will mir noch eine Kopfnuss verpassen, und diesmal trifft sie. Meine schlechte Reaktionsfähigkeit ist wahrscheinlich dem Restalkohol geschuldet.

»Jetzt hör doch mal auf damit, Gabi.«

»Du Haderlump! Wie konntest du ihr das nur antun? Und dem Felix? Hast du kein Hirn im Kopf, du …« Die Gabi sucht krampfhaft nach einer wirklich wortgewaltigen Beleidigung. »Du … Mann!«

Weil mir jetzt wirklich Übles schwant, sehe ich mir die E-Mail genauer an. Unter dem Betreff »Brauwirt Hochzeit« ist folgender Text zu lesen: »Dorfpolizist auf Abwägen. Wie viel STANDhaftigkeit beweissen wir Schandis?«

»Sieh dir den Absender an.« Mein bis eben bester Freund jauchzt voller Freude, während er mit dem Finger mehrmals auf den Bildschirm tippt. Da steht: »PI-S-Koppelried@polizei.gv.at«. Die Mail-Adresse unserer Inspektion, mir wird schlecht.

Höchst selbstzufrieden klickt der Andi mit der Maus auf den mitgeschickten Link, woraufhin sich ein YouTube-Fenster öffnet. Was ich dann sehe, haut selbst mich um. Meine Beine geben nach, und ich lasse mich auf den Stuhl vor das Notebook fallen.

Die Marie sitzt aufrecht im Bett, Modell E711. Kurz sieht man ihren hellen Busen aufblitzen, dann wickelt sie sich rasch in das Laken, das sie mir wegzieht. Verunsichert blickt sie sich um, ihre langen Haare sind völlig zerzaust.

Die Kamera schwenkt auf das Brautkleid, das am Lampenschirm baumelt, dann komme ich ins Bild. Nackt springe ich hinter dem Schaufenster rum, schlage mehrfach mit der Faust gegen die Scheibe und schimpfe – das ist etwas gedämpft zu hören – den Roman alle möglichen Namen, während der Eidenpichler, der mit kalkweißem Gesicht hinter mir steht, »Deine Hose!« jammert.

Gott sei Dank zoomt die Kamera endlich auf mein Gesicht und danach auf das der Marie, die sich das Bettlaken vor die Brust hält, sich bückt und meine Hose hochhebt.

Dann zoomt die Kamera wieder heraus, und man sieht mich immer noch rumzappeln wie Rumpelstilzchen – diesmal zum Glück nur meinen auf und ab hüpfenden nackten Oberkörper –, während eine Hand von mir meinen Dienstausweis gegen das Fensterglas drückt. Es ist furchtbar peinlich. Die Kamera zoomt auf meinen Ausweis, den man zum Glück nur verschwommen erkennen kann, bevor sie auf meine Hose schwenkt, die die Marie mir hinhält.

Es folgt ein erneuter Schwenk auf das Brautkleid, das immer noch fröhlich am Lampenschirm baumelt, dann fährt endlich der Rollladen nach unten.

Der Ton ist ziemlich gut, muss ich zugeben. Scheiß dünne Fensterscheiben, die der Eidenpichler hat!

Mir ist schlechter als schlecht. Ich klappe das Notebook zu. Es reicht.

»Ich hab dir gestern gesagt, du sollst dich um sie kümmern. Aber doch nicht so, du Vollidiot.« Die Gabi will mir erneut mit der flachen Hand auf den Hinterkopf schlagen, aber wieder kann ich erfolgreich ausweichen, sodass sie den Andi trifft, der sie verdutzt anschaut. Fast muss ich grinsen.

»Ich hab schon nachgeschaut, ob ich den Wahnsinnigen ausfindig machen kann, der das Video online gestellt hat, aber nur einen Alias gefunden«, sagt der Andi jetzt. »Im Netz hat man da kaum eine Chance. Bei YouTube habe ich schon einen Löschantrag gestellt, aber bis die ein Video rausnehmen, dauert es in der Regel einen bis mehrere Tage. Vielleicht geht es diesmal ja schneller, weil man kurz deinen Schniedel sehen kann. Die E-Mail mit dem Link muss jedenfalls an halb Koppelried verschickt worden sein, die Gabi und ich wurden heute schon von zig Leuten deshalb kontaktiert«, grinst er nur wenig verhalten.

Irgendwie habe ich das dumpfe Gefühl, dass die Geschichte den Andi etwas zu sehr amüsiert. Ich stehe auf und nehme die Flasche mit Gabis selbst angesetztem Nussschnaps aus dem Küchenregal. Den habe ich jetzt bitter nötig. Trotz des strafenden Blickes meiner Schwester genehmige ich mir einen kräftigen Schluck direkt aus der Flasche.

Plötzlich kommt mir die Marie in den Sinn. Ob die das Video auch schon gesehen hat?

»Was ist mit der Marie?«, frage ich. »Und weiß es der Max schon?« Ich glaube, jetzt hab auch ich den Ernst der Lage endlich kapiert.

Die Gabi windet mir die Flasche aus der Hand, nimmt selber einen kräftigen Schluck und wischt sich nicht eben damenhaft mit dem flachen Handrücken den Mund ab.

»Eigentlich verdienst du es gar nicht, dass ich dir überhaupt irgendwas dazu sage. Aber natürlich hat der Max das Filmchen schon gesehen, schließlich ist der trainiert und braucht nicht so lang wie du, um seinen Rausch auszuschlafen.«

Stimmt, die Uhr zeigt schon kurz nach fünf am Nachmittag, stelle ich überrascht fest.

»Der Max wurde von seinen FClern informiert«, erzählt die Gabi ungerührt weiter. »Bis dahin war ihm wahrscheinlich noch nicht mal aufgefallen, dass er seine frischgebackene Ehefrau seit gestern Abend nicht mehr gesehen hatte. Angesichts dessen ist es wohl gut, dass die Marie erst nächste Woche beim Max einziehen wollte.« Sie klingt bitter und macht eine Pause, wie um mich auf die Folter zu spannen.

»Ja, und? Kruzifix! Weiter!«

»Nun, die junge Kellnerin, die Franziska, hat mich angerufen und gewarnt, dass der Max fuchsteufelswild auf dem Weg zu Maries Haus ist. Aber mit mir hatte er nicht gerechnet. Weil ich schon vor ihm bei der Marie war, war er erst mal perplex.« Beifall heischend dreht sich die Gabi zum Andi um, der auch noch prompt applaudiert.

»Geschimpft hat er wie ein Rohrspatz. Er wird dich umbringen, hat er gebrüllt, die Marie wird ihm das noch büßen. Lauter blöde Drohungen halt. Aber dann hab ich den depperten Max ordentlich zur Sau gemacht, den Proleten. Auf der eigenen Hochzeit Fußball schauen, wo gibt's denn so was? Und dabei hat er auch noch andauernd der Kathi an den Hintern und in den Ausschnitt gefasst, vor allen Leuten. Ich hab ihm ins Gesicht gesagt, dass es gut ist, dass die Marie mit dir weg ist.«

»Na bitte, dann hab ich doch nichts falsch gemacht«, werfe ich strafmildernd ein, fange mir aber gleich die nächste Watschen ein.

»Wo denkst du hin! Die Marie auf diese Art vor dem ganzen Ort bloßzustellen, das ist unverkennbar die Raphael-Aigner-Volltrottel-Art.« Empört stemmt meine Schwester ihre Hände in die Hüfte.

Dem Andi kann man sein Grinsen wahrscheinlich nur mehr operativ aus dem Gesicht entfernen. »Das musst du jetzt ertragen, Raphi. Wissen tun's wahrscheinlich eh schon alle im Ort. Und die ganz Cleveren haben sich das oscarreife Filmchen sicher schon runtergeladen.«

Die Gabi hält mir ihr Handy vor die Nase. »Da, Raphael. Du rufst jetzt sofort die Marie an. Ich habe sie übrigens zu ihrem Onkel in die kleine Schrebergartensiedlung geschickt. Man weiß ja nie, was dem depperten Max noch so einfällt – und der Hansl, der lässt ihn garantiert nicht zur Tür herein, den hab ich schon instruiert.«

Völlig überrumpelt nehme ich ihr das Handy aus der Hand, das schon Maries Nummer wählt, und flüchte in mein Badezimmer, um wenigstens während des Telefonats allein zu sein.

Es läutet nicht lange.

»Gabi?«, höre ich Maries angenehme Stimme.

Ich räuspere mich. Mein Hals ist auf einmal ganz trocken.

»Hallo? Gabi?«

»Ähm …«, krächze ich mangels Kreativität.

»Bist du das, Raphi?« Die Marie klingt nicht wirklich erstaunt.

»Ja, also … ja. Ähm, Marie, es –«

Sie unterbricht mich einfach. »Die Gabi hat dich gezwungen, mich anzurufen, oder?«

»Na ja, nicht wirklich. Nur ein bisserl, wenn man es genau nimmt. Wobei, also mehr oder weniger.«

»Gut, dann hör mir kurz zu. Ich übersteh das schon alles alleine. Du brauchst dir keine Sorgen zu machen oder dich für irgendwas verantwortlich zu fühlen. Ich bin erwachsen und weiß, was ich tu. Zumindest stehe ich zu dem, was ich gemacht habe.« Sie hört sich äußerst vernünftig an.

»Also, ich wollte nur, dass du weißt … Nun, der Felix und … du und ich … ich meine, generell eine Frau und ich, das passt einfach nicht zusammen.« Ich schlage mir auf die Stirn. Verdammt, was stammle ich Vollidiot denn da ins Telefon? Die Marie hat jetzt wahrlich andere Sorgen.

»Aha, darum geht es dir also.«

Kurzes betretenes Schweigen auf beiden Seiten.

»Keine Sorge, Aigner«, sagt sie dann und klingt nun doch etwas gereizter. »Du musst mich deswegen nicht heiraten. Außerdem bin ich schon verheiratet.« Sie lacht bitter auf.

Irgendwas sollte ich jetzt sagen, aber mein Gehirn fühlt sich an wie ein Vakuum. So ein Mist, irgendwas muss mir doch einfallen. »Nun, die Betty –«

»Deine minderjährige Friseurin braucht sich auch keine Sorgen zu machen«, blafft die Marie jetzt. »Ehrlich, ich will nichts von dir, absolut überhaupt gar nichts, verstanden? Gestern war gestern. Eine Rauschgeschichte, mehr nicht. Keine Wiederholung erwünscht. Deine Freundin kann beruhigt sein.«

Dann nichts mehr. Sie hat aufgelegt.

Warum um alles in der Welt habe ich gerade eigentlich die Betty erwähnt? Sag mal, Aigner, tickst du noch richtig?, schimpfe ich mit mir selbst.

Nachdem ich einmal tief durchgeatmet habe, fasse ich mir ein Herz und drücke auf Wahlwiederholung. Sei endlich ein Mann, Aigner!

Aber die Marie hebt nicht mehr ab. Ich warte kurz und versuche es noch mal. Wieder geht sie nicht ran.

Dann läutet Gabis Handy, und der Name »Marie« erscheint auf dem Display.

»Marie!«, rufe ich erleichtert ins Telefon. »Bitte lass mich kurz erklären. Das vorhin, das war absoluter Schwachsinn. Kann ich dich sehen?«

Aber am anderen Ende der Leitung ist nicht die Marie, sondern der Hansl. »Ruf bitte nimmer an, Bub«, sagt er. »Das Dirndl hat's so schon schwer genug. Sie woaß net, dass i mit dir sprech, aber bitte lass sie eine Weile in Ruh.«

»Ich will nur nicht, dass sie denkt, dass ich …«

»I woaß Bub, schon gut. Mir ist es mehr als recht, dass das mit dem fetten Riegler Max jetzt doch nix wird. Hoffentlich. Aber tu mir den Gefallen und ruf bitte nimmer an. Gib dem Dirndl Zeit.«

Und damit legt auch der Hansl einfach so auf.

Wie ich mich umdrehe, lehnt die Gabi in der Badezimmertür und klackert ihre langen roten Fingernägel gegen den Türstock. »Und? Hast du dich entschuldigt?«

Aus Feigheit nicke ich rasch und gebe ihr das Handy zurück.

Meine Schwester durchbohrt mich mit ihrem kritischen Blick. »Und? Was hat sie gesagt?«

»Ich soll sie nicht mehr anrufen«, antworte ich beinahe wahrheitsgemäß und zucke ergeben mit den Schultern. Dann gehe ich zum Andi in die Küche, wo ich noch mal einen kräftigen Schluck aus der Schnapsflasche nehme.

Wie mein eigenes Handy läutet, ist es der Schorsch. Er sagt zwar nur Hallo, aber ich weiß trotzdem, was er will. Schnell teile ich ihm mit, wo sein Auto steht und dass ich seinem Bruder den Schlüssel mitgebe. Zum Abschied bringt der Schorsch immerhin einen ganzen Satz zustande: »Geiles Video, Chef.« Na super, das kann ich mir jetzt wohl die nächsten hundert Jahre anhören.

Kaum aufgelegt, läutet mein Handy schon wieder. »Was ist denn, Schorsch? Hast du vielleicht noch so einen wahnsinnig witzigen Kommentar auf Lager?«, schreie ich entnervt, ohne auf das Display geschaut zu haben.

»Raphi, du hinterhältiger Schuft! Ich hab grad das Video auf YouTube gesehen, meine Kollegin aus Ipferdingen hat mir den Link geschickt. Das pack ich echt nicht, noch nie hat mich ein Mann so blamiert!« Die Betty kreischt mit so schriller Stimme ins Telefon, dass sich mein immer noch angeschlagener Kopf lauthals beschwert.

Die hat mir zu meinem Glück gerade noch gefehlt. Mir reicht es. »Betty, da du es ja nicht anders kapierst – es ist endgültig Schluss mit uns beiden«, mache ich kurzen Prozess mit ihr.

Sie heult kurz auf. »Sei nicht so herzlos«, schluchzt sie. »Du willst mir doch nicht sagen, dass du diese alte Schachtel mir vorziehst?«

»Doch, Betty, das will ich. Ich steh auf diese Frau und nicht auf dich.«

»Nein, warte«, heult sie. »Ich hab dich doch so lieb, Raphi-Schatz, bitte tu mir das nicht an.«

»Doch, Betty, das tu ich«, antworte ich ungerührt und lege auf.

Dic Gabi schenkt dem Andi einen triumphierenden Blick, während ich mein Handy ausschalte. Auf weitere Anrufe kann ich im Moment gut und gerne verzichten. Dann lasse ich meine beiden Henkersgesellen einfach stehen und genehmige mir eine ausgiebige heiße Dusche. Bei meinen Ausdünstungen habe ich sie dringend nötig.

Als ich in frischen Jeans zurück in mein Wohnzimmer komme, sitzen die Gabi und der Andi einträchtig nebeneinander auf meiner Couch. Ich ignoriere die beiden, sperre eine Schublade von meinem Schreibtisch auf und hole den Gürtel mit dem Holster und meiner Dienstwaffe heraus. Eine Ausnahme, dass beides dort liegt. Eigentlich hängt meine Waffe vorschriftsmäßig im Panzerschrank der Inspektion, außer ich vergesse sie dort zu deponieren. Den Gürtel wie John Wayne um die Hüfte geschlungen gehe ich zur Tür.

»Spinnst du, Raphi?«, schreit die Gabi auf und wird ganz gelb im Gesicht. »Was hast du denn jetzt schon wieder Irrsinniges vor? Wirst du denn nie erwachsen?« Etwas hilflos wendet sie sich an meinen Freund. »Jetzt mach halt endlich was, Andi.«

»Keine Angst«, beruhigt er sie und rennt mir auch schon hinten nach.

Das Rieglerbräu befindet sich am südlichen Ortsende, zu Fuß braucht man knapp fünfzehn Minuten. Es nieselt, kleine Tropfen klatschen mir auf Nase und Stirn, aber das ist mir wurscht.

Der Andi geht schweigsam neben mir her und grinst dabei von einem Ohr zum anderen. Er versucht erst gar nicht, mich aufzuhalten – er kennt mich eben.

Als ich die schwere Tür zum Rieglerbräu aufreiße, ist es drinnen gerammelt voll, weil es Freitagabend ist und draußen mal wieder unser berühmter Schnürlregen vom Himmel plätschert. Alle sitzen sie in der Schankstube, sämtliche Koppelrieder Spanner. Der gesamte FC ist natürlich auch anwesend, schon zur moralischen Unterstützung vom Riegler Max, seinem Mitglied. Inklusive meiner beiden Polizisten, dem Heinz und dem Michel.

Der Max hockt an der Bar, blau wie ein Veilchen oder, wie wir hier sagen, blunzenfett.

Alle Köpfe drehen sich zu mir, nur der vom Max nicht,

der weiterhin in seinen persönlichen Maßkrug mit seinem eingravierten Namen starrt.

»Riegler!« Breitbeinig stelle ich mich vor ihn hin. Man muss den Leuten ja auch eine Show bieten. »Bringen wir es hinter uns.«

Langsam dreht sich der Max zu mir und lacht mich einfach aus. »Eh klar, nur mit einer Puffn traut der sich da herein, der feige Schandi.« Dann wendet er sich publikumswirksam den Koppelriedern zu. »Koane Eier hat der, aber davon haben wir uns ja schon alle überzeugen können!« Die FCler lachen laut mit dem Max. Alle außer dem Heinz und dem Michel, die beide betreten den Fußboden studieren.

In Zeitlupe nehme ich meinen Polizeigürtel ab und gebe ihn dem Andi. Das Magazin habe ich ohnehin zu Hause schon herausgenommen.

Umständlich klettert der Max vom Barhocker herunter und wird wie auf Kommando sofort von seinen üblichen Rauf- und Saufkumpanen umringt.

»Okay, dann bin ich eben feig, aber du brauchst deine ganze Schlägertruppe als Unterstützung. Gratuliere, bist noch ganz genau so wie früher. Hast dich keinen Deut verändert. Und jetzt komm her, wenn du dich traust, Riegler!«, verspotte ich ihn lautstark.

Der Max schiebt mit der rechten und linken Hand die Männer von sich weg und schwankt etwas dabei.

Plötzlich sind der Heinz und der Michel neben mir.

»Mach keinen Scheiß, Chef«, flüstert der Heinz mir zu. »Der Riegler ist es echt net wert.«

Auf einmal fängt der Max schallend an zu lachen und dreht sich wieder seinem Publikum zu. »I kann das ja immer noch net glauben, dass der mit seiner kurzen Nudel bei der Marie hat landen können.« Seine Deppen lachen natürlich wie auf Kommando, während er sich wieder zu mir dreht. »Jetzt woaß i endlich, warum dir koane bleibt. Da helfen dir auch die ganzen Locken nix, Aigner, wenn untenrum net viel los ist.« Dann hört er abrupt auf zu lachen und verlangt lautstark einen Schnaps von der Kathi.

Aber die dralle Kellnerin zeigt ihm nur einen Vogel und zapft seelenruhig weiter Bier für die anderen Gäste.

»Du hast meine Marie zur Schlampn g'macht, du Hurenbock, du elendiger!«, brüllt der Max jetzt und stampft mit dem Fuß wie ein Kind auf. Er torkelt näher und will sich auf mich stürzen, stolpert aber über seine eigenen kurzen Beine und stürzt. Wie ein dicker Käfer liegt er vor mir auf dem Boden, obwohl ich ihn nicht mal angerührt habe.

Jetzt bin ich doch ein bisserl verunsichert, denn der stockbesoffene Max ist klar im Nachteil. Einen Besoffenen zu verdreschen, das liegt mir nicht. Also helfe ich ihm lieber auf. Aber noch bevor er wieder auf seinen Füßen steht, rammt mir der Arsch mit voller Wucht seine Faust in den Bauch.

Kurz bleibt mir die Luft weg. Selbst sturzbetrunken hat der Max eine Mordskraft. Scheiß drauf, ich verzichte auf jegliche Rücksichtnahme und verpasse ihm einen kräftigen Kinnhaken, der ihn zurück auf den Fußboden befördert.

»Jetzt sind wir quitt!«, brülle ich.

Der Max windet sich vor Schmerzen, aber diesmal helfe ich ihm nicht mehr auf.

»Nur, damit du es weißt, das war für die Marie.« Obwohl ich nicht mehr ganz so laut spreche, ist meine Stimme gut im totenstillen Raum zu hören. »Eine Frau wie sie ist nämlich viel zu schade für so einen beschissenen Proleten, wie du einer bist.«

Der Max starrt mich ungläubig an, während er sich sein Kinn reibt, dann helfen ihm zwei seiner Kumpels endlich vom Boden hoch.

Ich schaue finster in die Runde der Wirtshausgäste, die mich alle anstarren. »Sollte einer von euch auch nur ein einziges Wort über die Marie und das Video verlieren, dann kriegt er's mit mir zu tun«, drohe ich. »Habts mich?«

Betretenes Gemurmel allerseits, sagen traut sich keiner etwas.

Wie ich dem Andi den Gürtel wieder abnehme und ihn mir filmreif umhängen will, nimmt ihn mir der Heinz kopfschüttelnd aus der Hand.

»Nein, Chef, net ohne Uniform. Ich bring den jetzt auf die Inspektion, okay? Das fehlende Magazin kannst ja morgen mitnehmen.«

Ich nicke ihm dankbar zu, und er macht sich vom Acker.

Dann klettere ich auf einen der Hocker an der Bar. »Je eine Halbe für mich, den Andi und den Michel«, bestelle ich bei der Kellnerin Kathi. In der Schankstube hört man niemanden mehr atmen.

Aber wie es scheint, hat sich der Max wieder gefasst. »Nur über meine Leich!«, brüllt er wie von Sinnen. »Du Hurenbock kriegst von mir nie wieder was zum Saufen! Schleich dich aus meinem Wirtshaus! Kathi«, er schaut die Bedienung böse an, »dem gibst du nix, verstanden?«

»Nein«, entgegnet die Kathi bestimmt und stellt mir drei Halbe und drei Schnaps hin. »Die Schnaps gehen aufs Haus«, sagt sie laut und demonstrativ in Richtung Max.

Ich grinse sie dankbar an. Braves Mädchen.

Der Max ist so perplex, dass er nichts mehr sagt, sondern sich nur mehr von seinen Kumpels auf den Barhocker neben mir hieven lässt.

»Also gut, Aigner«, macht er schließlich doch noch seinen Mund auf. »Dann sind wir zwoa jetzt quitt. Die Sache ist g'regelt, so wie es sich unter Männern g'hört.« Er hält mir die Hand hin, und ich schlage ein.

»Du hast einen ordentlichen Punch, Riegler«, sage ich und nicke anerkennend, weil es wahr ist.

Der Max macht eine abwehrende Handbewegung, ist aber unübersehbar geschmeichelt und prostet mir zu. Dann beugt er sich zu mir und flüstert: »Aber eines sag i dir, die Marie ist für mich g'storben, auf immer und ewig. I will die nimmer, kannst sie haben.« Geräuschvoll rülpst er mir ins Gesicht, sodass ich ein gutes Stück zurückweiche. »Unter koane Umständ will i die wieder zurück«, versichert er mir noch einmal und leert den halben Bierkrug in einem Zug.

Die Gäste im Schankraum haben wieder begonnen, sich leise zu unterhalten. Der eine oder andere beobachtet uns zwar noch verstohlen, aber wir haben nicht mehr deren ungeteilte Aufmerksamkeit.

Der Andi schwingt sich auf den Barhocker neben mir. »Ich weiß schon, warum ich mir dich als Freund ausgesucht hab«, sagt er und legt stolz seinen Arm um mich.

Ich lächle, bin aber insgeheim heilfroh, dass der Max noch besoffen war, als er mich geschlagen hat. Der Zwerg hat eine unglaubliche Kraft, denke ich mir und kann immer noch seine Faust in meiner Magengrube spüren.

Nach seinem vierten Schnaps und dem dritten Weißbier hängt der Max zwischen dem Andi und mir und hält sich an unseren Schultern fest. Der Michel ist wie die meisten anderen Wirtshausgäste schon nach Hause gegangen. Nachdem der Max einige große Reden geschwungen hat, weint er jetzt zur Abwechslung.

Die Kathi schnaubt vor Wut und knallt jedes einzelne Glas nach dem Trockenwischen so lautstark ins Regal, dass mir schon mal präventiv mein Kopf wehtut. Garantiert kann das Mädel das Gejammere über die Marie nicht mehr hören, vor allem, weil sie ja offensichtlich selbst am Brauwirt interessiert ist.

Große Krokodilstränen laufen dem Max über seine geröteten Wangen, seine ebenfalls rote Nase glänzt. »Immer hab i mir so eine Frau g'wünscht. So eine wie die Marie, so eine mit …« Er sucht nach dem passenden Wort. »So eine mit …«

»Solchen Dutteln?«, hilft der Andi überflüssigerweise aus.

»Aber geh, du Trottel. I mein, so eine mit Klasse, eine Klassefrau halt. Keine blöde Trutschn wie die Kathi und die andern Weiber.« Er zeigt auf die Bedienung, und ich hab die nicht unberechtigte Angst, dass sie uns allen dreien gleich mehrere Bierkrüge an den Kopf pfeffern wird.

»Nie hab i geglaubt, dass eine wie die Marie sich mit einem wie mir einlässt«, heult der Max weiter rum. »Nie und nimmer. Und dann ist es doch passiert …«

Schnaubend nimmt die Kathi die Schürze ab, schmeißt sie auf den Boden und verlässt wütend die Schankstube, indem sie die Tür mit dem Schild »Nur für Personal« lautstark hinter sich zuknallt.

Der Andi springt vom Hocker und rennt ihr nach. Schon wieder fischt er heute in Gewässern weit über seiner sonstigen Gewichtsgrenze. Der Kerl wird alt, denke ich mir.

»I kann ohne sie net existieren«, schluchzt der Max jetzt und fällt mir in die Arme. »Und du hast sie mir wegg'nommen, Aigner. Das überleb i net. I will diese Frau, nach der Hochzeit g'hört sie mir, nur mir und sonst keinem, i hab alles dafür getan, damit sie mir g'hört, alles …« Er krallt seine Hände in mein T-Shirt und schmiert seinen Rotz an die Ärmel.

Mir graust, und ich überlege krampfhaft, wie ich ihn rasch loswerden und von hier abhauen kann. Hilfesuchend blicke ich mich um. Max' Trauzeuge, der Rauchfangkehrer, liegt hinten im Eck mit dem Kopf auf dem Tisch und schnarcht laut.

»Die Weiber stehen immer nur auf solche Typen wie dich. Du brauchst koa Geld, koa Wirtshaus, gar nix brauchst du, um an ihre Muschis zu kommen«, redet sich der Max jetzt alles von der Seele. »Der Aigner mit dem Wuschelkopf, das reicht denen. Schon in der Schule hast du reihenweise die feschsten Weiber flachgelegt, und jetzt hast du sogar noch eine Uniform an! Die würden dir ja am liebsten schon das Gwand vom Leib reißen, wenn du nur an denen vorbeigehst …« Er versucht, aus dem Bierkrug zu trinken, und bemerkt nicht, dass der bereits leer ist.

Traurig schlägt er sich mit der flachen Hand auf die Brust. »Mich dagegen schaun s' nur an wegen meinem Wirtshaus und dem Geld. Aber nie wegen mir. Die Marie, die ist was ganz was Besonderes, eine Traumfrau, woaßt schon. Sauber, gscheit, elegant, was Besseres halt. Die Welt ist so beschissen ungerecht. Und du«, wieder hängt er sich an mich ran, »du Hallodri, der alle Weiber haben kann, du Oaschwarzn nimmst mir die einzige Frau, um die es mir jemals in meinem Leben gegangen ist. Das tut mir in der Seele weh, Aigner.« Er lässt mich los und schlägt nun mit der Faust mehrmals hart auf seinen Brustkorb.

Ich ergreife die Gelegenheit beim Schopf, springe immer noch leichtfüßig vom Barhocker, schleife den schweren Kerl zum Tisch von seinem Freund und setze ihn so dorthin, dass er an dem schnarchenden Rauchfangkehrer lehnt.

Zum Abschied klopfe ich ihm noch mal beschwichtigend auf die Schulter. »Schlaf erst mal deinen Rausch aus, Max. Wirst sehen, morgen schaut die Welt schon wieder anders aus. Es tut mir wirklich leid, was passiert ist, aber ändern kann ich's jetzt auch nimmer, beim besten Willen nicht.«

Dann mache ich mich schleunigst aus dem Staub.

Samstag

Die Kaugummiblase wird größer und größer und zerplatzt. Rosarot klebt die Kaugummimasse an der Stupsnase. Langsam holt die Marlene das Zeug mit der Zungenspitze zurück in den Mund, während sie völlig unbeeindruckt lässig in ihrem zu kurzen Top auf dem Stuhl lungert. In ihrem Bauchnabel blitzt ein silbernes Piercing.

Daneben, ebenso betont lässig, aber breitbeinig, klopft der Sieder Hannes, der Schickimicki, unablässig mit seinem rechten Fuß auf den Boden. Die dicke kleine Eidenpichler Petra und der blasse Leitner-Bub wirken hingegen völlig eingeschüchtert und sitzen zusammengesunken wie ein Häufchen Elend auf ihren Stühlen. Die Petra weint bittere Tränen. Kein Wunder, denn ihr Vater, der Eidenpichler, steht hinter ihr. Der ist nicht gerade zimperlich mit seiner Tochter, den muss ich noch etwas einbremsen, denke ich mir.

»Wer von euch ist auf diese blöde Idee gekommen?«

»Meinen S' die Idee, auf die Sie selber auch gekommen sind, Herr Inspektor?« Der rotblonde Hannes grinst mich rotzfrech mit seinem Pferdegebiss an.

Die Marlene kichert hysterisch.

»Inspektionskommandant, nicht Inspektor, merk dir das.« Ich setze mich demonstrativ genau vor den Hannes auf die Schreibtischkante und schaue ihm fest in die Augen. Sofort senkt er den Blick.

Auch die Marlene hat aufgehört zu kichern.

Ich zeige mit dem Finger auf die beiden. »Ihr zwei fallt nicht mehr unter das Jugendstrafrecht, wenn ich es recht bedenke«, sage ich ganz langsam. »Und ihr alle vier seid strafmündig. Euer Vandalismus ist eindeutig nachweisbar, und eine Besitzstörungsklage kriegen wir auch ganz einfach hin. Den Schlüssel habt ihr ja widerrechtlich in euren Besitz gebracht.«

Die dicke Eidenpichlerin wird immer kleiner.

»Damit hätten wir Sachbeschädigung und Diebstahl, was ergo eine Freiheitsstrafe nach sich zieht«, zähle ich an den Fingern auf und verschränke dann meine Arme.

»Und eine ordentliche Tracht Prügel von mir«, meldet sich der Eidenpichler aus dem Hintergrund und hebt drohend die Hand.

»Ich wollt das doch alles gar net«, beginnt die Petra zu plärren. »Hab ich eh schon mehrmals dem Papa gesagt. Aber die Marlene hat mich gezwungen, dass ich ihr den Schlüssel bringe, damit sie ihn nachmachen lassen kann. Sonst hätt sie dem Papa verraten, dass ich mit dem Roman gehe. Und das darf ich ja net, obwohl ich ihn so lieb hab.«

Die Marlene schiebt die Unterlippe vor und schaut die Petra geringschätzig von der Seite an. »Der fette Trampel spinnt ja. Ich hab überhaupt nichts nachmachen lassen. Die blöde Kuh hat uns einfach reingelassen.«

»Und warum hat dann deine Mutter grad vorhin diesen Schlüssel, den es laut dir gar nicht gibt, dem Eidenpichler zurückgegeben? Du hast ihn einfach bei euch ans Schlüsselboard gehängt und den Anhänger sogar noch mit ›Eidenpichler‹ beschriftet. Das war nicht gerade schlau«, konfrontiere ich sie mit den Fakten. Dummes Mädel, denke ich mir und schüttle den Kopf.

»Weil sie eine Verräterin ist. Ich will einen Anwalt, sonst sag ich gar nix mehr.« Die Marlene verschränkt ihre Arme und zieht ein Schnoferl.

»Einen Anwalt kriegst du dann, wenn es eine offizielle Anzeige vom Eidenpichler gibt oder ich sag, dass das eine offizielle Befragung ist, kapiert?«

Sie springt auf und läuft zur Tür. »Dann geh ich jetzt, das ist mir echt zu blöd hier.«

Doch sie hat die Rechnung nicht mit dem stämmigen Schorsch gemacht, der in der offenen Tür lehnt. Langsam, aber bestimmt schüttelt er den Kopf.

Die Marlene ist verunsichert. Unschlüssig blickt sie vom Schorsch zum Sieder Hannes, der den Kopf wegdreht, und nimmt dann doch wieder neben Letzterem Platz.

Der Hannes hebt seine Hände wie ein Unschuldslamm. »Schauen S', Herr Aigner, es tut uns allen wirklich leid. Es war ein dummer Streich, wir haben uns nicht viel dabei gedacht. Wir wollten es nur ein bisserl gemütlich, weil wir doch alle noch bei den Eltern wohnen. Wir haben nie die Absicht gehabt, irgendwas zu stehlen.«

»Und die zwei Benetton-Polster? Und die sündteure schiache Vase?«, fällt ihm der Eidenpichler polternd ins Wort.

»Aber, Papa, das war meine Schuld. Hab ich dir doch schon erzählt. Die Vase hab ich kaputt gemacht, und die Polster haben wir weggeschmissen … halt, weil sie doch schmutzig waren …«, stammelt die Tochter vom Eidenpichler und läuft rot an.

»Wir haben nichts gestohlen. Nicht mal den Sekt im Kühlschrank haben wir angerührt. Wir haben immer unsere eigenen Getränke dabeigehabt.« Der Sieder Hannes hat das »wir« im letzten Satz unüberhörbar betont. Mir ist schon klar, worauf der anspielt. Der Eidenpichler muss inzwischen ganz Koppelried über die Details meines Abenteuers in seinem Geschäft in Kenntnis gesetzt haben.

Ich knurre den Sieder Hannes böse an. »Du warst es, der die Mail verschickt hat, oder?« Jetzt stelle ich mich breitbeinig vor ihn hin.

»Nein, Herr Aigner«, wehrt er sofort ab. »Ich schwör's. So etwas mache ich nicht, ich bin doch nicht deppert. Das kriegt man doch raus.«

Ich glaube ihm kein einziges Wort und nicke dem Schorsch zu, der vier Zettel und Kugelschreiber an die jungen Leute verteilt.

Wieder in meinem Ledersessel lehne ich mich zurück und verschränke die Arme hinter dem Kopf. Dann fordere ich die vier auf, ihren Namen und folgende Sätze aufzuschreiben:

»Dorfpolizist auf Abwegen. Wie viel Standhaftigkeit beweisen wir Schandis?«

»Was soll der Scheiß?«, protestiert nur die Marlene, während die anderen die beiden Sätze bereits brav auf ihre Zettel kritzeln.

Nachdem auch die Marlene fertig ist, sammelt der Schorsch die Blätter ein und gibt sie mir. Aha, denke ich mir, als ich rüberschaue, selbst der trottelige Leitner-Bub kann einwandfrei rechtschreiben.

»Also, meine Herrschaften. Ich schlage vier Wochen Frondienst im Geschäft vom Eidenpichler inklusive Kloputzen vor, oder wollt ihr lieber eine Anzeige?«

Der Sieder Hannes schnaubt verächtlich durch die Nase. »Von mir aus. Aber ich bin derzeit auf Arbeitssuche, und mir geht durch diesen Scheiß dann wertvolle Zeit verloren. Ich wollt's nur gesagt haben.«

Der kommt mir gerade recht. »Du bist doch immer auf Arbeitssuche«, stelle ich klar. »Außerdem könnten wir für dich auch gerne eine Strafanzeige wegen Verführung Minderjähriger aufgeben, wenn dir das lieber ist.« Ich drehe den Kopf kurz zur Petra.

Sofort zuckt der Sieder Hannes erschrocken zusammen. »War doch nur Spaß. Natürlich bin ich einverstanden«, sagt er leise.

Auch der Leitner Roman und die Eidenpichler Petra nicken eifrig.

Nur die Schneider Marlene schnaubt vor Wut und zeigt mit dem Finger auf den Eidenpichler. »Ich putz doch nicht dem seinen Dreck weg.«

»Wie du willst«, sage ich und wende mich meinem PC zu. »Dann können sich die anderen jetzt bei dir bedanken. Eidenpichler, nehmen wir deine Anzeige auf.«

Doch der Möbelladenbesitzer schaut mich nur an wie ein Fragezeichen. Der Typ versteht aber auch rein gar nicht, wie man mit jungen Leuten umgehen muss, stöhne ich innerlich. Kein Wunder, dass er so eine missratene Tochter hat.

»Spinnst du, Alte?«, schreit der Sieder Hannes jetzt die Marlene an. »Dir ist die Anzeige vielleicht wurscht, aber mir net! Wenn ich mir auch nur noch eine Radarstrafe leiste, stecken die mich in den Bau, verstehst?«

Stimmt, erinnere ich mich. Der junge Mann hat schon ein beachtliches Vorstrafenregister, bestehend aus lauter kleineren Delikten, aber trotzdem.

Die Marlene schaut sich hilflos in der Runde um, um dann endgültig zu resignieren. »Na gut, obwohl ich nix getan hab.«

»Genau«, bestätige ich ihr, »und deshalb bleibst du jetzt auch hier, und ihr anderen drei, ihr schleichts euch. Ab Montag steht ihr täglich um neun Uhr in der Früh beim Eidenpichler auf der Matte. Sollte das nicht klappen, hol ich euch persönlich von zu Hause ab und bringe euch hin, verstanden?«

»Aber ich muss in die Metzgerei, ich mach doch eine Lehre«, versucht der Leitner Roman mit schwacher Stimme einzuwenden.

»Kommst halt nach der Arbeit und am Wochenend, bei mir gibt's auch dann genug zu tun –«

»Für dich lassen sich bestimmt ein paar freiwillige Sozialstunden im Altersheim organisieren, Roman«, unterbreche ich den Eidenpichler. Ich kann mir lebhaft vorstellen, wie der dem Buben die gesamte Freizeit nimmt, und bin mir hinsichtlich des Arbeitseinsatzes der jungen Leute bei unserem Möbelladenbesitzer gar nicht mehr so sicher. Da werde ich wohl ab und an nach dem Rechten schauen müssen.

Als der Schorsch die drei Jugendlichen samt dem Eidenpichler zur Tür hinausführt und die Marlene zurückbleibt, wirkt die nicht mehr ganz so cool wie vorhin.

»Die Matura wär doch nicht ganz so blöd gewesen, Marlene – ›beweisen‹ schreibt man mit nur einem s und ›auf Abwegen‹ mit e, nicht mit ä. Das, was ihr dort beim Eidenpichler gemacht habts, das kann ich ja noch verstehen.« Ich bemühe mich, sehr ruhig mit ihr zu sprechen. »Aber dieses depperte

Video an ganz Koppelried zu schicken, da hört der Spaß auf. Das war eine kriminelle Handlung. Hast du schon mal was von Datenschutz, übler Nachrede oder Diffamierung gehört?«

Verunsichert rutscht die Marlene auf ihrem Stuhl hin und her. »Das war die Idee von meinem Freund in Salzburg, der ist der volle Nerd. Der hat sich gleich in euer Netzwerk gehackt und die Adressen aus deiner, also, bei euch«, verbessert sie sich rasch, »aus der Datenbank herausgesucht. Ich musste dann nur mehr das E-Mail tippen, und er hat es verschickt.«

So eine elende Wanze! Scheinbar wächst sich die Sache mit dem Video noch zur Cyberkriminalität aus. Und ich dachte immer, die Leute von der IT hätten unser Netzwerk bombensicher im Griff. War wohl Fehlanzeige.

»Her mit deinem Handy!«, werde ich jetzt doch etwas lauter.

Sie schüttelt energisch den Kopf. »Ganz sicher nicht. Und wieso überhaupt?«

»Her damit, Marlene, sofort! Und zwar entsperrt. Oder willst du, dass ich wirklich zornig werde? Das Hacken des Netzwerks einer Polizeiinspektion ist kein Kavaliersdelikt.«

Mit hochrotem Kopf kramt sie in ihrer Tasche und reicht mir mit ihren langen bunt lackierten Fingernägeln spitz ein rosarotes Handy mit Glitzerzeug auf der Hülle, nachdem sie ihre PIN eingetippt hat. »Wie heißt dein Salzburger Freund?«

Sie sagt nichts, sondern verschränkt nur wieder trotzig die Arme.

Langsam werd ich fuchsteufelswild und muss mich gewaltig zusammenreißen, damit ich nicht mit der Faust auf die Tischplatte schlage. »Verdammt noch mal, Marlene! Wie heißt dieser Freund von dir?«

Sie zuckt zusammen. »Charly … Karl Bruckner.«

Ich scrolle durch das Adressbuch und finde zwei Charlys. Wurscht, ich lass das Telefon sofort ins LKA bringen.

Wieder alleine in meinem Büro rufe ich sofort den Markus Buchinger, Chefinspektor am LKA, an.

Dem Buchinger kann ich blind vertrauen, er war jahrelang mein Partner beim LKA und kennt mich ziemlich gut. Ich kann ihn förmlich vor mir sehen, wie er sich jetzt mit seiner gewaltigen Pranke vor Gaudi auf den Schenkel haut, während ich ihn so knapp wie möglich über die Sache mit dem vermaledeiten Video informiere. Als ich ihm vom Charly Bruckner erzähle, wird er jedoch ernst, und ich kann hören, wie er etwas in seinen Computer tippt.

»Den Namen kenn ich, Aigner«, sagt er. »Der Bruckner ist kein unbeschriebenes Blatt. Aber mit der Aussage von dieser Kleinen hab ich ihn endlich mal konkret am Haken. Und alles Weitere findet die Kriminaltechnische Abteilung heraus, mach dir mal keine Sorgen.«

Ich bedanke und verabschiede mich.

»Servus, Aigner. Du, eine Bitte hätt ich noch –«

»Was denn?«

»Geh bitte, schick mir doch den Link zu dem Video, dann kann ich es mir schon anschauen, bevor wir es beim Bruckner sicherstellen«, grinst er hörbar breit ins Telefon.

»Trottel«, sage ich und lege auf.

Während ich mich in meinen Bürosessel zurücklehne, rufe ich das Video noch mal auf meinem Handy auf. Mittlerweile hat es zweihundertsiebenundvierzig Views und zweiunddreißig saublöde Kommentare.

Als es zu Ende ist, schiebe ich den Regler unter dem Video noch mal zu der Stelle zurück, wo die Marie kurz mit bloßem Oberkörper im Bett sitzt, und tippe mit dem Finger auf »Pause«. Verdammt, die Frau ist durch und durch sexy, und ich Vollidiot kann mich an einfach gar nichts mehr von dieser Nacht erinnern.

»Hast du keinen Hunger, Chef?« Die Gerti, unsere Verwaltungsangestellte und meine allerliebste Sekretärin, steckt den Kopf zur Tür herein.

Ertappt mache ich sofort das Handy aus und lege es auf den Schreibtisch zurück. Eigentlich bin ich sogar sehr hungrig. Kein Wunder, habe ich doch gestern kaum was gegessen, sondern hauptsächlich Bier und Schnaps in mich hineingeschüttet. Ich schaue auf die Uhr. Es ist kurz vor zwei, und draußen scheint die Sonne – das schreit förmlich nach einer späten Mittagspause beim Kirchenwirt, denn ins Rieglerbräu bringen mich jetzt keine zehn Pferde.

Weil unsere Inspektion am nördlichen Ende des Ortes liegt, nehmen wir den Streifenwagen. Während der kurzen Fahrt kläre ich die Gerti schnell darüber auf, dass unser Netzwerk gehackt wurde, und bereue es gleich wieder. Wahrscheinlich hat sie indirekt dieses Mail-Desaster mitverursacht, indem sie unser Adressbuch überaus akribisch geführt hat – darin finden sich die Kontaktdaten von halb Koppelried, angefangen von der alten Frau Holzinger von der Papierhandlung bis hin zum Rauchfangkehrer in Pension. Bevor mir die Gerti vor Aufregung noch kollabiert, parke ich schon wieder das Auto, sicherheitshalber am Hintereingang vom Wirtshaus, weil man von vorne perfekt zu Maries Geschäft rübersehen kann – und umgekehrt. Beides möchte ich im Moment lieber vermeiden.

Wir nehmen direkt unter einem schattigen Kastanienbaum Platz und bestellen uns je das Mittagsmenü bei der Wirtin. Der Gastgarten ist nicht voll, doch die paar Hansln, die da sind, drehen ihre Köpfe interessiert zu uns herüber. Vor allem mich betrachten sie neugierig. Aber das ist mir wurscht, sollen die Koppelrieder doch tratschen, wenn es ihnen Spaß macht.

Schweigsam löffeln wir unsere Schöberlsuppe aus und hängen dabei unseren Gedanken nach. Es dauert nicht lange, und die Kirchenwirtin stellt uns je einen dampfenden Schweinsbraten mit Erdäpfelknödeln und knusprigem Schwarterl hin. Außerdem nimmt sie auch gleich die Suppenteller und den vollen Aschenbecher mit. Meine liebe Gerti hat nämlich nur einen Fehler: Sie ist Kettenraucherin.

Aber noch bevor sie einen einzigen Bissen zu sich genommen hat, legt sie Gabel und Messer zur Seite und kratzt sich verlegen am Ohr. »Cheeef? Darf ich dich was Persönliches fragen?«

Ich seufze in weiser Vorahnung. Jetzt kommt das wieder. »Das Video?« Besser, ich bringe es schnellstmöglich hinter mich.

Die Gerti nickt und wischt sich den sauberen Mund mit der Serviette ab. »Die Marie und du? Seid ihr jetzt auch zsamm oder so? Ich mein, sie lässt sich doch hoffentlich gleich wieder scheiden?«

Ich esse seelenruhig weiter und schüttle den Kopf. Das wäre ja noch schöner, wenn ich mir wegen einer einzigen Nacht gleich eine feste Freundin zulegen müsste. Noch dazu, wo ich mich an überhaupt nichts mehr davon erinnern kann.

»Schade«, meint die Gerti.

Ich denke an das Standbild der Marie im Video und finde es auch sehr schade, dass ich mich nicht erinnern kann.

Die Gerti nimmt ihr Besteck wieder in die Hand, lässt aber nicht locker. »Die Marie, die ist wirklich ein sehr lieber Mensch, Chef. Ich weiß, die Leute im Ort mögen sie net so recht, aber doch nur, weil die sie net wirklich kennen.« Das Besteck wird wieder zur Seite gelegt. »Und dein Felix, der ist doch auch so oft bei der Marie, da hab ich mir schon lang gedacht, das würde gut passen mit euch zwoa.«

»Bitte?« Ich verschlucke mich fast am Schweinsbraten. Mein Sohn ist oft bei der Marie? Und warum weiß ich davon nichts?

»Die Gabi bringt ihn doch zweimal in der Woche zu ihr, wenn sie selbst am Nachmittag Pfarramtssprechstunde hat. Und dein Bub ist immer so fleißig und lieb, jetzt kennt er sich schon gut in Maries Geschäft aus und hilft ihr sogar manchmal beim Einräumen, wenn Ware kommt.« Die Gerti lächelt, hört aber gleich damit auf, als sie in mein grantiges Gesicht schaut.

Diese Banditen! Kein Mensch hat je ein Sterbenswort darüber vor mir verloren.

»Hast du das denn gar net g'wusst, Chef?«, fragt die Gerti ein bisschen vorsichtiger. »Das ist mir jetzt aber peinlich –«

»Doch, schon.« Murrend unterbreche ich sie und mache eine wegwerfende Handbewegung. »Und jetzt iss endlich deinen Schweinsbraten, sonst wird der noch kalt.«

Wie immer beim Essen läutet natürlich das Handy. Es ist meine Schwester. Na, die kommt mir grad recht.

»Gabi, du bringst den Felix regelmäßig zur Marie?«, belle ich aufgebracht ins Handy. »Und wieso erzählt mir keiner was davon?«

»Weil's nix zum Erzählen gibt, außer dass die Marie so nett ist und mir den Felix ab und zu abnimmt, wenn nachmittags der Kindergarten geschlossen ist und ich ins Pfarramt muss. Aber deswegen rufe ich nicht an. Der Hansl hat dich auf der Inspektion gesucht, aber da war nur der Schorsch.«

»Ich bin mit der Gerti beim Kirchenwirt ...« Ich stoppe, weil ich mich zumindest beruflich nicht vor meiner Schwester erklären muss.

Die Gerti ist mittlerweile ganz grün im Gesicht. Wahrscheinlich hat sie Angst vor der Gabi, weil sie mir das mit dem Felix und der Marie gesteckt hat.

»Aha! Und wahrscheinlich parkst du den Streifenwagen hinter dem Haus und sitzt im Gastgarten, du feige Nuss. Wie alt bist du eigentlich, Raphael Aigner? Immer noch in der Pubertät?«

»So ein Schmarrn«, behaupte ich einfach, weil meine Schwester ja nicht alles wissen muss.

»Nix Schmarrn, sonst hättest du die Schmiererei doch gesehen und dich schon drum gekümmert, du Depp.«

»Welche Schmiererei?«

»Am besten schwingst du sofort deinen Hintern zur Marie hinüber, dann wirst es schon selber sehen. Hoffentlich kriegt der alte Hansl nicht noch einen Herzinfarkt bei dem ganzen

Drama. Und jetzt hopphopp!«, kommandiert die Gabi ins Telefon.

Die Gerti hat bei dem lauten Organ meiner Schwester natürlich jedes Wort verstanden und winkt aufgeregt die Kirchenwirtin zu uns. »Rosi, schreibst bitte alles auf, wir müssen zu einem Einsatz.«

Als ich auf dem Hauptplatz stehe, sehe ich auch schon den Hansl, der verzweifelt mit einem Strohbesen am großen Schaufenster rumwischt. Unter dem herunterfließenden Waschwasser erkenne ich große Buchstaben, in roter Farbe aufs Glas gesprüht. »ZUR SCHANDIHUR«, steht dort gleich zweimal in windschiefer Schrift.

Na toll, denke ich. Nimmt die Sache denn gar kein Ende mehr?

Während ich mit der Gerti über die Straße gehe, kommt die Marie aus ihrem Laden und stellt einen Eimer mit frischer Seifenlauge und einer Bürste auf den Gehsteig. Ich muss zugeben, der Anblick haut mich fast von den Socken. Und zwar nicht, weil sie knappe Shorts trägt oder ihre Haare seitlich zu einem losen dicken Zopf geflochten hat, was ihr phantastisch steht. Sondern, weil sie am rechten Auge ein beachtliches Veilchen hat, das tiefrot und blau schimmert. Der Max war also doch schon bei ihr, denke ich mir bitter.

»Hallo«, grüßt sie uns knapp, blickt dabei aber nur in Gertis Richtung und zieht sich mit der plastikbehandschuhten rechten Hand rasch eine dicke Strähne aus dem Zopf, um das blaue Auge etwas zu verdecken. Dann geht sie zum Schaufenster. »Aber, Hansl-Onkel, so wird das doch nichts. Schau, nehmen wir die feste Reibbürste.« Sie deutet auf den Eimer. »Geh, hol uns doch bitte die kleine Stehleiter.« Die Marie nimmt dem kleinen alten Mann den Besen aus der Hand.

»Griaß di, Raphi.« Der Hansl reicht der Gerti und mir die Hand. »Schauts nur, was s' uns antun, die Leut. Das war garantiert der Max mit seinen Saufkumpanen.«

»Aber Hansl-Onkel.« Die Marie legt ihm beruhigend ihre Hand auf den Arm. »Das war nicht der Max, so etwas tut der nicht.«

Der kleine alte Mann schüttelt ungläubig den Kopf, trabt aber brav in das Geschäft.

»Und wer war das mit deinem Auge, Marie?«, frage ich leise und will ihr die lange Haarsträhne, die über dem verunstalteten Auge hängt, sanft aus dem Gesicht streichen. Aber so nahe komme ich ihr gar nicht, weil sie mich sofort mit der Hand abwehrt und einen großen Schritt zurückweicht.

»Natürlich war das der Max«, sagt sie ungerührt, bückt sich und nimmt die Bürste aus der Seifenlauge.

Dieser Scheißkerl, denke ich mir. Gestern Abend rotzt der mir noch sentimental in mein T-Shirt, und am nächsten Tag schlägt er ihr brutal ein blaues Auge. »Den kauf ich mir«, zische ich angewidert durch die Zähne.

»So wie gestern im Rieglerbräu, was?« Die Marie lacht bitter auf.

»Aber Marie, du kennst ihn doch, unseren Raphi«, versucht die arme Gerti, sich für mich ins Zeug zu legen. »Du woaßt doch, wie er ist. Der wollte das nicht auf euch zwoa sitzen lassen.«

»Aber sitzen geblieben ist er dann doch im Rieglerbräu.« Geräuschvoll zieht sie sich mit der linken Hand den Plastikhandschuh von der rechten und schmeißt ihn mit voller Wucht in den Eimer. Die Seifenlauge spritzt auf meine Hose, weil ich direkt danebenstehe. »Den ganzen Abend hast du in friedlicher Eintracht mit dem Max und der Kathi verbracht, gell, Aigner?«

Mittlerweile stinkt mir der Koppelrieder Tratsch wirklich gewaltig – vor allem die Geschwindigkeit, mit der er sich verbreitet.

»So sind s' halt, unsere Mannsbilder, die klären solche Sachen schnell unter sich …«, will die Gerti immer noch die Marie besänftigen und zündet sich nervös eine Zigarette an.

»Genau. So sind sie, die Mannsbilder. Zuerst dem anderen die Frau ausspannen und dann miteinander saufen.« Wütend schmeißt die Marie auch noch die Bürste in die Seifenlauge und zielt so perfekt, dass mein rechtes Hosenbein nun komplett nass ist.

Dann hockt sie sich vor den Eimer und taucht die Bürste mit der linken, noch behandschuhten Hand unter. Es sieht aus, als wollte sie die arme Bürste elendig ersäufen.

Warum die Frauen immer nur alles auf die Goldwaage legen müssen?, frage ich mich. Zugegeben, ich habe gestern nach dem ersten noch ein paar mehr Bier mit dem Max getrunken. Aber was hätte ich denn sonst machen sollen? Ihn vierteilen und filetieren?

»Also, warum hat er dir jetzt ein blaues Auge verpasst, der Max?« Ich verschränke streng die Arme und ignoriere mein nasses Hosenbein.

Die Marie steht ruckartig auf und stemmt sich die nassen Hände in die Hüfte. »Na, warum wohl? Dreimal darfst du raten! Aber ich hab nicht vor, eine Anzeige zu machen, und damit hat sich die Sache für dich erledigt, verstanden?« Demonstrativ klemmt sie sich die lockige Strähne hinters Ohr und schaut mich aufgebracht mit ihrem Veilchen an. »Also hör auf, in deiner Dienstzeit hier blöd rumzustehen. Ich hoffe wirklich, du hast Besseres zu tun. Von mir aus kannst du auch gern ins Rieglerbräu gehen und den Max auf einen Schnaps einladen. Die Kathi freut sich sicher, ihr seid ja jetzt alle so dick miteinander, gell?«

In mir brodelt es. Am liebsten würde ich die Marie hier und gleich übers Knie legen. Nur mangels Sitzgelegenheit und wegen der immer größer werdenden Zuschauerschar halte ich mich dann doch zurück. Die Bäckerin von gegenüber steht schon mit ihrer gesamten Kundschaft vor der Tür, und alle gaffen neugierig zu uns herüber.

»Hier gibt's nix zu schauen!«, brülle ich zu ihnen hinüber.

»Geh, Marie«, startet die Gerti noch einen letzten Versuch zu vermitteln, »wenn der Riegler Max dich schlägt, dann müssen wir doch eingreifen. Wir sind ja die Polizei, net wahr, Chef?«

»Ich kann mich sehr gut alleine wehren. Dafür brauch ich niemanden, und schon gar nicht die Polizei.«

Wie ich sie ansehe, befürchte ich, dass sie mir gleich vor die Füße spuckt, was aber nicht passiert.

»Das stimmt.« Der Hansl kommt aus der Tür und stellt die kleine Leiter vor das Schaufenster. »Meine Marie hat sich sauber g'wehrt.«

Während die Marie in ihren Shorts die Leiter raufklettert und versucht, die Buchstaben abzuschrubben, erzählt der kleine Alte weiter. Ich muss mich konzentrieren, ihm zuzuhören, denn die Marie hat wirklich sehr hübsche Beine.

»Vor einer Stund ist der Max ins Gschäft kommen. Deppert g'lacht hat er und g'sagt, da hätten s' der Marie ja genau das Richtige auf die Fenster g'schmiert. Dann hat er die Marie ang'schrien, wegen der Scheidung. Die Marie war ganz ruhig und hat ihm g'sagt, er braucht sich koane Sorgen zu machen, sie unterschreibt, was immer er will. Mehr hat es net braucht, dann ist er ganz wild worden, hat sie brutal an den Händen packt und ang'schrien, dass sie es nur auf sein Geld abg'sehen g'habt hat. So ein Schmarrn, so ein bleder. Die Marie hat es auf niemandem sein Geld abg'sehen.« Der alte Mann blickt mich um Zustimmung heischend an.

Aber ich kann nur stumm den Kopf schütteln, weil ich gebannt zuschau, wie die Marie mit der Bürste immer fester über die Scheibe kratzt.

»Wie i den Riegler ang'schrien hab, hat er im Gschäft zum Randalieren ang'fangen, der gemeine Hund, der«, regt sich der Hansl weiter auf. »Die brutale Sau hat meinem Dirndl ins Gsicht g'spuckt. Am liebsten hätt i den beim Schopf packt, aber der hat so eine Kraft, der fette Bursch, unglaublich. Der hat mich einfach beim Hemdkragen hochg'hoben und zur Tür hinausg'schleift. Und wie die Marie ihn ang'schrien hat, dass er sich nur auf alte Männer losgehen traut, hat er ihr eine ordentliche Watschen verpasst. Aber die Marie hat fix reagiert und ihm ihr Knie kräftig zwischen seine Beine g'rammt.« Der Hansl kichert schadenfroh. »Aufg'jault hat er und ist zu Boden gangen. Dann hat er gebrüllt, er würd uns alle vor Gericht bringen, und ist mit seinem Auto davonbraust.«

Die Marie dreht sich auf der Leiter um und blickt mir fest in die Augen. »Ist deine Neugierde damit befriedigt, Herr Polizist? Wenn ja, würde ich dich jetzt eindringlich bitten, endlich zu gehen. Ich kann es mir im Moment wirklich nicht leisten, dass die Polizei stundenlang vor meinem Laden herumsteht.«

Dann widmet sie sich mit der Bürste wieder dem Schaufenster, obwohl die Farbe sich kaum löst.

Mir reicht es. Unter Protest hebe ich die Marie von der Leiter herunter, nehme ihr die Bürste aus der Hand und beginne, das Geschreibsel von der Scheibe zu schrubben. »Du musst richtig fest drücken.«

»Aber, Chef, du ruinierst dir noch deine Uniform mit der Seifenlauge«, protestiert die praktisch denkende Gerti.

Mir wurscht, ich kremple mir die ohnehin schon kurzen Ärmel vom Polizeihemd so hoch, wie's geht.

Und als die Marie mir den Eimer mit der Seifenlauge hinhält, lächelt sie sogar ein ganz klein wenig.

Drei Stunden später haben wir alle zusammen nicht nur die Scheibe wieder sauber bekommen, sondern auch das Chaos im Ladeninneren beseitigt. Dabei ist die Stimmung immer entspannter und schlussendlich sogar richtig locker geworden. Der Hansl hat zwar noch ordentlich über den Riegler Max geschimpft, aber die Sache zwischen der Marie und mir hat niemand mehr auch nur mit einem Wort erwähnt. Allerdings wurden wir von den an uns vorüberspazierenden Koppelriedern ausgiebig und neugierig beäugt, sodass ich mir schon lebhaft vorstellen kann, welche Formen der Tratsch in nächster Zeit annehmen wird.

Schmutzig, aber fröhlich sitzen wir jetzt wie aufgefädelt auf dem langen Fensterbrett des Schaufensters, als meine Schwester auf dem Fahrrad um die Ecke biegt. Vor ihr her fährt wackelnd der Felix auf dem Kinderrad. Er ist mächtig stolz, dass er heuer das Radfahren ohne Stützräder gelernt hat. Trotz ihrer katholischen Verpflichtungen war die Gabi heute, am Pfarrwandertag, anscheinend nicht in Maria Plain zum Wallfahrten, sondern im Freibad. Wandern verweigert sie kategorisch.

»Papa!«, schreit mein Bub und traut sich sogar, kurz die Hand zu heben, um sie gleich wieder konzentriert auf die Lenkstange zu legen, weil das Fahrrad gefährlich wackelt. Dann stellt er es brav vor uns mit dem kleinen, ausklappbaren Fahrradständer ab.

Ich stehe auf und hebe ihn hoch.

»Ich bin kein Baby mehr, Papa«, protestiert mein Sohn. »Lass mich runter!«

Ich tu wie geheißen, setze den zappelnden Felix wieder auf den Boden und nehme ihm schmunzelnd den Fahrradhelm ab.

Sofort läuft er zur Marie, umarmt sie kurz und starrt sie dann an. »Was hast du denn da am Auge, Marie?«

»Ich war bloß ein bisserl ungeschickt beim Schminken, Felix.«

Er zieht die Nase hoch und mustert sie skeptisch. Er ist nicht blöd, der Felix, ist ja schließlich mein Sohn. Da sie aber lacht, bohrt er nicht weiter nach.

»Ich hab was für dich, komm mit«, sagt die Marie erleichtert und verschwindet mit ihm in ihrem Geschäft.

»Man sieht ja gar nichts mehr von dieser elenden Schmiererei«, staunt die Gabi zufrieden grinsend und stellt ebenfalls ihr Rad ab.

»Drinnen war auch ein kompletter Saustall. Der Max muss

völlig ausgezuckt sein«, seufzt die Gerti und zieht genüsslich an ihrer Zigarette.

»Tja, den werde ich mir wohl noch mal zur Brust nehmen müssen.« Die Gabi klopft sich auf ihren mächtigen Vorbau und verschränkt drohend die Arme.

Als mein Sohn mit der Marie wieder aus dem Laden kommt, hält er triumphierend ein viel zu großes Schokoladeneis in der Hand.

»Wisst ihr was?«, lächelt die Gabi. »Nachdem ihr alle so fleißig wart, werd ich euch bei uns eine Jause richten.«

»Das ist lieb, Gabi«, versucht die Marie rasch abzuwehren und schaut an sich hinunter, »aber ich brauche erst mal dringend eine Dusche.«

»Keine Widerrede, das hast du doch in zehn Minuten erledigt«, wischt die Gabi den Einwand vom Tisch. »Bestimmt hast du heute noch keinen Bissen gegessen, hab ich recht, Hansl?«

»Auch gestern hat s' nix gessen. Wenn s' so weitermacht, fallt mir das Dirndl noch vom Fleisch«, petzt der Alte vorwurfsvoll.

Hilfesuchend schaut mich die Marie mit ihrem Veilchen an. Ich grinse nur zurück und zucke mit den Schultern. Wenn die Gabi sich was in den Kopf gesetzt hat, hat man gegen sie nicht die geringste Chance.

»Na, bestens. Dann ist das ja abgemacht.« Zufrieden schwingt sich meine Schwester auf ihr Fahrrad. »Den Felix lass ich dir da, Raphi. Mit dem Rieseneis kann der nicht radlfahren.«

»Doch, kann ich wohl, Tante Gabi!«, schreit der Felix mit schokoladeverschmiertem Mund, wobei ihm fast das Eis aus der Hand fällt. Angesichts dieses drohenden Verlustes fügt er sich schließlich doch seinem Schicksal, setzt sich auf meinen Schoß und schmiert mir mit dem Eis das sowieso schon dreckige Hemd an.

Während die Marie in ihre Wohnung über dem Geschäft

verschwindet, rufe ich meinen Kollegen, den Michel, an, der heute Nachtdienst hat, und bitte ihn, öfter mal bei Maries Haus vorbeizufahren. Nicht, dass wieder ein Schmierfink sein Unwesen treibt.

Als die Marie kaum eine Viertelstunde später zurückkommt, trägt sie ein luftiges weißes Sommerkleid. Ihrem frischen Duft nach vermute ich, dass sie in Rekordzeit duschen war. Außerdem sind ihre Haare noch feucht.

Sie sperrt ab, und wir alle gehen an der Kirche vorbei in die Seitenstraße, in der nach ein paar hundert Metern unser Haus steht. Neugierige Blicke verfolgen unseren kleinen Trupp. Der Aigner und die Steinhauser beziehungsweise die Riegler Marie, war ja eh klar!

Der massive Holztisch im Garten unter der alten Pergola, die der Vater vor langer Zeit gebaut hat, ist bereits schön gedeckt. Vergnügt pfeifend steht meine Schwester in der kleinen Kochnische meiner Wohnung und schichtet Köstlichkeiten auf die Jausenbretter. Die beiden Frauen helfen meiner Schwester natürlich sofort.

Ich verschwinde, nachdem ich dem Hansl ein erstes Bier und dem Felix einen Almdudler in die Hand gedrückt habe, auch schnell unter die Dusche.

Als ich mit noch nassen verstrubbelten Haaren in den Garten komme, sitzen schon alle am Tisch. Natürlich ist auf der Gartenbank nur mehr der Platz neben der Marie frei, dafür haben die anderen schon gesorgt. Also setze ich mich dicht neben sie hin.

Es ist wirklich gemütlich, und keiner verliert auch nur ein Sterbenswort über den Max oder die verpatzte Hochzeit. Mit der Zeit wird unser Gerede dem Felix zu langweilig, und er lässt seine kleinen Spielzeugautos über die Terrasse sausen. Je länger der Abend dauert, desto weniger scheint es der Marie auszumachen, dass ich eigentlich schon an ihr dranklebe.

Irgendwann sind meine guten Vorsätze vergessen, meine

linke Hand verselbstständigt sich und legt sich um Maries Hüfte. Sie leistet nicht den geringsten Widerstand.

Als die schon etwas beschwipste Gerti aufsteht und sich verabschiedet, tut es ihr der Hansl sofort gleich. Er kratzt sich am Bart und drückt seiner Nichte ein Busserl auf die Wange. »I schlaf heut net bei mir im Häusl, sondern bei dir im Kabinett, Marie, sicherheitshalber«, flüstert er ihr ins Ohr.

»Ja, hoppala«, lässt sich da die auch schon angeheiterte Gabi mit polternder Stimme vernehmen. »Der Felix muss jetzt schleunigst ins Bett. Ist schon halb zwölf.«

Die Marie und ich können gar nicht so schnell schauen, wie uns alle quasi auf Kommando alleine lassen.

Zögernd will sich auch die Marie erheben. »Tja, ich denke, dann sollte ich jetzt besser auch …«

Ich halte sie sanft, aber bestimmt an der Hüfte fest, und die Marie sagt nichts mehr und macht auch keine Anstalten mehr zu gehen.

Vor uns stehen die offene Flasche Wein und eine flackernde Kerze. Es ist eine sternenklare Sommernacht und der Weg in mein Schlafzimmer nicht weit, denke ich mir und werfe auch meine allerletzten Grundsätze über Bord.

»Ich hoffe, der Felix wird im Kindergarten wegen der Vorfälle jetzt nicht gehänselt.« Rasch befreit sich die Marie aus meiner Umarmung, rückt etwas von mir ab und streicht verlegen mit ihren schlanken Fingern über den Holztisch.

»Er weiß doch noch gar nichts davon. Und du kennst ja die Gabi, wahrscheinlich hat sie allen mit Exkommunizierung gedroht, falls sie auch nur ein Sterbenswörtchen über unser Abenteuer verlieren.« Ich zwinkere der Marie zu, und sie lacht.

»Der Felix hat sein Zimmer übrigens oben bei der Gabi«, füge ich noch rein informativ hinzu, dann rücke ich wieder näher an sie heran, lege meinen Arm um ihre Schulter und drehe dabei eine Strähne ihres Haares zwischen den Fingern. »Du hast so schönes blondes Haar, das fällt total auf.«

»Ich will aber gar nicht auffallen, und schon gar nicht hier in Koppelried«, entgegnet sie leise.

Aber ich höre ihr kaum mehr zu, sondern streiche ihr die Strähne über dem blauen Auge aus dem Gesicht und küsse sie sanft über der Augenbraue. Ganz vorsichtig, damit ich sie nicht mit meinen Bartstoppeln kratze.

Endlich fangen wir an zu schmusen. Am liebsten würde ich sie gleich hier und jetzt vernaschen. Ich ziehe ihr den Träger ihres Kleides von der Schulter und vergrabe mein Gesicht an ihrem Busen, meine Hände verschwinden unter dem Stoff und versuchen etwas ungeduldig, ihn hochzuschieben.

Da hält mich die Marie sanft, aber bestimmt wieder auf Distanz, zieht den Träger über ihre Schulter zurück und rückt ein gutes Stück von mir ab. »Ich glaube, das lassen wir besser, Raphi.«

Eigentlich bin ich komplett anderer Meinung, aber was soll ich machen. Ich schenke ihr Wein nach, dann hole ich mir ein Bier aus meiner Küche, wo ich kurz den Kopf in den Kühlschrank stecke. Ich brauche jetzt dringend eine Abkühlung.

Wieder zurück, setze ich mich brav auf die Holzbank ihr gegenüber. »Sag mal, Marie«, beginne ich ein Gespräch, »warum hast du eigentlich den Max heiraten wollen? Als ich das erste Mal davon erfahren habe, dachte ich, ich muss mich verhört haben, ehrlich.« Wenn sie mich schon abblitzen lässt, will ich wenigstens endlich wissen, was sie zu diesem Irrsinn mit dem Riegler bewegt hat. Die knisternde Stimmung zwischen uns beiden ist sowieso dahin.

Sie hebt ihr Glas und betrachtet den Wein wie hypnotisiert. »Weißt du, nach meiner chaotischen Ehe mit dem Gery wollte ich eigentlich überhaupt nicht mehr heiraten. Ich hatte wirklich die Nase voll davon.«

Das kann ich gut verstehen, denke ich mir, unterbreche sie aber nicht.

»Der Gery war wirklich – tja, er war wohl einfach ein Arsch. Eigentlich ging es ihm nur um sich selbst und sein Vergnügen, auf mich hat er in seinem Lebensplan keine Rücksicht genommen.« Sie beißt sich auf die Lippen und nimmt einen kräftigen Schluck vom Wein, bevor sie das Glas schwungvoll wieder auf den Tisch stellt. »Eigentlich wollte ich nie mit so einem Hallodri zusammen sein.« Sie blickt mir traurig in die Augen und seufzt. »Und ganz offen gesagt, Raphi, will ich das heute immer noch nicht.«

Botschaft angekommen, danke schön, denke ich mir. »Aber wieso dann ausgerechnet der Max?«, frage ich. »Aus Fehlern sollte man doch klug werden, oder?« Dieser unsympathische Fetzenschädel und die Marie, mir graut allein schon bei der Vorstellung, dass die beiden sich körperlich nahe gekommen sind.

»Nun, da muss ich leider etwas ausholen.« Die Marie seufzt. »Als Onkel Hansls Schwester, die Tante Irmgard, gestorben war, hab ich die Hälfte vom alten Haus geerbt. Mein Onkel hat nicht nur die andere Haushälfte, sondern auch ihr beachtliches Vermögen bekommen. Du weißt ja, der früh verstorbene Mann von der Irmgard war Besitzer einer Flaschenfabrik in Maxglan, die sie nach seinem Tod verkauft hat. Der Gery und ich, wir hatten zu der Zeit hohe Schulden wegen unserer Werbeagentur. Kurz gesagt, mein Onkel hat mit seinem Erbe die Schulden abbezahlt, und ich konnte mich umgehend vom Gery scheiden lassen. Das Erbe meines Onkels war allerdings weg, bis auf den letzten Cent. Nur noch das Haus war übrig, und das wollte er auf keinen Fall verkaufen. Ist ja sein Elternhaus, ich kann das verstehen, auch wenn er das ganze Jahr über im Gartenhäusl wohnt. Also bin ich wohl oder übel wieder zurück nach Koppelried gezogen. Ohne Job und ohne Geld, sieht man von meinem Anteil an der Immobilie ab.«

»Du hast den Riegler Max also wegen seines Geldes geheiratet?«, werfe ich ungeduldig ein.

Sie blickt mich erschrocken an. »Aber nicht doch. Das wollte ich damit auf keinen Fall sagen. Die Leute in Koppelried, nun ja … du weißt ja, wie die sind. Die haben mich nie als eine von den Ihren akzeptiert. Selbst du bist mir aus dem Weg gegangen, als ich zurückkam.« Ihre Stimme klingt etwas vorwurfsvoll.

Jetzt wird es unlustig, denke ich mir.

Ihre Augen beginnen, verdächtig zu schimmern, und sie greift über den Tisch nach meiner Hand. »Tut mir leid, Raphi. Ich weiß, du hattest damals ganz andere Sorgen mit dem Felix und … Mein Gott, was hab ich die Sabine vermisst, sie war wirklich eine gute Freundin.« Rasch nimmt sie ihre Hand wieder von meiner weg.

Ich vermisse die Sabine immer noch verdammt häufig und heftig, denke ich mir und rücke bei diesem Gedanken innerlich Lichtjahre von der Marie ab. Am liebsten würde ich den Abend jetzt beenden und ins Bett gehen. Alleine, versteht sich.

»In Koppelried haben mich nur mein Onkel und der Riegler Max gut aufgenommen«, holt mich die Marie wieder auf den Boden zurück. Konzentriert lächelt sie ihr Weinglas an. »Der Max war wirklich total lieb zu mir. Ich meine, so nett, wie er halt sein kann. Einige Male war er schon etwas aufdringlich, du kennst ihn ja. Aber er kann ein sehr guter Zuhörer sein, manchmal zumindest.«

Sie dreht das Weinglas in ihrer Hand, bevor sie mir fest in die Augen blickt. »Auch darum tut es mir so furchtbar leid, dass das mit uns passiert ist. Das entspricht überhaupt nicht meinem Charakter. Ich wollte das so nicht, auf keinen Fall.« Sie erwartet gar keine Reaktion von mir, sondern fährt bestimmt fort: »Als ich hier in Koppelried keinen Job gefunden habe, kam mir die Idee mit dem Feinkostladen. Mit den Neuerungen des Bürgermeisters sind ja auch immer mehr Touristen in den Ort gekommen. Der Max hat mir ungefragt das Geld für den Start geliehen. Einfach so, nur aus Freundschaft.«

Ich blicke sie verständnislos an. »Dann hast du den fetten

Zwerg also doch wegen seines Geldes geheiratet? Weil er dir ein paar Euro geliehen hat?«, frage ich sie scharf.

»Nein, natürlich nicht. Das hätte ich nie getan.« Die Marie schüttelt ihren Kopf und senkt ihn dann traurig. »Die Wahrheit ist leider eine ganz andere. Er hat –«

»Raphi-Schatz! Ich hab's vor Sehnsucht nimmer in Salzburg ausge–« Die Stimme erstirbt, als die Betty die blonde Marie erblickt. Braun gebrannt und im hautengen ultrakurzen schwarzen Kleid steht sie stumm auf meiner Terrasse.

»Was machst du denn hier?«, frage ich einfallslos.

»Was macht die denn hier?«, kreischt sie und zeigt auf die Marie.

Schnell stehe ich auf. Die Betty, die pfuscht mir da jetzt nicht hinein, denke ich mir zornig.

Auch die Marie erhebt sich rasch vom Tisch. »Dann geh ich jetzt mal besser, ich will euch beide auf keinen Fall stören.«

Ja, Himmelherrgott noch mal, schicke ich ein Stoßgebet nach oben, diese Weiber treiben mich noch in den Wahnsinn!

»Du bleibst hier«, schnauze ich sie etwas unwirsch an und drehe mich zur Betty. »Und du rauschst sofort wieder ab.«

»Sicher nicht«, sagt die Marie und ist in weniger als fünf Sekunden verschwunden.

Ich laufe ihr nach bis vors Haus. »Marie, so bleib doch da!«

Aber sie dreht sich nicht mal mehr um, sondern geht energischen Schrittes in Richtung Hauptplatz.

Dann muss ich das halt später regeln, denke ich mir und gehe zurück ins Haus. Die Betty hat sich inzwischen im wahrsten Sinne des Wortes auf meine alte Couch drapiert, ich kann sehr deutlich ihre rote Unterwäsche sehen.

»Wie kannst du mir das nur antun, Raphi! Betrügst mich einfach mit der alten Schachtel und lädst sie auch noch zu dir nach Hause ein. Wo du mir doch immer verbietest, dich zu besuchen.«

»Und deswegen kannst du auch gleich wieder gehen.« Unsanft ziehe ich sie von meiner Couch hoch und hänge ihr die Riesenhandtasche, die sie mitgeschleppt hat, um den Hals.

Leider lässt sich die Betty sofort wieder fallen. »Ich kann nicht mehr fahren, weil ich doddal beddrunken bin. Ich hab mir Mut angeddrunken, verstehst du?« Dabei lallt sie äußerst übertrieben.

Weil ich keine Lust habe, sie noch irgendwohin zu fahren, rufe ich die Nummer unseres Ortstaxis an, wo aber niemand abhebt. Es dauert eine halbe Stunde, bis ich endlich die Huber Martha erreiche, unsere Taxifahrerin und Frau vom Huber Karl, dem Trainer unseres Fußballvereins. Sie ist vollkommen verschlafen, sodass ich ihr mehrmals erklären muss, zu wem sie fahren soll. Nun, seufze ich stumm, das kann ja dauern, bis die da ist.

Also hole ich mir noch eine Cola aus dem Kühlschrank und bringe der Betty ein Glas Wasser. Ich bin ja kein Unmensch. Dann schweige ich, während sie mir wohl zum hundertsten Mal klarmachen will, warum sie die einzig richtige Frau für mich ist. Irgendwann schalte ich den Fernseher an und rauche schweigend eine Zigarette aus ihrer Packung, obwohl ich eigentlich mit dem Rauchen aufgehört habe. Seit einigen Jahren schon, wegen dem Felix. Scheiß Weiber, denke ich mir und versuche, mich trotz ihres Geplärres darauf zu konzentrieren, was im Fernsehen läuft.

Endlich steht um kurz nach zwei morgens die Martha mit ihrem Taxi vorm Haus. »I hab ja schon g'schlafen g'habt und musste mich noch zurechtmachen, Aigner«, erklärt sie, zuckt entschuldigend mit den Schultern und gähnt dann laut.

Ich schiebe die Betty in das Taxi, die sich aber wehrt und einfach auf der anderen Seite wieder aussteigt. Dieses Spiel spielen wir mehrere Male, bis ich wirklich daran zweifle, dass sich in ihrem Kopf so etwas wie ein Gehirn befindet.

Die Martha raucht geduldig eine Zigarette, aber als sie damit fertig ist, macht sie dem Kindergarten ein Ende, indem sie die Betty unsanft ins Taxi schiebt und flugs alle Türen verriegelt. »Sakradi! I möcht heut auch noch mal in mein Bett.«

Die Betty ist komplett überrumpelt, und ich drücke der Martha dankbar ein paar Scheine extra in die Hand. Als das Taxi sich in Bewegung setzt, schaue ich ihm erleichtert hinterher.

Wieder im Wohnzimmer bin ich trotz der späten Stunde kurz versucht, die Marie anzurufen. Aber dann lasse ich es doch bleiben.

Sonntag

Seit halb acht sitze ich in meinem Büro, bin überhaupt nicht ausgeschlafen und hoffe auf einen ruhigen Sonntagsdienst.

Nachdem die Gabi um halb sieben in meine Wohnung gestürmt ist und das Schlafzimmer, das Badezimmer und die Terrasse inspiziert hat, hat sie mir einen Fingernagel in die Brust gebohrt. »Warum steht das Auto dieser kleinen, dämlichen Schlampe vor meinem Haus? Ich mach Gulasch aus der!« Für den Fall, dass ich die Betty irgendwo versteckt gehabt hätte, war sie ziemlich laut. Seither bin ich wach. Mehr oder weniger. Hätte ich mir nicht dummerweise eines Nachts mal den Wagen der Betty zum Heimfahren ausgeliehen, dann hätte meine Schwester keine Ahnung gehabt, wem der auffällig grüne Citroën C2 vor unserem Gartenzaun gehört, und keinen Aufstand gemacht, denke ich mir und gähne ausgiebig.

Viel ist heute zum Glück nicht los. Gerade eben sind die Polizisten Herbert und Heinz zu einem Verkehrsunfall auf der B 158 Richtung Salzburg aufgebrochen. Wahrscheinlich wieder irgendein Besoffener, und das noch vor dem Frühschoppen.

Müde nehme ich den ersten Schluck vom Kaffee und spucke das Zeug sofort wieder zurück in die Tasse. Der Heinz wird nie lernen, einen halbwegs trinkbaren Kaffee zu kochen.

Da klingelt mein Handy; es ist der Buchinger Markus vom LKA. Ich begrüße meinen alten Freund kurz angebunden.

Der ignoriert fröhlich meine schlechte Laune. »Ich wollte mich nur für deinen Tipp bedanken, Kollege. Wir haben uns den Charly Bruckner geschnappt, das Hacken von eurem Netzwerk war noch das Harmloseste, was der angestellt hat«, grunzt er zufrieden ins Telefon. »Somit hat sich dein kleines

Abenteuer zumindest ermittlungstechnisch rentiert, ha, ha! Das Video ist übrigens echt der Hammer, das sagen auch die Kollegen.«

»Tja, wer den Schaden hat, braucht für den Spott nicht zu sorgen«, entgegne ich so cool wie möglich. »In diesem Fall hatte ich zumindest auch mein Vergnügen.«

Auch wenn ich mich nicht daran erinnern kann, so muss es doch eins gewesen sein, denke ich mir, und dieser Gedanke hat sein Gutes. Schon besser gelaunt grinse ich ins Handy.

»Tja, der Aigner, unser Womanizer. Nur ein einziges Mal würd ich gern mit dir tauschen.« Der Buchinger ist schon ewig verheiratet, hat eine wirklich tolle Frau und zwei hübsche, bereits pubertierende Töchter daheim. Nie im Leben würde der mit mir tauschen wollen.

»Aber im Ernst, Aigner«, redet er auch schon weiter, »ich hab gestern noch unsere Juristin bezirzt, und sie hat sofort offiziell interveniert, damit das Video umgehend gelöscht wird.« Er lacht noch einmal ausgiebig, bevor er fortfährt. »Und noch eine gute Nachricht: Ich hab auch schon mit dem Chef von der Landespolizeidirektion gesprochen. Nachdem die Presse Gott sei Dank keinen Wind von der Sache bekommen hat und wir diesen Bruckner dingfest machen konnten, wird man hinsichtlich dienstrechtlicher Konsequenzen noch mal beide Augen zudrücken. Solltest du allerdings in nächster Zeit noch mal nackt in der Zeitung oder im Netz auftauchen, werden sich die Kollegen ein bisserl was überlegen müssen. Apropos überlegen, ich hab mir überlegt, dass wir beide heute Abend mit einem Bier auf deine neue Filmkarriere anstoßen könnten, was meinst? Die Erika ist bis nächsten Samstag mit den Mädels bei ihren Eltern in Bad Aussee, also habe ich sturmfrei.«

Ich ignoriere den Seitenhieb und bin dem Buchinger wirklich dankbar. Dieses Gschichtl hätte dienstrechtlich einige unangenehme Folgen für mich haben können. »Danke, Buchinger, du hast mir wirklich sehr geholfen. Und weil ich dringend Abstand von der Gabi brauche: Wie wär's heut um acht in der Jakobi Stubm?«

Der Buchinger lacht schon wieder. »Jaja, deine Schwester. Dann also bis um acht, alter Casanova.«

Ich lehne mich zurück in meinen Ledersessel, die Arme hinter dem Kopf verschränkt. Dann beuge ich mich vor und versuche, das Video auf YouTube aufzurufen. Es ist tatsächlich schon gelöscht. Weil ich es mir aber gestern klugerweise noch mit einer App aufs Handy geladen habe, betrachte ich die Frau im Bettlaken noch mal ganz genau als Standbild und hoffe, dass doch noch ein paar Erinnerungsfetzen an diese Nacht auftauchen. Aber der vermaledeite Gin hat mich wohl dauerhaft um dieses Vergnügen gebracht.

Eigentlich hat die Marie gestern gut daran getan, nicht gleich wieder mit mir ins Bett zu gehen, denke ich mir. Wenn gerade sie sich irgendwelche unsinnigen Hoffnungen machen würde, wäre mir das schon äußerst unangenehm. So betrachtet kann ich eigentlich echt froh sein, dass gestern nichts zwischen uns passiert ist. Ich widme mich wieder meinem Computer, habe aber keine Lust auf Schreibarbeit. Kurz entschlossen lege ich meine Haxen auf den Schreibtisch. Nach dieser kurzen Nacht kann ein kleiner Powernap nicht schaden, denke ich mir und schließe die Augen.

Sofort schiebt sich die Marie in meine Gedanken. Sie war schon immer ein seltsames Mädchen, hat sich immer abgesondert. Nach dem Tod ihrer Eltern wurde sie zu den Geschwistern ihres Vaters, Irmgard und Hans Steinhauser, gebracht und ging mit uns Kindern in Koppelried auf die Volksschule. Danach wurde sie von ihrer Tante, der damals schon betagten Irmgard Steinhauser, aufs Gymnasium nach Salzburg geschickt, und wir im Ort bekamen sie kaum mehr zu Gesicht. Erst in Salzburg auf der Uni haben der Andi und ich sie manchmal zufällig getroffen. Allerdings hat sie sich nicht wirklich mit uns abgegeben. Wenn ich es recht bedenke, wollte die Marie mit den Koppelriedern nie etwas zu tun haben. Die einzige Ausnahme war meine spätere Frau, die Sabine. Obwohl die schon als Mädchen ein ganz anderer Typ als die Marie war, waren die beiden doch so etwas wie Freundinnen, denke ich mir und bemerke, wie meine Gedanken mal wieder zu meiner Frau abschweifen.

Eigentlich hatte ich die Sabine schon gänzlich aus den Augen verloren, als ich sie in der Stadt wiedertraf. Ich war damals schon an die dreißig, mit Leidenschaft Kriminalbeamter beim LKA und habe mich Hals über Kopf in die Sabine verliebt. Und das, obwohl ich sie schon als kleines Mädchen kannte. Zum ersten Mal in meinem Leben blieb ich länger als drei Monate bei einer Frau hängen, und kein Jahr später waren wir verheiratet. Ich hätte sie nie wieder hergegeben, ich war verdammt vernarrt in meine Frau.

»Chef, kimm sofort mit! Gschwind!« Der Schorsch stürmt atemlos in mein Büro. Für seine Verhältnisse wirkt er enorm aufgeregt. »Sie haben den Riegler Max g'funden, ersoffen in seinem Bier.«

Erschrocken schwinge ich meine Beine vom Schreibtisch, schnappe mir meine Polizeikappe und sprinte dem Schorsch hinterher zum Streifenwagen.

Im Rieglerbräu gehen wir direkt von der Schankstube die Treppe hinunter in die eindrucksvolle Wirtshausbrauerei.

Zwei große Kupferkessel stehen in dem riesigen Raum, der vor Sauberkeit nur so blitzt. Aber Gerhard, der wahre und einzige Braumeister vom Rieglerbräu, führt uns rasch weiter nach rechts, bis wir durch eine schwere Tür einen kleinen gefliesten Raum betreten.

An der Wand entlang sind hintereinander zwei lange offene Edelstahlwannen im Boden eingelassen. Die Gärbottiche, erklärt der Gerhard. Beide reichen mir in der Höhe nicht ganz bis an die Knie. Die erste Wanne ist leer, aber die zweite ist mit Bier gefüllt, auf dem eine breiige bräunliche Schicht liegt.

Davor liegt auf dem nassen Fliesenboden ein nackter, lebloser Fleischberg: der Riegler Max.

Leicht schwefliger Geruch dringt mir in die Nase, neben mir schnauft der arme schwergewichtige Schorsch wie eine Dampfwalze.

»Wir lassen da in offenen Bottichen gären, deswegen gibt's hier so wenig Sauerstoff«, sagt der Gerhard. »Das ist mein erster Versuch, auf diese Art ein Weißbier zu brauen. Ist etwas ungewöhnlicher, aber das Bier wird ein wahrer Genuss.« Er kratzt sich am Hinterkopf.

Ich sehe mich langsam weiter um und stelle fest, dass die Wannen nur von einer Seite zugänglich sind.

Der Gerhard ist meinem Blick gefolgt. »Der Max hat da herunten jeden Zentimeter verplant, woaßt schon, Aigner. Zwoamal tausend Liter zum Obergären passen da rein, aber im Moment nutzen wir net alles, weil wir ja grad erst mit dem Weißbier ang'fangen haben«, meint er fast entschuldigend und deutet auf die leere Wanne. Dann führt er näher aus, dass sich die eigentliche Brauerei im Kellergeschoss darunter befindet. Dort wird das untergärige Bier in Industriekesseln gebraut, weil es eine Kühltemperatur von acht Grad benötigt und der alte, tiefer gelegene Keller dafür bestens geeignet ist. Hier oben im Gärkeller herrschen hingegen optimale Bedingungen für Weißbier.

»Woaßt, Aigner, die Hefe haben wir dem Bier schon vor vier Tagen zugegeben. Weißbier muss man schnell brauen, sonst wird's nix. Die Würze ist hier in der Wanne schon angetreten, deshalb der dicke Schaum. Hopfentrieb.« Der Gerhard bemerkt meinen fragenden Blick und beeilt sich hinzuzufügen, dass der Schaum sich durch das Hopfenharz so dunkel gefärbt hat.

Gemeinsam schieben wir uns am toten Max vorbei, und der Gerhard zeigt mir die Hefespuren im Schaum. Der Schorsch steht immer noch wie zur Salzsäule erstarrt neben der Tür.

»Schaut perfekt aus. Der Hefetrieb hat schon eing'setzt.«

Mit großen, traurigen Augen blickt der Gerhard in die gefüllte Wanne. »Jetzt hätt i bald mit dem Schlauchen anfangen können.« Und meinen ratlosen Blick richtig als Unverständnis deutend fügt er hinzu: »Dafür hebt man mit dem großen Sieblöffel den Schaum ab und füllt das Bier zur Nachgärung in die Fässer.« Der Braumeister seufzt tief. »Die Hefe von dieser Führung kann i jetzt vergessen. Ewig schad drum, die war brillant.«

Was mir der Mann nur damit sagen will? Er schaut mich an, als wäre ich ein Volldepp. »Normalerweise kann i die Hefe ein paarmal verwenden – für noch mehr Weißbier …«

Bestürzt denke ich mir, dass ich mir dann in Zukunft wohl lieber das Weißbier von einer anderen Brauerei kaufen werde. »Vergiss es, Gerhard«, sage ich mit all meiner Autorität. »Und zwar nicht nur die Hefe, sondern fürs Erste den ganzen Raum da.«

Der Gerhard wird ganz weiß im Gesicht und greift sich erschrocken ans Herz. Aber der Schock hat nicht etwa etwas mit seinem toten Chef zu tun. »Mein Weißbier! Jetzt hatt i grad erst ang'fangen damit.« Unglücklich fährt er sich durch sein struppiges Haar. »Was mach i denn jetzt?« Aber dann hellt sich sein Gesichtsausdruck wieder auf. »Gott sei Dank haben die mir den net in den Gärkeller unten neig'schmissen. Dann könnt i jetzt gar koa Bier mehr brauen.«

Die Vorstellung, dass für längere Zeit nicht nur Weißbier, sondern überhaupt kein Riegler-Bier mehr gebraut werden könnte, gefällt auch mir ganz und gar nicht.

Um auf andere Gedanken zu kommen, widme ich mich jetzt endlich dem Max. Er liegt vor der Wanne auf dem Boden. Rund um ihn herum stehen Pfützen, die Leichenstarre hat anscheinend noch nicht eingesetzt. Seine Arme und Beine sind nur ein wenig verdreht, und seine toten Augen starren an die Decke. Er ist komplett nackt, sodass ich erste Totenflecke erkennen kann – reichlich unappetitlich.

»Wann hast du ihn denn gefunden, Gerhard?«, frage ich.

»Also, i schau regelmäßig nach, ob alles passt. Heute früh hätt i den Schaum abziehen müssen … ja, und da hab i ihn halt da drinnen g'funden.« Der Braumeister zeigt auf den vollen Gärbottich. »Eigentlich hab i net gleich was g'sehen, zuerst nur so einen schwarzen Umriss im Schaum. Dass das der Chef ist, hab i net bemerkt. Die Tür von der Schank in den Keller war in der Früh wie jeden Tag verschlossen, wie hätt i denn wissen sollen, dass da jemand unten ist. Der Riegler hat den Gärkeller ja nur selten ohne mich betreten und schon gar net, wenn er b'soffen war, so wahr i da steh. Und Touristen kommen mir auch net hier rein, das ist eisernes Gesetz. Mein Bier ist sauber, ihr zwoa, ihr kennts doch mein Bier.«

Der Schorsch und ich nicken im Duett. Das Rieglerbräu ist mein absolutes Lieblingsbier und so erfolgreich, dass es der Max großflächig an Wirtshäuser und Lokale bis hinein nach Salzburg verkauft hat. Selbst in der Jakobi Stubm gibt es inzwischen ab und zu mal ein Rieglerbräu.

Erst vor ein paar Jahren hat der Max den Gerhard von einem kleinen Brauhaus in München abgeworben, aber schon kurz darauf haben ihm alle wegen seines Biers die Tür eingerannt, und er konnte die Brauerei massiv vergrößern. Mittlerweile dürfte sie mehr Geld einbringen als das zugehörige Wirtshaus.

»Dann muss i das Weißbier jetzt tatsächlich wegschütten.« Die Augen vom Gerhard schimmern feucht. Er dreht sich zum toten Max um und schenkt ihm einen eher unsentimentalen Blick. »Das hätt mir der Chef nie mit Absicht angetan, über sein Bier ist dem nix gangen. Der hätt sich dort net freiwillig neig'setzt, nie und nimmer.«

»Und wie genau hast du ihn gefunden?«, hake ich nach, damit der Braumeister mir nicht den Faden verliert.

Der Gerhard zeigt noch mal auf die volle Wanne. »Also, erst hab i den schwarzen Fleck in meiner Hefe bemerkt. I war so wild, dass i denkt hab, die depperten Burschen vom FC haben da was reing'schüttet. Aber wie i dann näher ran bin, hab i g'merkt, dass das dunkle Haare sind. Haare in meinem Bier«, schluchzt der große Kerl auf.

»Das mit deinem Bier können wir leider nicht mehr ändern«, versuche ich, ihn auf den Boden der Tatsachen zurückzuholen. »Und jetzt erzähl bitte weiter.«

Mit äußerst unglücklichem Gesicht fährt er fort. »I hab also den Sieblöffel g'nommen und damit vorsichtig den dicken Schaum wegg'schoben. Der Kopf war unter Wasser – oder besser unter Bier –, und sein Arsch ist nach oben getrieben. Koa Sekunde lang hab ich überlegt, sondern den Chef da rauszogen. I hab mir denkt, der ist stockbesoffen in mein Bier g'fallen. Seit der Hochzeit war der ja nimmer nüchtern. Erst dann hab i g'merkt, dass der pudelnackert ist und vor allem tot. I bin gleich hoch zur Schank und wollt die Polizei rufen. Aber da ist schon der Schorsch g'sessen, hat oan Kaffee trunken und der Kathi beim Aufwischen auf den Arsch g'schaut. Somit hat sich das erübrigt g'habt, das mit dem Anrufen.«

Der Gerhard grinst den Schorsch an, und der Schorsch grinst freundlich zurück. Sonderlich mitgenommen hat den Braumeister der Tod seines Chefs nicht, denke ich mir.

Ich knie mich neben den Max, um ihn mir näher anzuschauen. Der Mund ist weit geöffnet, bereits etwas eingetrocknete Schaumreste kleben an Lippen und Nase. Da auch aus dem Mund eine Blase Schaum kommt, bin ich mir sicher. Der Max ist ersoffen.

Rund um beide Augen schimmert seine Haut in kräftigem Rot und Blau. Irgendwie kommen mir die Blutergüsse verdächtig vor.

»Hast du ein Tuch oder Handschuhe oder irgendetwas Ähnliches dabei?«, frage ich meinen Kollegen, als ich merke, dass sich in meiner Tasche, die am Polizeigürtel hängt, keine Gummihandschuhe befinden. Ich nachlässiger Depp hab vergessen, die nachzufüllen, weil ich sie ohnehin kaum brauche.

Der Schorsch schüttelt betreten den Kopf, aber der Gerhard zieht ein Paar gelbe Gummihandschuhe aus der Tasche seines Arbeitsmantels. »Sind unbenutzt«, sagt er.

Ich schlüpfe in die Handschuhe und hebe vorsichtig den Kopf vom Max an. Bei genauem Hinsehen entdecke ich eine großflächige Verletzung am Hinterkopf, mit Resten von verschorftem Blut. Die Wunde ist auf den ersten Blick gar nicht so leicht zu erkennen, weil sie vom Bier ausgewaschen wurde.

»Oje.« Auch der Schorsch steht jetzt neben mir und beugt sich neugierig nach unten.

»Hast du das LKA schon informiert?«, frage ich ihn, worauf er mich nur verständnislos anblickt. »Dann geh jetzt bitte mit dem Gerhard hinauf und ruf gleich den Buchinger an. Danach funkst du den Michel und den Heinz an, und ihr sperrt draußen alles ab. Ich befürchte, der Max ist nicht von selbst ins Bier gefallen.«

Nachdem der Schorsch mit dem Gerhard verschwunden ist, schaue ich mich noch mal um. Den Tatort haben wir Deppen mit unseren Fußabdrücken leider schon kontaminiert.

Aber ich kann nichts erkennen, womit man einen Menschen erschlagen könnte. Außerdem nirgends auch nur einen einzigen Tropfen Blut. Da muss die Tatortgruppe ran, denke ich mir und verlasse mit möglichst großen Schritten den kleinen Weißbier-Gärkeller.

Auch im Braukeller, dem »Sudhaus«, wie an der Tafel über der Treppe steht, entdecke ich nichts Auffälliges, keine Spuren von einem Kampf oder Ähnliches. Alles ist blitzblank und aufgeräumt. Der hohe Raum, der in einem alten Ziegelgewölbe endet, ist mit Terrakotta gefliest. Am Ende des Raums befindet sich ein Tor mit einer Rampe nach oben in den Innenhof. Gerhard hat mir versichert, dass alles verschlossen ist, die Tatortgruppe wird das überprüfen. Links neben dem Tor befindet sich ein Aufzug, wahrscheinlich zum Transport der Fässer und abgefüllten Bierflaschen aus der eigentlichen Brauerei einen Stock tiefer. Rechts neben dem Tor, im oberen Drittel der Wand, gehen zwei Rundbogenfenster mit undurchsichtigen gelben Glasbausteinen zum Innenhof des Wirtshauses hinaus. Wenn man irgendwie auf das breite Fensterbrett hochsteigen und das Fenster kippen würde, könnte man relativ einfach in den Innenhof klettern, denke ich mir.

Ich drehe mich um, und mein Blick wandert zu den beiden Barhockern, die ordentlich vor einer kleinen Schank mit zwei Zapfhähnen stehen. An der Wand dahinter ist ein Regal, so voll bestückt mit Biergläsern in unterschiedlichen Größen, dass kein Blatt Papier mehr dazwischenpasst. Rechts davon steht eine kleine Ledercouch vor der schönen Ziegelmauer, vermutlich für Gäste. Dieses Sudhaus ist eindeutig für Touristen eingerichtet, die im Zuge der Brauereiführungen wahrscheinlich hier Station machen. Ich gehe noch mal ans andere Ende des Raumes. Neben dem Aufzug führt eine Wendeltreppe aus Metall in das Allerheiligste hinunter, die eigentliche Brauerei.

Ich steige die Treppe runter, aber auch dort entdecke ich nichts. Der lange Gang hat ein Sichtfenster mit Blick auf einige schmucklose Industriekessel des eigentlichen Braukellers und eine breite Glastür, die erwartungsgemäß verschlossen ist.

Ohne auf irgendeinen Hinweis gestoßen zu sein, gehe ich also wieder hoch ins Wirtshaus. Der Heinz und der Michel haben selbiges mit dem Schorsch schon großflächig abgesperrt, und wir warten draußen auf die Tatortgruppe, um nicht noch auch die letzten der ehemals vorhandenen Spuren zu zertrampeln. Wir müssen nicht lange auf die Kollegen von der Kriminaltechnischen Abteilung warten. Als sie eintreffen, verteilen sie weiße Plastikanzüge an uns und machen sich sofort an die Arbeit.

Sogar der Rechtsmediziner, Professor Herbert Heinrich aus Salzburg, der mir noch aus meiner Zeit am LKA ein Begriff ist, ist unter ihnen. Er schaut sich den Fundort an und lässt den Max in sein Institut für Rechtsmedizin an der Salzburger Universität bringen.

Als er durch die Kellertür wieder den Schankraum betritt, erkennt er mich.

»Ja, der Herr Aigner. Lange nicht gesehen, Herr Kollege. Der junge Mann mit dem hohen Damenverschleiß, gell?«

»Vielleicht, aber bei ›jung‹ muss ich mittlerweile passen«, grinse ich.

»Gut pariert, Chefinspektor.«

»Tja, da muss ich Ihnen leider auch widersprechen. Inspektionskommandant, Postenkommandant, Gendarm, so werde ich in den letzten Jahren hier angesprochen. An den Chefinspektor kann ich mich nur noch ganz dunkel erinnern, wenn überhaupt.« Das ist die traurige Wahrheit, aber ich habe mich schon daran gewöhnt. In meinem letzten Jahr bei der Kriminalpolizei wurde ich noch zum Chefinspektor befördert. Zwar habe ich mit meinem Wechsel nach Koppelried den Dienstgrad nicht verloren, aber als Chefinspektor kennt mich hier trotzdem niemand.

»Dienstgrad bleibt Dienstgrad, Herr Kollege.« Der Professor stellt seinen Koffer ab und zieht sich den Plastikschutz von den Schuhen. »Natürlich sehe ich mir nicht höchstpersönlich jeden Tatort an, aber einen Toten im Weißbier wollte ich mir nicht entgehen lassen.« Er lächelt kurz. »Zum exakten Todeszeitpunkt kann ich erst später Genaueres sagen, aber mit Sicherheit ist der Mann trotz der kaum ausgeprägten Totenstarre schon an die sechs, sieben Stunden tot. Mehr dazu später in meinem Bericht.« Damit verabschiedet sich Heinrich und verlässt eilig den Tatort.

Kurz danach kommt auch der Buchinger aus dem Braukeller. »Wirklich, Aigner. Hätt ich die Wahl gehabt, hätt ich mich mit dir schon lieber gemütlich heute Abend in der Jakobi Stubm getroffen, nicht hier und unter diesen Umständen.« Kurzatmig schält er sich aus seinem Plastikoverall, unter dem seine obligatorische braune Jeans zum Vorschein kommt. Ich kenne den Buchinger seit vielen Jahren, habe ihn aber noch nie in einem anderen Hosenmodell gesehen.

»Die Tatortgruppe vom Fritz wird noch einige Zeit brauchen, ist ein ziemlich großer Keller. Mit bloßem Auge kann man nichts Verdächtiges erkennen, da blitzt es ja nur so vor Sauberkeit. Obwohl ich als Mordwaffe auf einen Bierkrug tippe.« Ächzend zieht er sich auch noch die Plastiküberschuhe aus und stopft sie zusammen mit dem Overall in den Mülleimer hinter der Bar.

Wie ich mich umschaue, sitzt im hinteren Teil der Schankstube der Schorsch und starrt ungeniert die junge neue Kollegin vom Buchinger an, die gerade die Aussage vom Gerhard aufnimmt.

Ich setze mich mit dem Buchinger rechts vorne im Schankraum an den Stammtisch und bestelle zwei Kaffee bei der Kathi. »Das bringt nix, was deine Kollegin da macht«, sage ich dann zu ihm. »Die wird nix herausfinden, was ich dir nicht erzählen kann.«

»Schaut sauber gut aus, die Rita, nicht wahr?« Der Buchinger hat mir gar nicht zugehört, sondern blickt wie hypnotisiert die langbeinige, schlanke Rothaarige in den hautengen Jeans an.

»Hat eine ähnliche Haarfarbe wie deine Erika, oder?«, versuche ich, ihn aus seinen Tagträumen zurückzuholen. »Wie geht's ihr denn?«

»Gut. Aber der Erika ihre Haare sind schon gefärbt. Sag mal, den Wirt, kanntest du den?«

»Natürlich«, nicke ich und ergänze sicherheitshalber, damit er gleich Bescheid weiß, »der Tote ist der, den die Marie letzten Donnerstag geheiratet hat, bevor sie sich kurzfristig entschlossen hat, mit mir auf YouTube-Star umzusatteln.«

Der Buchinger pfeift erstaunt durch die Zähne, und plötzlich habe ich seine ungeteilte Aufmerksamkeit. »Na, servus, Aigner!«

»Aber mit dem Chaos hier habe ich nicht das Geringste zu tun«, ist es mir ein Bedürfnis festzustellen. »Zwischen der Marie und mir, das war bloß ein Gschichtl, keine Tragödie mit Liebe, Eifersucht und Mord.«

Der Buchinger grinst mich schief an. »Rauschgschicht, gell? Kann man sehen auf dem Video, du lässt ja wirklich alles hängen.« Er lacht schallend über seinen blöden Witz.

Wenn du solche Freunde hast, brauchst du keine Feinde, denke ich mir und ignoriere seinen überflüssigen Kommentar.

Erst als ihn die Kathi mit verheulten Augen missbilligend von der Schank her mustert, reißt sich der Buchinger wieder am Riemen.

»Aber ich wär auch nie auf die Idee gekommen, dass dich eine deiner Weibergeschichten zu einer schweren Straftat verleitet hat.«

»Ich wollte es dir nur gesagt haben«, rechtfertige ich mich ernst und merke dann, dass die Kathi in ihrem obligatorischen kurzen Dirndl mit Megaausschnitt und mit den bestellten Kaffeehäferln neben uns steht. Sie beugt sich nicht wie sonst nach vorn und hält uns daher auch nicht den Busen ins Gesicht. Ich schaue sie an und sehe, dass die junge Frau kreideweiß im Gesicht ist und auch sonst einen furchtbar mitgenommenen Eindruck macht.

»Der Max …«, beginnt sie, und schon laufen ihr die Tränen über die Wangen. Sie geht nochmals zur Schank und holt zwei doppelte Schnaps, die sie vor uns auf den Tisch stellt. »Ich hab mir gedacht, die könnts vielleicht brauchen.«

Der Buchinger winkt ab, und ich schiebe ihr mein Stamperl hin und bitte sie, sich zu uns zu setzen.

Die Kathi hockt sich hin, trinkt mein Stamperl in einem Zug leer und nimmt sich dann auch noch das vom Buchinger.

»Wann hast du den Max zum letzten Mal gesehen, Kathi?«, will ich wissen.

»Das kann ich nimmer genau sagen. Gestern haben wir ja neben den normalen Wirtshausgästen auch noch für über achtzig Gäste vom Hotel Garsberg das Bierkulinarium veranstaltet. Alle sind wir nur g'rennt, auch der Max, es war ja kein Fußball gestern. Jetzt kann der heut Nachmittag net einmal mehr beim Spiel gegen die Halleiner im Tor stehen.

Die werden das Spiel absagen müssen.« Sie schlägt sich die Hände vors Gesicht und schluchzt.

Ich erkläre dem Buchinger, dass der Riegler Max seit einiger Zeit den Gästen der Hotels in der Umgebung recht erfolgreich Führungen in der Brauerei mit anschließendem Biermenü und Bierverkostung anbietet.

»Fast jeden Samstag herrscht da bei uns Hochbetrieb«, bestätigt die Kathi unter Tränen. »Gestern waren neben den vielen Hotelgästen auch noch eine Menge Leut aus dem Ort da, es waren ja alle so neugierig nach dem Desast… also, nach der Hochzeit.« Sie blickt mich unsicher an.

Ich mache eine abweisende Handbewegung, aber der Buchinger grinst von einem Ohr zum anderen.

»Nachdem der Bus um halb zwölf g'fahren ist, hat der Max unsere zwoa deutschen Aushilfskellnerinnen heimg'schickt«, fährt die Kathi fort, da ich nicht weiter reagiere. »Er ist … war … Er hat immer sehr wirtschaftlich denkt, der Max.« Sie schnäuzt sich geräuschvoll in eine der dünnen Papierservietten, die in einem Behälter auf dem Tisch stehen.

»Wer von der Belegschaft war bis zum Schluss da?«, frage ich sie.

»Na, der Max halt, die Franziska und ich. Der Gregor hat auch noch g'holfen. Der Lehrbub kostet den Chef am wenigsten.« Sie schaut mich etwas verunsichert an, als hätte sie damit, dass der Lehrbub hier nach Strich und Faden ausgenutzt wird, ein Geheimnis ausgeplaudert.

»Und ab wann hast du den Max gestern nicht mehr gesehen?«, hake ich nach.

Sie zuckt mit den Schultern. »So genau weiß ich das nimmer. Den Tagesabschluss hat er jedenfalls nicht mehr mit uns g'macht. Irgendwann hab ich nur mehr den Gregor hinter der Schank g'sehen.«

»Und es ist dir nicht eigenartig vorgekommen, dass der Chef beim Tagesabschluss nicht dabei war?«

Sie schüttelt heftig den Kopf und wirkt jetzt sogar etwas

trotzig. »Das war nix Bsonderes«, faucht sie mich an. »Der Max ist in letzter Zeit oft abg'hauen, ohne uns Bescheid zu geben. Ich hab nie g'wusst, wo der sich herumtreibt. Bestimmt bei einem Weib, wahrscheinlich bei der depperten Steinhauserin, dem schiachen Krampen, was weiß ich. Abgerechnet hab sowieso meistens ich, der Max hat mir im Gschäft blind vertraut.« Die Kathi macht ein böses Gesicht, aber dann kommen ihr schon wieder die Tränen. »Wenn ich ihn gestern bloß g'sucht hätt.« Sie schnäuzt sich noch einmal geräuschvoll in die bereits etwas unappetitliche Papierserviette.

»Wie war denn Ihre … nun ja, Beziehung zum Herrn Riegler?« Der Buchinger schenkt ihr ein freundliches Lächeln.

»Da war nix mit Beziehung«, keift sie sofort los. »Der hat doch unbedingt die depperte Steinhauserin heiraten müssen, diese alte Funsn. Durch nix war er davon abzubringen.« Erneutes Schnäuzen. »Jahrelang ist die immer wieder zu uns da her, um sich den Max zu angeln, dieses verdammte Luder. Weder nach rechts noch nach links hat der mehr schauen können.«

Ich stutze und denke scharf nach, kann mich aber nicht daran erinnern, die Marie jemals im Rieglerbräu angetroffen zu haben, und ich bin nun wirklich oft hier. »Aber ich hab die Marie eigentlich nie bei euch gesehen.«

Die Kathi taxiert mich spöttisch von oben bis unten. »Und dir wär's sofort aufg'fallen, gell? Ich weiß echt net, was ihr Mannsbilder an der findets. Natürlich hast du sie da net g'sehen. Die hat ihn immer nur besucht, wenn kaum Leute im Wirtshaus waren, und ist dann mit ihm im Büro verschwunden. Der blöde Krampen hat sogar da unten im Heiligtum ein und aus gehen dürfen.« Ihre Stimme trieft geradezu vor Eifersucht.

Ich glaube, ich muss da mal was klarstellen. »Getratscht haben die Leut im Ort aber immer nur über dich und den Max«, sage ich.

»Eh klar, weil die zwoa das, was da g'laufen ist, geheim gehalten haben.« Die Kathi verschränkt beleidigt ihre Arme.

»Aber zwischen dir und ihm ist ja trotz der Marie noch so einiges gelaufen, oder?« Ich denke an die Gerüchte, die über die beiden immer noch im Umlauf sind und mit denen mir auch meine Schwester die Ohren vollgequatscht hat.

Wie von der Tarantel gestochen springt die Kathi auf und gibt sich dienstbeflissen: »Mögt ihr beiden noch einen Kaffee?«

Als der Buchinger nickt, verschwindet sie flugs hinter der Schank und macht sich an der Kaffeemaschine zu schaffen.

»Du kennst die Leute hier alle recht gut«, stellt der Buchinger fest und fährt, als ich nicke, fort. »Bei uns ist grad das halbe LKA auf Urlaub. Ich könnte dich und deine Polizisten in dem Fall also wirklich gut gebrauchen.« Er zwinkert mir auffordernd zu. »Was meinst? Du und ich, wie in alten Zeiten?«

»Ich sage nur ›YouTube‹ und ›Marie‹, Markus«, warne ich ihn. Er sollte sich diese Entscheidung lieber gut überlegen. Nicht, dass mir dann noch irgendwann Befangenheit unterstellt wird oder man mir ein Disziplinarverfahren anhängen will.

Doch der Buchinger schüttelt nur den Kopf und macht eine wegwerfende Handbewegung. »Aber geh, das ist mir doch wurscht, das bringe ich dem Staatsanwalt schon bei. Aber du hast nicht trotzdem zufällig ein Alibi für gestern Nacht, das du mir quasi zum Einstand präsentieren könntest?« Er grinst mich halb im Scherz und halb im Ernst an.

»Stell dir vor, ich habe sogar ein wasserdichtes. Bis halb drei Uhr früh. Und gleich von zwei hübschen Mädels, einer Friseurin und einer Taxifahrerin. Die Telefonnummern kann ich deiner neuen Kollegin gern zum Überprüfen geben.«

Der Buchinger kratzt sich verblüfft am Kopf. »Du bist echt ein totaler Windhund.« Die Anerkennung, die in seinen Worten mitschwingt, ist nicht zu überhören. Dann hält er mir seine rechte Hand hin. »Partner, so wie früher?«

Ich schlage ein, natürlich. Endlich mal eine Abwechslung nach fünf Jahren nur mit Verkehrsunfällen, ein paar Diebstählen und den Anzeigen vom alten Haubner, denke ich mir froh.

Als die Kathi mit dem Kaffee angetrabt kommt, schickt der Buchinger sie gleich zur flotten Rita, um eine Liste der gestrigen Gäste zu erstellen.

Kurz darauf öffnet sich die Tür zum Wirtshaus, und die zweite fest angestellte Kellnerin steckt ihren Kopf herein. Die dürre Franziska wirkt etwas verstört, aber das ist bei den Absperrungen und den Streifenwagen draußen kein Wunder.

»Grüß Gott, Herr Aigner. Grüß Gott, Herr Kommissar.«

»Chefinspektor Buchinger.« Er hält lässig seinen Ausweis in die Höhe.

»Entschuldigung«, stammelt sie sofort verunsichert, und ich schiebe ihr einen Stuhl hin.

»Setz dich bitte kurz zu uns, Franziska. Du hast also schon gehört, dass der Riegler Max tot ist?« Obwohl sie ihre Lehrzeit schon seit ein paar Jahren hinter sich hat, wird die Franziska immer noch von allen einheimischen Gästen geduzt, so auch von mir.

Die Franziska nimmt brav Platz und streicht ihr langes biederes Dirndl glatt. Sie hat einen ganz anderen Kleidungsstil als die Kathi.

»Der Michel hat mir draußen schon g'sagt, was los ist. Haben s' ihn wirklich umgebracht, den Chef? In seiner eigenen Brauerei?«

»Sieht ganz danach aus, Franziska. Deswegen müssen mein Kollege und ich euch allen jetzt einige Fragen stellen.« Ich räuspere mich. »Wann hast du den Max gestern zum letzten Mal gesehen?«

Anfangs erzählt sie uns nichts anderes als die Kathi, aber dann wird es interessant. »I weiß noch, dass die Kathi den Sieder Hannes gegen ein Uhr ang'schrien hat, weil er ihr allerweil auf den …« Sie läuft rot an und beißt sich auf die Unterlippe.

»Also, der greift ihr am liebsten überallhin. Der Chef hat den deswegen schon dreimal rausg'schmissen.«

»Aha. Und gestern hat sich der Max Riegler wieder eingemischt?« Der Buchinger hebt neugierig eine Augenbraue.

Die Franziska kichert mädchenhaft. »I wo, gegen so was muss sich unsereiner schon wehren können. Der Chef war zu der Zeit jedenfalls nicht mehr da.« Sie schaut wieder nur mich an. »Herr Aigner, der Huber Karl vom FC hat den Sieder nämlich gleich nach der Watschen an der Schank drinnen auf einen Schnaps eing'laden. Der wollt den aus der Schusslinie bringen. I bin nämlich zufällig mit denen zwoa rein ins Wirtshaus und musste ihnen an der leeren Schank den Schnaps einschenken. Dann hab i gleich den Gregor, den Lehrbuben, eingeteilt, dass er die Getränke zapfen soll, bis der Chef wieder zurück ist. Aber der ist nimmer kemman.«

»Und das war normal?« Der Buchinger macht ein ungläubiges Gesicht.

Franziskas Gesichtsfarbe wird noch gesünder, als sie ohnehin schon ist. »Ja sicher, meinen S', der hätt sich jemals bei uns abg'meldet? G'redet hat der eh nur mit der Kathi, uns hat der nur rumkommandiert und ang'schrien.«

Eigentlich hätte halb Koppelried ein Mordmotiv, denke ich mir. Den Max hat niemand bei uns so wirklich gemocht. »Wusste die Kathi vielleicht, wo der Chef war?«

Die Franziska überlegt kurz und schüttelt den Kopf. »Na, die hat mich auch nach ihm g'fragt. Wir haben uns halt alle denkt, der schlaft endlich irgendwo seinen Rausch aus. Schließlich war er seit drei Tagen praktisch durchgehend b'soffen.«

Der Buchinger verschränkt die Arme und zwinkert mir zu. »Klingt plausibel nach allem, was der Mann in den letzten Tagen mitgemacht hatte. Das war kein schöner Start ins Eheleben, den du ihm da bereitet hast.«

Seine Worte ignorierend wende ich mich der Franziska zu, die den Buchinger mit offenem Mund anstarrt. »Und was ist dann passiert, Franziska? Hast du an diesem Abend jemanden in den Braukeller gehen oder von dort kommen sehen?«

»Aber nein, nach der Führung für die Gäst vom Bierkulinarium hat der Chef die Tür zur Brauerei abg'sperrt und den Schlüssel wie sonst auch an den Haken g'hängt. Da war niemand mehr unten. Die Kathi hat gegen zwoa in der Früh die letzten Gäst abkassiert, damit s' endlich gehen, und i hab inzwischen die Schank putzt, weil das dem Chef immer ganz wichtig war. Da war der Schlüssel immer noch am Haken. Ach ja, und den Gregor hab ich hoamg'schickt, weil der so kasig von dem ganzen Stress da war. Er ist halt doch noch recht jung, unser Lehrbub.« Die Franziska seufzt. »I glaub, so kurz vor drei hat die Kathi dann zug'sperrt. Sie war mit dem Radl da und hat mich am Packltrager mitg'nommen. Sie wohnt ja gleich bei mir ums Eck.«

»War irgendwas anders als sonst?«, hake ich sicherheitshalber noch mal nach.

»Wenn Sie so fragen, Herr Aigner«, die Franziska überlegt kurz, »also, die Frau Erni war gestern Abend zwoamoi bei uns da im Wirtshaus. Seit der Chef seine Tante aus der Küche geschmissen hat, hat der sie noch oan- oder zwoamoi in der Woche zu uns reing'lassen. Aber net öfter. Und das, obwohl die arme Frau immerhin über vierzig Jahr die Küchenchefin bei uns war.« Die Franziska zieht ihre Augenbrauen zusammen, und ich nicke ihr ermutigend zu. »Aber was Besonderes ist da nicht passiert. Sie ist halt am Tisch vom alten Alois g'sessen, der Zwiderwurzn, und hat auf den eing'redet, weil der noch einiges an Zeche bei uns offen hat.«

Ich nicke wieder. Der Gruber Alois ist unser ehemaliger Briefträger, den alle den alten Postler nennen. Nach der Scheidung von seiner Frau vor sicher über zwanzig Jahren musste er sein noch nicht fertig gebautes Haus verkaufen und haust seitdem in der winzigen Wohnung im Parterre vom Pfarramt, sicher die billigsten zwei Zimmer hier in Koppelried. Seit seiner Pensionierung ist der Alois fast täglich im Rieglerbräu, sitzt am Stammtisch, trinkt aber kaum mehr als ein, zwei Bier, es sei denn, irgendjemand erbarmt sich seiner und lädt den armen Schlucker ein.

Als der Buchinger die Franziska ebenfalls zur Rita schickt, damit sie ihr und der Kathi bei der Liste der Gäste hilft, will sie schon aufstehen, aber ich halte sie am Arm zurück.

»Und der Max? Hat er sich deiner Meinung nach gestern irgendwie außergewöhnlich verhalten? Ich meine, abgesehen davon, dass die Gschicht von der Hochzeit noch nachgewirkt hat.« Ich räuspere mich und denke mir im selben Moment, dass das eigentlich eine blöde Frage ist.

Aber der Buchinger horcht sofort neugierig auf.

Die Franziska zuckt mit den Schultern. »Zu uns war er wie immer. Er war halt die letzten Tag durchgehend ang'soffen, das war er sonst natürlich net.« Sie blickt kurz etwas verzagt in meine Richtung.

»Und in dem Zustand hat der Herr Riegler noch ausschenken und abkassieren können?«, hakt der Buchinger ungläubig nach.

Die Franziska bringt so etwas wie ein Grinsen zustande. »Da kennen S' den Chef aber schlecht. Der konnte sogar noch ausschenken, wenn er nimmer stehen konnte. Und kopfrechnen konnte er auch noch im größten Rausch.« Sie schaut uns kurz betreten an. »Aber da war noch etwas: Gestern war er sogar ruppig zu den Gästen, und zu denen ist er sonst immer freundlich. Aber so einfach war das, was ihm passiert ist, auch net zu verkraften. Net einmal für ihn.« Etwas verlegen senkt das Mädel seinen Blick und zupft seine Dirndlschürze zurecht.

»Hat der Herr Riegler in den letzten zwei Tagen über den Herrn Aigner und die Frau Steinhauser mit Ihnen gesprochen?« Der Buchinger grinst nun seinerseits mich an.

Die Franziska schüttelt den Kopf. »Nein, aber es war net zu überhören, wie der mit seinen FClern über die beiden g'schimpft hat. Gar nimmer einkriegt hat er sich.«

»Wann hast du eigentlich von dieser Hochzeit erfahren?«, frage ich sie.

Die Franziska blickt verschämt vom Buchinger zu mir. »Auch erst vor einer Woche, wie das Aufgebot schon b'stellt war. I hab mir denkt, das gibt's doch net. Wobei die Frau Steinhauser wirklich eine ganz Nette ist. Schon jahrelang ist die meistens am Montagnachmittag zu Besuch zum Chef kommen, weil da ihr Gschäft ja zuhat. Dann sind die zwoa immer sofort in sein Büro, gemeinsam mit dem Gerhard. Aber lang war sie nie da, immer höchstens oa Stund.«

»Sie meinen, die zwei waren kein Liebespaar?«, will der Buchinger neugierig wissen.

Die junge Frau widerspricht heftig. »Aber nein, i glaub das net, ein Liebespaar verhält sich ganz anders. I moan, dem Chef hat man schon ang'merkt, dass er auf sie steht. Der war wie ausg'wechselt, wenn sie da war. So freundlich und fröhlich. Sie war auch immer freundlich, aber mehr so auf die reservierte Art, wie sie halt ist, die Steinhauserin. Und berührt haben die sich auch nie. Deswegen waren wir ja alle so baff, als wir das mit der Hochzeit g'hört haben. Selbst die Kathi hat nix davon g'wusst.«

»Und wie hat die reagiert?«, frage ich die Franziska.

Die Kellnerin wirft einen verstohlenen Blick auf die Kathi, die immer noch mit der Rita am Tisch sitzt. »Einen Anfall hat sie kriegt«, flüstert sie. »Die hat getobt, dass sie kündigen wird. Die ganze Woche hat die jeden Tag eine Szene nach der anderen g'macht. Aber der Chef hat immer nur g'lacht, dem war das wurscht. Und trotzdem hat er sie nach der Sperrstund immer wieder mal nach oben in seine Wohnung mitg'nommen. Das tut man doch net, wenn man eine andere heiratet. Da ist man doch in die verliebt, oder?« Sie fixiert verschämt den Fußboden.

»Haben Sie gehört, dass die Moser Kathi der Frau Steinhauser oder dem Herrn Riegler gedroht hat?«, schaltet sich der Buchinger wieder ein.

Mit gedämpfter Stimme fährt sie fort. »Dem Chef droht die Kathi schon seit Jahr und Tag, dass sie ihn mal umbringt. Und die Steinhauserin haben wir nach dem Aufgebot für die Hochzeit gar nimmer bei uns g'sehen, sodass sie der gar net drohen hat können. Aber wenn die Kathi der begegnet wär, hätt sie ihr bestimmt die Augen auskratzt vor Eifersucht, da bin i mir sicher. Die Kathi hat immer glaubt, dass sie da mal die Wirtin wird. Das Wirtshaus ist für sie das Wichtigste überhaupt. Darin waren sie und der Chef sich sehr ähnlich.« Die Franziska schaut mich fragend an. »Was wird denn jetzt eigentlich aus dem Rieglerbräu?«

Ich zucke mit den Schultern, weil ich keine Ahnung habe. »Die Erni, wahrscheinlich …«, murmle ich und beginne zu überlegen. Rein rechtlich ist die Marie ja die Ehefrau des Toten, trotz allem.

Der Buchinger scheint ähnliche Gedanken zu haben, denn er runzelt seine Stirn. »Danke, Fräulein Franziska. Das reicht fürs Erste. Wo finden wir denn diese Frau Erni?«

»Sie brauchen nur in den Innenhof zu gehen, durch die Tür rechts neben der Schank. Sie wohnt im ersten Stock vom Wirtschaftsgebäude, über der Garage. Der Herr Aigner woaß, wo.«

Im Innenhof setze ich den Buchinger rasch über die wichtigsten Fakten in Kenntnis.

Die einzige noch lebende Verwandte vom Riegler Max ist meines Wissens die Erni, eine Tante väterlicherseits, die ich auf Mitte sechzig schätze. Die Erni hat seit ihrer frühen Jugend im Rieglerbräu in der Küche das Regiment geführt, bis der Max die alte Frau durch den Haslinger Toni ersetzt hat. Wobei ich ehrlich zugeben muss, dass die Erni die weit bessere Köchin war.

Bevor wir die steile Treppe zu der Wohnung hinaufgehen, bleibt der Buchinger kurz stehen. »Das mit dem Nachlass müssen wir uns genau anschauen, Aigner. Aber wie es aussieht, erbt deine Marie ein kleines Vermögen.«

Das ist tatsächlich sehr wahrscheinlich, denke ich mir und habe plötzlich ein unangenehmes Gefühl.

Wir brauchen gar nicht anzuklopfen, die Erni öffnet uns von selber. Wahrscheinlich hat sie uns vom Fenster aus beobachtet, die Alte hat ja nichts mehr zu tun.

Wir betreten die Wohnung und finden uns unmittelbar in der Küche wieder. An der Wand steht ein alter, weiß emaillierter Ofen, den man noch mit Holz beheizen muss. So einer, wie ihn meine Großmutter zu Hause hatte. Sonst gibt es nur ein paar alte, ebenfalls weiße Kredenzen, einen Schrank mit einer Spüle und einen uralten Kühlschrank, zu dem sich die alte Erni bestimmt unter Schmerzen bücken muss. An der Wand mit dem Fenster zum Innenhof steht eine abgewohnte billige Eckbank, vor der ein alter Röhrenfernseher läuft.

Die Erni geht hinüber und dreht die hohe Lautstärke mit einer klobigen Fernbedienung gekonnt auf ein Flüstern zurück. Vom vielen Geld vom Max merkt man bei seiner Tante nichts, denke ich mir. Der Geizkragen hat die alte Frau ganz schön knapp gehalten.

»Schau an, der Herr Gendarm. Was willst denn du von mir?«, keift sie mich an.

»Das heißt jetzt Inspektionskommandant, Erni«, korrigiere ich die Alte grinsend und quetsche mich in die schmale Eckbank.

Sie macht eine abfällige Handbewegung. »Der Herr Gendarm, der Aigner-Bub«, wiederholt sie ignorant. »Traust dich überhaupt noch her zu mir? Ihr jungen Leut schamts euch ja für gar nix. Woaßt nimmer, was sich g'hört? Hat dir dein kreuzbraver Vater nix beibringen können, ha?« Sie fuchtelt gefährlich nahe vor meiner Nase mit einem Geschirrtuch in der Luft herum. »Keinen Anstand haben s', die jungen Leut. Überhaupt keinen Anstand mehr.« Sie legt das Geschirrtuch auf eine der Küchenkredenzen und stemmt streng die Hände in die Hüfte. »I muss schon sagen, das hätt i der jungen Steinhauserin net zutraut. Dir dafür aber gleich dreimal. Ein Haderlump bist, grad so wie deine Mutter«, keift sie. »Immer hat die Steinhauserin ihre Nasn so hoch tragen wie die Heilige Jungfrau, aber uns Rieglern macht sie gleich bei der Hochzeit so eine Schand. Eine saubere Morgengabe habts ihr zwoa meinem Buben beschert. Brauchst gar net so dumm dreinschauen. Nix wia schämen muss man sich für euch junge Leut.«

»Deswegen sind wir eigentlich nicht da«, unterbreche ich sie jetzt besser, weil dem Buchinger sein Grinsen schon ins Gesicht gemeißelt ist. »Geh komm, setz dich kurz hin. Wir müssen dir leider eine schlimme Nachricht überbringen.«

Die alte Erni setzt sich nicht hin, sondern zieht ein Stofftaschentuch aus der Tasche ihres altmodischen Schürzenkleids und zerknüllt es in der Hand.

»Hat er sich dastessen, der besoffene Bub? I hab ja g'wusst, dass das einmal passieren wird. Eine Wüdsau ist der mit dem teuren Auto. Auf gar nix passt der auf. Hat er sich arg wehgetan?« Jetzt doch etwas erschöpft setzt sie sich neben mich auf ihre alte Eckbank und schmeißt wütend das Taschentuch auf den Tisch.

Ich nutze die Gelegenheit und schaue aus dem Küchenfenster. Von hier oben sieht man einwandfrei in den Innenhof, kann aber durch die gelben Glasbausteine der Kellerfenster nicht erkennen, was im Inneren des Gebäudes vor sich geht.

»Ihr Neffe hatte keinen Autounfall«, versucht der Buchinger zu erklären und nimmt ihr gegenüber Platz.

»Wer sind denn Sie überhaupt?«, keift die Erni ihn da an.

»Entschuldigen Sie, wo sind nur meine Manieren«, meint er und zieht aus der Brusttasche seines zerbeulten Leinensakkos den Dienstausweis und seine Marke hervor. »Chefinspektor Buchinger vom Landeskriminalamt Salzburg.«

Jetzt ist die Erni anscheinend doch etwas beeindruckt und schweigt abwartend.

»Wir müssen Ihnen die traurige Mitteilung machen, dass Herr Max Riegler heute Morgen tot in seinem Brauhaus aufgefunden wurde. Im Moment ist nicht auszuschließen, dass sein Tod durch Fremdeinwirkung herbeigeführt wurde.«

»Was redet denn der Stodinger da so g'schwollen daher?« Die Alte wirft mir einen hilflosen Blick zu. »Was moant denn der?«

»Der Max ist wahrscheinlich heute Nacht von jemandem umgebracht worden«, erkläre ich ihr so sanft wie nur möglich. »Der Gerhard hat ihn in der Früh tot im Gärkeller gefunden.« Mehr sage ich nicht. Die Details will ich der alten Frau lieber ersparen.

Die Rieglerin bekreuzigt sich, steht auf und holt aus dem Schrank eine schmale, hohe Flasche aus braunem, gebranntem Ton. Plötzlich wirkt sie nicht mehr so frisch und lebendig wie grad eben noch, sondern alt und müde. Zitternd zieht sie den Korken aus der Flasche, schenkt uns drei doppelte Klare ein und leert ihr Glas sofort in einem Zug. Schon hockt sie wieder neben mir und klopft drohend mit ihrem knochigen Zeigefinger auf das alte karierte Plastiktischtuch.

»So ein Luder, so wahr mir Gott helfe. Hat die Kanaille den Buben umgebracht.«

»Haben Sie etwas beobachtet? Vom Fenster aus?« Der Buchinger schaut jetzt auch aus dem Fenster zur Brauerei hinüber.

»Was hätt i denn sehen müssen? Wer soll's denn sonst g'wesen sein?«, regt sie sich auf. »Wenn er sich nicht mit dem Auto dastessen hat, muss die Steinhauserin den Buben auf dem Gwissen haben.«

Irgendwie bin ich bei den Worten der Erni doch etwas erleichtert.

»Weil er sich scheiden lassen wollt, der Bub«, fährt sie fort. »Gestern Mittag war er noch bei mir und hat mir alles erzählt. Da, wo du jetzt sitzt, Aigner, ist er g'sessen und hat meine Schnitzel gessen.«

Ganz automatisch rutsche ich ein bisschen nach rechts.

»Die haben ihm immer am besten g'schmeckt, meine

Schnitzel. Der Haslinger, der damische Koch, bringt ja net einmal eine ordentliche Panier zsamm.« Während die Erni weiterschimpft, erinnere ich mich an ihre perfekten, saftigen Schnitzel. Die waren immer sensationell, gerade richtig gesalzen und in Butterschmalz herausgebacken. Mein Blick fällt auf die alte, laut tickende Keramikuhr an der Wand. Kein Wunder, dass ich hungrig bin, es ist kurz vor eins.

Die Erni schenkt sich ein zweites Stamperl ein und prostet mir zu. Was soll's, trinke ich halt einen mit der Alten.

Der Buchinger schüttelt über mein Verhalten nur den Kopf und beäugt mich etwas schräg. »Können Sie sich noch erinnern, worüber Sie gestern mit ihm gesprochen haben?«, fragt er die Erni.

Die blickt mich genervt an und deutet auf meinen Kollegen. »Glaubt der Stodinger vielleicht, i bin schon deppert im Kopf? I bin zwar alt, aber da oben funktioniert's noch sehr gut.« Sie tippt sich an die Stirn und fixiert meinen Exkollegen streng. »Der Bub hat mir g'sagt, er hätt die einfach net heiraten dürfen, das wär eine Schnapsidee g'wesen. Die Steinhausers, das wären doch allesamt nur Falotten. Außer dem alten Hansl, der ist nur ein Depp.«

»Das tut jetzt nichts zur Sache«, versucht der Buchinger, beruhigend einzugreifen.

»Aber sicher tut das was zur Sache«, geht die Erni auf ihn los. »Man darf net in eine schlechte Familie einheiraten, das bringt Unglück, wie man sieht. So eine Schand, da büxt die auf der eigenen Hochzeit aus, mit dem da!« Ihr knochiger Zeigefinger schießt in meine Richtung. »Grins net so deppert, Aigner! Der Max hat mir gestern den Film zeigt, auf so einem kloanen Telefon. So was Grausliches hab ich in meinem ganzen Leben net g'sehen. Schämen solltest du dich, du Rotzlöffel, in den Boden hineinschämen. Nackert vor alle Leut. Pfui!«

Jetzt kriege ich doch heiße Ohren und bemühe mich, wieder etwas ernsthafter und seriöser dreinzuschauen.

Die Erni schenkt sich das dritte Stamperl ein und redet ungerührt weiter. »Großziehen hab i den missratenen Buben müssen. Seine Mutter, Gott hab sie selig, hat ja nie Zeit für ihn g'habt, die Madame. Die Frau Wirtin.« Die Alte spuckt das letzte Wort verächtlich aus. »Faul war s', die Annamirl, nur schöne Fetzen im Kopf, der Bub war ihr völlig wurscht. Mein Bruder, der Depp, hat immer g'arbeitet wie ein Viech, ein braver Mann war das. Zusammen haben wir uns um den Betrieb kümmert, die Gnädigste hat nie auch nur einen Finger krümmt. Ständig hab i dem Buben hinterherrennen müssen, und das, wo i die ganze Küche allein hab schupfen und noch die Gäste bedienen müssen. Aber kein Dank, net von ihr und auch net vom Bruder, der hätt sich das gar net getraut wegen seiner Annamirl. Und schon gar kein Dank von dem depperten Buben.« Sie klingt verbittert. »Aus meiner eigenen Küch hat mich der rausg'schmissen. Und als ob das net schon genug g'wesen wär, hab i auch noch da in das Loch über der Garage einziehen müssen. Meine Wohnung über dem Wirtshaus hat er mir wegg'nommen und sie mit der von seinen Eltern zsammlegen lassen, auf über zwoahundert Quadratmeter hat der da drüben g'wohnt. Obwohl er g'wusst hat, dass i nimmer gscheit hatschen kann.« Rasch erhebt sie sich vom Tisch und huscht leichtfüßig wie ein Wiesel zum Schrank, um eine neue Schnapsflasche zu holen. Mit Schwung stellt sie diese am Tisch ab, füllt ihr leeres Glas, bleibt dabei aber stehen.

»Du warst gestern zweimal unten in der Wirtsstube«, sage ich. »Das hat uns die Franziska erzählt. Auch spät am Abend, wo du dich mit dem alten Postler unterhalten hast. Stimmt das?«

»So eine Tratschn! Aber ja, und? Ist das verboten?« Die Erni blickt mich herausfordernd an.

»Sicher nicht, aber es muss ziemlich mühsam für dich sein, immer die steile Treppe rauf und runter.« Ich deute auf ihre kurzen Beine und kann mir nicht vorstellen, dass die Erni jemals jung war, geschweige denn gut ausgesehen hat. Eigentlich schaut sie dem Max sehr ähnlich, nur dass sie ganz dünn ist im Gegensatz zu ihrem fetten Neffen. Und dass ihr ehemals wohl schwarzes Haar jetzt grau und zu einem dünnen Knoten hochgesteckt ist.

Sie scheint recht zufrieden mit meiner Bemerkung und bringt ein schiefes Lächeln zustande. »Hast ja recht, Aigner. Alt und gebrechlich sollt man net werden. Aber i muss halt die Zähne zsammbeißen, hilft mir ja niemand auf meine alten Tag. Woaßt, manchmal begrüß i unten die Gäst, so wie sich das g'hört in einem anständigen Wirtshaus. Aber gestern hab i so um neun, halb zehn den Alois g'sehen, wie der da durch den Personaleingang im Hof in die Stuben rein ist. Das macht der alte Grantscherm immer mal wieder, obwohl ihm der Max das schon hundertmal verboten hat. Der Eingang ist nur fürs Personal. Wo kommen wir denn hin, wenn die Gäst dort ein und aus gehen, wie's eana passt. Also bin i runter, hab ihn zurechtg'wiesen und ihm auch naheg'legt, endlich seine Zeche zu zahlen. Aber der Alois hat mich wie üblich nur ang'jammert, dass er so eine geringe Pension hätt. Ja mei, was soll denn i dazu sagen? I hab ja selbst nix, weil die mich nie richtig ang'meldet haben. Ein Gnadenbrot krieg i da heroben in der alten Keuschen. Wenn mir die Franziska net oft die Rest vom Menü bringen tät, müsst i noch jeden Tag selber kochen. Und das, obwohl die da drüben das Essen, was nicht weggeht, wegschmeißen. Die reinste Verschwendung, sag i euch, obwohl der Bub sonst ein echter Geizkragen ist.«

»Ist dir sonst noch etwas aufgefallen, Rieglerin? Hast später noch mal jemanden gesehen?« Ich schiebe den Fenstervorhang zur Seite und deute nach unten.

»Aber geh, mir hat's dann gereicht. I hab mir im Fernseher ›Schauplatz Gericht‹ ang'schaut. Die Sendung mag i, da sieht man immer die Wahrheit, so wie es halt ist im Leben. Wie die Alten von den Jungen um Haus und Hof betrogen werden. Kaum bist alt und kannst dich nimmer wehren, wirst schon um dein letztes Hemd bracht. Danach hab i mich ins Bett g'legt. G'hört hab i nix, der Herrgott hat mich mit einem tiefen ruhigen Schlaf g'segnet.«

Und mit einer immer vollen Schnapsflasche, denke ich mir und blicke beeindruckt auf ihr viertes Stamperl.

»Sie haben also nix Verdächtiges gehört oder gesehen?«, fragt der Buchinger noch mal nach.

Die Erni schaut wieder zu mir. »Der Stodinger ist wirklich ein bisserl deppert, oder?«

»Nein«, grinse ich. »Der Stodinger ist halt nur aus Salzburg.«

Der Buchinger seufzt und versucht sich an einer weiteren Frage. »Frau Riegler, wann haben Sie vom Verhältnis der Frau Steinhauser mit Ihrem Neffen erfahren? Die beiden haben ja offenbar recht überstürzt geheiratet.«

»I hab gar nix g'wusst von denen zwoa. Erst letzte Woch ist der Bub zu mir kommen und hat g'meint, es ist so weit, i könnt jetzt auf seine Hochzeit.« Sie wirkt erregt. »Er hätt endlich die Frau g'funden, die er immer schon g'sucht hat. Er würde die Steinhauserin heiraten, sofort. Weil die net nur fesch wär, sondern auch blitzgscheit und deshalb grad recht für den Betrieb. I war schon recht baff, aber auch froh, dass der net dieses Luder, die Kathi, heiraten hat wollen. Der Trampel hat es nämlich schon lange auf meinen Buben abg'sehen g'habt, und die hätt mich sofort ins Altersheim g'steckt.« Sie seufzt tief. »I hab ja net wissen können, dass die Steinhauserin genau so ein ausgschamtes Luder ist wie die Kathi.«

Kurz darauf drücken wir auf die Klingel zu Maries Wohnung im Obergeschoss, weil das Geschäft geschlossen hat. Ich höre ihre Stimme durch die Sprechanlage, und mein Herz klopft ein ganz klein wenig schneller.

»Ja?«

Der Buchinger hebt auffordernd die Hände, und ich räuspere mich etwas verlegen. »Marie, ich bin es …«

»Auf Wiedersehen, Raphael Aigner«, kommt es sehr bestimmt aus dem Lautsprecher. »Oder besser: Auf Nimmerwiedersehen. Ich will dich nicht mehr sehen.«

»Na, bei der hast du ja einen bleibenden Eindruck hinterlassen, Casanova.« Mein Exkollege grinst bis über beide Ohren, schiebt mich zur Seite und drückt noch mal auf die Klingel.

»Hörst du schlecht, Aigner?« Die sonst so sanfte Stimme der Marie klingt richtiggehend wütend.

»Frau Marie Riegler?«, brummt der Buchinger.

Marie Riegler. In meinem Bauch zieht sich alles zusammen, wie der Buchinger so selbstverständlich ihren neuen Namen ausspricht.

»Ja? Wer ist denn da?«

»Markus Buchinger, Chefinspektor, LKA Salzburg. Wir müssen dringend mit Ihnen reden, Frau Riegler. Würden Sie uns bitte die Tür öffnen?«

»Einen Moment, ich komme runter«, murmelt die Marie.

Wir warten sicher keine Minute, bis sie uns die Tür öffnet. Sie ist kaum geschminkt und sieht blass und müde aus. Tiefe Ringe zeichnen sich unter ihren Augen ab. Höflich reicht sie dem Buchinger die Hand, mir nicht.

Während wir ihr die Treppe hinauf in ihre Wohnung folgen, starrt ihr mein Exkollege ganz ungeniert auf den hübschen Hintern, der in einem einfachen Sommerkleid steckt.

Ich war zwar noch nie in diesem Haus, bin aber über die moderne Wohnung doch erstaunt. Zu Lebzeiten der alten Steinhauserin hat es hier garantiert noch anders ausgesehen. Durch eine doppelflügelige Glastür gehen wir in einen großen, lichtdurchfluteten Raum mit hohen Fenstern. Neugierig sehe ich mich um. An der einen Wand steht ein moderner weißer Küchenblock, davor ein großer brauner Holztisch mit sechs unterschiedlichen Stühlen. Nur der Holzdielenboden und ein weißer Kamin dürften noch aus den alten Zeiten stammen. Mehr als zwei sehr schön restaurierte alte Schränke, eine weiße, elegante Couch und einen alten Ohrensessel gibt es nicht im großen Raum.

Rasch räumt die Marie zwei benutzte Kaffeetassen ab. »Mein Onkel hat von gestern auf heute bei mir im Gästezimmer übernachtet«, erklärt sie. »Sie haben ihn um ein paar Minuten verpasst. Bitte nehmen Sie doch Platz. Möchten Sie einen Kaffee?« Ohne unsere Antwort abzuwarten, stellt sie zwei Tassen unter ihre Kapselmaschine, und wir setzen uns an den großen Tisch. »Milch? Zucker?«

Dankend lehnt der Buchinger beides für uns ab. Die Marie bringt die Tassen zum Tisch, stellt eine vor den Buchinger hin und eine ihm gegenüber, vor der sie anschließend selber Platz nimmt.

Also, spinnt die? Ich hab ihr doch nichts getan!

Demonstrativ rücke ich meinen Stuhl näher an den ihren ran. Ich kann spüren, dass ihr das ganz und gar nicht behagt, trotzdem bleibt sie sitzen. Stur ist sie also auch noch, die Marie.

»Danke.« Der Buchinger beobachtet uns beide. »Es tut mir sehr leid, Frau Riegler, aber wir müssen Ihnen eine traurige Nachricht überbringen. Ihr Mann Max Riegler wurde heute Morgen tot in seiner Brauerei aufgefunden.«

Die Hand der Marie, die eben noch die Tasse zum Mund führen wollte, zittert plötzlich ganz fürchterlich. Kaffee schwappt über den Rand, aber sie bringt es nicht fertig, die Tasse abzustellen. Als ich das hilfsbereit für sie übernehme und sie dabei berühre, wischt sie ihre Hand sofort am Kleid ab, als wäre ich giftig. Dann steht sie auf, geht kurz vor dem Fenster auf und ab und bleibt schließlich stehen.

Erst jetzt richtet sie ihren Blick zum ersten Mal auf mich. »Er ist tot.« Es klingt mehr wie eine Feststellung als wie eine Frage.

Ich kratze über meinen Dreitagebart, seit dieser verfluchten Hochzeit habe ich mir nicht mehr die Zeit für eine ausgiebige Rasur genommen. »Der Gerhard hat ihn heute Morgen tot gefunden. Im Gärbecken für das Weißbier.«

Irre ich mich, oder ist die Marie jetzt völlig irritiert?

»Wir haben noch keinen Obduktionsbericht, aber Fremdeinwirkung ist äußerst wahrscheinlich«, springt der Buchinger professionell für mich ein.

»Im Gärbecken? Im Bier? Ist er ertrunken?« Die Marie blickt völlig fassungslos meinen Exkollegen an, als würde sie nicht begreifen, was wir sagen.

Der Buchinger nickt.

Dann fährt sie sich mit der rechten Hand über die Haare und setzt sich neben ihn. Mit ruhiger Hand hebt sie ihre Tasse und nimmt einen Schluck. »Wissen Sie schon, wer ... wie es passiert ist?«

Der Buchinger seufzt. »Nein, leider nicht. Frau Riegler, tja, also«, windet er sich dann ein bisschen, »wie soll ich es sagen? Ich weiß Bescheid über Ihre – drücken wir es mal so aus – jüngsten Probleme mit dem Herrn Riegler.«

»Ich hab ihm alles erzählt«, werfe ich lässig ein. Die Marie soll nicht denken, dass ich da irgendwelche Hemmungen habe.

Sie nickt und beißt sich auf die Unterlippe.

»Ich muss Ihnen daher ein paar Fragen stellen, Frau Riegler«, brummt der Buchinger.

»Nur zu.« Ihre Antwort ist sehr leise.

»Haben Sie bereits einen schriftlichen Scheidungsantrag erhalten? Und gab es zwischen Ihnen und Ihrem, ähm, also, und dem Herrn Riegler so etwas wie einen Ehevertrag?«

Die Marie schüttelt den Kopf, und mir wird klar, worauf der Buchinger hinauswill.

»Sie wissen, dass Sie wahrscheinlich erbberechtigt sind?« Mein Exkollege beobachtet die Marie aufmerksam.

»Nein«, sagt sie etwas verstört, nickt dann aber. »Ich meine, doch, natürlich. Natürlich weiß ich, dass ich als Ehefrau erbberechtigt bin. Aber ich habe doch nicht wissen können, dass das alles so kommt. Ich meine, Raphi ... bitte ...« Jetzt wendet sie sich hilfesuchend an mich. »Ich habe es doch nicht auf das Erbe abgesehen und werde es sicher nicht annehmen.« Ihr Blick wirkt etwas gehetzt, doch dann lächelt sie, als hätte sie eine Lösung gefunden. »Die Frau Erni. Ja, die soll alles erben.« Gleich darauf starrt sie wieder resigniert auf den Tisch. »Wie hätte ich denn wissen sollen, dass der Max so schnell stirbt?«

»Es tut mir leid, Frau Riegler, aber ich muss Sie das trotzdem fragen.« Der Buchinger beugt sich nah zu ihr hin. »Wo waren Sie gestern Nacht?«

»Bei ihm.« Sie deutet auf mich.

»Das stimmt«, räuspere ich mich etwas verlegen und vermeide es, den Buchinger anzusehen. »Die Marie war zusammen mit ihrem Onkel und der Gerti gestern Abend bei uns im Garten. Die Gabi hat alle zum Abendessen eingeladen gehabt.«

»Wie lange waren Sie beim Aigner?«, fragt der Buchinger mit einem äußerst unfreundlichen Seitenblick auf mich. Seine Kiefermuskeln zucken verdächtig, ein untrügliches Zeichen dafür, dass er jetzt wirklich sauer auf mich ist. Warum habe ich Depp ihm das auch nicht gleich erzählt?

Fragend schaut die Marie zu mir.

Ich atme tief durch, bevor ich antworte. »Bis kurz nach Mitternacht, Viertel nach vielleicht.«

»Und dann?« Mein Exkollege klingt jetzt wirklich streng.

Die Marie fährt zusammen. »Dann bin ich heim und auch gleich ins Bett, es war ja schon spät.«

»Sie haben gesagt, Ihr Onkel habe hier geschlafen. Hat er Sie beim Heimkommen gehört?«

»Das müssen Sie ihn schon selbst fragen«, antwortet die Marie beinahe etwas schnippisch. Sie scheint ihre Fassung wiedererlangt zu haben.

»Geh, Aigner, ruf den Schorsch an, der soll den Mann gleich befragen«, knurrt mich der Buchinger im Befehlston an, aber ich zögere.

Erstens kann ich diesen Ton nicht leiden, und zweitens glaube ich kaum, dass der Schorsch für eine Befragung der geeignete Mann ist. »Da fahre ich lieber selbst zu ihm. Der

Hansl wohnt immer noch in seinem Schrebergartenhaus nahe dem Bahnhof?«, frage ich die Marie, die nickt.

»Gut, aber nimm den Schorsch trotzdem mit.« Der Buchinger lächelt die Marie zufrieden an. »Dann hätte ich noch ein paar Fragen an Sie. Wenn ich inzwischen noch eine Tasse von dem ausgezeichneten Kaffee haben könnte?«

»Der Riegler Max ist tot. Ja, sakradi, wie … I moan, der war doch noch so jung.« Der alte Hansl steht vor mir und dem Schorsch hinter seinem Holzzaun in der Schrebergartenzeile, und ich werde das Gefühl nicht los, dass er gar nicht so erstaunt über diese Tatsache ist, wie er tut.

Um meinen guten Willen zu zeigen, habe ich, wie vom Buchinger verlangt, den Schorsch hinzugeholt. Ich glaube, im Moment ist es im Hinblick auf meinen Exkollegen ratsam, den Ball flach zu halten.

»Die Marie ist net lang nach mir heimkommen. Das weißt du doch, das Dirndl war ja vorher noch bei dir.« Der Alte sieht mich vorwurfsvoll an.

»Wie spät war es da ungefähr?«

»I glaub, gegen halb oans herum.« Fragend schaut er mich an. Wahrscheinlich wartet er auf meine Zustimmung. »I hab bei ihr im Kabinett g'schlafen, weil i mir Sorgen wegen dem Riegler g'macht hab. Nach der Sach mit der unglückseligen Hochzeit war mein Dirndl nimmer sicher vor dem. Ein Aug hat er ihr ja schon blau g'schlagen g'habt.«

»Aber gesehen hast du sie nicht, oder?«

Der alte Mann fasst sich nervös an den langen Bart. »Um Himmels willen, Aigner, du willst doch net, dass man unserer Marie irgendwas anhängt. Warum stellst mir denn solche Fragen? Du kennst doch mein Dirndl, nie könnte die irgendwem was antun.«

»Sicher, Hansl«, beruhige ich ihn. »Trotzdem muss ich das schon etwas genauer wissen. Wir reden mit allen Beteiligten. Mein Kollege aus Salzburg ist in diesem Moment bei der Marie und stellt ihr wahrscheinlich genau dieselben Fragen wie ich dir«, erkläre ich dem Alten.

»Wirklich, Aigner! So was hätt i mir von dir net denkt, dass du net hinter der Marie stehst. Zuerst verführst mir das Dirndl, und dann lasst sie so hängen. Eine Frechheit ist das.« Mit zittrigen Händen zieht er seine wohlbekannten Herztropfen aus der Hosentasche und lässt sich ein paar auf seine rausgestreckte Zunge tropfen.

Dem Schorsch ist anzusehen, dass ihm das alles ziemlich peinlich ist. Intensiv studiert er die vielen Gartenzwerge auf dem Grundstück.

Trotzig blickt mir der Hansl ins Gesicht, nachdem er seine Medizin wieder in der Hosentasche verschwinden hat lassen. »I hab sie g'hört und g'sehen. I war nämlich noch am Klo, basta!« Und damit dreht er sich um und rennt auf seinen kurzen Beinen in sein Schrebergartenhäuserl zurück, dessen Tür er mit einem lauten Knall hinter sich zuschmeißt.

Montag

»Schämen muss man sich für so einen Bruder. Nix als schämen!« Das Kaffeehäferl wird auf den Tisch geknallt, sodass sich vor mir ein kleines Kaffeemeer auf dem Tisch ausbreitet.

Mein Bub sitzt mir gegenüber. Ich hab dienstfrei genommen, weil heute der Kindergarten wegen irgendeiner pädagogischen Konferenz geschlossen ist. Kriminalermittlungen hin oder her, der Bub geht vor.

Außerdem ist der Buchinger sowieso noch sauer auf mich und freut sich wahrscheinlich, meine Visage heute nicht sehen zu müssen.

Der Felix löffelt seine heiß geliebten Schoko-Cornflakes mit warmer Milch und blickt verwundert von mir zu seiner Tante. »Hat der Papa was angestellt?«

»Und ob der Papa was angestellt hat!« Wütend schmeißt mir meine Schwester mit so einem Mordsschwung einen Kaffeelöffel hin, dass ich sicherheitshalber mit meinem Stuhl ein Stück vom Tisch abrücke. Wenn die Gabi eine solche Stimmung hat, sollte man einfach nur in Deckung gehen. Verteidigung macht alles nur noch schlimmer.

»Musst du ins Gefängnis, Papa?« Mein Sohn mustert mich eher neugierig als mitfühlend. Manchmal habe ich keine Ahnung, was in seinem kleinen Hirn vor sich geht.

»Aber nein, Felix, natürlich nicht«, sage ich.

»Schade.« Ungerührt trinkt er die restliche Milch direkt aus der Schüssel und strahlt mich mit breitem Milchbart an. »Da hätten die im Kindergarten aber alle geschaut. Das wäre cool gewesen.« Ganz seine Mutter, denke ich mir wieder mal stolz und muss schmunzeln.

»Dir wird das Lachen schon noch vergehen. Die arme Marie zu verdächtigen, wo gibt's denn so was? Statt dir – auch für deinen Sohn – dieses vernünftige Frauenzimmer endlich ins Haus zu holen, glaubst du, dass sie den Riegler ums Eck gebracht hat.«

Aha, denke ich mir, daher weht also der Wind.

»Darf man denn niemanden um die Ecke bringen?« Der Felix blickt gespannt von der Gabi zu mir. »Ich meine, wenn einer alt ist und nicht mehr alleine laufen kann? So wie die Mostbäuerin zum Beispiel?«

»Sicher darfst du das dann«, antworte ich meinem Sohn.

»Und die Marie nicht?«

»Doch, die auch. Aber das ist auch eine Redensart mit einer anderen Bedeutung. Das erklär ich dir später, Felix«, versuche ich, mich aus der Affäre zu ziehen.

Meine Schwester, die mit verschränkten Armen hinter dem Buben steht, wirft mir einen verächtlichen Blick zu.

»Immer sagst du, du erklärst es mir später, Papa«, beschwert sich der Felix und verschränkt jetzt auch sauer die kleinen Arme vor seiner Brust. »Und dann vergisst du es jedes Mal.«

»Siehst du«, bekräftigt die Gabi vorwurfsvoll. »Siehst du jetzt, dass dem Buben eine Mutter fehlt?«

Ich setze mein charmantestes Bruderlächeln auf. »Er hat ja dich, Gabi. Du bist viel besser als alle Mütter dieser Welt zusammen.«

Doch meine Taktik funktioniert nicht, die Gabi bleibt in ihrem Hysterisch-Modus. »Und was ist, wenn ich auch mal eine Beziehung haben will? Wenn ich keine vertrocknete, alte Jungfer werden will? Vielleicht will ich ja selbst noch ein Kind haben, hast du daran schon mal gedacht, ha?«

»Aber, Gabi, in deinem Alter!«, erwidere ich empört. Die Gabi ist schließlich schon siebenundvierzig.

Bevor mir meine Schwester wie üblich einen Schlag auf den Hinterkopf verpassen kann, gehe ich rechtzeitig in Deckung.

»Kriegst du ein Baby, Tante Gabi?« Der Felix hüpft freudig erregt vom Stuhl, drückt seinen Zeigefinger in Gabis weichen Bauch und hält sein Ohr ran. »Ich kann es hören.«

Die Gabi lächelt milde. »Aber nein, Felix, das ist bloß mein Magen, der knurrt.«

Der Bub macht ein enttäuschtes Gesicht.

»Ich helfe dem Buchinger doch nur, seine Arbeit ordentlich zu machen. Nicht mehr und nicht weniger.«

»Nicht mehr und nicht weniger«, äfft mich die Gabi nach. »Und deshalb musst du gleich den armen Hansl in die Zange nehmen? Ohne Rücksicht auf sein krankes Herz. Und die Marie fertigmachen?«

Stehen denn hier alle ständig in Verbindung?, frage ich mich. Die NSA dürfte ein Dreck gegen unser Dorf sein.

»Aber, Gabi, ich habe niemanden fertiggemacht und niemanden in die Zange genommen –«

»Das bringt doch nix, mit dir kann man einfach nicht vernünftig reden«, unterbricht sie mich und reißt sich die Küchenschürze vom massigen Körper. »Ich muss jetzt ins Pfarramt, der Pepperl und ich haben einen Termin in der Erzdiözese in Salzburg. Und dass du mir ja gut auf den Buben aufpasst.« Sie droht mir mit erhobenem Zeigefinger, bevor sie verschwindet.

Nachdem wir brav Teller, Becher und Schüsseln in Gabis Geschirrspüler geräumt haben, holen wir die Fahrräder aus der Garage und radeln den Wiesenweg hinunter nach Ipferdingen.

»Die Marie hat es gut, die kann ab jetzt jeden Tag Schnitzel essen.« Mein Sohn lächelt versonnen vor sich hin, Schnitzel ist seine absolute Lieblingsspeise.

»Wie kommst du denn jetzt darauf?«

»Na ja, weil die Tante Gabi doch gesagt hat, das Wirtshaus gehört jetzt der Marie.«

»Ja, vielleicht …« Allein der Gedanke, dass sie die Wirtin im Rieglerbräu werden könnte, ist mir irgendwie total unerträglich. »Du magst die Marie, oder?«

Der Felix nickt vorsichtig, während er höchst konzentriert nach vorne blickt. »Sowieso, und sie mag mich auch gern.«

Erstaunt sehe ich meinen Buben an und schäme mich ein

wenig, weil ich bis vor Kurzem nicht wusste, dass er so oft bei der Marie ist, dass er sie mittlerweile in sein Herz geschlossen hat. Vielleicht sollte ich mit den beiden mal eine Wanderung auf den Gaisberg machen, wenn das alles hier vorbei ist, denke ich mir spontan.

»Und Glück hat sie auch gehabt, so wie es der Max gesagt hat …«, sinniert mein Bub weiter, während ich meinen seltsamen Gedanken nachhänge.

Aber was er da eben gesagt hat, lässt mich aufhorchen. »Wie kommst du denn jetzt da wieder drauf?«

»Na ja, ich hab gehört, wie der Max letztens zu ihr gesagt hat …« Der Felix versucht, die tiefe Stimme vom Riegler nachzuahmen: »›Aber wenn du Glück hast und i vor dir sterb, dann g'hört die Brauerei und das Wirtshaus nur dir alleine und sonst niemandem.‹« Er dreht kurz den Kopf zu mir, bevor er sich wieder aufs Fahrradfahren konzentriert. »Und dann hat er ganz fies gelacht.«

Ich dagegen falle fast vom Rad. »Halt kurz an, Felix.«

Er bleibt vorsichtig stehen, steigt ab, klappt den kleinen Ständer aus und stellt das Rad ordnungsgemäß ab. »Was ist denn, Papa?«

»Wann hat der Max das zur Marie gesagt? Kannst du dich erinnern? Das ist jetzt wirklich wichtig.«

»Das ist noch gar nicht so lange her. Ich glaub, als ich letzte Woche die Dienstagsunterhose angehabt hab.«

Der Felix kann anhand seiner Wochentagsunterhosen die Wochentage sehr gut auseinanderhalten. Die Gabi hat gefühlt fünfzig Garnituren davon gekauft und gemeint, das sei die beste Methode, die Wochentage zu lernen. Und wie mit so vielem hat sie auch damit recht behalten.

»Bist du dir sicher?«, hake ich nach.

»Ganz sicher, Papa.«

»Und kannst du dich noch erinnern, was die Marie dem Max darauf geantwortet hat?«

Der Felix kraust seine kleine Nase. »Nein. Aber sie war

sehr traurig und hat geweint, als der Max schon weg war. Ich hab sie getröstet und gesagt, dass der Max sicher noch nicht sterben muss. Weil, wer einmal in den Himmel kommt, kommt nicht wieder zurück, das weiß ich ja von der Mama. Wobei die da oben den Max vielleicht gar nicht bei sich behalten wollen würden, weil der immer so viel schimpft.«

Ich drücke den Felix kurz an mich und muss lachen.

»Die Marie hat genauso gelacht wie du jetzt.«

»War der Max oft bei der Marie?«

Der Bub überlegt kurz. »Schon. Aber ich mag den nicht, der hat immer so einen roten Kopf und sagt ›Rotzlöffel‹ zu mir. Aber die Marie mag ich schon, wirklich.«

Mein Handy läutet mal wieder im unpassendsten Moment.

»Schwing sofort deinen Arsch nach Salzburg, Aigner!«, bellt der Buchinger mich im Befehlston an. »Der Heinrich hat den Bericht fertig, wir können zur Gerichtsmedizin. Ich möchte, dass du dir das gemeinsam mit mir anhörst, damit dir endlich deine Flausen ausgetrieben werden«, sagt er, aber ich weiß, warum er mich wirklich dabeihaben will. In der Gerichtsmedizin wird ihm jedes Mal sauschlecht, und vor der Rita will er sich garantiert nicht blamieren.

»Servus, Markus«, sage ich supernett. »Du, bei mir ist es grad nicht so günstig. Ich bin mit dem Felix unterwegs.«

»Es ist wichtig, und ich will, dass du jetzt nach Salzburg kommst, Punkt«, scheint mein Exkollege mich irgendwie gar nicht gehört zu haben.

»Okay«, gebe ich nach, »ich sehe zu, dass ich spätestens in einer Stunde bei dir bin.« Dann soll eben die Gerti auf der Inspektion auf den Buben aufpassen.

»Schau mal einer an, unser Casanova vom Dienst. Servus, Herr Aigner.« Professor Heinrich hält mir charmant die Hand hin.

»Servus, Herr Professor. Ich freue mich, Sie gleich zweimal in einer Woche zu sehen.«

»Ganz meinerseits. Buchinger.« Nachdem er sich von den

Handschuhen befreit hat, schüttelt er auch meinem Exkollegen die Hand, noch bevor der sich wehren kann. Anschließend beäugt der wiederum unsicher seine Handfläche und dreht sie dabei kritisch nach unten und oben.

Der Heinrich lehnt sich derweil lässig an seinen Seziertisch. Die Tischplatte ist aus Stahl, mit erhöhten Rändern und einem Ablauf, damit das Blut und andere Flüssigkeiten abfließen können. Auf diesem im Fußboden eingemauerten Tisch liegt unter einem grünen Tuch jetzt der Max. Er ist ein ziemlicher Fleischberg, auch so lang ausgestreckt.

Im Institut für Gerichtsmedizin gibt es viele Labors, aber nur einen Sektionssaal, in dem wir uns gerade befinden. Er ist weiß gekachelt, und grelles Neonlicht leuchtet von der Decke, obwohl die verschlossenen Fenster eigentlich genug Tageslicht hereinlassen. Vor allem aber riecht es nach scharfen Reinigungsmitteln und Leiche. Der Tod hat einen penetrant süßlichen Geruch, stelle ich wieder einmal fest.

Wie ich mich nach dem Buchinger umsehe, ist der schon ganz grün um die Nase. Er wirkt nicht so, als wollte er etwas sagen.

»Also, die Sache ist eindeutig: Fremdeinwirkung«, beginnt der Heinrich.

»Tatwaffe?«, frage ich, während der Buchinger schweigend das Tuch mit dem toten Riegler darunter hypnotisiert.

»Der Mann wurde mit einem schweren Glas erschlagen, vermutlich mit einem Maßkrug, so wie sie am Oktoberfest benutzt werden. Die Tatortgruppe wird das sicher bestätigen. Echte deutsche Wertarbeit, würde ich sagen, falls man sich heutzutage überhaupt noch so ausdrücken darf.« Er ist der Einzige, der über seine Bemerkung lacht. »Mindestens eins Komma drei Kilogramm schwer, wie die Kollegen anhand der Tiefe der Wunde hochgerechnet haben. Dürfte nicht gebrochen sein, der Krug. Deutsche Wertarbeit eben, obwohl das Opfer auch einen sehr harten Schädel hatte.« Wieder lacht er selbstgefällig.

»Der Max hat immer nur aus einem Maßkrug mit dem Logo vom Rieglerbräu und seinem eingravierten Namen darunter getrunken«, erkläre ich meinem Exkollegen. »Den sollten wir suchen.«

»Na bitte«, sagt der Professor. »Die Kollegen von der Tatortgruppe haben im Keller keinen derartigen Krug sicherstellen können, da bin ich mir sicher. Übrigens haben die auch das Gwand vom nackerten Wirt nicht gefunden. Manchmal frage ich mich wirklich, was die Kollegen vom Hochgatterer so den lieben langen Tag machen.« Der Professor lächelt süffisant, und ich weiß, warum. Schon seit Jahrzehnten lässt der Heinrich kein gutes Haar am Fritz Hochgatterer, dem Leiter der Kriminaltechnischen, weil er wahrscheinlich eifersüchtig auf dessen große Abteilung ist.

»Ich dachte immer, diese Maßkrüge haben eine Art Sollbruchstelle, damit sie leicht zersplittern und eben nicht als Mordwerkzeug eingesetzt werden können«, komme ich wieder auf den eigentlichen Grund unserer Anwesenheit zurück.

Der Professor betrachtet mich herablassend über seinen Brillenrand. »Tja, das denken viele, weil die Medien das so kolportieren. Trotzdem ist dem nicht so. Früher gab's eine Kerbe am Henkel, aber die war nur zur Befestigung des Deckels gedacht.«

»Wie genau wurde der Riegler denn jetzt eigentlich umgebracht?«, will der Buchinger wissen, der anscheinend seine Stimme wiedergefunden hat.

Der Professor verschränkt seufzend seine Arme. »Sie sind ja nur zu faul, den Bericht zu lesen, Buchinger. Aber na gut, in Gottes Namen.« Die nächsten Sätze leiert er nur so herunter. »Dem Mann wurde von hinten aus recht geringem Abstand zweimal auf den Kopf geschlagen. Der erste Schlag wurde wohl noch etwas zögerlich ausgeführt, der zweite dann mit voller Wucht. Schädelbasisbruch, Gehirnblutung und mehrere Rissquetschwunden waren die Folgen – den Rest erspar ich Ihnen, können S' dann nachlesen, falls Sie denn überhaupt lesen können.« Dann reißt der Professor mit einem Ruck das Tuch von der Leiche, zieht sich rasch wieder seine Handschuhe über, hebt den Kopf von dem toten, blassen Max unsanft an und zeigt auf die Wunde am oberen Hinterkopf.

Als ich sehe, dass der aufgeschnittene Körper mit groben Nähten wieder zusammengeflickt wurde, muss ich auch schlucken. Kein schöner Anblick, der tote Riegler Max.

»Das hier ist eine laterobasale Fraktur nach Krafteinwirkung auf das Hinterhaupt, seitlich sehen Sie mehrere kleine Rissquetschwunden«, doziert der Heinrich, während er den Kopf vom Max unsanft auf den Seziertisch zurückfallen lässt. »Der Mörder könnte also theoretisch deutlich größer gewesen sein als der Bierbrauer. Sein Bier ist übrigens sensationell, wenig Säure, enorm viel Stammwürze. Wirklich schad um ihn, hab ich das schon gesagt?«

»Keine Sorge, Herr Professor. Der Tote war nicht der Braumeister, der lebt noch«, versichere ich ihm freundlich.

»Na, Gott sei Dank.« Er wirkt ehrlich erleichtert. »Wie auch immer, jedenfalls könnte der oder die Mörderin ein gutes Stück größer als das Opfer sein oder sich beim Schlag über den sitzenden oder liegenden Braumeister gebeugt haben.«

»Der Tote ist nicht der Braumeister«, kann ich mir nicht verkneifen, erneut einzuwenden.

»Stimmt ja, was für ein Glück für uns alle, nicht wahr, Aigner?« Der Professor klopft mir mit seiner behandschuhten Hand auf die Schulter. »Alles Weitere müssen letztendlich Sie herausfinden. Jedenfalls versteht der Mörder etwas von Tatortreinigung, erst wurde das Blut mit kaltem Wasser weggeschwemmt und dann mit Seifenlauge nachgewischt. Trotzdem«, er hebt seinen rechten Zeigefinger belehrend in die Höhe, »hat die schlampige Tatortgruppe doch noch Blutspuren gefunden, in den Fugen der Bodenfliesen.«

Ich kann nicht umhin zu denken, dass wir bestimmt den nächsten Mord hätten, und zwar am Professor, wäre der Hochgatterer jetzt hier. »Bitte, erzählen Sie weiter«, schleime ich schnell und werfe dem angeschlagenen Buchinger einen Seitenblick zu. Es ist wirklich seltsam: An jedem noch so schlimmen Tatort kann er sich ohne Probleme jede noch so arg zugerichtete Leiche genauestens ansehen, aber kaum setzt er auch nur einen Fuß hier in die Gerichtsmedizin, ist es um ihn geschehen.

»Tja, Buchinger, halten S' immer noch nix aus, gell?«, hat nun auch der Heinrich seine Verfassung bemerkt. »Schämen Sie sich, nach über zwanzig Jahren bei der Kriminalpolizei.« Er lächelt schadenfroh und zieht sich schnalzend die Gummihandschuhe von den Händen. Dann nimmt er den gebundenen Untersuchungsbericht vom Medizingerätewagen in die rechte Hand und klopft mit dem linken Zeigefinger mehrmals drauf.

»Ich bin ja der Meinung, dass das Opfer am Boden gelegen sein muss, weil der Einschlagwinkel eher ungewöhnlich ist. Aber fragen S' lieber den Hochgatterer und seine Leute, die wissen eh immer alles besser.«

Die einzige Reaktion vom Buchinger darauf ist, dass er irgendwas hinunterwürgt. Wahrscheinlich Magensäure.

»Aber weiter im Text, ich hab ja nicht den ganzen Tag Zeit«, fährt der Heinrich fort. »Das Opfer wurde auf einem Rollwagerl, das zum Transport für die Alufässer verwendet wird, zu dem Gärbecken gefahren und hineingehievt. Steht auch alles genau so im Bericht von der Tatortgruppe. Könnte sein, dass es zwei Täter waren.«

Stimmt, daran hatte ich noch gar nicht gedacht. Auch der grüne Buchinger schaut kurz interessiert auf.

»Der Mann hatte schon viel Blut verloren, aber tot war der garantiert noch nicht, als er ins Becken fiel. Schädelbruch muss ja nicht unbedingt gleich Tod bedeuten. Ich vermute sogar, dass er noch halbwegs bei Bewusstsein war. Das Opfer ist eindeutig erst in der Gärmasse ertrunken. Meiner bescheidenen Meinung nach hätte man den Mann noch locker retten können, wenn er zu diesem Zeitpunkt ins Krankenhaus gebracht worden wäre. Kampfspuren oder Hinweise darauf, dass sich der Mann gewehrt hat, hab ich bis jetzt keine gefunden. Aber unter seinen Fingernägeln waren Stofffasern – von Leinenstoff, das kann ich auch ohne Tatortgruppe feststellen. Vielleicht von einem Geschirrtüchel. Nach Hautpartikeln unter den Fingernägeln wollt ich grad suchen.«

Mitleidig betrachte ich den armen Max da auf dem Tisch. Ein Tod durch Erschlagen oder Ertrinken dürfte schon nicht gerade angenehm sein, aber beides zusammen ist wahrhaft grauslich.

»Wollen S' denn gar nicht wissen, was der gute Mann an seinem letzten Tag noch so gegessen und getrieben hat?« Der Heinrich grinst diabolisch und fixiert den Buchinger, der ausschaut, als wäre er kurz vorm Speiben. »Unter kulinarischen Gesichtspunkten hat er es sich ziemlich gut gehen lassen. Im Magen waren Reste von Speck und Spiegelei nebst Schnitzel und Schweinsbraten. Hunger scheint er nicht gelitten zu haben. Auch Alkohol war ordentlich im Blut, die Zahlen stehen im Bericht. Ob der Mann an seinem letzten Tag noch sexuell aktiv war, lässt sich aufgrund des ausgiebigen Bierbades nicht mehr feststellen. Tja, selbst mir bleibt manches verborgen.«

Mein Blick fällt auf den unter dem überhängenden Bauch hervorblitzenden Schniedel vom Max, und auch mir wird nun etwas mulmig. Sofort taucht das Bild von der schlanken Marie mit ihrem flachen Bauch vor meinem geistigen Auge auf, aber ich schiebe es weg. Wie ich Richtung Ausgang deute, atmet der Buchinger hörbar auf.

»Übrigens, meine Herren«, schreit der Professor uns noch nach, »falls es Sie denn überhaupt interessiert, nachdem Sie nicht danach gefragt haben: Das Ganze müsste sich meiner bescheidenen Meinung nach zwischen ein und drei Uhr in der Früh zugetragen haben. Enger lässt sich der Todeszeitpunkt aufgrund der niedrigen Körpertemperatur durch das Liegen im zwanzig Grad kühlen Bier nicht eingrenzen.«

Ich seufze. Es hört sich ganz danach an, als wäre der Max bei einem Wellnessurlaub für Männer ums Leben gekommen.

Eine gute Viertelstunde später sitzen der Buchinger und ich in einem kleinen Gasthaus ein paar Ecken weiter. Wir haben beide ein kleines Helles nötig. Trotz Dienst.

Außerdem hilft meinem Exkollegen nach einem Besuch der Pathologie nur deftiges Essen, und ich habe sowieso schon wieder Hunger. Im Gegensatz zu meiner Schwester bin ich eine personifizierte Fettverbrennungsmaschine, sodass ich kaum ein überflüssiges Gramm mit mir herumtrage. Das ist wohl das Einzige, worin ich nach meinem Vater schlage, der trotz seines Alters immer noch schlank und drahtig ist. Der Fairness halber muss man allerdings festhalten, dass meine liebe Schwester so sportlich wie ein Erdäpfelsack ist und nach einer halben Stunde gemütlichen Spazierengehens bereits schnauft wie eine Dampflok. Für mich hingegen ist Sport ein Lebenselixier. Neben dem Polizeisport laufe ich mindestens viermal die Woche und fahre, wann immer sich die Gelegenheit dazu bietet, mit meinem Mountainbike. Dabei gebe ich den Bergen in unserer Umgebung gegenüber der von immer mehr Touristen frequentierten nagelneuen Mountainbike-Strecke immer noch den Vorzug.

»Apropos! Ich hab mich gestern ja noch mit deiner Freundin ein wenig unterhalten und sie überprüfen lassen.« Der Buchinger wirft mir einen strengen Blick zu.

Weil ich es inzwischen wirklich leid bin, reagiere ich gar nicht auf seine Anspielung.

»Da gibt es einiges Verdächtiges«, sagt er und schweigt.

»Na gut«, sage ich endlich, »was hast du herausgefunden?«

»Also«, er lehnt sich gemächlich mit verschränkten Armen zurück, »die Marie Steinhauser ist seit ihrem sechsten Lebensjahr bei der Schwester ihres verstorbenen Vaters aufgewachsen und hat am Mädchengymnasium St. Ursula in Salzburg die Matura mit Auszeichnung bestanden.«

Ich nicke. Dass die Marie eine Streberin war, ist mir nicht neu.

»In Salzburg auf der Uni hat sie ihr Studium mit ausgezeichnetem Erfolg in Rekordzeit abgeschlossen«, fährt mein Exkollege fort.

»Das weiß ich doch schon alles, und verdächtig ist es auch nicht«, unterbreche ich ihn überheblich und lehne mich ebenfalls mit verschränkten Armen zurück.

»Das, was jetzt kommt, weißt du aber bestimmt noch nicht.« Der Buchinger beugt sich grinsend zu mir nach vorne. »Während dem Studium hat sie in einer billigen Bruchbude in Salzburg gewohnt. Und trotzdem hat sie dieser Tante regelmäßig Beträge in Höhe von einhundert Euro überwiesen. Für eine Studentin nicht gerade wenig Geld.« Der Buchinger hält inne und bestellt uns per Handzeichen noch zwei weitere kleine Bier.

Ich winke ab, da ich ja noch den Felix abholen muss.

»Das ist nicht für dich, sondern für die Rita«, stellt er klar.

Wie aufs Stichwort stöckelt die Rothaarige in engen Jeans und total dienstuntauglichen High Heels ins Lokal.

»Servus, Markus«, begrüßt sie meinen Exkollegen und gibt ihm burschikos einen Klaps auf die Schulter. »Servus, Herr Aigner.« Mir hält sie brav ihre Hand hin.

Ich schüttle sie und biete der Rita das Du an.

»Die Rita war an der SIAK in Wien und danach zwei Jahre Exekutivbeamtin«, schwärmt der Buchinger. »Sie hat sich als sehr, sehr wertvolle Kraft herausgestellt.«

Bei seinen Worten wölbt sich ihre spitze Truthahnbrust stolz nach vorne.

»Ich hab sie gebeten, unser Team in Salzburg zu leiten und so rasch wie möglich alles über die Marie Riegler in Erfahrung zu bringen. Also, Rita, dann erzähl unserem skeptischen Aigner mal, was ihr in nur einem Tag herausgefunden habt.«

Sie kratzt sich nervös am linken Unterarm, bevor sie in beachtlichem Tempo zu sprechen beginnt. »Wir haben gleich gestern Abend begonnen, im Leben der Marie Riegler herumzuschnüffeln. Und es hat sich gelohnt, wir haben bereits einiges herausgefunden. Also, die Marie Riegler, damals noch

Steinhauser, hat nach ihrem Studium der BWL mit anschließendem Doktor einige Jahre in einem privaten Bankhaus in München gejobbt. Dort hat sie den Paul Deinhard von der Münchner Werbeagentur Deinhard kennengelernt, der sie bald darauf nicht nur zu einem sehr guten Gehalt anstellte, sondern mit dem sie auch liiert war. Ihr späterer Mann, Gerald Deinhard, hat zu der Zeit übrigens auch in der Agentur seines Bruders Paul gearbeitet.«

Als die Rita eine kurze Pause zum Luftholen macht, lächelt ihr der Buchinger aufmunternd zu.

»Diese Agentur verantwortete damals zahlreiche Veranstaltungen und Werbekampagnen rund um die Münchner Opernfestspiele. Und auch heute noch ist der Paul Deinhard ein gefragter Mann in der Münchner Society. Aber ein halbes Jahr später heiratete die Steinhauserin aus heiterem Himmel dessen Bruder Gerald, mit dem zusammen sie in Salzburg die Agentur STEINhard gründete. Bei dieser ersten Eheschließung behielt sie übrigens ihren Mädchennamen.«

Die junge Kollegin nippt am Bier und verzieht den Mund. Ich vermute mal, sie ist eher so der Cocktail-Typ.

»Die quasi Zwei-Mann-Agentur lief recht gut, aber dieser Gerald oder Gery, wie ihn alle nannten, hielt von Treue eher wenig. Die beiden Deinhards kommen nebenbei bemerkt aus einer sehr wohlhabenden Familie, aber der jüngere, der Gery, dürfte sein Geld mit Wetten, Fehlspekulationen und was weiß ich noch allem durchgebracht haben. Mit dem Job in der Münchner Agentur hat ihm sein Bruder wohl unter die Arme greifen wollen, weil er ziemlich pleite war. Ich hab gestern Abend noch mit der ehemaligen Assistentin von STEINhard telefoniert, der einzigen Angestellten, die hat mir das alles bereitwilligst erzählt. Ich konnte deren Redefluss kaum stoppen«, grinst sie. »Nach nur einem Ehejahr zogen die Steinhauserin und der Gery Deinhard in getrennte Wohnungen, ohne Scheidung. Und zu guter Letzt nahm der Gery einen Auftrag für irgendein Volksmusikevent an, das ein voller Reinfall wurde und die Agentur komplett ruinierte. Zuvor war das Unternehmen von einer GmbH in eine OHG umgewandelt worden, um leichter höhere Kredite zu bekommen. Ein großer Fehler der Frau Doktor, denn somit haftete sie persönlich unbeschränkt und solidarisch.« Die Rita atmet tief durch und schenkt dem Buchinger einen triumphierenden Blick, der ihn wohlwollend erwidert.

Zugegeben, das alles war mir nicht bekannt. Ich wusste weder, dass die Marie einen Doktor hat, noch habe ich je von einem Paul Deinhard gehört.

»Aber das Beste kommt erst noch«, sagt die Rita, und mir wird ganz mulmig zumute. »Die alte Tante verstarb rein zufällig zu einem äußerst günstigen Zeitpunkt und hinterließ ihrem Bruder, dem Onkel der Steinhauser beziehungsweise Riegler, ein Vermögen. Die Kollegen in Salzburg haben mit dem Notar gesprochen, der die Erbschaft der Irmgard Steinhauser abgewickelt hat, es waren über siebenhunderttausend Euro. Offensichtlich hat die Marie ihren Onkel um den Finger gewickelt, und der hat ihr bereitwillig das ganze Geld gegeben. Grad genug, um ihre und die Schulden ihres untreuen Ehemannes zu bezahlen. Danach konnte es ihr nicht schnell genug gehen mit der Scheidung. Der Deinhard wollte zwar nicht zustimmen, aber aufgrund der Trennungszeit – Stichwort: getrennte Wohnungen – wurde die Scheidung dann doch relativ fix abgewickelt. Das alles weiß ich übrigens vom Gery Deinhard selbst, den ich heute früh getroffen hab.« Sie verdreht die Augen. »Das ist vielleicht eine Type. Momentan lässt er sich von einer reichen Schickimicki-Braut aushalten. Aber ausschauen tut der urgut. Irgendwie ein bisserl wie du, finde ich.« Sie zwinkert mir zu und betrachtet mich dann neugierig. »Ihr habts sogar dieselbe Frisur.«

»Und was hat der Kerl noch erzählt?«, frage ich sie ungeduldig, ohne auf ihre idiotische Bemerkung einzugehen. Ich hab überhaupt keine Frisur – meine Haare wachsen halt, und ab und an werden sie von der Gabi geschnitten.

»Der Mann hat kein einziges gutes Haar an ihr gelassen, der ist vor Selbstmitleid fast zerflossen.« Die Rita lacht.

Vor Ewigkeiten habe ich den Typen sogar per Zufall mal mit der Marie getroffen, erinnere ich mich und fälle auch gleich mein Urteil: Dieser Gery ist ein kompletter Vollidiot.

»Allerdings meinte er, Geld würde seiner Exfrau nix bedeuten, damit hätte man der noch nie imponieren können.« Die Rita macht eine Pause und lächelt den Buchinger an. »Und trotzdem macht mich was stutzig. Es scheint, als hätte sie auf wundersame Weise die ersten zwei Jahre bei euch in Koppelried von Luft und Liebe gelebt, bevor sie dann diesen Laden eröffnet hat. Ein Einkommen hatte sie nicht und bezog auch keine Notstandshilfe, dafür war sie sich wohl zu fein. Vom Erbe war nichts mehr übrig, das haben die Kollegen schon überprüft. Und der Onkel kommt auch nicht als Gönner in Frage, der kriegt eine kleine Pension von eben gerade mal neunhundert Euro. Aber auch jetzt scheint sie nicht in Geld zu schwimmen. Auf dem Bankkonto der Steinhauser beziehungsweise Riegler liegen derzeit keine dreitausend Euro. Dafür hat ihr toter Mann, der Riegler Max, das beträchtliche Vermögen von eins Komma zwei Millionen auf der hohen Kante. Die Vermögenswerte der Brauerei und des Wirtshauses haben wir bis jetzt noch gar nicht überprüfen können.«

»Na, dafür ist ihre Wohnung überraschend luxuriös«, brummt der Buchinger und taxiert mich, als ob ich was dafürkönnte.

»Wahrscheinlich hat der Riegler sie ausgehalten«, meint die Rita spitz und blickt mich jetzt auch herausfordernd an. »Andererseits scheint der nicht der Typ gewesen zu sein, der auch nur das Geringste ohne Gegenleistung macht. Der Geizkragen hat seine Angestellten kurzgehalten und ihnen nur wenig mehr als den Kollektivlohn bezahlt, obwohl das Wirtshaus brummt. Fällt euch eigentlich nicht auch auf, dass die bisherigen drei Männer der Steinhauser allesamt urvermögend waren?«

»Aber ist es nicht eigenartig, dass niemand in Koppelried von einem Verhältnis der Marie mit dem Max gewusst hat?«, wage ich einzuwerfen. »In einem Ort wie dem unsrigen kann man so was eigentlich kaum verbergen.«

»Offensichtlich doch. Von der Bank in Koppelried haben wir erfahren, dass sie Frau Steinhauser vor einigen Jahren für die Gründung ihres Ladens ein Darlehensangebot über siebzigtausend Euro gemacht hat. Aber die lehnte dankend ab, und ein paar Tage später hat der Riegler eine entsprechend hohe Summe auf ihr Konto überwiesen. Tja, bei solcher Großzügigkeit kann frau schon mal darüber hinwegsehen, dass der Zukünftige nicht besonders attraktiv ist, oder?« Die Rita grinst mich spöttisch an.

»Du könntest das vielleicht. Aber das heißt ja nicht, dass andere so sind.« Die Urschel geht mir langsam gewaltig auf die Nerven.

»Jetzt bloß nicht persönlich werden, Aigner. Dazu werden wir sicher noch einige Details rausfinden, nicht wahr, Rita?« Der Buchinger schaut die Rothaarige meiner Meinung nach etwas zu verliebt an.

»An den Koppelriedern wirst du dir deine hübschen Wiener Zähnchen ausbeißen«, grinse ich der Rita geringschätzig ins Gesicht.

»Glaubst du etwa, ohne deine großartige Hilfe als Einheimischer sind wir nicht in der Lage, den Fall zu lösen? Ich glaube ja, wir werden das auch ohne dich ganz gut hinbekommen.« Jetzt ist sie wirklich beleidigt und beleidigend.

Das brauche ich mir von der nicht gefallen zu lassen, denke ich mir. Ich stehe auf und lege einen Schein auf den Tisch. »Ihr könnt euren Scheiß auch gerne ohne mich erledigen. Wenn du mich irgendwann doch brauchen solltest, Buchinger, du weißt ja, wo du mich findest.«

»Also, Raphi, jetzt sei halt net gleich eingeschnappt. Natürlich sind wir froh, wenn du uns unterstützt.« Mein Exkollege blickt unsicher von mir zur Rita. »Aber du musst halt schon ein bisserl mehr Teamplayer sein. Und denk ja nicht daran, Alleingänge zu machen. Du arbeitest nur auf unsere, äh … also, auf meine Anweisung. Und Finger weg von deiner Marie, um die kümmern wir uns, die Rita und ich.«

So gern ich ihn normalerweise habe, in diesem Moment kann ich den Buchinger gar nicht leiden. Der kann mir echt den Buckel runterrutschen. Seine beachtliche Bierwampe, seine immer größer werdenden Geheimratsecken und seine hin und wieder keifende Erika gönne ich ihm in diesem Moment von Herzen und verlasse grußlos das Wirtshaus.

Natürlich pfeife ich auf den Buchinger und seine Anweisungen und statte, bevor ich den Felix bei der Gerti abhole, dem Dr. Lechner, unserem alteingesessenen Notar in Koppelried, noch einen Besuch ab.

Nachdem mich die ältliche Sekretärin, die Frau Annette, brav angemeldet hat, darf ich gleich zu ihm ins Büro.

»Grüße Sie, Herr Aigner.« Der Herr Lechner gibt mir freundlich die Hand. »Nehmen S' doch bitte Platz.« Er deutet auf den schweren Ledersessel vor seinem alten Schreibtisch.

»Danke. Wissen Sie, ich bin hier, weil mich das Testament vom Max Riegler interessieren täte.«

»Aber nicht aus privaten Gründen, oder? Seien S' mir bitte net bös, aber ich muss Sie so direkt fragen, nachdem sich die Leut im Ort so einiges erzählen.« Er räuspert sich etwas verlegen.

Ich schüttle den Kopf. »Keine Angst, mein Interesse ist rein dienstlicher Natur.«

»Gut«, sagt er und faltet zufrieden seine Hände wie zum Gebet. »Ich hab mir schon gedacht, dass Sie früher oder später bei mir auftauchen werden. Aber ich muss Sie enttäuschen, es gibt keine letztwillige Verfügung, kein Testament. So wie viele andere vor ihm hat der Max Riegler nicht damit gerechnet, so früh zu sterben. Somit ist seine Frau Marie jetzt die rechtmäßige Erbin.«

Ich seufze. Es wäre mir wirklich lieber gewesen, etwas anderes von ihm zu hören.

»Ich kenne die Frau Marie schon lange und schätze sie sehr«, fährt der Notar fort. »In meinen Augen ist sie eine absolut integre junge Frau. Was alle diese Gerüchte betrifft, nun ja, ich denke, jeder sollte zuerst vor der eigenen Türe kehren.«

Ich kann ein Lächeln nicht unterdrücken. Ich mag den Mann und nehme mir fest vor, ihn demnächst auf ein Bier einzuladen. Seit seine Frau im letzten Jahr verstorben ist, begegne ich ihm öfter im Rieglerbräu.

»Aber nehmen wir mal an, es würde keine junge Frau Riegler geben«, werfe ich ein, »wer würde dann erben?«

»Also, meines Wissens gibt es in der Familie Riegler niemanden mehr außer der Frau Erni, die eine Verwandte der dritten Linie ist.«

Ich schaue ihn an und sehe vermutlich so intelligent aus wie ein Autobus.

»Die Erbschaftsfolge der Verwandten erfolgt im österreichischen Erbrecht in Linien, den sogenannten Parentelen. Kinder und Enkel sind direkte Nachkommen, also Verwandte der ersten Linie«, erklärt Dr. Lechner beflissen. »Eltern und Geschwister des Verstorbenen gehören zur zweiten Linie. Diese sind nur erbberechtigt, wenn es niemanden aus der ersten Linie gibt. Erst zur dritten Linie zählen dann Großeltern und deren Nachkommen und somit auch die Frau Erni. In diesem hypothetischen Fall müsste man jedoch, bevor sie ihr Erbe antreten könnte, einen Nachforschungsauftrag stellen, um noch mögliche lebende Erben zu finden. Zum Beispiel uneheliche Kinder.«

»Muss die Marie eigentlich ihr Erbe antreten?«

»Müssen tut sie das nicht, nein.«

»Dr. Lechner«, frage ich nun ganz konkret, »gibt es irgendwelche Verträge zwischen der Marie und dem Max? Wir haben herausgefunden, dass er ihr vor ein paar Jahren einen Batzen Geld überwiesen hat.«

Der alte Dr. Lechner lehnt sich zurück. »Sie spielen auf den Darlehensvertrag über siebzigtausend Euro an, den ich aufgesetzt habe. Soweit mir die Frau Marie damals erklärt hat, war das Geld für den Umbau des Hauses gedacht, damit sie im Erdgeschoss das Geschäft eröffnen konnte.«

»Gibt es in dem Vertrag irgendwelche Auffälligkeiten?«

Der Notar schüttelt den Kopf. »Nein, außer dass der Max Riegler sehr großzügig war, soweit ich mich erinnern kann. Die Rückzahlung der monatlichen Rate von tausend Euro sollte erst nach einiger Zeit beginnen. Ich glaube, erst letztes Jahr. Aber dazu kann Ihnen die Bank sicher detailliertere Auskunft geben. Die Annette wird Ihnen eine Kopie des Vertrags gern auf die Inspektion schicken.«

Ich nicke dankend. »Gab es denn seitens der Marie irgendwelche Sicherheiten für das Darlehen?«

Mit Bedacht wählt der alte Mann seine Worte. »Nein, der Max – ich nenne ihn jetzt mal so, weil ich den Buben seit seiner Geburt gekannt hab –, also, der Max hat sogar darauf bestanden, den Vertrag ohne jede Sicherstellung abzuschließen. Er wollte der Frau Marie nicht unnötig Steine in den Weg legen. Für mich hatte es sogar den Anschein, dass er richtig stolz auf ihre beruflichen Pläne war.«

Das macht mich jetzt doch etwas neugierig. »Waren die beiden damals schon ein Paar, Herr Dr. Lechner?«

Als Antwort schlägt sich der Notar mit der Handfläche gegen die Stirn. »Wie unhöflich von mir, Herr Aigner. Ich hab Sie nicht einmal gefragt, ob Sie einen Kaffee wollen. Seit ich ohne meine Frau auskommen muss, denke ich nicht mal mehr an die einfachsten Dinge.« Er drückt auf den Knopf einer mittelalterlichen Sprechanlage. »Bitte, liebe Annette, bring uns doch zwei Kaffee.«

Keine Minute später serviert uns die liebe Annette zwei Tassen lauwarmen, aber unglaublich starken, bitteren Kaffee.

Dem Dr. Lechner scheint nichts davon etwas auszumachen. Er nimmt einen langen Schluck und seufzt genüsslich.

»Also, um auf Ihre Frage zurückzukommen, ehrlicherweise sind mir die beiden damals nur wie gute Freunde erschienen. Es gab keinerlei Vertraulichkeiten zwischen ihnen. Und auch in den Jahren danach habe ich nie etwas von einer Beziehung der beiden jungen Leute vernommen. Bei uns im Ort entgeht einem ja sonst kaum etwas, schon gar nicht, wenn es sich dabei um den reichsten Wirt handelt. Ich war erstaunt, als ich vor einer Woche zu dieser Hochzeit eingeladen wurde.«

»Und hat sich die Marie in der Erbangelegenheit schon bei Ihnen gemeldet?«

Beinahe verschmitzt lächelt mich der Notar an. »Nein, aber dafür die Frau Erni. Also habe ich die Annette gebeten, einen Termin mit beiden Damen gleichzeitig zu vereinbaren. Es ist mir ein persönliches Anliegen, die Sache zu klären.«

»Warum?«, will ich wissen.

Er nimmt einen letzten Schluck vom ungenießbaren Kaffee, den ich lieber nicht mehr anrühre. »Schauen Sie, Herr Aigner, trotz dieses bedauerlichen Zwischenfalles – auch mir wurde der Link zu diesem Film zugesandt …« Er macht eine Pause und blickt mir prüfend in die Augen.

Und zum ersten Mal seit der Angelegenheit ist sie mir so richtig peinlich, und ich halte seinem Blick kaum stand.

Der Dr. Lechner scheint mit meiner Reaktion zufrieden zu sein. »Nun, ich weiß, dass die Frau Marie sehr bedacht und gewissenhaft ist. Es wird also einen Grund für den Vorfall gegeben haben, aber ihr Privatleben geht mich und all die anderen, die jetzt das Maul aufreißen, nicht das Geringste an. Jedenfalls liegt mir die Frau Marie sehr am Herzen, genauso wie das Rieglerbräu – so wie wohl jedem Mann hier im Ort.« Er lächelt spitzbübisch. »Die Frau Erni mag eine gute Wirtin gewesen sein, aber von der Brauerei und vor allem von deren wirtschaftlicher Seite versteht sie nichts. Außerdem ist sie nicht mehr die Jüngste und ohne Nachkommen. Überhaupt bin ich überzeugt davon, dass es dem Max recht wäre, wenn die Frau Marie alles weiterführt. Nun ja, langer Rede kurzer

Sinn: Ich werde der Frau Marie in jedem Fall raten, das Erbe anzunehmen.«

Ich bedanke mich bei Dr. Lechner, und er begleitet mich noch zur Tür, wo er stehen bleibt.

»Verzeihen Sie, Herr Aigner, wenn ich indiskret erscheine«, sagt er vorsichtig, »aber ich dachte immer schon, dass Sie eine kleine Schwäche für die Frau Marie –«

Ich unterbreche ihn lieber schnell. »Schauen Sie, Herr Doktor, die Marie und ich hatten an diesem Abend bedauerlicherweise beide viel zu viel getrunken. Und wenn das passiert, hat selbst eine Frau wie die Marie sich nicht immer im Griff.«

»Aber, Herr Aigner«, sagt der Notar und schüttelt den Kopf, »ich bin zwar nicht mehr der Jüngste, aber ich merke immer noch, wenn sich zwei Menschen zueinander hingezogen fühlen. Und die Frau Marie wäre doch ihr Lebtag nie mit einem Mann wie dem Riegler Max glücklich geworden. Diese Verbindung war doch völlig grotesk.«

»Herr Doktor, darf ich mir jetzt auch mal erlauben, geradeheraus zu sein?«, reagiere ich gereizt. Seit Tagen glaubt jeder, in Bezug auf die Marie und mich alles besser zu wissen. »Ich schätze die Marie wirklich über alle Maßen, weshalb es mir auch so verdammt leidtut, was ich am letzten Donnerstag getan habe. Und was ich auch mit anderen Frauen tue, weil es bei mir seit dem tragischen Tod von Sabine einfach zu nicht mehr reicht.« Ich mache eine Pause. »Aber daran kann und will ich momentan nichts ändern, nicht einmal für die Marie.«

Der Notar seufzt und schenkt mir einen durch und durch verständnisvollen Blick. »Es tut mir leid, ich wollte Ihnen nicht zu nahe treten. Ich bin wirklich der letzte Mensch, der nicht versteht, was man durchmacht, wenn man seine über alles geliebte Partnerin verloren hat.«

Es ist bereits Abend, als ich mit dem Andi unter der alten Holzpergola sitze. Im Moment ist mein Bedarf an Nachbarn und Menschen aus Koppelried, die es gut mit mir meinen, mehr als gedeckt. Den Andi als meinen besten Freund natürlich ausgenommen. Den Rest des unsäglichen Tages hab ich mit meinem Buben verbracht, und auch die Gabi war später schon weit gnädiger zu mir als noch am Morgen, da die Betty offensichtlich ihr Auto abgeholt hat. Letztere bombardiert mich leider weiterhin mit unsinnigen WhatsApp-Nachrichten, die ich tunlichst ignoriere.

Amtsgeheimnis hin oder her, ich berichte dem Andi, was ich vom Felix und vom Notar erfahren habe, damit er sich seinen Reim drauf machen kann. Der Andi fällt aus dem Rahmen bei der Familie Baumgartner. Entgegen der Familientradition ist er nicht wie sein Großvater, sein Vater und sein Bruder Schorsch zur Polizei gegangen, sondern hat im Gegensatz zu mir sein Studium zu seiner Berufung gemacht und quält pubertierende Salzburger Gymnasiasten seit Jahren mit Mathematik und Sport. Ganz nebenbei hat er bereits den Großteil des weiblichen Lehrkörpers vernascht und ist der Schwarm fast aller weiblichen Schülerinnen.

Ich nehme an, weil der Andi in den Augen der Frauen wirklich gut aussieht. Er ist noch etwas größer als ich, kräftig, aber schlank. Sein Haar ist bereits seit Jahren silbergrau, steht ihm aber immer noch lausbubenhaft kreuz und quer vom Kopf ab. Unter Frauenmangel leidet der notorische Single mit dem beeindruckend großen Riechorgan eigentlich nie, aber trotzdem hab ich noch nie erlebt, dass er eine richtige Beziehung hatte.

Darüber hinaus ist er ein echter Freund und ein extrem guter Zuhörer. Ohne ihn hätte ich nach dem Tod der Sabine wohl länger nicht in den Alltag zurückgefunden.

Als ich geendet habe, kratzt sich mein bester Freund über seinen obligatorischen Dreitagebart.

»Also, ich kann mir wirklich net vorstellen, dass die Marie es von Anfang an auf das Erbe vom Riegler abgesehen gehabt hat. Aber ob die vom LKA derselben Meinung sind? Dein Buchinger mag ja ein netter Kerl sein, aber offensichtlich hat ihm die Rothaarige mit dem Eins-a-Fahrgestell ein bisserl zu stark den Kopf verdreht.«

»Das sehe ich genauso, aber trotzdem bin ich froh, dass er den Fall übernommen hat und nicht ein anderer.« Und das bin ich wirklich, denke ich mir. »Übrigens hab ich die Geschichte vom Felix dem Buchinger noch gar nicht erzählt.«

Der Andi macht eine abwehrende Handbewegung. »Die muss auch gar nicht viel zu bedeuten haben, Raphi. Aber klar ist, dass der Max die Marie irgendwie rumgekriegt hat. Erst hat er ihr das viele Geld geliehen und sich dann offensichtlich wirklich um sie bemüht. Und ein Riegler, der ist schon jemand in Koppelried. Auch wenn die Marie unter Garantie keine geldgeile Heiratsschwindlerin ist, legt sie auf einen gewissen Lebensstandard anscheinend Wert. Du hast ja selbst gesagt, dass es bei ihr zu Hause ausschaut wie im Katalog. Mit so einer Bruchbudenwohnung wie deiner könntest du sie bestimmt nicht beeindrucken«, zwinkert er mir schmunzelnd zu.

»So ein Schwachsinn«, widerspreche ich ihm, obwohl ich mir denke, dass er damit vielleicht nicht ganz so falschliegt.

»Vielleicht hat der Max andere, versteckte Qualitäten gehabt«, vermutet jetzt der Andi. »Vielleicht war sie darauf scharf.«

Ich muss lachen. »Schwachsinn, Baumgartner. Völliger Schwachsinn.«

Der Andi prostet mir zu. »Also, Raphi, dann will ich dir mal einen guten Rat als Freund geben: Ich an deiner Stelle würde einfach mal ganz offen mit ihr reden, meinst net? Bist doch sonst net so gschamig.«

»Ich hab im Moment nicht grad den besten Draht zu ihr«, antworte ich seufzend und untertreibe dabei wohl noch.

»Aber geh, Aigner. Mir kommt's so vor, als hättest du grad jetzt einen äußerst guten Draht zu ihr. Rein verbindungstechnisch, mein ich.« Der Andi grinst dreckig und macht eine eindeutige Handbewegung. »Im Ernst, Raphi, die Marie und du, ihr seids wie g'macht füreinander.«

Genervt schüttle ich den Kopf. »Ihr geht mir alle so was von auf die Nerven. Jeder von euch scheint zu wissen, wie gut ich zur Marie passen tät. Selbst du fällst mir in den Rücken.« Der Andi braucht mir nun wirklich nichts von Beziehungen zu erzählen.

»Jetzt sei halt net so eine beleidigte Leberwurscht, Raphi. Meinst du vielleicht, mir wär nicht längst aufgefallen, dass du seit Jahren auf die Marie stehst?«

Mir bleibt fast die Spucke weg, der spinnt ja komplett! Ich springe auf.

»Brauchst gar net davonzulaufen«, sagt der Andi. »Kannst du dich etwa nicht mehr daran erinnern, wie du mich im letzten Sommer am Pfarrkirtag von der Tanzfläche gezerrt hast, nur weil ich mit der Marie getanzt hab? Grad, dass du mir nicht den rechten Arm auf den Rücken gedreht und mich abgeführt hast.« Er schaut mir rotzfrech ins Gesicht.

So ein Schmarrn aber auch, damals wollte ich die Marie nur vor meinem besoffenen Freund retten. »Du warst total dicht, Andi, und ich hab dich heimgebracht, weiter nichts.« Ich setze mich wieder hin.

»Aber normalerweise ist dir das ziemlich wurscht, wenn ich, in welcher Verfassung auch immer, mit einem Mädel rummache, Raphi. Du warst nur deswegen so sauer, weil es die Marie war und ich ihr ständig an den Arsch gegriffen hab.«

»Was sie gestört hat. Das hab ich zufällig bemerkt.«

»Zufällig? Du hast mich ewig lang angestarrt und auf einmal von hinten gepackt und von der Tanzfläche runtergezerrt.«

Ich verschränke meine Arme und schüttle den Kopf. »Du übertreibst.« Er übertreibt immer.

»Du bist ein kompletter Hornochse, Raphi. Jetzt gib's doch endlich zu, dass du wie blöd auf diese Frau stehst. Normalerweise stellst du dich ja auch nicht so an, wenn dir eine gefällt. Mir gefällt sie übrigens auch, nur damit du es weißt. Ich hab's schon ein paarmal bei ihr versucht, aber leider immer vergeblich. Und jetzt schau net so, du bist eben net immer dabei, wenn ich die Marie treffe.«

»Du bist so ein blöder Depp, Andi«, fauche ich ihn böse an. »Als Frau gibt's für mich immer noch nur die Sabine und damit basta. Ihr alle könnt euch eure Marie sonst wohin stecken.«

»Jetzt krieg dich aber mal wieder ein.« Der Andi schaut mich plötzlich ganz ernst an. »Die Sabine wär die Letzte gewesen, die gewollt hätt, dass du dich so eigenartig benimmst. Und sie hat die Marie immer sehr gut leiden können –«

»Hör auf damit, Andi! Du hast keine Ahnung, wen meine Frau hat leiden können und wen nicht. Außerdem geht das niemanden etwas an, auch dich nicht. Und jetzt will ich nicht mehr darüber reden. Schluss mit dem Schmarrn!« Ich bin wohl etwas lauter geworden, denn plötzlich bewegt sich bei der Gabi oben am Fenster kurz der Vorhang.

Der Andi schweigt, immerhin weiß er, wann es genug ist. »Könnte auch eine Frau den schweren Max auf ein Rollwagerl gehoben und in das Becken gehievt haben?«, wechselt er dann geschickt das Thema. »Oder muss es notgedrungen ein Mann gewesen sein? Oder braucht es dafür vielleicht sogar zwei Leute? Der Max war schon ziemlich schwer, aber halt auch net sehr groß. Weißt du, wie viel Kilo der gehabt hat?«

»Über hundert auf knapp eins sechsundsechzig – schon ein ziemlicher Brocken.«

Der Andi denkt scharf nach und bedient sich dabei wieder am Bier.

»Na ja, wenn du grad jemanden niedergeschlagen hast, steigt dein Adrenalinspiegel wahrscheinlich enorm an«, sagt er dann. »Ich würde eine Frau als Täterin nicht ausschließen. Und Kinder natürlich auch nicht. Hast du eigentlich schon das Alibi vom Felix gecheckt? Der hat den Max ja offenbar auch nicht leiden können.« Der Andi lacht.

»Depp du«, lache ich mit ihm. »Die von der Kriminaltechnischen Abteilung meinen übrigens, mit dem richtigen

Griff wäre es fast für jeden machbar gewesen, den Max auf den niedrigen Transportwagen zu ziehen. Aber das ist vorerst mal mein geringstes Problem. Ich weiß noch nicht mal, wann der Max aus der Wirtschaft verschwunden ist. Fest steht, dass er irgendwann zwischen eins und drei in der Nacht umgebracht wurde.« Mein Hirn arbeitet auf Hochtouren. »Die Marie ist in der Nacht kurz nach Mitternacht von hier aufgebrochen.« Ich spreche leise, mehr zu mir selbst, und denke mir, zeitlich würde sich das schon ausgehen.

Der Andi blickt mich kopfschüttelnd und äußerst skeptisch an, als könnte er meine Gedanken lesen.

Ich räuspere mich. »Außerdem haben wir bisher weder den Maßkrug vom Max noch seine Kleider oder Schuhe gefunden. Der Mörder«, ich betone das »der«, weil ich auch nach der Adrenalintheorie vom Andi nicht an eine Mörderin glaube, »hat nach seiner Tat noch seelenruhig den Keller aufgewischt und den Transportwagen blitzblank geputzt. Es scheint, als hätte er sich absolut sicher gefühlt. Das muss ein eiskalter Hund gewesen sein, total kaltblütig.«

»Na ja, die Kombi von ›putzen‹ und ›eiskalt‹ spricht jedenfalls wieder für eine Frau.« Der Andi grinst von einem Ohr zum anderen.

»Bleib doch wenigstens kurz mal ernst, Andi«, ermahne ich ihn. »Alle von der Belegschaft haben Alibis. Selbst der Gerhard war mit seiner Frau bis um halb drei in der Früh in Salzburg auf einer Geburtstagsfeier. Dafür gibt's an die hundert Zeugen. Außerdem hätte der niemals jemanden in sein heiliges Bier geschmissen, da kannst du Gift drauf nehmen.«

»Und die Gäste in der Wirtschaft?«, bohrt der Andi nach.

»Auf die hab ich den Herbert und den Heinz heute angesetzt und krieg hoffentlich schon morgen einen Bericht.« Ich seufze, weil es wirklich wie verhext ist. Mir fehlen die Verdächtigen.

Verflixt und zugenäht, wäre am Samstag die dämliche Betty

nicht einfach so hereingeschneit, wäre die Marie sicher bei mir geblieben und wir müssten sie jetzt nicht verdächtigen.

Ich nehme meinen fast noch vollen Bierkrug und schütte den Inhalt in den Garten auf das spärlich wachsende Gras.

»Drehst jetzt völlig durch, Raphi?« Der Andi schaut mich entgeistert an.

»Nein, aber ich schmeiß dich jetzt raus. Außer du willst mich begleiten.«

»Wohin? Zur Marie?«, zieht mich der Andi auf.

»Nein, ins Rieglerbräu. Ich muss da noch ein paar Fragen loswerden.«

Der Andi kippt seinen letzten Rest Bier nicht weg, sondern trinkt ihn in einem Zug aus, rülpst lautstark, wischt sich den Mund ab und stellt seinen Bierkrug geräuschvoll auf den Tisch zurück. »Dann mal ab die Post, los geht's. Soko Aigner und Baumgartner im Einsatz.«

Wir nehmen nicht den alten Ford Fiesta, den die Gabi und ich uns seit Jahren teilen, sondern gehen die nicht mal fünfzehn Minuten zu Fuß. Zeitlich wäre es für die Marie locker drin gewesen, von mir zum Rieglerbräu zu marschieren und den Max umzubringen, leider.

Es ist nach neun, und in der Wirtschaft ist trotz Montag Hochbetrieb. Klar, nach dem Mord sind die Koppelrieder alle neugierig. Hinter der Schank steht die rüstige Erni und zapft fröhlich und heiter Bier. Etwas zu fröhlich, denke ich mir.

»Na? Führst du hier jetzt wieder das Regiment, Rieglerin?« Ich platziere mich auf einen freien Barhocker, der Andi setzt sich rechts neben mich.

»Gell, da schaust, Aigner. Auch ein alter Besen kann noch kehren. Außerdem würd hier alles verkommen, was der Bub in den letzten Jahren mühsam aufbaut hat, wenn i mich net um den Betrieb kümmern tät. Die feine Frau Riegler hält's ja net für notwendig, ihr Hinterteil zu uns ins Wirtshaus zu schwingen und mitzuhelfen. Deshalb muss i alte, gebrechliche

Frau mich allein um alles kümmern. I hab heut auch schon das Begräbnis organisiert, der Bub muss ja irgendwann unter die Erd. Nachdem i net lockerlassen hab, haben diese damischen Stodinger mir g'sagt, i kann die Leich am Donnerstag begraben.« Geübt nimmt sie je drei Halbe in ihre knochigen Hände und stellt sie auf die Theke.

Kraft hat sie noch, die alte Erni, stelle ich sehr interessiert fest.

Gregor, der Lehrbub, scharwenzelt kurz daher und trägt die Biere zu deren Bestimmungsort in den Gastgarten.

»Auch eine Halbe?«, fragt die Erni.

Der Andi und ich nicken gleichzeitig, und flott stellt sie das Bier vor uns auf den Tresen.

»Geht aufs Haus«, sagt sie und zapft sich dann selbst eins, allerdings nur ein kleines. Die Erni trinkt wohl lieber Schnaps.

»Danke.« Ich proste ihr zu. »Wie komm ich zu der Ehre, wo du bei unserer letzten Begegnung ja nicht grad gut auf mich zu sprechen warst, Rieglerin?«

»Aber geh«, zuckt sie mit den Schultern und prostet mir zu. »I hab mein Lebtag g'lernt, nie in die Hand zu beißen, die mich füttert. Und wer woaß schon, wie oft wir dich bei der neuen Wirtin da sehen werden?« Die Alte zwinkert mir vergnügt zu, und der arme Andi verschluckt sich an seinem Bier.

»Will die Marie denn das Erbe annehmen?« Jetzt bin ich aber wirklich neugierig.

»Was hoaßt da ›will‹? Wird ihr wohl nix anderes übrig bleiben.«

»Und du, Erni?«, fragt der Andi.

»I? I hab koan Anspruch, wenn's jetzt eine Frau Riegler gibt. I hab heute schon beim Dr. Lechner ang'rufen, glaubts net, dass i mich net ausreichend erkundigen werde, nur, weil i eine alte Frau bin. Aber grad geh i davon aus, dass i lernen muss, mit der neuen Frau Riegler zu leben, ob i will oder net. Koa Sorge, Baumgartner, i hab mich schon immer mit anderen arrangieren müssen, mit so was kenn i mich bestens aus.«

»Also stört sie dich nimmer, die Marie?«, will ich wissen.

»Das spielt koa Rolle, Aigner. Aber die Steinhauserin, die hat koa Ahnung vom Gastgewerbe. Die wird mich brauchen wie einen Bissen Brot.« Sie grinst listig, die kleine dünne Frau im hochgeschlossenen schwarzen Dirndl, und liegt mit ihrer Vermutung völlig richtig, denke ich mir. Wenn die Marie bald die Wirtin hier ist, wird sie die Unterstützung der Erni bitter nötig haben.

Da kommt auch schon die Kathi an der Schank vorbei und streicht dem Andi über die Wange. »Hast Sehnsucht nach mir g'habt?«

»Könnt schon sein.« Mit einem Augenzwinkern greift er ihr dreist um die beschürzte Hüfte.

»Da, nimm die Bier und die Kracherl und schau, dass du weiterkommst.« Die Erni stellt geräuschvoll ein gewichtiges Tablett mit Bierkrügen und ein paar kleinen Colaflaschen auf die Theke vor die Kathi.

»Der Drachen ist zurück«, flüstert die daraufhin dem Andi ins Ohr.

»Das hab i g'hört! Dass du es nur woaßt, du freche Pippn, du! I hab das g'hört!«, schimpft die Erni.

Wie ich sehe, dass der Gregor aufs Häusl verschwindet, rutsche ich vom Hocker, um es ihm gleichzutun.

Ich stell mich ans Pissoir neben ihm, sonst ist keiner hier. »Wieder ziemlich viel los«, sage ich unbedarft. »Die Leute sind ganz schön neugierig, was?«

»Ja, Herr Aigner. Die rennen uns die Tür ein, seit ...« Der Gregor wird rot im Gesicht, und sofort zeigen sich ein paar Schweißperlen auf seiner Stirn.

Der Bub muss sich dringend mehr Selbstbewusstsein antrainieren, sonst hat er eindeutig den falschen Job, denke ich mir.

Aber dann entspannt er sich wieder ein bisschen, zieht in Windeseile seinen Hosenschlitz zu und geht zum Waschbecken, um sich ausgiebig die Hände zu waschen.

Ich tu es ihm gleich, warte, bis er fertig ist, und schau ihn dann fragend an. »Ist dir am Samstag eigentlich irgendwas Besonderes an deinem Chef aufgefallen?«

»Nein.« Der Gregor schüttelt heftig seinen roten Kopf. In seinem Gesicht glänzen ein paar Wimmerln. »Er war halt noch mehr ang'soffen als sonst. Wissen Sie, die Gschicht mit Ihnen und … Also, das Ganze ist dem schon ordentlich an die Nieren gegangen.« Er zieht den Kopf ein und fixiert den Wasserhahn. »Aber da hat sich keiner was sagen traut. Ich schon gar nicht.«

»Und die Gäste? Haben die mit ihm darüber gesprochen? Ihn vielleicht sogar aufgezogen?«

»Nur ein paar von den Angebern von unserem Fußballclub, aber denen hat die Kathi gleich eine drübergezogen.« Seine Augen leuchten, als er von der Kathi spricht. Der kleine Kerl ist verliebt, denke ich mir schmunzelnd. »Außerdem hat der Trainer, der Herr Huber, auch draufg'schaut, dass keiner keinen blöden Witz nicht reißt. Nachdem Sie selber am Freitag dem Chef einen sauberen Kinnhaken verpasst haben, wissen Sie ja …« Er blickt ganz kurz bewundernd zu mir auf, wendet aber den hochroten Kopf gleich wieder ab. »Alle waren stad, keiner hat sich getraut, etwas darüber zu sagen.«

»Du hast am Samstag die Schank übernehmen müssen, weil der Riegler Max weg war, oder?«

Er nickt wortlos.

»Weißt du noch, um welche Uhrzeit das ungefähr war?«

Der Bub kratzt sich nervös am Kopf. »Ich glaub, irgendwann nach Mitternacht, der Bus mit den Gästen war schon weg.«

»Hast du den Riegler Max später noch mal gesehen?«

Der Gregor starrt wieder wie gebannt auf den Wasserhahn. »Ich hab noch bis umara zwoa arbeiten müssen, weshalb ich dann am Sonntagvormittag sauschlecht Fußball g'spielt hab. Der Trainer hat mich gleich ausg'wechselt.«

All das bringt mir leider auch keine neue Erkenntnis, denke

ich mir, wasche mir kurz die Hände und gehe dann zur Tür. »Und zwischen der Erni und dem Chef ist dir in letzter Zeit auch nichts aufgefallen?«, versuche ich es ein allerletztes Mal.

»Na, das heißt, ja, schon.« Der Bub windet sich. »Am Samstagmittag hab ich wie üblich den Mist in den Hof rausg'tragen, da ist mir ein Schnitzel vor die Füß g'fallen. Das Teller ist knapp neben mir aufg'schlagen.« Er stoppt, und ich muss ihn auffordern weiterzusprechen.

»Und dann hab ich den Chef laut schreien g'hört, dass er die Frau Erni bald auf die Straße setzen wird. Mehr nicht.«

Zurück an der Bar stelle ich fest, dass die Erni geschäftig zwischen den Gästen hin und her wuselt. Die werde ich mir ein anderes Mal vorknöpfen, denke ich mir, für heute habe ich genug. Der Andi bleibt noch und schaut sehnsüchtig der Kathi hinterher.

Auf dem Nachhauseweg mache ich den Umweg über den Hauptplatz zu Maries Haus, keine fünfzehn Minuten dauert das. Bei ihr brennt Licht, aber ich läute nicht, sondern bleibe nur eine Weile gegenüber am Brunnen stehen und schaue zum Fenster hoch.

Dann piept mein Handy, weil schon wieder eine Nachricht über WhatsApp eingegangen ist.

»Bitte melde dich. Ich kann dir bestimmt verzeihen, wenn du mich darum bittest. Betty«

Dienstag

Nachdem ich letzte Nacht vor lauter Grübeln kaum einschlafen konnte, betrete ich schon um acht die Inspektion und lese den Bericht vom Heinz und vom Herbert.

Nach Abfahrt des Hotelbusses mit den Gästen vom Brauseminar war am Abend vor der Tat anscheinend noch immer einiges los im Gastgarten vom Rieglerbräu. Acht Burschen vom FC waren unter den Gästen, unter anderem der Sieder Hannes und auch vier Burschen von unserer freiwilligen Feuerwehr. Und unsere Organistin Renate mit dem Haubner Walter, schau an, schau an. Dazu vier Touristen aus Schwaben, die bei uns Urlaub machen, und acht ältere, aber anscheinend sehr fidele Gäste aus dem Kurzentrum in Ipferdingen. Im Wirtshaus ist nur noch der ehemalige Briefträger Alois Gruber an seinem Stammplatz gleich gegenüber der Schank gesessen. Interessant, denke ich mir, vielleicht hat der ja gesehen, wie der Max verschwunden ist.

Die Kurgäste sind pünktlich um eins vom vorbestellten Kurtaxi abgeholt worden, die Schwaben gegen halb zwei in ihre Unterkunft drei Straßen weiter getorkelt. Die Pensionswirtin, die Gschaider Fanni, hat uns das bestätigt, weil die Schwaben den Hausschlüssel vergessen hatten und sie aus dem Bett geläutet haben. Außerdem, überlege ich mir, wieso sollten ausgerechnet ein paar fremde Schwaben den Riegler Max umbringen?

Laut Protokoll soll sich die Renate gegen halb elf kurz mit dem Max unterhalten haben, mit ihr werde ich also noch persönlich reden müssen. Ansonsten ist allen an dem Abend eigentlich nur aufgefallen, dass die Kathi den Sieder geohrfeigt hat, weil er sie betatscht hat. Gemäß den unterschiedlichen Aussagen muss das irgendwann zwischen zwölf und ein Uhr passiert sein.

Einzig der Fuchsberger Xandl von der Feuerwehr hat wegen eines Zufalls eine genaue Uhrzeit benennen können, wann er den Riegler Max das letzte Mal gesehen hat. Er war nämlich kurz nach Mitternacht auf dem Häusl, um seiner Frau unbeobachtet von den Kollegen eine Nachricht zu schicken und zu fragen, ob er noch ein bisserl bleiben darf. Als er das Klo gegen null Uhr fünfzehn betrat, stand der Max laut seiner Aussage noch hinter der Schank. Auch an den alten Postler am Stammtisch konnte sich der Fuchsberger erinnern. Die erste Nachricht hat er exakt um null Uhr siebzehn geschickt, aber irrtümlich an seine Schwiegermutter. Die zweite, an seine Frau, ging dann erst um null Uhr dreiunddreißig raus, weil ihn die erboste Schwiegermutter sofort angerufen und ihm eine längere Moralpredigt gehalten hat. Danach, hat der Fuchsberger ausgesagt, hat er weder den Max noch den alten Alois wieder in der Schank gesehen.

Das hat auch der Trainer vom Fußballclub, der Huber Karl, bestätigt. Nach dem Vorfall mit der Ohrfeige ist er mit dem Sieder Hannes ins Wirtshaus an die Schank. Seiner Aussage nach muss das so gegen Viertel vor eins gewesen sein. An der Schank hat er den Max nicht mehr gesehen, an seiner statt hatte der Gregor dort den Dienst übernommen, mit dem er etwa eine halbe Stunde lang über Fußballtechniken diskutiert hat. Ich muss grinsen, weil seine Aussage in einer ausführlichen Erklärung des Doppelpasses endet und meine beiden Polizisten das brav mitprotokolliert haben. Jedenfalls deckt seine Aussage sich mit denen vom Sieder, der Franziska und dem Gregor. Nachdem die Kathi das Wirtshaus geschlossen hatte, sind die jungen Fußballer zum Straubinger weitergezogen, der am Ortsrand einen Nachtklub für die jungen Leute betreibt, auch der Sieder war dabei.

Leider gibt auch die Aussage vom Alois nicht wirklich viel her. Er hat wie üblich beim Max anschreiben lassen, bevor er heim ist. Weil er unabsichtlich die Türglocke vom Pfarrer betätigt hat und der Pepperl auf die Uhr gesehen hat, wer ihn jetzt noch aus dem Bett jagt, wissen wir immerhin, dass er kurz vor drei viertel eins zu Hause gewesen sein muss. Sonst hat der Alte nur das übliche Gejammer zu Protokoll gegeben.

Während ich noch über die Aussagen nachdenke, geht die Tür auf, und der Buchinger kommt mit seiner langbeinigen Begleitung herein. Er schwenkt den gleichen Bericht von meinen Polizisten in seiner Pranke. »Fleißig waren s', deine Leut. Sehr interessant. Ich hoffe, du hast ihn schon gelesen.« Er lässt sich auf den Stuhl vor meinem Schreibtisch plumpsen. »Heut werden wir uns noch mal mit dieser Moser Kathi unterhalten.«

Ich stehe auf und öffne das Fenster. Irgendetwas riecht hier plötzlich ausgesprochen streng.

»Und die Riegler Erni will ich auch noch mal befragen. Da musst du auf jeden Fall dabei sein, das Weib spricht ja sonst nicht mit uns.« Der Buchinger grinst mich versöhnlich an. »Jetzt gib dir einen Ruck, Aigner. Sei kein Mimoserl wegen gestern und tu nicht so beleidigt wie ein Mäderl.«

Also bin ich gnädig und erzähle den beiden von dem fliegenden Schnitzel der Erni und meinem Gespräch mit dem Notar.

Der Buchinger pfeift anerkennend durch die Zähne. »Gut, Aigner, sehr gut. Damit ist es wohl amtlich, woher deine … äh, die Marie Riegler«, rudert er rasch zurück, »das Geld für den Umbau des Hauses hatte. Geh, Rita, lass den Vertrag von unseren Juristen anschauen, wenn wir ihn haben.«

Er steht auf, wandert hin und her, und der Geruch wird stärker. Es ist mein Exkollege, der so stinkt! Ich springe auf und schnuppere an seiner rasierten Wange.

»Pfui Teufel, Buchinger!« Mir kommt fast mein Mageninhalt hoch. »Bist du heute ins Aftershave gefallen, oder was?«

Die Rita tut so, als würde sie konzentriert den Bericht lesen.

Im Gesicht vom Buchinger zeigen sich hektische rote Flecken. »Ja … also … mir ist die Flasche heute runtergefallen. Aber ich hab gedacht, es ist eh schon wieder verflogen.«

Na, servus, denke ich mir, die Midlife-Crisis kann manchmal richtiggehend peinlich sein. Und ziemlich anstrengend für den Rest der Menschheit.

Im Auto lasse ich alle Fensterscheiben runter, damit der Buchinger gut durchgelüftet wird und er mir das Auto nicht komplett verstinkt.

Als ich am Hauptplatz vorbeikomme, sehe ich aus den Augenwinkeln heraus die alte Rieglerin, die im schwarzen Dirndl mit verschränkten Armen der Marie dabei zusieht, wie diese die Tür ihres Geschäfts aufsperrt. Mir wird heiß und kalt. Hoffentlich will die Erni kein Massaker veranstalten.

Also steige ich ordentlich aufs Gas und setze den Buchinger und die Rita mit Sturmfrisur beim Wirtshaus ab. Ich fasle etwas davon, dass ich den Felix noch rasch vom Kindergarten abholen muss, und brause gleich wieder davon.

Wenige Minuten später parke ich quietschend am Brunnen im Halteverbot und laufe zu Maries Laden, um gleich darauf erstaunt in der bereits geöffneten Tür stehen zu bleiben.

»Machen wir dem Buben eine schöne Leich.« Gerade lacht die Erni die Marie an und gibt ihr freundlich die Hand. Die schüttelt sie und lächelt genauso freundlich zurück. »Die hat er sich verdient.«

Als die Marie mich sieht, deutet sie auf mich, und die Erni dreht sich zu mir um.

»Damit du uns net nachschnüffeln musst: Wir waren vorhin beim Notar. Gemeinsam«, sagt die Tante vom Max. »Die Marie nimmt das Erbe an. Und weil du grad da bist, Bub: Du bist natürlich auch eingeladen zum Begräbnis am Donnerstag. Samt deiner ganzen Wach, aber ziehts euch die Uniformen an, das g'hört sich so. Wenn du meinem Buben schon zu Lebzeiten eine Schand hast machen müssen, dann solltest ihm wenigstens im Tod die Ehr erweisen.« Sie zwinkert mir fröhlich zu und dreht sich noch mal zur Marie, die rot angelaufen ist und hektisch irgendwelche Sachen auf ihrem Kassentisch hin und her schiebt. »Bist ein sehr patentes Frauenzimmer, Marie. I bin froh, dass der depperte Bub es noch g'schafft hat, dich zur Rieglerin zu machen.« Die Erni wendet sich mir wieder zu. »Hab i mich doch noch täuscht auf meine alten Tag, was?« Dann dreht sie sich noch mal kurz zur Marie. »Wirst sehen, Madl, wir zwoa Weiber, wir packen das schon.« Damit verlässt die Erni flink das Geschäft. Seit der Max tot ist, kommt sie mir nicht nur erheblich fitter, sondern auch erheblich jünger vor.

»Kann ich was für dich tun, Raphi?« Die Marie trägt das lange Haar wie üblich hochgesteckt.

Sie schaut mich eigentlich ganz nett an, und ich weiß auf einmal gar nicht mehr, was ich sagen soll. Vielleicht so was wie: »Ich hab vorhin gesehen, wie die Erni dein Geschäft betreten hat, und wollte dich vor ihr beschützen, weil sie eine Mörderin sein könnte. So wie du auch.« Nein, denke ich mir, das kommt wohl eher nicht in Frage. »Die Schwellung an deinem Auge ist schon fast ganz zurückgegangen«, stammle ich daher ratlos.

»Ja, ich weiß. Bist du hergekommen, um mir das zu sagen?« Sie lächelt zaghaft.

»Nein, Marie. Weil wir endlich reden müssen, wir zwei … bevor … der Buchinger …«

Sie blickt mich immer noch freundlich an, und ich Depp bringe keinen vollständigen Satz mehr zustande. Verdammt, Aigner, reiß dich endlich mal zusammen! »Hast du Zeit für eine Unterhaltung? In Ruhe?« Ich beschließe spontan, den Rat vom Andi zu befolgen, den er mir gestern gegeben hat.

»Nein«, antwortet die Marie nicht genervt, aber bestimmt. »Tut mir leid, ich hab keine Zeit für dich allein. Aber komm doch einfach mit deinem Chefinspektor vorbei, dem werde ich dann gerne alle Fragen beantworten.«

Na super, Aigner, denke ich mir. Hast wieder mal total ins Schwarze getroffen. Ich seufze. Diese Frau bringt mich noch um den Verstand!

Aber so nicht – nicht mit mir!, beschließe ich, gehe zur Tür und drehe das »Komme gleich wieder«-Schild um.

»Spinnst du, Raphi?« Die Marie runzelt empört ihre Stirn.

»Du wirst jetzt mit mir reden.«

»Aber ich muss arbeiten.«

»Wozu brauchst das Gschäft überhaupt noch? Bist ja nun steinreiche Brauerei- und Wirtshausbesitzerin.«

Patsch! Die hat gesessen, Hut ab! Ich halt mir dämlich grinsend die Wange, bin aber froh, dass sie mir die kräftige Watschen verpasst hat. Besser so, als wenn sie sich irgendwie ertappt gefühlt hätte.

»Geht's dir noch gut, Aigner? Was bildest du dir überhaupt ein?«, schreit sie mich richtiggehend an. »Zuerst schaust du mich jahrelang nicht an und merkst nicht einmal, dass ich existiere, und dann verführst du mich blöde Kuh auf meiner eigenen Hochzeit. Im ganzen Ort machst du mich lächerlich und zerstörst in kürzester Zeit alles, was ich mir mühevoll aufgebaut hab.« Ihre Lippen beben vor Aufregung. »Kannst dir stolz auf die Brust schlagen, Aigner. Alle Leute im Dorf haben spätestens mit dem Video erkannt, was für ein toller Hecht du bist. Und ich? Ich bin die Schandihure, danke schön dafür!«

Sie holt tief Luft, und ich lasse sie einfach weiterschimpfen. Im Zusammenleben mit der Gabi habe ich gelernt, dass man die Frauen sich erst mal ihren Frust von der Seele reden lassen muss.

»Und jetzt besitzt du auch noch die Frechheit, mir ins Gesicht zu sagen, ich hätte es auf das Wirtshaus und die Brauerei abgesehen? Als ob ich am Max seinem Scheißgeld interessiert gewesen wär! Du bist ein absoluter Mistkerl, Raphael Aigner! Ein verdammter, blöder Mistkerl!«

Ich lasse sie fertigschimpfen. Wenn ich nichts sage, regen sich die Frauen meistens rasch wieder ab.

Die Marie läuft aufgeregt auf und ab. »Und ich hab mir immer gedacht, du wärst einer der wenigen halbwegs normalen Menschen in diesem verfluchten Ort. Obwohl du immer wieder mit dem Baumgartner auf die Pirsch gehst, aber das geht mich ja nichts an. Der Max hat schon recht gehabt: Welche Frau bei dir bei drei nicht auf den Bäumen ist, ist selber schuld.«

»Na, der muss es gewusst haben. Der Max war ja gemeinhin als Frauenversteher bekannt.« Ich schenke ihr ein charmantes Lächeln.

Perplex schaut sie mich an.

»Damit hast du recht«, sagt sie dann erheblich leiser. »Und entschuldige, du kannst natürlich machen, was du willst. Mir ist das alles nur ein bisserl zu viel in letzter Zeit ...«

Sofort gebe ich meinem natürlichen Reflex nach und will ihr tröstend meinen Arm um die Schulter legen, aber sie weicht erschrocken mehrere Schritte zurück.

»Weißt du, Raphi. Es täte mir wirklich enorm gut, wenn du mich eine Zeit lang ein bisserl in Ruhe lassen könntest.«

»Das ist aber schon rein von Berufs wegen etwas ungünstig«, unterbreche ich sie lächelnd. »Das musst selbst du zugeben.«

»Ich weiß«, seufzt sie. »Aber dann tauch in der nächsten Zeit wenigstens nur mehr mit deinem Kollegen bei mir auf.«

»Schau, Marie, ich hab mir halt gedacht, es fällt dir leichter, mit mir allein zu reden«, rechtfertige ich mich. »Wir kennen uns doch schon so lange.«

Ein Lächeln huscht über ihr hübsches Gesicht. »Was du dir immer so denkst, Aigner.«

»Warum hast du den Max geheiratet?« Ich will jetzt endlich die Wahrheit erfahren. Dieses Mal wird sie mir nicht davonkommen.

»Weil er mir geholfen hat und freundlich zu mir war.« Ihr Blick verändert sich, wird trotzig und abweisend.

»Also doch wegen dem Geld? Ich war beim Dr. Lechner und weiß Bescheid von dem Darlehen. Du hattest mir gar nichts davon erzählt.«

Sie schüttelt energisch den Kopf. »Das stimmt so nicht. Letzten Samstag in deinem Garten hab ich dir erzählt, dass der Max mir Geld geliehen hat. Das war alles ganz korrekt, ich hab auch schon mit der Rückzahlung begonnen.« Sie bedeutet mir, ihr zu folgen. »Komm mit, ich zeig dir was.«

Ich folge ihr in den kleinen Raum hinter dem Kassenbereich. Dort stehen ein Schreibtisch mit Notebook, ein Stuhl davor und einer dahinter. Unter dem Fenster befindet sich ein kleiner Tisch, auf dem Buntstifte liegen, an der Wand daneben hängen mehrere Kinderzeichnungen, die mein Nachwuchs produziert haben muss.

Ich kratze mich etwas verlegen am mittlerweile etwas zu langen Bart.

Neben dem Fenster stehen ein Regal mit vielen Ordnern und ein großer, verschließbarer Schrank. Die Marie nimmt einen kleinen Schlüssel aus der Schreibtischschublade und öffnet damit die Schranktür. Anschließend zieht sie anscheinend wahllos zwei Ordner heraus und legt sie geöffnet auf den Schreibtisch. Ich schaue genau hin, es sind Bestellungen für Hopfen und Malz, ganz offensichtlich für die Brauerei vom Riegler. Im zweiten geöffneten Ordner sehe ich eine Rechnung vom Rieglerbräu über Bierlieferungen an ein Hotel Sonnengut in Filzmoos.

Die Marie deutet auf die anderen Ordner im Schrank, die alle fein säuberlich beschriftet sind. »Werbekampagnen«, steht zum Beispiel auf einem. »Restaurants A–F«, auf einem anderen. Mit der Hand fährt sie sanft über die Ordnerrücken und lächelt.

»Weil der Max gewusst hat, dass ich kein Geld hab, hat er mich vor ein paar Jahren gefragt, ob ich ihm bei dem ganzen Bürokram für die Brauerei nicht zur Hand gehen kann. Damals hat er begonnen, das Rieglerbräu zu vergrößern, also gab es wirklich viel zu tun. Ich habe kurzerhand zugesagt. Der Max, der Gerhard und ich haben sehr gut zusammengearbeitet, es hat mir Spaß gemacht. Wie du weißt, bietet das

Rieglerbräu seit letztem Jahr Führungen und das Bierkulinarium an – das war zum Beispiel eine meiner Ideen. Ein paar davon haben sich als recht gewinnbringend für die Brauerei erwiesen, deshalb hat der Max sich nicht lumpen lassen und mich sehr gut bezahlt.«

Nun bin ich wirklich erstaunt, das wusste ich nicht.

»Schau mich nicht so an. Das Ganze war natürlich alles schwarz. Der Max hat nichts davon versteuert, dazu war er dann doch wieder zu geizig. Außer dem Gerhard hat er niemanden in die Sache eingeweiht. Kannst ihn fragen, der weiß über alles Bescheid.«

Sie räuspert sich. »Als ich bei der Sparkasse um einen Kredit für das Feinkostgeschäft angesucht habe, hat mich der Max noch am selben Abend angerufen, weil ihm der Filialleiter das brühwarm weitererzählt hatte. Anfangs war er nicht von meiner Idee begeistert, weil er befürchtete, dass ich ihn dann nicht mehr unterstützen könnte. Aber bald hat er verstanden, dass seine Sorge unbegründet war und ich mir nur ein eigenes Standbein aufbauen wollte. Er hat mir ungefragt Geld angeboten und hätte nicht mal einen Vertrag machen wollen, wenn ich nicht darauf bestanden hätte.«

Sicherheitshalber fixiere ich mal den Fußboden. Ich habe mir nie auch nur einen Gedanken um die Marie und ihre finanzielle Situation gemacht.

»Und mittlerweile könnte ich das Darlehen jederzeit zurückzahlen.« Die Marie zieht eine kleine Kassette aus dem Schrank und öffnet sie mit einem Schlüssel, den sie an der Halskette trägt. Sie zieht ein altes Sparbuch hervor und hält es mir hin: Es sind über achtzigtausend Euro drauf.

»Das ist ein altes Sparbuch vom Hansl-Onkel, darauf hab ich seit Jahren das Schwarzgeld vom Max eingezahlt. Letzten Monat wollte ich ihm alles zurückgeben, aber er hat nur abgewunken.« Sie legt das Sparbuch zurück und verschließt es samt der Kassette wieder im Schrank. Dann schiebt sie mich aus dem Zimmer hinaus, zurück in das Geschäft.

»Ich habe nicht ständig Kundschaft im Laden, da hab ich viel Zeit, nebenher noch was anderes zu tun. Darum hab ich der Gabi auch angeboten, dass sie den Felix ab und zu nachmittags vorbeibringen kann. Ich mag ihn sehr, deinen Buben.« Sie beißt sich kurz auf die Unterlippe, und ich schaue wahrscheinlich drein wie der Depp vom Dienst.

»Ich weiß, es war nicht korrekt, dass ich mich darauf eingelassen habe, aber ich war wirklich in einer Notlage, und das Schwarzgeld hat mir zusammen mit dem geliehenen Geld sehr geholfen. Mit dem Darlehen vom Max hab ich nicht nur die Räume im Erdgeschoss, sondern auch die Wohnung im ersten Stock umbauen lassen. Ich hab dieses Haus seit meiner Kindheit gehasst, weil es mit so vielen schlechten Erinnerungen verbunden war.«

»Und das restliche Personal im Rieglerbräu hat tatsächlich nicht gewusst, warum du so oft beim Max warst?«

Die Marie schüttelt den Kopf. »Die Frau Erni war heute früh auch ganz erstaunt, als ich ihr alles erzählt habe. Wenn ich ins Rieglerbräu gekommen bin, dann sind der Max und ich gleich direkt ins Büro gegangen. Aber wir haben immer nur gearbeitet, ich schwör es dir, Raphi. Da war nix, rein gar nichts. Trotzdem haben die anderen halt angenommen, dass ich mir den Max angeln will, besonders die Kathi.«

»Na ja, Marie, du musst zugeben, dass diese Vermutung nicht ganz von der Hand zu weisen war.« Ich versuche, sie so streng wie möglich anzusehen. »Und letztendlich hast du ihn ja auch geheiratet, falls du das vergessen haben solltest.«

Die Marie schaut sofort betroffen. »Das vergesse ich schon nicht. Das war ein großer Fehler, ich weiß.«

»Marie, der Max und du, wart ihr schon lange ein Paar?«

Wieder beißt sie sich auf die Unterlippe und schweigt.

»Marie, warst du mit dem Kerl wirklich zusammen? Ganz direkt gefragt: Hattest du vor dieser verfluchten Hochzeit etwas mit ihm?«

Jetzt starrt sie betreten auf den Fußboden.

»Wie alle im Ort wissen, hat der Max vor einer guten Woche aus heiterem Himmel das Aufgebot bestellt. Warum konnte es ihm plötzlich gar nicht schnell genug gehen, Marie?«, will ich wissen. »Sogar sein heiß geliebter Fußball war plötzlich nicht so wichtig wie die Hochzeit. Wieso? Was ist zwischen euch vorgefallen?«

Im unpassendsten Moment klopft es an der Tür, und gleich drauf steht der Hansl im Geschäft, den ich wegen der Störung innerlich verfluche.

»I wollt nur schauen, wie es dir geht, Marie. Wie i den Gendarmeriewagen vor der Tür g'sehen hab, hab i mir denkt, i schau gleich nach.« Der Alte bedenkt mich mit einem bösen Blick und streicht sich nervös durch den langen Bart. »Setz mir mein Dirndl net unter Druck, hörst du, Aigner? Du hast in letzter Zeit schon genug ang'richtet bei der Marie.«

»Das passt schon, Hansl-Onkel«, sagt sie, dreht sich zu mir um und klingt wieder genauso schnippisch wie am Anfang unseres Gesprächs. »Es war eine spontane Idee vom Max. Wir haben uns beruflich gut verstanden, warum sollten wir uns nicht auch privat verbinden. Ich werde auch nicht jünger, da hab ich mir gedacht, warum nicht? Der Max ist schon in Ordnung, und ich hab ihn ganz gerngehabt. Und damit basta.«

»Und das soll ich dir jetzt glauben, Marie? Hältst du mich wirklich für so blöd? Womit hast du den Kerl geködert?« Ich bin mehr als verärgert, ich bin richtig zornig.

»Dass du das nicht verstehen kannst, das kann wiederum ich gut verstehen«, entgegnet die Marie bitter, dreht sich um und hält mir die Tür auf.

Wer's glaubt, wird selig, denke ich mir und lass die Tür hinter mir ins Schloss krachen. Blöde Kuh!

Draußen fällt mir ein, dass ich was vergessen habe, also reiße ich die Tür mit Schwung noch mal auf.

»Warum hat der Max am letzten Dienstag zu dir gesagt, dass dir die Brauerei und das Wirtshaus gehören werden, wenn du Glück hast und er bald stirbt?«, frage ich. »Wieso, wenn es dir nicht um sein verdammtes Geld gegangen ist?«

Die Marie wirkt jetzt doch etwas erschrocken. »Der Felix hat dir das erzählt?«

Ich nicke böse, und selbst der Hansl schaut betroffen von mir zur Marie, die ganz weiß um die Nase rum wird.

»Das war, als er mir den Ehevertrag zum Unterschreiben gebracht hat«, flüstert sie fast.

»Einen Ehevertrag?« Ich verstehe gar nichts mehr. »Aber davon hat der Dr. Lechner gar nix gesagt.«

»Der Max hat den Vertrag von einem Notar in der Stadt aufsetzen lassen.«

»Und was steht drin, Marie? Jetzt red halt endlich.« Diese Frau raubt mir noch den letzten Nerv.

Sie holt tief Luft. »Kein Erbverzicht, aber im Fall einer Scheidung darf ich keinerlei Ansprüche geltend machen und muss auf sämtliche etwaige Unterhaltszahlungen verzichten. Außerdem«, sie schaut verunsichert zu ihrem Onkel, »hätte der Max im Fall einer groben Eheverfehlung meinerseits mein gesamtes Vermögen bekommen, sprich die Hälfte vom Haus inklusive Laden. Wir hatten schon einen Termin, um ihn ins Grundbuch eintragen zu lassen.« Der Hansl starrt sie ungläubig an, und auch ich kann das jetzt nicht glauben. Warum hat die Marie so einen Vertrag unterschrieben? Das kann doch alles nicht mit rechten Dingen zugegangen sein. Ob der Max sie erpresst hat? Die Marie lügt einfach wie gedruckt, denke ich mir angewidert.

»Spätestens morgen früh will ich eine Kopie von diesem verdammten Vertrag von dir!«, brülle ich sie an. Ich habe es richtiggehend satt. Was spielt die Marie hier für ein Spiel mit mir?

Als ich ins Rieglerbräu zurückkomme, bietet mir die Erni gleich eines ihrer höchstpersönlich in Schmalz herausgebackenen Schnitzel an und verschwindet flugs in die Küche.

Im Gastgarten finde ich den Buchinger und die Rita, die beide lustlos in ihren mächtigen Salaten rumstochern. In all den Jahren unserer Freundschaft habe ich meinen Exkollegen noch nie Salat essen sehen, nicht mal als Beilage.

Ich setze mich wortlos und grantig zu den beiden. Mein Magen knurrt schon. »Bist du endlich auf Diät, Buchinger?« Ich deute auf seine beachtliche Wampe. »War schon überfällig«, füge ich boshaft hinzu.

»Nicht jeder kann deine Gene haben, Aigner«, zischt er beleidigt.

»Also, ich find das gut, dass der Markus ein bisschen auf seine Linie schaut. Wenn man nur Schnitzeln in sich reinschiebt, darf man sich nicht wundern, wenn man mit fünfzig ein Bankerl reißt. Das kann dann urschnell gehen, net grad leiwand«, wienert die Rita.

Ich ziehe mein Hemd aus der Hose und hebe es leicht hoch, während ich meine Bauchmuskeln anspanne. »Um mich musst du dir keine Sorgen machen«, sage ich und schlage mir mit der flachen Hand auf meinen festen Bauch.

»Wow, darf ich mal?«

Ich haue ihr auf die schon ausgestreckten Finger und stopfe das Hemd wieder in die Hose zurück. »Untersteh dich! Sonst erschlägt mich der Buchinger noch aus purer Eifersucht mit einem Salatblatt«, grinse ich, schon wieder etwas besser gelaunt.

Die Rita lacht. Eigentlich ist sie doch ganz sympathisch.

»Du bist so deppert, Aigner.« Der Buchinger zeigt mir einen Vogel. »So was von deppert. Warum tu ich mir dich eigentlich an?«

Die Wiener Kollegin zeigt sich versöhnlicher. »Damit du auch informiert bist: Die Salzburger Kollegen haben die Telefonprotokolle vom Tag des Mordes vom Riegler und seiner frischgebackenen Ehefrau ausheben lassen. Leider hat das nicht viel ergeben, nicht gerade Vieltelefonierer, die beiden.« Sie zuckt bedauernd mit den Schultern und malträtiert den Salat weiter. »Am Tag des Mordes wurde der Brauwirt zweimal von Lieferanten angerufen, das haben wir schon überprüft. Für die Tatnacht selbst ist kein einziges Telefonat verzeichnet. Am Handy der Marie Riegler ist weder samstags noch sonntags ein Anruf ein- oder ausgegangen, nicht sehr kommunikativ, die Frau. Private Facebook-Accounts haben die beiden übrigens auch nicht; in den sozialen Medien sind die nirgends vertreten, soweit wir das bis jetzt sagen können. Einzig für das Rieglerbräu existiert eine Facebook-Seite, aber auf der haben wir nichts für den Fall Verwertbares gefunden. Nur Lobhudelei auf den Riegler und sein Bier und das tägliche Mittagsmenü. Nach der Hochzeit gab es zwar Posts, in denen sich einige über die neue Wirtin lustig gemacht haben, aber das war's dann auch schon. Keine Drohungen oder auffällige Beschimpfungen, denen wir nachgehen könnten. Übrigens verwendet die Marie Riegler nicht mal WhatsApp. Der Riegler Max schon, aber fast nur, um blöde Sprüche und Memes mit seinen Fußballkumpels zu teilen. Selbst dieser Kathi Moser hat er seit Wochen keine Nachricht mehr geschickt, obwohl ihn die mit Liebesschwüren geradezu bombardiert hat. Leider haben wir für die letzten Wochen nur eine Handvoll Mail-Nachrichten von dem Riegler an die Marie gefunden, und in denen ging's ausschließlich um die Brauerei. Eigenartig, dass sich die beiden nur übers Geschäft ausgetauscht haben. Kein privates Wort, nicht mal zur geplanten Heirat. Schon seltsam.«

Während die Rita noch seufzt, bringt mir die Erni auch schon ein Riesenschnitzel, das auf allen Seiten vom Teller runterhängt.

»Hab i extra für dich gebacken, Aigner«, sagt sie stolz. »Muss ja schauen, dass du was auf die Rippen kriegst, damit du den Mörder von meinem Max bald schnappst. Die gschaftigen Stodinger, na ja.« Geringschätzig schaut sie vom Buchinger zur Rita und dann auf deren Salate.

Als sie wieder abgerauscht ist, lasse ich mir den ersten

Bissen im Mund zergehen. Ich wusste es doch, kein Mensch macht auch nur annähernd so gute Schnitzel wie die Erni! Nicht mal die Gabi, auch wenn ich mich nie trauen würde, ihr das ins Gesicht zu sagen.

Weil ich immer noch so eine unbändige Wut auf die Marie im Bauch habe, erzähle ich den beiden jetzt alles, was ich herausgefunden habe, natürlich auch vom Ehevertrag.

»Na bitte, Aigner, du hast es also doch noch nicht verlernt.« Der Buchinger klopft mir hocherfreut auf die Schulter.

»Dass die den Riegler angeblich nicht wegen dem Geld geheiratet hat, das hab ich der nicht abgenommen. So wie die schon ausschaut«, meldet sich die Rita zu Wort.

»Wie schaut die denn aus?« Das interessiert mich jetzt doch, und ich lege mein Besteck kurz zur Seite.

»Na, verdammt gut halt.« Der Buchinger schiebt das Grünzeug von sich und winkt der Kellnerin. »Gehen S', Fräulein, bitte nehmen S' das da wieder mit und bringen S' mir auch so ein Schnitzel.«

»Na, so fesch ist die jetzt auch wieder nicht.« Empört wirft die Rita ihre rote Mähne zurück. »Lange blonde Haare hat sie halt. Aber die geht schon auf die vierzig zu, und das sieht man ihr sehr wohl an.«

»Sind wir ein bisserl stutenbissig, Frau Kollegin? Die Marie kann es locker mit euch jungen Mädels aufnehmen.« Die Bemerkung kann ich mir nicht verkneifen, und der Buchinger zwinkert mir verschwörerisch zu.

»Ich bin nicht stutenbissig. Für ihr Alter schaut sie noch urgut aus«, versucht die Rita jetzt schmollend einzulenken. »Aber das mit der Schwarzarbeit sollten wir an die Kollegen von der Wirtschaftskriminalität weitergeben, oder, Markus?«

Ich schiebe das halbe Schnitzel weg. Diese blöde Urschel hat es tatsächlich geschafft, mir meinen Appetit zu verderben. »Jetzt hörst du aber auf, Rita.«

Auch mein Exkollege schüttelt den Kopf. »Dieser Kleinscheiß interessiert doch niemanden. Du musst noch einiges lernen, Mädel.«

Beleidigt verschränkt die Rita ihre Arme und starrt die Salatblätter auf ihrem Teller an.

Als der Buchinger endlich auch sein Schnitzel vor sich stehen hat, beginnt er mit vollem Mund zu lamentieren. »Obwohl die Marie zugegebenermaßen gut ausschaut, hat sie nüchtern betrachtet trotzdem bisher als Einzige wirklich ein Mordmotiv. Zudem ist ihr Alibi von diesem Onkel, der blind vor Liebe zu seiner Nichte ist, nicht belastbar, und jetzt taucht auch noch ein Ehevertrag auf, demzufolge sie bei einer Scheidung nicht nur komplett mit dem Ofenrohr ins Gebirg geschaut hätte, sondern sogar noch ihr eigenes Haus und den Laden verloren hätte. Wer unterschreibt denn freiwillig so einen Wisch, wenn er nicht Dreck am Stecken hat? Selbst du musst zugeben, dass das alles zusammen nicht grad das beste Licht auf sie wirft.« Mein Exkollege schiebt sich genüsslich ein extragroßes Schnitzelstück in den Mund.

Im Moment glaube ich ja selber der Marie überhaupt nichts mehr. »Weißt du, Buchinger«, setze ich an, »trotz all dieser Ungereimtheiten sagt mir mein Bauchgefühl, dass es die Marie nicht war. Die ist nicht der Typ für einen Mord.«

Die Rita rümpft ihre schmale Nase. »Ja, genau, dein Bauch sagt dir das. So ein Schwachsinn.«

»Aber, Raphi, wer ist schon wirklich der Typ für einen Mord? Wir wissen doch beide gut genug, dass man danach nicht gehen darf«, seufzt der Buchinger und bestellt sich ein kleines Bier.

Die Rita nippt immer noch schweigend an ihrem Mineralwasser. Dann kann sie es doch nicht lassen, sich einzumischen. »Ich finde, der Kollege Aigner sollte sich ab jetzt besser aus unserem Fall heraushalten. Er ist schon arg persönlich involviert.«

Aber sie hat nicht mit dem Buchinger gerechnet, der sich ihr entgegenbeugt. »Also, erstens, meine Liebe, ist das nicht unser Fall, sondern meiner, und zweitens ist der Raphi natürlich involviert, weil er auf die Frau steht.«

Ich horche auf. Was bildet der sich eigentlich ein, mit der Rita so über mich zu reden!

»Aber wenn ein Mann auf eine Frau steht«, mein Exkollege lehnt sich wieder gemütlich auf seinem Stuhl zurück, »heißt das noch lange nicht, dass er damit auch gleich sein Hirn ausschaltet. Da kennst du uns zwei noch sehr schlecht, Rita. Ein Aigner und ein Buchinger verlieren wegen einer Frau noch lang nicht den Kopf.«

Die Rita wird ganz rot, und ich denke mir wieder mal, dass zwischen den beiden garantiert was läuft.

Ihr Blick wandert vom Buchinger zu mir und wieder retour. Fast tut sie mir leid, sie ist halt noch so jung und unerfahren.

»Verstanden?«, brummt er noch mal sehr bestimmt.

»Verstanden, Chef.« Kleinlaut lässt die Rita den umgepflügten Salat abräumen.

»Und was hast du in der Zwischenzeit herausbekommen?« Ich habe den Ärger mit der Marie von vorhin schon mit dem Schnitzel verdaut, das ich doch noch vernichtet habe, und proste dem Buchinger zu. Männerfreundschaft halt.

»Leider hat die Kathi Moser heute offensichtlich frei. Aber sie könnte ein Motiv haben, denn sie war vor Eifersucht kaum zu bremsen, wie uns eine andere Kellnerin, die Antje, vorhin bestätigt hat, und sie hatte als Einzige einen Schlüssel zum Wirtshaus.«

»Wenn man es genau nimmt, hätte sogar der Lehrbub ein Motiv, weil der doch auch auf diese Moser steht, oder? Genauso wie dieser Sieder Hannes. Der Riegler hat ja trotz der Hochzeit die Finger nicht von der Kellnerin lassen können.« Die Rita klingt schon wieder einigermaßen versöhnlich.

Als die Erni fröhlich mit einem beladenen Tablett an uns vorbeistapft, beugt sich die Rita näher zum Buchinger und zu mir und senkt ihre Stimme: »Und das Motiv der alten Wirtin sollten wir auch nicht vergessen. Die hat noch überraschend viel Schmalz in den dünnen Armen und wirkt nicht gerade unglücklich über den Tod ihres Neffen. Ich finde ja, die blüht von Tag zu Tag mehr auf.«

Sie bestellt sich mutig auch ein kleines Bier und zwinkert uns verschwörerisch zu. Vielleicht entwickelt sich das Mädel ja doch noch ganz passabel, denke ich mir großmütig.

»Habt ihr die alte Rieglerin schon wegen dem fliegenden Schnitzel befragt?«, frage ich.

»Das haben s' versucht, die zwoa, aber i hab denen koa Antwort geben. I rede mit koan Stodinger net, nur mit dir, Aigner.« Plötzlich steht die Erni mit einer Runde Schnaps neben uns. »Geht aufs Haus«, sagt sie bestimmt und duldet keine Widerrede. Ja, bei uns auf dem Land, da darf man es mit dem Alkoholverbot im Dienst nicht so ernst nehmen, sonst ist man schnell unten durch.

»Der Bub hat das letzte Schnitzel zum Fenster rausg'schmissen, weil i ihm g'sagt hab, dass so einer wie er eine Bessere als die Marie nimmer kriegen wird. Eine untreue Steinhauserin ist immer noch hundertmal besser als eine depperte Kathi. Und heutzutage ist das mit der Treue sowieso net mehr so wichtig. Sieht man ja ständig im Fernseher, dass jeder was mit jedem hat.«

Sie beugt sich zu mir und spricht so leise, wie ihr lautes Organ es halt zulässt. »I hab mich ja selbst g'wundert, dass die Marie so oft bei unserem Buben war. Erst seit gestern woaß i, warum: Weil sie dem Deppen mit der Brauerei g'holfen hat. Eigentlich hätt i mir das denken können, schließlich hat der Max nur mit Ach und Krach die Hauptschule g'schafft. Der hat koa Ahnung von Buchhaltung g'habt. Und die Marie hat ihn rein freundschaftlich und unentgeltlich unterstützt, sonst nix, habts mich?« Sie deutet mit ihrem knochigen Zeigefinger auf den Buchinger. »Bei uns ist alles legal. Alles wird mit diesen depperten Registrierkassen boniert, die eh koa Mensch braucht, und versteuert.«

»Sowieso, Erni, keine Sorge«, werfe ich schnell ein. »Die Marie hat mir schon erklärt, dass du nichts von ihrer, nun ja, freiwilligen Mithilfe gewusst hast.«

Die Alte grinst mich an und nickt bestätigend.

»Und was war jetzt noch mal mit dem fliegenden Schnitzel, Erni?«, hake ich nach.

»Na ja, ein Zornbinkel war der Bub halt immer schon. Er hat mich ang'schrien, wenn mir die Scheidung net passt, setzt er mich gleich nächste Woch auf die Straß, und hat vor lauter Wut das letzte Schnitzel samt Teller zum Fenster rausg'schmissen. Nachher hat's ihm ums Schnitzel leidgetan. I woaß das, das könnt ihr mir glauben, denn wenn dem mein Essen net so gut g'schmeckt hätt, hätt er mich schon längst ins Altersheim gesteckt. Prost.« Sie kippt ihren Schnaps hinunter. Der Einzige, der es ihr gleichtut, bin ich. Die anderen beiden Schnapsgläser bleiben unberührt.

»Erni, ich frag dich jetzt einfach gradheraus.« Ich hol tief Luft. »Hättest du dem Max was antun können?«

Langsam stellt die Erni die leeren und die beiden noch vollen Stamperl auf ihr rundes Tablett zurück. »Was für eine Frage, Aigner«, grinst sie mich spöttisch an. »I hätt ihn ja oft gerne erschlagen wollen, den Buben. Er war ein Rabenbratl und ein Sturschädel und oft net zum Aushalten, aber er war doch wie ein eigenes Kind für mich. Einen anderen hat das Leben net für mich bereitg'halten, Aigner. I hätt dem nie was antun können. Und er mir auch net. Wir haben uns trotzdem immer mögen, Blut ist dicker als Wasser.«

Am späten Nachmittag sitze ich gemütlich mit hinter dem Kopf verschränkten Armen und Beine auf dem Schreibtisch in meinem Bürosessel. Der Buchinger und die Rita sind wieder nach Salzburg gefahren, um das Team dort über die Neuigkeiten zu informieren.

Nach dem Essen haben wir noch kurz den Gerhard, den Braumeister, im Büro vom Rieglerbräu besucht. Etwas verlegen hat er uns erklärt, der Max hätte ihm strikt verboten, über die Abmachung auch nur ein Wort zu verlieren. Und er habe der Frau Marie ja auch keine Schwierigkeiten machen wollen, von wegen Steuerfahndung und so. Sozusagen als Entschädigung hat er uns dann aber doch noch erzählt, dass der Max von Anfang an eine ganz eindeutige Schwäche für die Marie gehabt hat. Aber die Marie habe immer ganz klare Grenzen gezogen, er selbst sei bei den meisten Treffen ja dabei gewesen.

Tja, im Grenzenziehen und Abweisen war sie schon immer gut, die Marie. Ich erinnere mich noch an die Zeit auf der Uni. Wenn der Andi und ich die Marie zufällig auf dem Campus getroffen haben, dann war sie zwar höflich, aber meist sehr kurz angebunden. Kontakt zu uns oder anderen jungen Koppelriedern hat sie auf der Uni nicht gesucht.

Genauso lebhaft kann ich mich an meinen einzigen Versuch erinnern, sie anzubaggern. Ich war ihr auf einer Party an der Salzach begegnet. Frech und jung, wie ich war, habe ich sofort meinen Arm um sie gelegt und ihr diesen Klaus-Lage-Song ins Ohr gesummt, »Tausendmal berührt«. Ich war absolut von mir und meinem Charme überzeugt und wollte ohne Vorwarnung mit ihr rumschmusen.

Nur bei ihr ging in diese Richtung überhaupt nichts. Sie hat mich ohne ein einziges Wort von sich weggeschoben, mir einen Vogel gezeigt und mich den weiteren Abend lang geflissentlich ignoriert. Danach bin ich ihr aus verletzter Eitelkeit lange aus dem Weg gegangen.

Erst als ich mit der Sabine zusammen war, ist mir die Marie wieder über den Weg gelaufen. Zwei Jahre nach unserer Hochzeit hatten wir uns diese sündteure Wohnung in Salzburg gemietet, die wir uns eigentlich nicht leisten konnten. Aber die Sabine wollte eine große Wohnung und ein Kind, genau in dieser Reihenfolge. Und ich hätte damals sowieso einfach alles für sie gemacht.

Eines Tages hat die Sabine dann zufällig die Marie mit

diesem Gery in der Stadt getroffen und beide spontan zu uns nach Hause eingeladen. Der Typ war ein unglaublich arrogantes Arschloch, und als er meiner Frau an den Hintern gefasst hat, war der Spaß für mich endgültig zu Ende. Ich habe ihn kurzerhand am Hemdkragen gepackt und wie ein nasses Handtuch vor die Tür geschleift. Die Marie hat sich danach unzählige Male bei der Sabine entschuldigt, aber verständlicherweise haben wir die beiden nicht wiedergesehen.

Irgendwie habe ich das Gefühl, all diese Gedanken sortieren zu müssen – und das funktioniert nirgendwo so gut wie auf meinem Mountainbike. Ich mache Schluss, hetze nach Hause, ziehe mich um und schaffe die Strecke rund um den Gaisberg bis zur Glasenbachklamm in nur einer Stunde und zweiundfünfzig Minuten. Trotz Bier, Schnaps und Schnitzel.

Mittwoch

Der Besuch bei unserer Organistin Renate hat mir einiges gebracht, nicht nur ein ausgiebiges zweites Frühstück. Als Organistin des Kirchenchors kennt sie die Mutter vom Lehrbuben Gregor, die auch Kirchenchormitglied ist, recht gut. Von dieser hat sie erfahren, dass die Erni für heute um zwei eine Betriebsversammlung einberufen hat. Die Marie soll der Belegschaft offiziell als neue Wirtin vorgestellt werden. Sehr interessant, denke ich mir, dann sollte ich dem Rieglerbräu wohl zeitgleich einen Besuch abstatten. Wobei ich mich ja schlecht einfach unter die Belegschaft mischen kann.

Da die Renate eine ganz Hellhörige ist, konnte sie auch berichten, dass der Max in einem kurzen Moment der Schwäche und wohl auch alkoholbedingt zu ihr gemeint hat, dass er es mehr als verdienen würde, dass die Marie ihn betrogen hat, weil er ihr niemals so was hätte antun dürfen. Aber als die Renate sein Gejammere auf sein Gspusi mit der Kathi bezogen hat, hat er wütend mit der Faust auf den Tisch geschlagen und geschrien, wer würde denn von der depperten Kathi reden.

Mein Verdacht einer Erpressung der Marie durch den Max scheint sich immer mehr zu erhärten. Bloß, Erpressung womit? Während ich in die Inspektion zurückfahre, grüble ich immer noch darüber nach, was dafür wohl in Frage kommen könnte. Die Schwarzarbeit kaum. Wäre die ans Licht gekommen, hätte er sich nur selbst geschadet. Es muss etwas mit der Vergangenheit der Marie zu tun haben. Vielleicht wäre es nicht dumm, sich mal in nächster Zeit eingehend mit den beiden Deinhards zu unterhalten.

Wie ich gut gelaunt die Inspektion betrete und mir ein Häferl von Gertis traumhaftem Kaffee hole, habe ich einen Geistesblitz. Lässig setze ich mich auf den Schreibtischrand von unserem Praktikanten Rainer.

»Was hältst du von einem ersten Einsatz, Cowboy?«, zwinkere ich ihm zu. Und weil der Rainer sofort Feuer und Flamme ist, erkläre ich ihm, warum er sich um punkt zwei Uhr im Rieglerbräu auf meine Kosten satt essen darf. Dann nehme ich gemütlich in meinem Lederchefsessel Platz und beiße mit Genuss in eine Wurstsemmel, die mir die Gerti hergerichtet hat.

Ich bin noch am Kauen, als Michel, unser junger Revierinspektor, verlegen an den Türrahmen klopft, weil die Tür zu meinem Büro wie meistens offen steht.

»Was gibt's denn, Michel?«, frage ich ihn freundlich.

»Ich wollt das wirklich nicht an die große Glocke hängen, Chef, aber die Gerti meint, ich sollte dir das dringend erzählen.«

Mit vollem Mund bedeute ich ihm, dass er sich zu mir hersetzen soll. Ein guter Chef hat immer Zeit für seine Leute, denke ich mir selbstzufrieden.

»Also«, beginnt mein junger Kollege, »am Samstag in der Nacht hast du mir ja g'sagt, ich soll auf das Haus von der Steinhauserin … der Rieglerin … also, von der Marie aufpassen.« Der Michel blickt ziemlich zerknirscht drein.

»Ja, und? Du hast dort doch niemanden erwischt, oder?«

Der Michel kratzt sich verlegen am blonden Schopf. »Schon, aber …«

»Michel, mach's bitte kurz.«

»Ich wollt deshalb eh schon lange mit dir reden, aber es war so viel los die letzten Tage. Und eben hat die Gerti gemeint, er ist jetzt.«

»Wer ist jetzt?« Langsam werde ich echt ungeduldig. Ich hab keine Ahnung, was der Michel mir sagen will. »Und bitte die kurze, verständliche Fassung.«

Der Michel holt tief Luft und fasst sich ein Herz. »Also, der geeignete Zeitpunkt ist jetzt. Ich hab nämlich die Marie am Samstag heimkommen sehen, so zwischen Viertel nach zwei und halb drei in der Früh.«

»Und das erzählst du mir erst jetzt?« Vor Wut schlage ich mit der flachen Hand auf den Tisch.

Der Michel wird ziemlich blass im Gesicht. »Die war reichlich lädiert.«

»Kruzifix noch mal, Michel! Grad du, der du die Ausbildung zum Kriminaler machen willst, hast das nicht zu Protokoll gegeben?« Ich schmeiße den Rest der Wurstsemmel mit Schwung in den Papierkorb neben meinem Schreibtisch. Der Appetit ist mir gründlich vergangen.

Jetzt steckt auch noch die Gerti zur moralischen Unterstützung vom Michel ihren großen Kopf durch die Tür. »Chef, bitte schrei den armen Buben net so an.«

»Spinnts ihr denn jetzt alle komplett? Das wird Konsequenzen haben! Wie kommts ihr darauf, das weder mir noch dem Buchinger Markus zu erzählen?«

»Du hast ja nie Zeit für uns g'habt die letzten Tage. Na ja, und der Buchinger, den kennen wir doch gar net wirklich«, murmelt der Michel völlig eingeschüchtert.

»Also, der Michel kann gar nix dafür«, sagt die Gerti und kommt mit krebsrotem Gesicht in mein Büro. »Ich bin schuld, ich hab ihm g'sagt, er soll das nicht an die große Glocke hängen. Weil du und die Marie, ihr warts ja wirklich sehr eng am Samstag.« Sie schaut mir unsicher in die Augen.

Ich atme jetzt besser tief durch, weil ich sonst die beiden so laut anschreien müsste, dass sie es garantiert ihr Leben lang nicht mehr vergessen würden.

»Ich hab mir halt dacht, die kommt garantiert von dir nach Hause«, wird die Gerti durch mein Schweigen etwas mutiger. »Drum hab ich dem Michel g'sagt, dass wir den Salzburgern erst mal nix davon erzählen. Außerdem haben wir ja net wissen können, dass die Marie schon kurz nach Mitternacht nimmer bei dir zu Haus war. Das rothaarige Fräulein vom LKA hat uns grad den ganzen Akt gemailt, da hab ich das zum ersten Mal g'lesen. Du sagst uns ja gar nix mehr.« Ihr Blick ist vorwurfsvoll.

Ich springe auf, komme gefühlte zwei Millimeter vor der Gerti zum Stehen und beuge mich zu ihr hinunter. »Du bist jetzt einmal still und sagst besser nix mehr, bis ich dich wieder was frage, verstanden?«, fauche ich sie an.

Sie weicht zurück und hält sich sicherheitshalber die Hand vor den Mund.

Ich beuge mich noch weiter zum Michel hinunter und blicke ihm streng in die Augen. »Und du erzählst mir jetzt ganz genau, was du gesehen hast. Und zwar rasch und jedes noch so kleine Detail. Sonst lernts ihr mich wirklich kennen, ihr zwei.« Ich lasse mich so schwungvoll in meinen Schreibtischsessel fallen, dass das Leder kracht.

Der Michel schluckt, rattert seine Geschichte dann aber in Rekordtempo herunter. Auf seiner Kontrollfahrt hielt er gegen zwei Uhr fünfzehn am Morgen auf dem Parkplatz neben der Kirche. Da entdeckte er die Marie vor ihrem Haus, mit zerzausten Haaren, ohne Schuhe und offensichtlich ganz außer Atem. Der eine Träger vom Kleid war gerissen, sodass der Michel ihren Busen sehen konnte und sich deswegen nicht mehr traute auszusteigen. Gleich darauf verschwand sie durch den schlecht beleuchteten Eingang ins Haus. Der Michel wartete noch eine halbe Stunde und fuhr dann wieder zurück auf die Inspektion zu seinem Kollegen Heinz, obwohl in der Wohnung von der Marie immer noch Licht brannte. Da ihm die Sache keine Ruhe ließ, klingelte er kurzerhand um halb vier Uhr früh die Gerti aus dem Bett. Dem Heinz wollte er das nicht erzählen. Die Gerti beruhigte ihn und meinte, die Marie sei sicher bloß von mir gekommen.

Erneut schlage ich mit der Faust auf den Tisch. Ich weiß einfach nicht, wohin mit meinem Zorn. »Ihr Volldeppen, ihr zwei damischen! Habt ihr euch nicht vorstellen können, dass das wichtig für unseren Fall ist?«

Die Gerti nimmt ihren ganzen Mut zusammen. »Versteh

doch, Chef, ich war mir so sicher, dass die von dir kommt. Ich war doch auch mal jung.« Sie verschränkt ihre Arme, und beide blicken mich trotzig an.

»Bist du hier der Chef oder ich?«, brülle ich die Gerti aufgebracht an. Sapperlot noch mal, machen denn hier alle, was sie wollen?

»Ich wollte dich doch nur schützen, Chef«, sagt der junge Michel verzweifelt. »Die Leute im Ort zerreißen sich doch schon das Maul über euch zwei und jetzt auch noch der Mord am Riegler.«

Die Gerti nickt ununterbrochen wie ein Wackeldackel. »Und wie sollen wir denn von dem Fall eine Ahnung haben, wenn du uns über gar nichts mehr informierst? Erst als ich vorhin im Akt von dem rothaarigen Fräulein g'lesen hab, dass die Marie angeblich schon um halb eins daheim war, ist mir ganz anders worden. Und dann hab ich dem Michel auch g'sagt, er muss sofort mit dir reden.«

In dem Moment steckt der Rainer fröhlich den Kopf durch die Tür. »Chef, ich geh jetzt ins Rieglerbräu.«

»Zisch ab, aber schnell!«, brülle ich völlig unnötig den armen Buben an.

Als der Rainer vor Schreck wie angewurzelt stehen bleibt, läuft die Gerti zu ihm und schiebt ihn rasch zur Tür hinaus.

»Und komm mir ja nicht ohne was Brauchbares wieder!«, schreie ich ihm noch unnötiger hinterher, weil es eh schon egal ist.

Etwa zwei Stunden später habe ich mich beruhigt und sitze mit der gesamten Mannschaft in unserem Besprechungszimmer. Sicherheitshalber habe ich mich zum Dampfablassen in mein Büro eingeschlossen, nachdem ich nach dem Geständnis vom Michel völlig unmotiviert auch noch die restlichen beiden Kollegen angeschrien und schikaniert habe. Was bin ich bloß für eine Führungskraft, denke ich mir und schäm mich etwas.

Jetzt sitzen meine Mitarbeiter um den Tisch und starren

mich angespannt an. Bis auf den Schorsch, der völlig unbeeindruckt in der Nase bohrt. Ehrlich gesagt hat die Gerti schon recht gehabt damit, dass ich meine Leute in letzter Zeit über gar nichts mehr informiert habe. Also erkläre ich ihnen jetzt, dass ich ab sofort jeden Vormittag eine Besprechung zum aktuellen Fall einberufen werde. Als die Kollegen meinen Stimmungswandel bemerken, wirken sie schlagartig um einiges relaxter.

»Ihr habt ja recht, ich hätte mich täglich mit euch abstimmen müssen. Polizeischule, erstes Semester«, grinse ich, und wir gehen gemeinsam die wesentlichsten Punkte in dem übermittelten LKA-Akt durch.

Da wird die Tür aufgerissen, und der Rainer steht im Raum. Er ist völlig außer Atem und vor Aufregung ganz rot im Gesicht. In der Hand schwenkt er sein Handy wie eine Trophäe. »Chef, Chef, ich hab was!«, schreit er.

Schon spüre ich, wie ich wieder nervös werde. Reiß dich zusammen, Aigner, warne ich mich selbst. Verlier nicht schon wieder die Nerven.

»Was hast du? Und beruhige dich erst einmal, Rainer.« Ich spreche betont langsam.

Der Rainer legt das Handy auf den Tisch, bevor er wieder aus dem Besprechungsraum rennt.

»Der Bub kollabiert ja gleich.« Die Gerti will schon aufspringen, aber ich bedeute ihr, sitzen zu bleiben.

Als der Schorsch endlich seinen Finger aus der Nase nimmt und sich damit ungeniert an die Stirn tippt, saust der Bub schon wieder herein, diesmal mit meinem Notebook in der Hand.

»Einen Moment, Chef«, krächzt er überdreht. »Ich aktiviere nur schnell das Bluetooth und häng den Beamer an.«

»Was tut der?« Der Schorsch schaut dem Rainer verständnislos mit offenem Mund zu, und ich wünsche mir sehnlichst, ich hätte sein einfaches Gemüt. Wenigstens heute.

Mit hinter dem Rücken verschränkten Armen dreht der

Rainer jetzt eine Runde um den Tisch, als wäre er Columbo. »Also, Chef, ich hab mich wie beauftragt in die Stuben g'setzt und das Mittagsmenü ohne Suppe b'stellt. Als sie mir die Bratwurst und das Sauerkraut gebracht hat, hat mich die Kellnerin g'fragt, ob ich nicht in den Garten umziehen will. Aber ich habe auf mein Gesicht gezeigt und g'sagt, wegen der Akne wär mir ohne Sonne drinnen lieber.« Er bleibt kurz stehen und blickt Beifall heischend in die Runde. Weil nichts passiert, nimmt er seinen Rundlauf um den Tisch wieder auf. »Ich hatte grad ang'fangen zu essen, da ist die alte Rieglerin mit der jungen Rieglerin in die Gaststuben gekommen. Ich hab gleich g'wusst, dass das die junge Rieglerin ist, weil die für ihr Alter recht fesch ist. Und dann ist die Kellnerin mit dem großen Busen –«

»Das ist die Moser Kathi, also wirklich«, stellt die Gerti empört richtig. »Und setz dich endlich, Bub. Mir ist schon ganz schwindlig.«

Der Bursche ignoriert das Gesagte und dreht weiter seine Runden.

»Hinsetzen«, knurre jetzt auch ich, und in null Komma nix hockt der Rainer brav neben der Gerti.

»Jedenfalls ist diese Kathi, die auch recht fesch ist, ganz knapp vor der jungen Rieglerin stehen blieben, hat die Arme verschränkt und sie gleich angekeift. Ihr würde das net imponieren, dass die jetzt da die Wirtin ist. Und dann hat die dünne Lange ohne Busen –«

»Dem Riegler seine himmellange Heugeigen«, lacht der Heinz.

»Die groß gewachsene Franziska«, dolmetscht die Gerti.

»Also, die Franziska hat g'meint, dass schon alle im Innenhof warten würden. Dann hat die Alte der Franziska ang'schafft, sich um die Gäst im Wirtshaus zu kümmern, und ist selbst mit der anderen Frau Riegler durch die Tür mit dem Schild ›Nur für Personal‹ drüber rausgangen. Im ersten Moment war ich ganz fertig, weil ich net g'wusst hab, was ich jetzt tun soll.« Er macht wieder eine Pause, um triumphierend in die Runde zu blicken. »Aber weil ich schon mal im Rieglerbräu essen war, wusste ich, dass die Fenster vom Herrenklo direkt in den Innenhof gehen. Also bin ich schnurstracks aufs Häusl, wo mir dann aber eing'fallen ist, dass ich das Essen net stehen lassen kann, weil sonst nachher noch auffällt, wenn ich gar nix gegessen hab.« Er grinst selbstgefällig. »Also bin ich wieder rausg'saust und hab den Teller g'holt. Weil ich durchs Fenster im Waschraum nur rausschauen konnt, wenn ich gehüpft bin, bin ich samt Bratwurst in das erste Klo, hab den Teller auf den Spülkasten g'stellt und bin auf die Klobrille g'stiegen, von wo ich super durch das Fenster sehen konnte. Eigentlich wollte ich ja mitschreiben, was ich höre, aber ich hatte einen Kuli vergessen. Und einen Zettel auch.«

Ich atme einmal tief durch und versuche, halbwegs nett zu bleiben. »Kannst du bitte da weitermachen, wo es für uns alle interessant wird?« Heute ist wirklich nicht mein Tag.

Der Rainer läuft unter seinen Wimmerln rot an. »Okay, okay. Also, irgendwann hab ich dann endlich die perfekte Idee g'habt.« Er beugt sich zur Mitte des Tisches und tippt auf seinem Handy herum, bevor er sich wieder zu uns dreht. »Ich hab einfach alles g'filmt, und das ist mir wirklich gut gelungen, ich hab's mir beim Herradeln schon ang'schaut.« Er öffnet ein Videoprogramm auf dem Laptop und klickt auf das Play-Zeichen.

Tatsächlich taucht an unserer Wand gestochen scharf der Innenhof vom Rieglerbräu mit versammelter Mannschaft auf. Bis auf die Franziska haben sich alle Angestellten, einschließlich der deutschen Aushilfskellnerinnen und der beiden polnischen Hilfskräfte der Brauerei, im Halbkreis gegenüber der Erni und der Marie aufgestellt. Die Marie trägt ein sehr biederes graues Kleid und hat ihr Haar streng hochgesteckt. Ihr Gesicht ist etwas blass, wie immer in den letzten Tagen. Neben ihr wirkt die Erni in ihrem obligatorischen schwarzen Dirndl wie das blühende Leben.

Eine demonstrativ die Hände ineinander verschränkende Kathi mustert die Marie mit hasserfülltem Blick von oben bis unten.

Die Erni bewegt ihre Lippen, aber wir hören nichts.

»Hat das Ding auch Ton, oder hast du einen Stummfilm gedreht?«, frage ich.

Der Rainer schaut mich betroffen an. »Natürlich nicht, Chef. Ich hab extra das Fenster gekippt. Vielleicht ist der Ton am Notebook abgedreht.« Er klickt ein paarmal herum, und dann verstehen wir auch schon bestens, was die Erni sagt.

»Also, i geh der neuen Wirtin ab jetzt zur Hand. Grad am Anfang kann sie noch net andauernd da bei uns im Haus sein, sie hat ja noch ihr Gschäft am Hauptplatz. Was net heißt, dass hier der Schlendrian einreißt, da werd i ein Aug drauf haben. Für die Reservierungen für das Bierkulinarium und die Brauereiführungen sind i und die Marie zuständig. Reservierungen für das Wirtshaus können wie bisher auch die Kathi und die Franziska entgegennehmen.« Die Erni geht langsam den Halbkreis entlang und mustert dabei alle Angestellten wie der Oberst die Soldaten auf dem Kasernenhof. »Aber die Abrechnung am Ende des Tages wird nur mehr von mir g'macht, nimmer von der Kathi. Da gibt es koa Ausnahme, verstanden?«

Die Kathi kriegt ein hochrotes Gesicht, ihre Lippen beben vor Zorn. »Willst du mir etwa was unterstellen? So eine Frechheit! Es hat immer gepasst, auf den Cent genau!«

»Schau, Kathi, das soll ja nicht heißen, dass wir dir nicht vertrauen«, meldet sich die Marie mit schwacher Stimme zu Wort, aber niemand nimmt sie zur Kenntnis.

»Ich hab immer alles korrekt abg'rechnet!«, schreit die Kathi die Erni an. »Das lass ich mir net g'fallen!«

Die Erni zuckt abweisend mit den Schultern. »Sicher, aber nur, weil dich der Max ab und zu mit deinen langen Fingern in die schwarze Kassa hat greifen lassen.« Sie schaut die Kathi drohend an. »Damit ist ab sofort Schluss.«

»Du spinnst ja, Rieglerin. Offiziell verdiene ich einen Scheißdreck bei euch!« Das Gesicht der Kathi ist wutverzerrt. »Der Max hat immer alles schwarz g'macht. Von dem normalen Gehalt kann doch keiner leben, da kann ich mir ja gleich was anderes suchen!«

»Und keiner wird dich daran hindern, du deppertes Mensch.«

Die anderen schauen betreten zu Boden.

»Das hättest du wohl gerne, ich bleib da«, zischt die Kathi.

Verstohlen mustere ich die Gesichter meiner Polizistenkollegen, die allesamt amüsiert das Geschehen an der Wand verfolgen.

»Für dich, Gerhard, ändert sich überhaupt nix.« Die Erni steht jetzt vor dem Braumeister.

Der Gerhard nickt der Marie freundlich zu.

»Aber der Dienstplan für die kommende Woch wird ab jetzt nur mehr von mir g'macht.« Dann fügt die Alte rasch noch hinzu: »Oder von der Marie.«

»Aber für den Dienstplan war immer ich zuständig«, protestiert die Kathi lautstark, um nicht auch noch ihren letzten Rest Macht zu verlieren.

Die Erni schüttelt unbarmherzig den Kopf. »Du musst dich einfach dran g'wöhnen, dass du da nimmermehr die heimliche Chefin bist. Die Wirtin ist ab sofort die Marie.« Die Erni dreht sich zur Marie um und erwartet offensichtlich, dass die sich auch mal zu Wort meldet. Was die aber leider nicht tut. Stattdessen steht sie einfach nur unsicher auf ihren zwei hübschen Beinen, und man erkennt eindeutig, wie unangenehm ihr diese ganze Veranstaltung ist.

So, wie sie sich verhält, kann sie es gar nicht darauf angelegt haben, Chefin vom Rieglerbräu zu werden, denke ich mir etwas erleichtert.

Plötzlich geht die Kathi ganz langsam nach vorne, bleibt knapp vor der Marie stehen und schaut ihr aufmüpfig direkt in die Augen. »Saubere Chefin, traust dich kein Wort sagen.

Und dein Schandi? Ist das jetzt vielleicht unser neuer Chef?« Boshaft lachend dreht sie sich zu den anderen um. »Die Steinhauserin und der Herr Gendarm, das wären doch saubere Wirtsleut, net wahr? Das hätt sich der Max immer g'wünscht.«

Die zwei Lehrbuben vom Koch wagen es, ein bisschen zu kichern, weil auch er selbst schief grinst. Die anderen scheinen nicht zu wissen, wie sie reagieren sollen. Aber alle Augenpaare sind neugierig auf die Marie gerichtet. Einschließlich dem der Erni.

Die Marie schluckt, ihre Wangen und ihre Stirn sind mit roten Flecken übersät.

»Wahrscheinlich hast sogar du ihn auf dem Gewissen, den armen Max. Gell, bei dem feschen Aigner, da kann eine Frau ganz schnell den Kopf verlieren. Für den wuscheligen Polizisten serviert man den Max gern ab. Und den Betrieb kannst du jetzt sicher um gutes Geld verkaufen, net wahr?« Die Kathi stemmt die Arme in die Hüfte und beugt sich der Marie provokant entgegen.

Bei uns im Besprechungsraum ist es ganz still, ich höre nicht mal mehr den Schorsch atmen, und das will was heißen.

Die Erni deutet mit dem Zeigefinger sofort zur Tür zum Wirtshaus. »Schau, dass du weiterkommst, du saufreches Mensch! Am besten packst du gleich dein Pinkerl und verschwindest. Wir zwoa werden sowieso nimmer grün miteinander.«

Aber die Kathi stellt sich nur wieder zurück zu den anderen, immer noch mit aufsässigem Blick.

Wieder hebt die resolute Erni drohend den rechten Zeigefinger. »Und wenn einer von euch auch so denkt, dann kann er die Kathi gleich begleiten, habts mich?«

Alle blicken betreten zu Boden. Die Erni ist wirklich super drauf. Die Marie hingegen gar nicht. In den letzten Minuten hat sie wie versteinert dagestanden, aber jetzt bewegt sie sich wieder.

»So, und jetzt bitte ich euch, mir aufmerksam zuzuhören.«

Die Kathi taxiert die Marie hämisch. »Na, dann bin ich mal g'spannt. Bringst jetzt doch endlich mal dein Maul auf?«

»Stad bist jetzt!«, keift die Erni dazwischen.

Doch die Marie hält dem Blick der Kathi tapfer stand. »Ich hab mir das alles nicht ausgesucht, das möchte ich ganz klar festhalten. Mit dem Max war vereinbart, dass alles so bleiben sollte, wie es ist. Na ja, fast alles.« Jetzt ist es die Marie, die die Kathi fixiert, die so aussieht, als würde sie ihr im nächsten Moment an die Gurgel springen.

»Es ist kein großes Geheimnis, dass es mit unserer sehr kurzen Ehe nicht zum Besten gestanden ist«, fährt sie fort. »Aber ich kann euch versichern, dass nicht nur der Max, sondern wir gemeinsam diese Eheschließung wieder rückgängig gemacht hätten.« Die Kathi schluchzt kurz auf, die Marie räuspert sich. »Und was den Raphael Aigner betrifft …« Die Marie hält inne.

Jetzt bin ich aber gespannt.

»Nun, was den Aigner betrifft, gibt es keine Veranlassung für weiteren Tratsch«, sagt sie ganz abgeklärt. »Eigentlich ist das alles ja ausschließlich meine private Angelegenheit, aber da diese in den letzten Tagen so breitgetreten worden ist und sich ganz Koppelried damit beschäftigt hat –«

Die Kathi lacht boshaft und wirft dabei ihren Kopf zurück. »Wenn euch auch ganz Koppelried beim Ehebruch hat zuschauen dürfen!«

»Das zwischen mir und dem Max ging nur uns etwas an. Genauso wie die Sache zwischen dir und dem Max, die mit der Hochzeit beendet war, nur euch etwas anging. Punkt.«

Die anderen starren wie gebannt die Kathi an, die wiederum etwas irritiert die Marie anstarrt.

»Ich sage jetzt nur mehr Folgendes dazu«, wendet sich die Marie wieder an die gesamte Belegschaft, »der Aigner und ich, wir sind kein Paar und werden auch in Zukunft keines sein. Und von jetzt an werde ich mich nicht mehr dazu äußern.« Die letzten Worte kommen sehr bestimmt über ihre Lippen.

Die Angestellten murmeln verstohlen, nur die Kathi lacht boshaft auf, allerdings weitaus leiser als vorhin.

Nachdem die Marie einen Moment gewartet hat, seufzt sie und fährt dann fort. »Ich bin keine Wirtin und habe nicht die geringste Ahnung von der Gastronomie. Meiner Meinung nach sollte das Rieglerbräu rechtmäßig an die Frau Erni übergehen, aber da es nun mal auch ihr Wunsch ist, dass ich das Erbe annehme, bin ich überaus froh, dass sie mir bei meiner neuen Aufgabe tatkräftig zur Seite stehen wird. Sie kennt das Wirtshaus wie keine Zweite.« Sie lächelt der Erni warm zu, und die Alte grinst von einem Ohr bis zum anderen.

»Das Unglück vom Max soll auf keinen Fall zwangsläufig ein Unglück für den Betrieb und euch sein. Die Frau Erni und ich wollen das Rieglerbräu natürlich für uns alle erhalten. Deshalb wird nichts verkauft. Auf keinen Fall.« Die Marie hat jetzt die ungeteilte Aufmerksamkeit von allen, selbst von der Kathi. »Ich bin vollkommen überzeugt davon, dass unsere Entscheidung auch im Sinne vom Max ist. Das Rieglerbräu war sein Ein und Alles.« Die Kathi verschränkt trotzig die Arme, aber die Marie lässt sich davon nicht beirren. »Für mich heißt das im Klartext, dass ich dafür die Verantwortung übernehme. Ehrlicherweise muss ich zugeben, dass ich Respekt vor der Aufgabe habe, deshalb bin ich auch auf eure Unterstützung angewiesen. Ihr wisst genau, wie der Laden läuft. Die Erni und ich, wir brauchen euch, und deshalb bitte ich euch, mit mir gemeinsam den Betrieb erfolgreich weiterzuführen.«

»Bravo, Frau Wirtin!« Der Gerhard klatscht.

Der Haslinger Toni tut es ihm gleich, und auch die anderen an der Wand stimmen ein, bis auf die Kathi natürlich.

Das hat sie ziemlich cool gemacht, die Marie, denke ich mir.

Gerhard, der Braumeister, geht auf die Marie zu und reicht ihr die Hand. »I steh hundertprozentig hinter dir, Marie. Und wenn unter deiner Führung das Wirtshaus net noch erfolgreicher wird, als es eh schon ist, dann fress ich einen Besen.«

»Danke, Gerhard. Vielen Dank für dein Vertrauen«, lächelt die Marie erfreut und gewinnt noch mal deutlich an Sicherheit. Mit stolzgeschwellter Brust steht die Erni neben ihr.

Wütend bindet sich die Kathi die Schürze ab und schmeißt sie samt Kellnerbrieftasche der Marie vor die Füße. »Ich werde mir noch gut überlegen, ob ich unter der depperten Urschel arbeiten will!« Ihre Stimme überschlägt sich fast. »Und euch Deppen würd ich das auch empfehlen.« Damit stapft sie zur Tür fürs Personal und lässt sie geräuschvoll hinter sich zuschlagen.

Die anderen stehen etwas unbeholfen da und wissen nicht so recht, was sie machen sollen.

Als die Erni zum Schimpfen ansetzen will, hält die Marie sie mit der Hand zurück. »Eins möchte ich euch doch noch mal ganz klar sagen.« Freundlich lächelnd blickt sie in die Runde. »Ich will hier mit euch arbeiten und nicht gegen euch, und ich hoffe aus tiefstem Herzen, dass ihr alle es mit der Frau Erni und mir als neuen Chefinnen versuchen wollt. Aber es ist allein eure Entscheidung.«

Es ist totenstill, bis die Erni zu klatschen anfängt und die anderen einfallen.

»Also, was mich und meine Leut in der Brauerei betrifft, kann ich sagen, dass wir ganz sicher bei dir bleiben wollen, Frau Riegler«, bestätigt der Gerhard und reicht der Marie noch mal seine Hand.

»Das gilt auch für mich und das Küchen-Team.« Der Haslinger Toni will ihm in nichts nachstehen und tut es ihm gleich. »Unter der Leitung von der Frau Erni, versteht sich«, fügt er mit einem verunsicherten Seitenblick auf die alte Rieglerin hinzu.

Auch alle anderen in der Runde nicken bestätigend. Die feierliche Stimmung im Innenhof hält allerdings nur so lange an, bis die Erni wieder ihren Befehlston anschlägt. »Dann passt ja alles. Und net vergessen: Morgen beim Begräbnis tretets pünktlich an, kondolierts am Grab als Erste, dampfts dann ab ins Wirtshaus und bereitets alles ordentlich vor. Bestimmt wird sich der halbe Ort das Spektakel net entgehen lassen.«

»Außerdem bekommt ihr für den morgigen Tag alle den doppelten Stundenlohn, auch die Lehrbuben«, fügt die Marie lächelnd hinzu.

»Schwarz, versteht sich«, wirft die Erni ein, hebt Kathis Schürze und Kellnerbrieftasche vom Boden auf und drückt beides dem Gregor in die Hand. »Also, meine Herrschaften, zurück an die Arbeit. Der Betrieb macht sich schließlich net von alloane.«

Unter Gemurmel geht die Belegschaft zurück in die Schankstube, nur die Erni und die Marie bleiben im Innenhof zurück.

Als sich die Tür hinter dem letzten Angestellten geschlossen hat, dreht sich die Erni zur Marie, stellt sich auf die Zehenspitzen und klopft ihr anerkennend auf die Schulter. »Das hätt i net besser machen können, Madl. Die fressen dir aus der Hand, vor allem die Mannsbilder.«

Die Marie ist sichtlich peinlich berührt. »Trotzdem, Frau Erni, eigentlich sollte ich gar nicht dastehen.«

»Aber geh«, kichert die Erni. »Wenn i das so recht bedenke, hätt mir nix Besseres passieren können. I fühl mich so lebendig wie schon seit Jahren nimmer. Marie, wir zwoa Weibersleut, wir sind des ideale Gespann für den Betrieb. Wenn der Bub noch leben tät, würd er dich wahrscheinlich vor allen Mannsbildern wegsperren, damit dich niemand anschaut.«

Ich schlucke. Ich möchte mir gar nicht ausmalen, was aus der Marie geworden wäre, wenn es den Max noch geben täte. Plötzlich ist ein eigenartiges Schmatzgeräusch zu vernehmen, und ich muss mich konzentrieren, um die beiden Frauen noch zu verstehen.

»Du bist ein guter Mensch, Marie. Ein viel besserer, als der Bub es je war.«

»Ich glaub, liebe Erni, ich muss dir etwas ganz dringend

sagen«, meint jetzt die Marie. »Der Max und ich, also, das war nicht so, wie es aussah. Ich hab … Ich hab …«

Das Bild ruckelt, dann sehen wir den Himmel, dann das Klofenster, dann nur mehr eine nackte Wand und schlussendlich die Klotür. Ein lautes Krachen ertönt, und das Video ist zu Ende.

Entgeistert schauen wir alle in Richtung Rainer, sogar der Schorsch.

Entschuldigend zuckt der Junge mit den Schultern. »Wie die alle reingegangen sind, hab ich mir überlegt, wie ich schnell und unbemerkt aus dem Klo rauskomm. Also hab ich mit der Hand, mit der ich nicht g'filmt hab, die Bratwurscht g'nommen und schnell runterg'würgt. Aber als ich zum Sauerkraut hinüberlangen wollt, bin ich mit dem rechten Fuß in die Kloschüssel g'stiegen und vom Klo g'fallen. Ich hab mir ordentlich das Knie ang'hauen. Dann bin ich samt dem Sauerkraut nach draußen auf meinen Platz zurückg'flitzt, hab das Cola, das noch dastand, in einem Zug leer g'trunken und ein paar Minuten später bei der dünnen langen Kellnerin gezahlt. Ich glaub, denen ist nix aufg'fallen«, schließt der Rainer stolz.

»Gut hast du das gemacht«, bewundert ihn die Gerti sofort.

»Äh, aber eins will ich doch noch wissen, Rainer«, bremse ich die Gerti etwas ein. »Was ist auf dem Innenhof passiert, während du Akrobatik auf dem Häusl gemacht hast? Die Marie war doch grad dabei, der Erni was Wichtiges zu erzählen. Hast du das noch gehört, Sherlock?«

Der Rainer schaut mich verzagt an. »Nein, leider nicht. Ich glaub, die haben mich g'hört und sind dann im Haus gegenüber verschwunden. Ich hab sogar noch mal vorsichtig aus dem Fenster g'schaut, obwohl mir etwas vom Sauerkraut an der Nasen klebt ist.«

Der sonst so stille Schorsch fängt an zu lachen und kriegt sich überhaupt nicht mehr ein.

»Ein Video?«, regt sich der Buchinger auf. »Aigner, bist du deppert? Damit können wir ordentlich Probleme wegen unzulässig erhobener Beweismittel und Datenschutz kriegen. Du kannst doch nicht einfach einen Praktikanten zum heimlichen Filmen ins Rieglerbräu schicken.«

Es dämmert schon, und mein Exkollege macht das Licht in seinem kleinen Büro an. Nach dem Meeting mit den Kollegen habe ich mich noch auf den Weg ins LKA gemacht, mit dem Video auf einem USB-Stick.

»Jetzt krieg dich mal wieder ein, Markus. Erstens hab ich dem Burschen nur gesagt, er soll sich aufmerksam umhören, und zweitens ist das überhaupt kein Beweismittel. Darauf ist nur zu sehen, wie die Belegschaft und vor allem die Kathi auf die Marie reagiert haben. Leider hat der Depp genau im wichtigsten Moment aufgehört zu filmen.« Ich erzähle ihm vom unrühmlichen Ende des ambitionierten Kameramannes. »Aber wenn du darauf bestehst, können wir so tun, als hätte es das nie gegeben.«

Der Buchinger schüttelt den Kopf. »Lass mal und gib den USB-Stick her. Ich schau mir das Video gleich an.«

»Schade«, brummt er danach. »Vielleicht wollte die Marie ja wirklich gestehen, dass sie den Riegler Max umgebracht hat. Nachdem wir jetzt endlich von deinem dämlichen Polizisten erfahren durften, dass sie nach zwei Uhr früh ramponiert heimgekommen ist, ist es ja wohl erlaubt, eins und eins zusammenzuzählen.«

»Ihr Alibi ist geplatzt, und es passt alles zusammen«, bestätige ich. »Leider deutet jetzt auch für mich alles darauf hin, dass die Marie den Max umgebracht hat.« Ich sage das nicht gerne, aber es ist so.

»Was sie wohl mit dem verdammten Bierkrug und dem Gwand vom Riegler Max gemacht hat?« Der Buchinger zieht ruckartig den USB-Stick von seinem Notebook ab.

Ich denke angestrengt nach. »Die Fischteiche! Dass mir die nicht eingefallen sind.«

Er schaut interessiert hoch.

»Die Fischteiche vom Pfisterer, das ist ein Bauer bei uns im Ort. Wenn man quasi querfeldein vom Rieglerbräu in Richtung von Maries Haus läuft, kommt man direkt an denen vorbei. Die wären ideal, um etwas verschwinden zu lassen. Aber leider sind sie komplett verschlammt, was es schwer macht, etwas darin wiederzufinden.«

»Sehr gut, Aigner«, strahlt der Buchinger. »Dann soll sich der Hochgatterer Fritz von der Kriminaltechnischen mal darum kümmern.«

»Aber warum hätte sie ihn nackt ausziehen sollen, um ihn im Bier zu ertränken?«, frage ich mich laut. Das passt doch gar nicht zur Marie.

Der Buchinger zuckt mit den Schultern. »Was weiß ich? Aus Rache, weil der Kerl sie vielleicht erpresst hat? Ich hab die Rita heute mit diesem Ehevertrag in die juristische Abteilung geschickt, wart mal.« Er nimmt ein Blatt von seinem Schreibtisch und liest mir vor. »›Eine schwere Eheverfehlung der Ehefrau muss sich nicht direkt gegen den Ehegatten richten, sondern kann auch in einem ehrlosen oder unsittlichen Verhalten bestehen, das die Ehe zerstört.‹ Wohlgemerkt war diese Regelung einseitig, von unsittlichem Verhalten des Opfers ist nichts zu lesen.«

»Lass uns das Ganze noch mal durchgehen, Buchinger«, schlage ich vor. »Die Marie ist eine Viertelstunde nach Mitternacht von mir weg. Sie könnte also gegen halb eins im Rieglerbräu gewesen sein. Einer von den freiwilligen Feuerwehrlern hat kurz vor null Uhr siebzehn den Max als Letzter in der Tatnacht gesehen. Der Mord ist laut Gerichtsmedizin zwischen ein und drei Uhr passiert, und gegen Viertel nach zwei ist die Marie vom Michel vor ihrer Haustür gesehen worden. Querfeldein braucht man vom Rieglerbräu zum Haus der Marie über die Fischteiche nicht mal zehn Minuten.« Ich seufze. »Das geht sich aus, Buchinger. Allerdings hätte sie noch den Keller putzen müssen.«

»Nach einem heftigen Streit? Dein Polizist hat die Frau doch im ramponierten Zustand gesehen. Glaubst du wirklich, dass sie gleich nach dem Mord und vollkommen aufgelöst noch akribisch den Tatort gesäubert hat?« Der Buchinger blickt mich zweifelnd an.

Anstelle einer Antwort zucke ich bloß mit den Schultern.

»Nun ja, vielleicht hat ihr ja dieser Onkel geholfen. Wir sollten genau aufpassen, ob sie in nächster Zeit einen Fehler macht. Beobachte sie morgen beim Begräbnis, aber das brauche ich dir ja wohl nicht zu sagen.« Er grinst unverschämt.

»Du Depp darfst gerade reden. Dir fallen deine Glupschaugen ja fast heraus, wenn die Rita mit ihrem kleinen Hintern vor dir herstolziert.«

Der Buchinger räuspert sich etwas verlegen. »Nur dass da kein falscher Eindruck entsteht, Raphi: Die Rita arbeitet grad bloß so eng mit mir zusammen, weil der Hans drei Wochen auf Urlaub ist.«

Kein Wort glaube ich ihm. »Vor mir brauchst du dich nicht zu rechtfertigen. Eher schon vor der Erika.«

Meinen Kommentar ignorierend klappt er geräuschvoll sein Notebook zu. »Komm, Aigner, lass uns noch auf ein Bier gehen.«

Kurz vor der Tür bleibt der Buchinger stehen und hebt drohend den Zeigefinger. »Und noch eines: Keine Alleingänge mehr, und schon gar keine, die die Riegler Marie betreffen. Auf dem Begräbnis hörst du dich nur aufmerksam um und beobachtest sie, und übermorgen verhören wir sie. Gemeinsam, verstanden? Und diese Moser Kathi und die alte Rieglerin werden wir auch noch in die Mangel nehmen.«

Donnerstag

Der Vater sitzt im alten Lehnstuhl und blättert im neuesten Kirchenblatt, in »Gabis Zeitung«, wie er es nennt.

Der Felix hüpft wieder mal mit einem Zweimannzeltkleid der Gabi in der Hand auf der Eckbank herum.

Die Szene erinnert mich groteskerweise an letzten Donnerstag. Komisch, denke ich mir, da ist diese verdammte Hochzeit erst eine Woche her, und mir kommt's schon vor wie eine Ewigkeit. Nur ist Gabis Kleid diesmal schwarz und nicht grün. Außerdem ist sie heute wirklich schlecht gelaunt.

»Felix!«, schreit sie in einem derartigen Befehlston, dass sogar der Vater zusammenfährt. »Gib sofort das Kleid her, wir müssen zu einer Leich.«

Der Felix blickt verunsichert zu mir, und ich schüttle rasch den Kopf. Er versteht sofort und gibt das Zeltkleid kleinlaut seiner Tante.

Vorwurfsvoll blickt der Vater kurz von seinem Kirchenblatt auf. »Deine Erziehung, Raphael. So was hätte es bei mir net gegeben.«

Die Gabi wuchtet sich jetzt vor unser aller Augen in ihrer schwarzen Unterwäsche in den Fetzen. Weil der Felix knapp davor ist loszuheulen, helfe ich dem kleinen Kerl, sein weißes Hemd zuzuknöpfen, und zwinkere ihm dabei aufmunternd zu. Ich selbst bin endlich wieder glatt rasiert, trage wie von der Erni gewünscht eine frisch gewaschene Dienstuniform und komme mir ziemlich blöd darin vor. Als die Gabi den langen seitlichen Reißverschluss hochgezogen hat, muss ich feststellen, dass sie so verpackt richtig gut aussieht. Aber Schwarz macht bekanntlich auch schlank.

»Griaß euch«, steckt der Andi, gefolgt von seinem Bruder Schorsch, seinen Kopf durch die Küchentür. Wie gesagt, unser Haus ist tagsüber nie abgesperrt.

»Sauber, Gabi.« Der Andi pfeift durch die Zähne. »Bist du wieder fesch heut. Da würde ich ja mit dir direkt lieber woanders hingehen als zur Leich vom Riegler.«

Die Gabi lächelt geschmeichelt und strahlt ihn an. Der Andi strahlt zurück, und ich boxe ihm vorsichtshalber in die Rippen. Der soll meine Schwester nicht dauernd anbaggern, der Depp. Drohend halte ich ihm den Zeigefinger vor die Nase, aber er wischt ihn nur lachend weg.

»Bist fit?«, frage ich den Schorsch, der nur den Kopf schüttelt und übertrieben gähnt. Ich weiß, er würde lieber im Bett liegen und schnarchen, und kann ihn verstehen. Auch mich lockt nichts auf das Begräbnis, vor allem nicht, wenn ich an das ganze Getratsche über die Marie und mich denke. Andererseits würde das Getratsche wohl noch zunehmen, wenn ich nicht dort auftauchen würde.

»Auf geht's, Burschen«, befiehlt die Gabi, und wir trotten brav zum Multipla vom Schorsch, der mir heute seinen Schlüssel garantiert nicht geben wird. Wahrscheinlich gibt er ihn mir gar nie mehr.

Wie anscheinend schon üblich kommen wir als Letzte in die Kirche. Alle sitzen bereits auf den Bänken. Ich bin erleichtert, weil die Gabi es diesmal nicht auf die vordersten Plätze abgesehen hat. Schnell quetschen wir uns in eine mittlere Reihe. Als die Renate ein tragisches Stück auf der Orgel spielt, drehe ich mich um und schaue zu ihr hoch. Sie haut in die Tasten wie der Beethoven persönlich. Dann hat der Pepperl auch schon seinen Auftritt, und der Felix beschäftigt sich mit ein paar Fußball-Pickerln, die er in der Jackentasche versteckt gehabt hat. Selbst die Gabi schaut heute großzügig darüber hinweg, Hauptsache, der Bub ist ruhig. Jetzt erst fällt mir auf, dass der Andi sich neben meine Schwester gesetzt hat und sich verdächtig nahe an sie ranwanzt. Mit dem Kerl muss ich wirklich mal ein ernstes Wort reden, denke ich mir.

»Liebe Angehörige. Liebe Gemeinde«, hüstelt der Pepperl

gerade ins Mikrofon. »In dieser Stunde haben wir uns versammelt, um Abschied zu nehmen ...« Bla, bla, bla.

Ich schaue mich unter den Kirchenbesuchern um, während der Pepperl lamentiert. Die Koppelrieder recken neugierig die Hälse, um einen Blick auf die Marie und die Erni zu erhaschen. Als ich es auch versuche, kann ich nichts von den beiden erkennen, weil ich zu weit rechts außen sitze.

Nach einer gefühlten Stunde ist die Messe endlich aus. Während die vier Sargträger nach vorne gehen und sich den Sarg an Stangen auf die Schultern hieven, verlassen die Trauergäste die Kirche, um draußen zu warten.

Wie vereinbart bilden wir Polizisten beim Ausgang gemeinsam mit den freiwilligen Feuerwehrlern ein Spalier. Ich rücke nahe an den Schorsch und hoffe, dass ich neben dem gewaltigen Kerl weniger auffalle.

Langsam tragen die Sargträger den Sarg an uns vorbei in Richtung Friedhof. Die Marie im knielangen schwarzen Dirndl geht direkt dahinter neben der Erni her. Eigentlich müsste ich ja immer noch wütend auf sie sein, weil sie mir so viel verschwiegen hat, aber wie ich sie jetzt so hilflos hinter dem Sarg eines Mannes hergehen sehe, der eigentlich gar nicht ihrer war, gefällt mir das auch nicht.

Wir Polizisten in Uniform folgen dem Trauerzug zusammen mit den Feuerwehrlern als Erste, danach setzt sich auch der Rest der Koppelrieder Trauergemeinde in Bewegung. Am prunkvollen Familiengrab der Rieglers bleiben alle stehen, und ich platziere mich absichtlich wieder hinter dem breiten Schorsch. Man muss den Leuten ja nicht unbedingt noch mehr Angriffsfläche geben als ohnehin schon.

Nachdem der Sarg in die ausgehobene Grube gelassen worden ist, spricht der Pfarrer noch ein paar Segnungsworte und besprengt das Grab und die Trauergäste mit Weihwasser. Dann will die Marie eine kleine Schaufel Erde nachwerfen, und ich fürchte, dass sie gleich vornüber ins Grab kippt. Ihre Hände zittern so, dass sie beinahe die ganze Erde vor der

Grube verschüttet. Auch die Erni wirft eine Schaufel Erde nach, aber ihre Hände zittern nicht ein bisschen. Immerhin wirkt ihr faltiges Gesicht nun doch etwas traurig. Langsam setzt sich die Trauergemeinde in einer Reihe in Bewegung, zuerst die Belegschaft vom Rieglerbräu, und beginnt zu kondolieren. Die Kathi stellt sich ganz hinten an. Auch sie trägt ein schwarzes Dirndl und hat als Einzige verweinte Augen. Als sie vor dem Erdloch steht, wirft sie theatralisch eine langstielige rote Rose hinein, gibt dann der Erni mechanisch die Hand, sagt aber kein Wort. Vor der Marie bleibt sie wie angewurzelt stehen und rührt sich nicht vom Fleck.

Da die Kathi keine Anstalten macht, weiterzugehen, schauen die Leute in der Schlange neugierig nach vorne.

»Beweg dich, du deppertes Mensch«, zischt die Erni so laut, dass sogar ich sie hören kann, und unser Pfarrer zuckt zusammen.

Aber die Kathi bewegt sich nicht, sondern spuckt der Marie direkt vor die Füße. »Ich müsst da stehen! Net du! Sogar deine Hochzeitsnacht hat der Max mit mir verbracht! Jede Nacht war ich im letzten Monat bei ihm! Mich hat er g'liebt, nur mich!« Sie brüllt aus Leibeskräften, damit sie auch noch die letzten Trauergäste ganz hinten hören können. »Du hast meinem Max net nur in der Hochzeitsnacht Hörndl aufg'setzt, sondern ihn auch ins Grab bracht! Du bist schuld an seinem Tod!«

Die Marie steht stocksteif wie eine Pappfigur da.

Und bevor ich mir noch irgendwie überlegen kann, ob und wie ich jetzt reagieren soll, packt die Gabi die Kathi schon höchst unsanft am Arm und zerrt sie unbarmherzig vom Grab weg. Ich grinse. Auf meine Schwester ist immer Verlass.

Trotzdem reden die Trauergäste jetzt wie wild durcheinander, und der Pepperl schaut nervös von der Marie zur Erni und von der Erni zur Eidenpichler Hedi, die die Nächste in der Reihe zum Kondolieren ist. »Tuts schon weiter«, zischt er und schiebt die Eidenpichlerin an ihrem dicken Hintern nach vorne zur Marie.

Die Hedi gibt ihr die Hand, sagt laut und deutlich: »Mein Beileid«, und damit nimmt alles tatsächlich wieder seinen geordneten Lauf, und die Leute rücken nach, um ihr Beileid zu bezeugen.

Mir reicht's fürs Erste. Außerdem kann ich mir nicht vorstellen, dass die Marie viel Wert darauf legt, dass ich ihr am Grab vom Max auch noch kondoliere. Also schnappe ich mir unauffällig meinen Buben und verlasse den Friedhof.

Am Friedhofstor wartet schon die Gabi, und ihr voluminöser Brustkorb hebt und senkt sich aufgeregt. »Ich hab's verjagt, das depperte Mensch. Und der Franziska hab ich angeschafft, dass sie sie sofort heimbringt und heute ja nimmer ins Rieglerbräu zum Arbeiten lässt. Die wird sich nicht mehr so rasch blicken lassen, darauf kannst Gift nehmen.«

Ich nicke. Das glaube ich der Gabi aufs Wort. Da trabt schon der Andi gemeinsam mit dem Gerhard und seiner Frau heran.

»Kimmts weiter, lassts uns gleich ins Wirtshaus naufgehen«, sagt der Braumeister im breitesten bayrischen Dialekt. »Wir haben uns jetzt oa Schnapserl verdient. Oder zwoa.«

Erleichtert ziehen alle von dannen in Richtung Rieglerbräu. Ich mache davor noch einen Abstecher nach Hause, um mich der auffälligen Uniform zu entledigen. Ich muss es ja nicht übertreiben und sollte im Wirtshaus besser unauffällig bleiben.

Die Marie scheint mit ihren Kräften am Ende zu sein. Schon seit ungefähr einer Stunde taucht sie den Löffel in die Rindsuppe, aber der Teller wird einfach nicht leer. Das Rieglerbräu ist zum Bersten voll. Der Lärmpegel ist extrem hoch, es wird gescherzt, gelacht, und das Freibier fließt in Strömen. Es ist ja alles gratis. Anfänglich waren die Gäste noch etwas verhalten, die Szene, die die Kathi am Grab hingelegt hat, hat die Leute wohl auf noch mehr Action hoffen lassen. Aber da die Kathi dank der Gabi bis jetzt nicht wiederaufgetaucht ist, ist die

Spannung abgeflaut, und die Koppelrieder haben sich der Unterhaltung zugewendet.

Von meinem Platz am Stammtisch habe ich einen guten Überblick. Die Uniform trage ich nicht mehr, und strategisch ist es sicherlich besser, nicht unbedingt in Maries Nähe gesehen zu werden.

»Griaß di, Aigner.« Der Eidenpichler taucht vor mir auf und haut mir lachend auf die Schulter. »Ich muss mich bei dir bedanken. Das Boxspringbett E711 ist der Renner, sag ich dir. Geht weg wie warme Semmeln, siebzehn Bestellungen hab ich schon für das schiache Dings!«

Zu meinem Glück erwartet er keine Antwort, sondern zieht gleich weiter zu seinem Freund, dem Fleischhauer Heininger, der sich lautstark mit den Männern vom Gesangsverein an der Schank unterhält. Geistesabwesend winke ich ihm noch nach und konzentriere mich dann wieder auf das Geschehen rund um die Marie im großen Saal. Die Erni hält sich bestens. Mittlerweile hab ich einen Mordsrespekt vor der kleinen Frau. Sie hat ihre Rindsuppe und eine beachtliche Portion Rindfleisch mit Semmelkren mit großem Appetit verspeist und dabei auch noch die Leute am ganzen Tisch unterhalten. Die allgemeine Stimmung ist gut, nahezu so gut wie auf der Hochzeit vor einer Woche, wenn nicht sogar etwas beschwingter. Nur die Musik fehlt, denke ich mir.

Die Marie ist das genaue Gegenteil zur Erni. Abwesend und blass lächelt sie mal nach links zu ihr oder nach rechts zum Bürgermeister und seiner Frau. An der Unterhaltung beteiligt sie sich kaum. Sie wirkt müde und abgekämpft, und wenn sich unsere Blicke treffen, schaut sie schnell weg.

Zusammen mit dem Andi sitze ich am Tisch, der normalerweise ausschließlich für den Postler Alois reserviert ist, der schweigsam neben uns sein wahrscheinlich achtes Bier trinkt. Auch zwei große Portionen Rindfleisch hat er schon verdrückt. Wie die anderen Gäste freut er sich, dass heute alles umsonst ist. Dabei schweigt er, was uns aber nicht im Geringsten stört. Meine Leute haben sich, wie ich jetzt in Zivil, ins Gewühl geworfen. Später werde ich mich dann informieren, was sie so an Klatsch und Tratsch über die Marie, die Kathi und die Erni aufgeschnappt haben. Nur der Schorsch, als Einziger noch in Uniform, hockt neben seiner Mutter und starrt in sein Bier.

»Papa, ich hab mir die Hosen zerrissen.« Plötzlich steht der Felix vor mir. Sein weißes Hemd ist ziemlich dreckig und hängt aus der Hose. Die beiden Söhne von meinem Kollegen Heinz stehen neben ihm. Felix' einzige schwarze Stoffhose hat über dem rechten Knie einen langen Riss, die Haut darunter ist ein bisserl aufgeschürft.

»Tut's weh, Felix?«, frage ich vorsichtshalber.

»Aber nein, ich bin doch bloß auf den Kieseln ausgerutscht, Papa. Ich wollte dir nur sagen, dass die Hose kaputt ist, weil ich Angst hab, dass die Tante Gabi nachher wieder schimpft.«

»Ich klär das mit der Gabi, Ehrensache.«

»Ein Indianer kennt keinen Schmerz, was?« Der Andi streckt den Buben einen Zehneuroschein hin. »Holts euch ein Eis, das ist die beste Medizin.«

Vergnügt flitzen die drei mit dem Geldschein davon.

»Es ist net gut für die Gschrappen, wenn man denen das Geld so oafach in den Arsch reinschiebt«, meldet sich der bisher stumme Alois zu Wort.

»Und was geht dich das an, Gruber?«, schnauzt der Andi genervt zurück.

»Schauts euch nur den Riegler-Buben an. Alles hat sein Vater ihm in den Arsch g'schoben. Und was ist dabei rauskommen? Nix! Meiner Frau und meiner Tochter hab i immer zeigt, was es hoaßt, wenn man im Leben nix g'schenkt kriegt.«

»Ganz bestimmt. Drum will nicht mal mehr deine Tochter was von dir wissen. In Koppelried haben wir die seit Ewigkeiten nicht mehr gesehen«, sagt der Andi schon etwas böse.

Ich selbst kann mich gar nicht mehr an Frau und Tochter

vom Alois erinnern, weit über zwanzig Jahre ist die Scheidung schon her.

»Du hast doch von nix eine Ahnung. Nix als pudern im Hirn.« Beleidigt trinkt der Alois sein Bier in einem Zug aus. »Rechtschaffene Leut gibt's koa mehr, alles nur falsche Schlangen.« Er knallt seinen leeren Bierkrug auf den Tisch. »Und die da, die ist die falscheste Schlange überhaupt.« Verbittert deutet er zu der Marie hinüber, steht schwerfällig auf und wankt Richtung Ausgang.

»So ein alter Depp«, grinst der Andi, wird dann aber wieder ernst. »Meine Mutter hat erzählt, dass der Alois seine Frau aus Eifersucht oft windelweich geschlagen hat, bis sie ihn endlich mit dem Kleinkind verlassen hat.« Er stoppt die vorbeieilende Franziska, nimmt ihr zwei Bier vom Tablett und schaut mich fragend an. »Was ist, Aigner, bist du etwa im Dienst? Du hast dein erstes Bier noch nicht mal ausgetrunken, ist sicher schon lauwarm.« Mein Freund legt die Stirn in Falten. »Die Marie schaut wirklich schlecht aus. Ich hoff, die steht's heut bis zum bitteren Ende durch.«

Da taucht die Gerti auf und lässt sich auf die Bank neben den Andi plumpsen.

»Na, Gerti, wieder a bisserl zugenommen?« Der Andi schnalzt mit der Zunge.

Sie schaut meinen Freund schief an, bevor sie ihn mit einer eindeutigen Handbewegung verjagt. »Chef, ich muss dir was erzählen.«

»Passt schon, ich muss eh mein Bier wegtragen und mich dann wieder um die Gabi kümmern.« Als ich darauf nicht reagiere, macht sich der Andi grinsend aus dem Staub.

Weil wegen der geschlossenen Gesellschaft in der Schank geraucht werden darf, zündet sich die Gerti genüsslich eine Zigarette an. »Also, der Hermann vom FC hat mir erzählt, dass der Max vor etwa drei Wochen wie aus heiterem Himmel mit ihm um zwoahundert Euro g'wettet hat, dass er die Marie heiraten würd. Die vom FC waren ganz baff. Außerdem hat der Max geprahlt, dass er sich sogar offiziell zwoa Weiber halten können tät. Die Kathi fürs Bett und die andere vorerst mal fürs Gschäft. Wobei der Max das ›vorerst‹ betont und g'meint hätt, das Beste sollt man sich immer für den Schluss aufheben.«

Mir wird etwas flau im Magen. Ich nehme einen kräftigen Schluck von meinem lauwarmen Bier und nicke der Gerti aufmunternd zu.

»Und noch was hab ich g'hört. Die Leut sagen, die alte Steinhauserin wär grad zur rechten Zeit für die Marie g'storben, wegen den Schulden.« Betreten blickt sie in den Aschenbecher, während hinter uns an der Bar ein paar Koppelrieder fröhlich ein Lied anstimmen.

»So ein Schwachsinn.« Da kann ich nur lachen. »Ich hab mir vom Michel schon den Totenbeschauschein vom Standesamt besorgen lassen. Die Irmgard ist an einem Schlaganfall gestorben. Wäre irgendwas an deren Tod nicht in Ordnung gewesen, hätte uns der Hopfner doch informiert.« Unser Gemeindearzt ist zwar schon recht betagt, aber gerade deshalb ein erfahrener Mediziner.

»Das weiß ich auch«, meint die Gerti beleidigt. »Ich wollte dir bloß erzählen, was die Leut so reden. Zum Beispiel auch, dass die Marie erst wieder zum Begräbnis von der Irmgard hier im Ort auftaucht ist, vorher hat sie sich da jahrelang net blicken lassen.«

»Aha, und wie soll sie dann die Steinhauserin ermordet haben? Durch Voodoo vielleicht?«

Auch die Gerti muss jetzt lachen. »Stell dir vor, Chef, manche Leut sagen tatsächlich, die Marie hätt die Steinhauserin verhext, sie verflucht.«

»Was nicht strafbar ist, soweit ich weiß.«

Just in diesem Moment geht die Marie betont langsam an uns vorbei in Richtung Personaltür, die in den Innenhof führt, und schaut mir dabei doch tatsächlich lange in die Augen.

»Die hat dich grad eben voll fixiert, Chef.« Die Gerti boxt

mir sanft in die Seite. »Jetzt geh ihr schon nach, merkt doch da eh keiner.«

Also überlege ich nicht lange, aber entdecke die Marie im Innenhof nicht gleich, weil sie sich in der Garage auf eins der leeren metallenen Bierfässer an der Rückwand gesetzt hat. Sie hat ihre Schuhe ausgezogen und massiert sich die Füße. Und ich muss leider wieder völlig unpassenderweise feststellen, dass die Marie sehr hübsche Beine hat.

»Ich hab's drinnen einfach nicht mehr ausgehalten.« Sie lächelt mir zaghaft zu.

Ich rolle mir ein leeres Fass heran, hocke mich neben sie und versuche, einen möglichst strengen Blick aufzusetzen. »So geht das nicht weiter, Marie. Offensichtlich lügst du uns schon eine geraume Zeit an. Damit machst du dir nur Probleme, das sollte dir endlich klar werden.«

»Wirklich?« Sie wickelt eine lange Haarsträhne, die sie sich aus dem Zopf gezupft hat, um ihren Finger. Dann nimmt sie ihren Fuß vom Fass und schlüpft zurück in die unbequemen Schuhe. »Ich habe den Max nicht umgebracht, Raphi. Und wenn's nach mir gegangen wäre, hätte ich auch dieses vermaledeite Erbe nicht angetreten.«

Kurz will sie ihre Hand auf meinen Arm legen, besinnt sich aber und zieht sie rasch zurück. »Ich hatte tatsächlich ein schlechtes Gewissen wegen unserem … du weißt schon. Aber jetzt hat die Kathi ja öffentlich kundgetan, dass der Max seinerseits auch gemacht hat, was er will. Und zwar wie wir am Tag unserer wunderbaren und einzigartigen Hochzeit. Damit bin ich also quitt mit ihm«, meint sie verbittert und streicht gedankenverloren über ihre Schürze.

Ich rutsche auch vom Fass und fasse sie am Arm. »Marie, es hilft nix«, sage ich mürrisch. »Du musst morgen früh pünktlich um zehn Uhr zur Vernehmung auf der Inspektion erscheinen.«

Sie nimmt meine Hand von ihrem Arm. »Ja, und?«

Die Frau treibt mich noch in den Wahnsinn! »Was heißt

hier: ja und? Der Hansl hat für dich gelogen. Du warst nicht kurz nach Mitternacht zu Hause, sondern bist völlig lädiert kurz nach zwei gesehen worden.«

»Du hast recht, und es gibt noch einiges mehr, das du nicht weißt. Kommst du zu mir, wenn das Theater hier vorbei ist? Dann werde ich dir alles in Ruhe erzählen. Bitte.«

Da ich ihr keine Antwort gebe, steht sie kurz unschlüssig da, bevor sie langsam zurück ins Wirtshaus geht. Ich folge ihr nicht. Sie am Abend zu besuchen ist wahrscheinlich die schlechteste aller Ideen überhaupt, denke ich mir. Der Buchinger wird mich umbringen.

»Papa, das Begräbnis war sooo schön«, schwärmt der Felix und rennt mich fast um.

Ich steige aus der Dusche, weil ich vorhin noch eine Runde laufen war. »Stopp, Felix. Ich bin noch nicht mal abgetrocknet.«

»Der Spielplatz neben dem Wirtshaus ist so geil!«, schreit er. »Geil« ist neu in seinem Wortschatz.

Ich hebe erstaunt die Augenbrauen. »Aha, geil. Na, das klingt ja nicht schlecht.«

»Und mein Knie tut auch gar nicht mehr weh.« Zum Beweis schlägt er sich mit seiner Faust aufs Knie und verzieht sofort schmerzverzerrt das Gesicht.

»Die Tante Gabi hat mir eine Salbe draufgeschmiert. Sie meint, morgen ist alles wieder gut. Auf dem Spielplatz gibt's jetzt auch eine ganz neue Gorilla-Rutsche, da setzt man sich auf so eine Scheibe und rutscht von einem Hügel zum anderen.« Kurz stutze ich, dann dämmert mir, dass der Felix die Guerilla-Rutsche meint. »Der Leon hat dem Matthias und mir gezeigt, wie's geht. Der Leon ist so cool, kann ich bitte auch einen größeren Bruder haben? Bitte!« Der Felix ist total überdreht.

Inzwischen abgetrocknet und in Shorts hebe ich ihn hoch. »Tja, mein Sohn, leider muss ich dir sagen, dass dieser Zug abgefahren ist.« Auf welche Ideen der kleine Kerl nur immer wieder kommt.

»Dann wenigstens einen kleinen Bruder?« Er legt seine Arme um meinen Hals und schmiegt sich an mich, deutliche Anzeichen dafür, dass es wohl auch für ihn ein anstrengender Tag war.

»Aber, Felix«, lächle ich ihn an, »wir brauchen keinen Bruder mehr, wir sind doch schon vollzählig. Du, die Gabi und ich.«

»Genau, rede ihm diesen Schwachsinn auch noch ein.« Wie auf Kommando steht meine Schwester in meinem Badezimmer. Manchmal würde ich mir in meiner Wohnung schon etwas mehr Privatsphäre wünschen, wenigstens im Bad.

Sie nimmt mir den Felix ab, der mir noch rasch ein Busserl auf die Wange drückt. »Hast dich wieder mal einfach verdrückt, Bruderherz.« Die Gabi rümpft ihre Nase. »Bei uns hier verabschiedet man sich eigentlich von den Hinterbliebenen auf einem Begräbnis.«

»Aber wenn er den Max doch nicht gemocht hat?«, legt sich mein Bub für mich ins Zeug.

Die Gabi setzt den Felix auf den Boden ab und wedelt mit erhobenem Zeigefinger vor seiner Nase herum. »So spricht man nicht über einen Verstorbenen.«

Übermütig stampft der Bub mit dem Fuß auf. »Wenn's aber doch wahr ist. Ich fand ihn auch nicht nett. Immer hat der uns vom Spielplatz verjagt und dabei ganz arge Wörter geschrien. Das tut man auch nicht.«

Ich grinse meine Schwester an. »Tja, Gabi, was sagst du jetzt?«

»Ihr Mannsbilder, ihr. Der Felix muss in einer Viertelstunde im Bett sein.« Sie dreht uns ihr voluminöses Hinterteil zu und verschwindet nach oben in ihre Wohnung.

»Krieg ich noch einen Kakao?«, strahlt mich mein Bub an.

»Sicher doch, wir genehmigen uns jetzt beide einen.«

Kurze Zeit später stehe ich unschlüssig vor Maries Haus. Was mache ich Idiot da eigentlich?, frage ich mich.

Weil die Haustür nicht versperrt ist, nehme ich zwei Treppenstufen auf einmal und betrete durch die geöffnete breite Glastür ihre dunkle Wohnung. Nur eine kleine, dicke Kerze flackert auf dem großen Tisch.

Daneben steht die Marie, immer noch im schwarzen Dirndl. Mit bloßen Füßen und offenem Haar schaut sie aus dem geöffneten Fenster in den kleinen Innenhof. In der rechten Hand hält sie ein bauchiges Rotweinglas. »Da unten hat sie mich immer stehen lassen, das war mein ganz persönlicher Kasernenhof«, sagt sie, dreht sich aber nicht in meine Richtung. »Ich durfte mich nicht bewegen. Zuerst nur, wenn es in der Schule mal keine Eins gab, dann wegen einer falsch zugeknöpften Jacke, wegen einem nachlässig geflochtenen Zopf oder weil ich mit anderen Kindern gespielt hab. Nichts hat ihr gepasst, gar nichts.«

Sie nippt an ihrem Wein. »Von hier aus hat sie kontrolliert, dass ich mich auch nicht bewege. Und wehe, ich habe versucht, mich hinzuhocken, weil ich nicht mehr hab stehen können, dann hat sie die Strafe verlängert.« Die Marie klingt bitter, während sie immer noch durch das Fenster in die Nacht starrt.

»Das hab ich nicht gewusst«, ist alles, was ich sagen kann. Allerdings ist mir die alte Steinhauserin schon als kleiner Bub höchst suspekt gewesen.

Versonnen streicht sich die Marie mit der linken Hand die langen Haare hinters Ohr. »Sie hat uns beide schikaniert, den Hansl-Onkel und mich. Wo sie nur konnte. Er hatte genauso eine Heidenangst vor ihr wie ich.«

Endlich dreht sie sich kurz zu mir um und lächelt. »Ich bin unhöflich. Willst du auch ein Glas?«

Ich schüttle den Kopf.

»Dreizehn Hefte hat sie vollgeschrieben, jeden Cent, den sie geglaubt hat, für mich auszugeben, hat sie darin notiert. Jedes Gramm Butter hat sie in Geld umgerechnet, jedes Gramm Seife. Später hab ich ihr alles zurückbezahlt, auf Heller und Pfennig.«

»Aber warum hast du nie jemandem davon erzählt? Man hätte dir doch helfen können.«

Die Marie dreht sich wieder zu mir und schenkt mir einen mitleidigen Blick. »Mein Gott, Raphi, ich war sechs Jahre alt, als ich hergekommen bin. Wenn ich den Hansl-Onkel nicht gehabt hätte, hätte ich die Jahre bis zur Matura kaum durchgestanden. Und wer hätte mir geglaubt? Sie hat mich nie geschlagen, sie war viel niederträchtiger.« Sie seufzt tief. »Gegen die ist niemand angekommen. Auch meinem armen Onkel hat sie das Leben schwer gemacht.«

Ich kann einfach nicht anders, ich muss die Marie in die Arme nehmen. Sie presst sich eng an mich. Ihr Haar duftet unglaublich gut, und ich spüre, wie ihr fester Busen sich beim Atmen an meiner Brust hebt und senkt. Dann ziehe ich am Rücken von ihrem Dirndl den Reißverschluss auf.

Ich liege auf ihrer weißen Couch, die Kerze auf dem Tisch flackert immer noch. In meinem rechten Arm halte ich die Marie, während ich mit der linken Hand mit ihrem Haar spiele. Im Gegensatz zu letztem Donnerstag kann ich mich an alles, was passiert ist, sehr gut erinnern. An jede Einzelheit. Mit der linken Hand streiche ich langsam über ihren Busen und hinunter zu ihrem flachen Bauch.

»Mir ist total egal, was morgen passiert, Raphi.« Sie dreht den Kopf, um mich anzusehen. »Vollkommen egal«, wiederholt sie noch mal, als müsste sie sich das Gesagte selbst bestätigen.

Auch ich habe keine Ahnung, wie das hier weitergehen soll, und ich will auch gar nicht darüber nachdenken. Im Moment will ich nichts hören über den Max und den Mord und das Geld. Es interessiert mich überhaupt nicht. Die Marie atmet ruhig und entspannt, ich kann sehen, wie sich ihre Brust hebt und senkt. Langsam küsse ich sie von der Stirn bis hinunter zum Kinn.

Plötzlich setzt sie sich auf. »Wir müssen reden, Raphi, bitte. Ich muss dir endlich alles erzählen, die ganze Wahrheit.«

Ihren unglaublichen Busen direkt vor meinen Augen ziehe ich sie wieder zu mir herunter. Ich will einfach nur dort weitermachen, wo wir beide vorhin aufgehört haben.

»Später«, höre ich mich sagen, »reden können wir später immer noch.«

Freitag

Weil mein Rücken arg schmerzt, recke und strecke ich mich. Auch mein Nacken ist komplett steif. Verflucht noch mal, kein Wunder, ich liege ja immer noch auf der unbequemen Couch.

Und die Marie? Neben mir greife ich ins Leere, höre aber dann in einem anderen Zimmer Wasser rauschen. Schwerfällig erhebe ich mich.

Oje, dämmert es mir da, was habe ich nur schon wieder angestellt! Wie erkläre ich das dem Buchinger? Und, noch schlimmer: Wie soll ich gleich die Marie vernehmen? Das hast du mal wieder gewaltig versaut, Aigner!, schimpfe ich mich selbst. Die Uhr an der Wand zeigt schon neun. Verdammt, auch das noch, sicher kreuzt der Buchinger gleich auf der Inspektion auf. Etwas umständlich schlüpfe ich in meine Jeans und gehe zur Marie ins Badezimmer.

»Du bist schon wach?«, steckt sie ihren Kopf fröhlich aus der Dusche.

Wenn ich sie so ansehe, würde ich mich am liebsten zu ihr gesellen. »Tut mir leid, Marie«, sage ich stattdessen. »Um halb zehn kommt der Buchinger aus der Stadt.«

Sie steigt aus der Dusche und wickelt sich in ein großes weißes Badetuch.

»Tut mir leid, dass ich dich nicht geweckt habe. Aber du hast so gut geschlafen.« Etwas zerknirscht lächelt sie mich an. Dann atmet sie tief durch und greift angespannt nach meiner Hand. »Aber bevor du gehst, sollten wir unbedingt noch reden. Das duldet keinen Aufschub mehr, bitte.«

Etwas unangenehm berührt befreie ich mich aus ihrem Griff. »Wir werden reden, Marie. Aber verstehst du auch, dass das heute Nacht ... Ich meine, das war nicht eben klug von mir. Du kannst dir sicher vorstellen, dass man bei Ermittlungen nicht einfach so mit der Hauptverdächtigen ...«

»Ich erzähle es schon niemandem.« Sie lächelt gequält, dreht sich um und geht durch die offene Tür in ihr Schlafzimmer.

Als ich ihr endlich folge, hat sie schon eine Jeans an und zieht sich ein T-Shirt über den hitverdächtigen schwarzen BH.

»Krieg das jetzt bitte nicht in den falschen Hals, das war schon gut … sehr gut sogar … nur der Zeitpunkt …«, stammle ich und will nur mehr weg.

»Verschwinde.« Ihre Stimme klingt immer noch freundlich. »Ich werde wie gewünscht um zehn Uhr auf der Inspektion sein und euch alles erzählen.«

Ich atme erleichtert auf und bin echt froh, dass sie es mir so einfach macht. »Das ist eine gute Idee, Marie. Dann hast du es ein für alle Mal hinter dir.« Hoffentlich, denke ich mir. »Und du weißt ja, ich bin einfach überhaupt nicht der Typ für eine Beziehung, es tut mir leid.« Ich versuche noch, sie unverbindlich auf die Wange zu küssen, aber sie dreht rasch den Kopf weg, sodass ich zusehe, dass ich schleunigst verschwinde.

Wie ich draußen bin, beginne ich zu laufen, damit ich es noch vor neun Uhr dreißig auf die Inspektion schaffe, komme aber trotzdem zehn Minuten zu spät.

Die Gerti sitzt an ihrem Schreibtisch und tippt auf der Tastatur herum. »Morgen, Chef, verschlafen? Frischer Kaffee ist in der Kanne, und die Stodinger sind auch schon da. Sitzen wie üblich in deinem Büro.« Dann haut sie auch schon wieder auf ihrer Tastatur rum.

Als ich eintrete, hat es sich der Buchinger wie schon letztens in meinem Chefsessel gemütlich gemacht. Die Rita steht neben ihm, und gemeinsam beugen sie sich über ein Blatt Papier.

»Na, ist der Herr Aigner auch schon da? Hast deine Uniform vergessen oder dich schon wieder an das Leben als Kriminalbeamter gewöhnt?« Mein Exkollege hebt seine Augenbrauen. »Stell dir vor, der finale Bericht von der Kriminaltechnik ist da. Die haben verwertbare Haarpartikel gefunden. Blond.«

»Jetzt kommt Schwung in die Sache«, freut sich die Rita und hält mir das Papier unter die Nase. »Die Moser Kathi und die Riegler Marie sind beide blond, was jetzt, wie man's nimmt, gut oder schlecht für dich ist.« Sie ist geradezu unerträglich gut gelaunt. »Da werden wir von beiden Damen wohl eine Haarprobe nehmen müssen.«

Ich kämpfe mit mir, ob ich dem Buchinger meinen Fehltritt nicht doch beichten soll. Dann beschließe ich feige, die beiden vorerst nur anzugrinsen. Und werde aus meinem Dilemma erlöst, weil aus dem Wachzimmer nebenan ein ordentlicher Radau ertönt.

Kurz darauf steckt der Rainer seinen Kopf durch die Tür. »'tschuldigung, Chef. Aber da ist ein Irrer, der schreit herum, er müsse unbedingt eine Aussage machen.«

Flugs gehe ich hinaus ins Wachzimmer, wo die Sandra völlig ungerührt mit verschränkten Armen an ihrem Schreibtisch sitzt und die Gerti wie ein aufgeschrecktes Huhn hin und her rennt.

Mittendrin steht der alte Alois, der ehemalige Postler. »Ja, Teufel noch mal, ist denn da bei euch niemand zuständig? Wo sind die Beamten? Wollts ihr denn keinen Mord aufklären?«

»Beruhig dich, Gruber«, fauche ich den Alten an und stöhne innerlich auf. Der hat mir gerade noch gefehlt. »Und dann komm mit in mein Büro.«

Der groß gewachsene Alois trabt langsam hinter mir her und bleibt skeptisch in der Tür stehen, als er den Buchinger und die Rita in meinem Büro entdeckt.

»Chefinspektor Buchinger und Bezirksinspektor Ratinger vom LKA Salzburg«, brummt mein Exkollege, und er und die Rita halten automatisch ihren Dienstausweis in die Höhe.

Der Alois platziert seine lange Gestalt ungelenk auf dem Stuhl vor meinem Schreibtisch.

»Welche Aussage willst jetzt machen?«, frage ich ihn.

Der Alois verschränkt seine Arme. »Dir sag i nix, du steckst mit denen allen ja unter einer Decke.«

Ich beuge mich nah zu ihm hin. »Hör zu. Du sagst mir jetzt, was du weißt, oder du hast gleich einen Batzen Ärger am Hals.«

Plötzlich spüre ich, wie mich der Buchinger zur Seite schiebt. »Lass mich das mal machen«, zischt er mir ins Ohr.

Sauer stelle ich mich mit verschränkten Armen neben den Alten, der eingeschüchtert zum Buchinger blickt, der bereits wieder auf meinem Chefsessel Platz genommen hat.

»Aigner!«, ermahnt mich mein Exkollege genervt und deutet mit dem Finger zum Fenster. Also setze ich mich aufs Fensterbrett und verlege mich darauf, den Alois von da aus finster zu fixieren.

»Darf ich Ihre Aussage mit dem Tonbandgerät aufnehmen? Die Frau Gerti tippt das dann später ab.« Der Buchinger lächelt dem Alois zu und kramt ergebnislos in einer Schreibtischschublade.

Ich rutsche vom Fensterbrett, ziehe das Aufnahmegerät mit einem Handgriff aus dem untersten Schubfach und drücke auf »Aufnahme«. Dann setze ich mich brav zurück auf meinen zugewiesenen Platz am Fenster.

»Also, Herr …? Wenn Sie bitte Ihren Namen und die Adresse sagen würden.« Der Buchinger lächelt dem Alois freundlich aufmunternd zu, nachdem er ihn professionell über seine Rechte als Zeuge aufgeklärt hat.

»Gruber, Gruber Alois hoaß i und wohn da beim Herrn Pfarrer im Parterre, Hauptplatz 7a.«

»Herr Gruber, wir müssen Sie noch darüber aufklären, dass Sie das, was Sie hier aussagen, gegebenenfalls vor Gericht wiederholen müssen«, mischt sich die Rita ein.

»Stodinger, hab i recht? Ihr zwoa seids aus der Stadt?«

Der Buchinger und die Rita nicken gleichzeitig.

»Dann seids hoffentlich anders als der Aigner, der hat ja

nur mehr die Steinhauserin im Schädel, wie's ausschaut. Also, die neue Rieglerin.«

»Ihre Aussage, Herr Gruber«, erinnert ihn der Buchinger mit einem warnenden Seitenblick in meine Richtung.

»I wollt ja eigentlich sofort kommen, aber dann hab i Mitleid mit der Frau Erni g'habt, das ist ja wenigstens noch eine anständige Frau. Aber jetzt kann i nimmer schweigen.«

»Ihre Aussage, Herr Gruber.« Schön langsam wird mein Exkollege ungeduldig.

»Also, letzten Samstag bin i wie immer im Wirtshaus g'sessen und hab eine Gulaschsuppe gessen und ein Bier trunken. Der Wirt hat mir dann noch ein zweites Krügel bracht. Der guate Riegler hat mir ja oft das eine oder andere Bier aufs Haus spendiert. Aber jetzt, wo die Frau da ist, jetzt wollen die auf einmal von mir Geld, sonst krieg i dort nix mehr, haben s' g'sagt. Dabei muss i mir alles vom Mund absparen, wegen meiner damischen Ex ist mir nix blieben, und i hab nur a kloane Pension.«

»Was haben Sie am Samstag beobachtet, Herr Gruber?«, versucht der Buchinger, den Alois wieder auf die richtige Bahn zu bringen.

»I bin also wie immer am Stammtisch g'sessen. Wir sind erst spät vom Wallfahren aus Maria Plain hoamkommen, deswegen hab i so spät noch gessen. Es war schon nach Mitternacht, als i zahlen wollt, aber der Riegler hat abg'winkt. Hat g'sagt, das geht aufs Haus. Und wie i grad aufstehen wollt, ist auf einmal die Steinhauser Marie bei der Wirtshaustür hereinkommen, also, dem Riegler seine Frau. Mich hat s' zuerst g'schreckt, weil die in dem Licht ausg'schaut hat wie ein Engel, mit dem weißen Kleid und dem blonden Haar.«

»Weiter«, sagt der Buchinger.

»Der Riegler war komplett verdattert und hat sie nur blöd ang'starrt. Sie wollt mit ihm reden, aber er hat sie ang'schrien, dass sie sich sofort schleichen soll, wenn s' net will, dass ihr was passiert. Aber sie hat nicht auf ihn hören wollen, wie s' halt so sind, die Weiber. Da hat der seinen Bierkrug genommen, den mit seinem Namen drauf, hat die Tür zum Braukeller aufg'sperrt und sie net grad sanft nach unten g'stessen. Dann hat er die Tür hinter sich zug'macht, und das war's. I bin dann hoam, weil es eh schon so spät war.«

Oh weh, denke ich mir. Dann war es doch die Marie, die den Max erschlagen hat. Mit dem verschwundenen Bierkrug vom Riegler.

Die Rita spitzt die Lippen und taxiert mich verstohlen von der Seite. Auch der Buchinger mustert mich mit gerunzelter Stirn, bevor er sich wieder dem Alois zuwendet. »Hat Sie die Frau Riegler nicht bemerkt?«

Der Alte schüttelt den Kopf. »Na, glaub i net. Vom Eingang her kann man den Stammtisch net wirklich sehen, weil der im Eck steht. Aber umgekehrt sieht man schon zur Tür. Das müsst der Aigner eh wissen.«

Widerstrebend nicke ich, denn der Alois hat recht.

»Vielen Dank, Herr Gruber. Meine Kollegin bringt Sie jetzt raus zur Frau Gerti, die Ihre Aussage abtippen wird.« Freundlich gibt er dem Alten die Hand und drückt der Rita das Tonband in die Hand.

Der Alois steht auf. »Jaja, die Weiberleut«, grinst er mich hämisch an. »Auf die war noch nie Verlass.«

Die Rita atmet sichtbar einmal tief durch, dann schiebt sie den alten Postler unsanft ins Wachzimmer.

Wie auf Kommando steckt im nächsten Moment die Gerti ihren Kopf durch die Tür. »Chef, die Marie ist schon seit zehn Minuten da und wartet im Besprechungszimmer. Soll ich sie reinbringen?«

»Geben Sie uns noch fünfzehn Minuten, Frau Gerti«, antwortet der Buchinger an meiner statt und fragt dann telefonisch beim Staatsanwalt wegen einer umgehenden Hausdurchsuchung bei der Marie an. Als das erledigt ist, setzt er sich neben mich auf das Fensterbrett. »Wir werden sie in die Mangel nehmen müssen, Raphi. Bist du trotzdem dabei?«

Mein schlechtes Gewissen erdrückt mich fast. »Ich muss dir was sagen.«

»Bitte nicht, Aigner. Ich will es gar nicht wissen.« Er lässt einen tiefen Seufzer entweichen.

»Doch«, beharre ich. »Und zwar, dass ich die ganze letzte Nacht bei ihr war.«

Der Buchinger springt auf und brüllt mich so an, dass sein Gesicht rot anläuft. »Du Vollidiot! Vorgestern sag ich dir noch, du sollst dich von ihr fernhalten, und was macht der Aigner? Pfeift drauf und hüpft schnurstracks ins Bett unserer Tatverdächtigen! Wahrscheinlich unserer Mörderin! Du Hornochse!«

Mein Exkollege stellt sich in seiner ganzen beindruckenden Breite vor mich und hält mir drohend seinen Zeigefinger vor die Nase. Seine fleischigen Lippen beben, während er versucht, wieder etwas leiser zu sprechen. »Nur ich und die Rita werden gleich mit der Marie reden, verstanden? Ein Mucks und ich schmeiß dich höchstpersönlich hochkant aus deinem eigenen Büro raus.«

»Aber das kannst du nicht machen«, protestiere ich.

»Natürlich kann ich das. Und du kannst froh sein, wenn ich dich überhaupt noch zuhören lasse. Normalerweise müsste ich die Marie in Salzburg verhören. Sei also dankbar, dass ich mich um den Fall kümmere und nicht ein anderer Kollege, sonst hättest du jetzt ein Disziplinarverfahren am Hals.«

Die Marie blickt uns ruhig an. Das Tonband läuft bereits. Vorher hat der Buchinger noch wortlos einen Stuhl mit Schwung nach rechts zum Fenster geschoben. Mein unfreiwilliger Logenplatz, auf dem ich sitzen und schweigen darf.

Jetzt habe ich das eine Bein über das andere geschlagen und starre die Marie an. Sie hat auf einen angebotenen Rechtsbeistand verzichtet.

Der Buchinger räuspert sich. »Frau Riegler, wir haben Sie hergebeten, weil Sie durch mehrere Zeugenaussagen belastet werden und dringend tatverdächtig sind.«

Ich weiche feige dem fragenden Blick der Marie aus.

»Erzählen Sie uns bitte, was passiert ist. Am besten beginnen Sie mit Ihrer Hochzeit vor einigen Tagen«, sagt der Buchinger freundlich lächelnd. »Und vergessen Sie nicht, dass wir bereits über vieles im Bilde sind: über die Schulden Ihrer Salzburger Agentur, das beträchtliche Erbe Ihrer Tante, die vor allen geheim gehaltene Schwarzarbeit für den Herrn Riegler, die fürstliche Entlohnung, das Darlehen und das Sparbuch Ihres Onkels. Den recht unvorteilhaften Ehevertrag nicht zu vergessen.«

Die Marie schluckt und nimmt einen Schluck Wasser aus dem Glas vor ihr. Ihre Hände zittern. »Ich muss Ihnen das kurz erklären«, sagt sie dann. »Nach dem Tod meiner Tante habe ich die Hälfte des Hauses hier in Koppelried geerbt, die andere Hälfte und das beträchtliche Barvermögen meiner Tante gingen an meinen Onkel. Ich wollte auf keinen Fall, dass er damit für meine Dummheit bezahlt, aber er hat es sich nicht ausreden lassen und alle Schulden bis auf den letzten Cent getilgt. Natürlich war ich ihm unendlich dankbar. Damit hat er mich schließlich auch von meinem Exmann befreit.« Sie wirft mir einen unfreundlichen Seitenblick zu und holt tief Luft. »Als ich dann wieder in Koppelried wohnte, hat der Max sich um meine Freundschaft bemüht, meine finanziell prekäre Situation sehr rasch erkannt und mir angeboten, schwarz für seine Brauerei zu arbeiten. Das wissen Sie ja schon. Sein späteres Darlehen für mein Feinkostgeschäft hat mich nicht lange belastet, aber auch das dürften Sie bereits wissen.« Sie schiebt ihre Unterlippe nach vorne, und ihre Augen blicken trotzig in meine Richtung. »Ich wollte dem Max das Geld letzten Monat zurückgeben, aber er hat nur gelacht. Er wollte es nicht.« Unsere Blicke treffen sich kurz, ihrer ist abweisend.

»Weil der auf Sie gestanden ist und Sie ein Pantscherl hatten, jetzt geben Sie es doch zu«, blafft die Rita sie an.

»Ich würde sogar so weit gehen zu sagen, dass der Max total verrückt nach mir war«, antwortet die Marie fast schon frech. »Und natürlich habe ich das bemerkt. Aber wir hatten keine Affäre.«

»Und warum dann diese überstürzte Heirat? Haben Sie ihm als eiserne Jungfrau etwa so imponiert?« Die Rita mustert die Marie spöttisch.

»Anscheinend«, murmelt die Marie und fixiert die Tischplatte vor sich. »Er hat sich eingebildet, mich unbedingt heiraten zu müssen.«

»Und deswegen haben Sie Ja gesagt? Das ist doch lächerlich«, kontert die Rita in verächtlichem Ton.

Der Buchinger betrachtet die Marie interessiert, und auch ich bin sehr gespannt auf ihre Antwort.

»Nein«, antwortet die Marie leise und starrt immer noch auf die Schreibtischplatte.

»Warum dann?«, mische ich mich ein, und mein Exkollege funkelt mich warnend an.

Die Rita nimmt ein Blatt Papier von meinem Schreibtisch, das sie vorhin dort hingelegt hat, und liest vor: »›Neben Ehebruch und körperlicher Gewalt kann Herr Max Riegler auch eine Verletzung der Pflicht zum gemeinsamen Wohnen, einen Verstoß gegen die Verpflichtung zur anständigen Begegnung oder eine schwere Eheverfehlung einklagen.‹« Sie legt das Papier wieder zurück. »Nun, mit dem Vertrag hätte Sie der Riegler Max rasch wieder loswerden können. Dazu hätte es dieses Video gar nicht gebraucht.« Sie hält kurz inne, bevor sie fortfährt. »Sie haben sogar einer Beweislastumkehr zugestimmt, das heißt, Sie hätten Ihre Unschuld beweisen müssen, nicht der Herr Riegler Ihr Verschulden. Durch das Abenteuer in Ihrer Hochzeitsnacht hat es bereits zu Beginn dieser Ehe sehr düster für Sie ausgesehen, das war Ihnen doch bewusst, oder?«

Die Marie atmet schwer. »Ja, das weiß ich.«

Aber ich wusste es nicht! Kruzifix, für mich ist es so etwas von klar, dass der Max die Marie erpresst hat. Warum gibt sie es nicht endlich zu? Der Mann ist immerhin schon unter der Erde!

»Frau Riegler«, der Buchinger klingt wieder freundlicher, »Sie als intelligente Frau hätten den Ehevertrag doch nie unterschrieben, wenn Sie nicht einen bestimmten Beweggrund gehabt hätten. Sagen Sie uns, was Max Riegler über Sie wusste, was er nicht hätte wissen sollen.«

Das Gesicht der Marie ist jetzt von roten Flecken nur so übersät. »Die Wahrheit ist, dass mir dieses verdammte Haus sowieso egal ist. Das hätte er ruhig haben können.«

»Hat der Riegler Sie erpresst?«, fragt der Buchinger geradeheraus.

Sie schüttelt den Kopf und schweigt.

Das freundliche Lächeln von meinem Exkollegen weicht einer ernsten Miene, und er seufzt. »Ich sehe schon, hier kommen wir im Moment nicht weiter. Aber es gibt noch andere unangenehme Fragen, die wir Ihnen stellen müssen. Mittlerweile haben wir zwei Zeugen, die Sie in der Tatnacht gesehen haben. Sie haben Herrn Aigner gegen Viertel nach zwölf nachts verlassen und kurz vor halb eins das Wirtshaus betreten, wo Sie ein paar Minuten später mit Max Riegler im Braukeller verschwunden sind. Anschließend wurden Sie gegen zwei Uhr fünfzehn vor Ihrem Haus am Hauptplatz von Koppelried gesehen. Der Träger Ihres Kleides war gerissen, Sie trugen keine Schuhe und schienen sehr durcheinander zu sein.«

Die Marie starrt den Buchinger an, aber kein Laut kommt über ihre Lippen.

»Und erzählen Sie mir jetzt nicht, dass Sie nur spazieren waren.« Der Tonfall von meinem Exkollegen wird immer schärfer. »Wir haben Haarpartikel im Sieb des Gärbeckens gefunden. Von blonden Haaren, die sich garantiert an der Leiche befunden haben, verstehen Sie? Es wird uns ein Leichtes sein festzustellen, von wem sie stammen.« Der Buchinger erhebt sich und geht im Raum auf und ab. »In diesem Moment schauen sich die Kollegen vom LKA bei Ihnen zu Hause um, und wenn es nur die kleinste Kleinigkeit zu finden gibt, werden sie sie finden. Nicht wahr, Aigner?«

Die Marie beißt sich verzweifelt auf die Lippen und schaut mich hilfesuchend an. Ich nicke. Ich kann nichts für sie tun. Hätte ich doch gestern einfach mit ihr geredet, verdammt noch mal, anstatt völlig hirnlos über sie herzufallen.

»Sagen Sie uns jetzt die Wahrheit«, dringt der Buchinger in sie. »Was ist dort unten im Keller passiert? Schweigen Sie, nehme ich Sie aufgrund der Indizien fest, haben Sie mich endlich verstanden, Frau Riegler?«

»Am Samstagabend war ich beim Raphi«, beginnt die Marie schließlich mit belegter Stimme. »Ich hab ihn wütend verlassen. Ich war eifersüchtig, weil seine Freundin aufgetaucht ist«, fügt sie ganz leise hinzu und vermeidet es, in meine Richtung zu sehen. »Das hat mich bestärkt, die Sache mit dem Max sofort ins Reine zu bringen. Also bin ich direkt zum Wirtshaus, um dieses Schmierentheater zu beenden. Der Max stand ganz alleine hinter der Schank. Er war ziemlich betrunken, und vernünftigerweise hätte ich gehen müssen, aber ich war so aufgekratzt wegen dem Raphi. Zuerst wollte der Max mich wegschicken, aber dann ist er doch mit mir in den Braukeller hinunter, um zu reden.«

»Hast du den Alois in der Schank gesehen?« Jetzt verlasse ich doch unerlaubterweise meinen Platz und setze mich neben den Buchinger auf die Schreibtischkante. Gnädigerweise rückt er sogar etwas zur Seite.

»Ich habe niemanden gesehen, glaub ich.« Verwirrt schaut sie mich an.

»Was ist dann passiert?«, meldet sich der Buchinger wieder zu Wort.

»Der Max hat mich unsanft an der Hand gepackt und mich in den Keller gezogen. Dort unten hat er begonnen zu toben und mir alles Mögliche an den Kopf geworfen … Er war so wütend wegen der Sache mit dir.« Sie stockt kurz und fährt dann fort: »Ich habe versucht, ihm alles zu erklären, aber der Zeitpunkt war komplett falsch gewählt, das ist mir jetzt natürlich klar.« Die Marie scheint völlig fertig zu sein, Strähnen haben sich aus ihrem Zopf gelöst, ihre Wangen sind gerötet. »Ich hatte den Max noch nie so erlebt. Er hat mich gepackt und wie ein Wahnsinniger geschüttelt. Als ich mich kurz befreien konnte, wollte ich nach oben laufen. Aber er hat mir den Weg zur Treppe versperrt.« Sie hält wieder kurz inne. »Ich war wirklich in Panik. Der Max war völlig neben der Spur. Er hat mich so grob an sich gerissen, dass ich gestürzt bin, dann hat er mich an den Haaren hochgezogen und mir das Kleid von der Schulter gezerrt. Er hat gebrüllt, dass er sich jetzt holen wird, was ihm zusteht.«

Mein Mund wird trocken, ich muss mich zwingen, die Marie weiter anzusehen.

Die Rita legt ihre Hand einfühlsam auf Maries Arm. Ihre Stimme klingt jetzt sehr sanft. »Was hat er Ihnen angetan?«

»Ich habe wirklich versucht, mich zu wehren. Aber das hat die Sache nur noch schlimmer gemacht. Der Max war so stark. Er hat mir das Kleid bis zur Hüfte hochgezogen und mit einem Ruck meinen Slip zerrissen. Mit nur einer Hand hat er meine beiden Unterarme zusammengehalten, während er sich mit der anderen die Lederhose aufgeknöpft hat.« Sie schließt die Augen. »Er hat mich auf den harten Fliesenboden gedrückt. Ich habe versucht, um Hilfe zu rufen, aber er hat mir brutal die Hand auf den Mund gepresst.« Sie senkt den Kopf, ihre Stimme klingt tonlos. »Er hat gedroht, mich umzubringen, und ich hatte furchtbare Angst, den Keller nicht mehr lebend zu verlassen.«

Mir ist zum Speiben schlecht, am liebsten würde ich den Max jetzt erschlagen, wenn er nicht schon tot wäre.

Selbst die Rita muss sich räuspern. »Hat er Sie vergewaltigt?«

Die Marie öffnet die Augen, blickt sie direkt an und schüttelt langsam den Kopf. »Nein, dazu war er wohl zu betrunken. Aber er hat mir in seiner Raserei den Mund und die Nase zugehalten, sodass ich keine Luft mehr bekommen hab. Mir war schon ganz schwarz vor Augen, und in meinem

Kopf hat sich alles gedreht. Sie müssen mir glauben, ich hatte Todesangst –«

Sie wird jäh unterbrochen, weil die Gerti laut um Hilfe ruft. Wir springen auf und laufen zur Tür, einschließlich der Marie.

Mitten in der Wache liegt der Hansl am Boden. Völlig grau im Gesicht greift er sich mit der rechten Hand ans Herz und keucht. Kalter Schweiß hat sich auf seiner Stirn und rund um seinen Bart gesammelt. Gerade hat er sich übergeben, wie wir riechen und auf seinem Hemd sehen können.

»Ich war es … Ich hab den Riegler auf dem Gewissen«, stammelt er.

Die Gerti schreit: »Ein Herzinfarkt, das ist ein Herzinfarkt!«

Geistesgegenwärtig reißt die Rita unseren Defibrillator von der Wand und öffnet ihn, woraufhin uns das Ding instruiert, die Notrufnummer anzurufen.

»Das hab ich schon getan!«, schreit die Gerti hysterisch.

Aber der Kasten spricht ungerührt weiter. »Die gesamte Kleidung vom Brustkorb des Patienten entfernen.«

Ich schreite zur Tat und reiße dem Hansl mit so viel Schwung sein Hemd auf, dass das Erbrochene auf meine Jeans klatscht.

Ganz grau im Gesicht kniet sich die Marie neben ihren Onkel und streicht ihm zitternd über den Kopf.

Ich tue alles, was das Ding will, nehme den roten Griff, entferne die Klebeetiketten und drücke die gelbe Elektrode links und die rote rechts oben auf der Brust vom Hansl an.

»Achtung, Patienten nicht berühren. Herzrhythmus wird ausgewertet«, befiehlt das Gerät, und ich und die Marie ziehen ruckartig unsere Hände weg. »Bereit. Schock wird vorbereitet. Achtung, jetzt darf niemand den Patienten berühren.«

In dem Moment drehen sich Maries Augäpfel nach hinten, und sie sackt in sich zusammen. Ich kann sie gerade noch auffangen, bevor sie zu Boden geht.

»Achtung, blinkende Taste drücken«, lässt sich das Ding vernehmen, und bevor ich mich von der Marie trennen kann, schiebt uns auch schon ein Sanitäter zur Seite und führt den Befehl aus.

»Schock wurde abgegeben«, bestätigt der Kasten, und der Sanitäter grinst mich an. »Ich übernehme, Aigner.«

Jetzt erkenne ich ihn, es ist der Wagner Günter, ein ehemaliger Schulkollege.

Ein paar Sekunden später hören wir den Hansl zum Glück wieder stöhnen. Der Wagner Günter und seine Kollegen hieven ihn auf eine Trage und bringen ihn rasch zum Krankenwagen.

Auch die Marie rührt sich wieder ein wenig. Ein Sanitäter fühlt ihren Puls, dann hält er ihr etwas unter die Nase, und sie öffnet die Augen.

»Kreislauf«, lächelt der Sanitäter und zieht sie zu sich hoch. »Nix Dramatisches, aber sicherheitshalber nehmen wir die Frau auch mit.«

Blitzschnell schnappt sich die Rita ihre Handtasche. »Ich begleite sie.«

Vor der Tür sieht das gesamte Inspektionspersonal dem Krankenwagen nach, wie er die Straße hinunterfährt. Wortlos bietet die Gerti ihre Zigarettenpackung reihum an. Der Buchinger und ich greifen dankbar zu. Keiner sagt ein Wort, es ist still. Irgendwann unterbricht das Handy von meinem Exkollegen die wohltuende Stille und pfeift erbarmungslos die Titelmelodie von »Kill Bill«. Wie passend.

»Ja?«, schreit der Buchinger genervt in sein Telefon. »Das ist jetzt gerade ungünstig!« Er wirft die Zigarette weg und tritt sie mit dem Fuß am Boden aus. »Was? Tatsächlich? – Gut. – Dann macht bitte sofort einen DNA-Abgleich. Und ja, ich weiß, dass es Freitagnachmittag ist, aber das ist mir wurscht.« Er legt auf, erklärt uns nichts und nimmt sich wortlos eine weitere Zigarette aus Gertis Packung.

Keine zwei Minuten später ertönt das Gepfeife seines

Handys erneut. »Rita? – Aha. – Aha. Tja, war zu erwarten. – Nimm sie halt mit ins LKA. Aber meld dich vorher bei den Kollegen vom Labor, die haben bei der Hausdurchsuchung das Kleid gefunden. Es ist Blut dran. Und dann ruf den Staatsanwalt an und warte auf mich. Ich mach mich sofort auf den Weg. – Klar, erledige ich. – Natürlich, sag ich ihm. – Und saubere Arbeit, Rita. Wirklich, das war gut, sehr gut.«

Er drückt aufs Handy und seine Zigarette aus und bedeutet mir, ihm in mein Büro zu folgen. Dort schließt er die Tür und setzt sich in meinen Ledersessel. Ich folge ihm willenlos. Mir ist sowieso schon alles egal.

»Es tut mir leid, aber wie es ausschaut, ist der Fall praktisch abgeschlossen«, beginnt er. »Wir haben das weiße Leinenkleid gefunden, das die Marie in der Mordnacht trug. Sie hat es noch nicht mal gewaschen, es steckte in ihrem Wäschekorb. Es sind eindeutig Blutspuren daran, sehr wahrscheinlich vom Riegler Max, und ich gehe davon aus, dass der Stoff identisch mit den Stofffasern unter seinen Fingernägeln ist.«

Ich schweige.

»Die Marie hat noch im Krankenwagen gestanden.« Er räuspert sich. »Sie hat dem Riegler einen Bierkrug über den Schädel gezogen, was unter den Umständen sogar verständlich ist. Details folgen, ich werde sie jetzt gleich gemeinsam mit dem Staatsanwalt vernehmen. Ohne dich, versteht sich.« Er erhebt sich und klopft mir freundschaftlich auf die Schulter. »Jetzt muss ich dich komplett raushalten.«

Da ich immer noch kein Wort sage, steht der Buchinger kurz etwas unschlüssig neben mir, nimmt aber dann seinen Autoschlüssel von meinem Schreibtisch und geht zur Tür.

»Es tut mir wirklich leid, Aigner«, sagt er noch. »Es wäre mir anders auch bedeutend lieber gewesen, das kannst du mir glauben.« Und weg ist er.

Jetzt ist es also amtlich. Die Marie ist die Mörderin.

Samstag

Ich hänge im Liegestuhl in meinem Garten ab und will nach dem gestrigen Tag eigentlich nur mehr meine Ruhe haben.

Der Felix spielt im Sandkasten, und die Gabi lässt sich auf der Liege neben mir von der Sonne brutzeln.

Wie ich erfahren habe, hat die Marie vor dem Staatsanwalt, dem Haftrichter und dem Buchinger ein vollumfängliches Geständnis abgelegt. Demnach hat dieses Arschloch von Max benommen vom Alkohol die Marie kurz losgelassen, um sich seelenruhig sein Hemd aufzuknöpfen, während die Marie um Luft rang. Dann hat er sich auf den Fußboden gesetzt, um sich die Schuhbänder aufzubinden. Laut ihrem Geständnis hat sie diesen kurzen Moment genutzt, um sich seinen Bierkrug vom Regal hinter ihr zu nehmen und ihn ihm zweimal über seinen Schädel zu schlagen. Die Anzahl der Schläge ist laut Gerichtsmedizin korrekt, und auch der Einschlagwinkel könnte dazu passen, da der Max sich in sitzender Position befand. Aber all das und noch mehr wird man in einer Tatrekonstruktion genau nachstellen müssen.

Der Rest macht mich eher skeptisch. Die Marie behauptet nämlich, danach einen völligen Blackout gehabt zu haben. Sie kann sich nur mehr daran erinnern, plötzlich vor ihrem Haus gestanden zu sein. Weil der Haftrichter wegen Verabredungs- und Verdunkelungsgefahr Untersuchungshaft verhängt hat, hat man sie in die Justizanstalt Puch gebracht. Der Buchinger und der Staatsanwalt verdächtigen den Onkel, die Spuren nachträglich beseitigt zu haben, aber der Hansl ist bislang nicht vernehmungsfähig. Nun sei es Sache des Gerichts, der Marie das Geständnis zu glauben oder nicht, meint der Buchinger.

Ich bin noch in Gedanken versunken, da klopft jemand energisch von innen an meine Terrassentür; wie üblich ist unser Haus nicht abgesperrt.

»Griaß euch beinand«, krächzt eine Stimme laut.

Ich reiße meine Augen auf und springe vom Liegestuhl, wie die alte Erni auf die Terrasse tritt und ihren Blick skeptisch über unseren Garten schweifen lässt.

»Wie wär's mit zubetonieren?«, meint sie statt einer Begrüßung. »Schaut wahrscheinlich besser aus als die hinige Wiesn.«

Langsam wälzt sich die Gabi im wahrsten Sinne des Wortes von ihrer Liege. Ihre Haut ist beinahe schon dunkelbraun, und sie trägt mutig einen knallgelben Bikini.

»Fesch, Aignerin, sehr fesch«, kommentiert die Erni diesen Anblick. »Also, i kann gar net verstehen, warum grad du immer noch alleine bist.«

Die Gabi ist geschmeichelt und schickt mich nach oben in ihre Küche, um den frisch gebackenen Kirschenfleck und Kaffee zu holen.

»I will gar net lang herumreden, Aigner«, wendet sich die Erni an mich, als ich Kuchen und Kaffee auf den Tisch stelle. »I bin wegen der Marie da. Die hat den Buben net erschlagen, so wahr i eine Rieglerin bin.« Die Erni haut mit der rechten Hand auf den Tisch, sodass sogar mein Junior kurz von seiner Sandburg aufschaut.

»Wir glauben das auch nicht«, beeilt sich die Gabi zu versichern.

Die Erni nickt traurig und nimmt sich ein großes Stück vom Kuchen. Schmatzend und mit vollem Mund erklärt sie: »I brauch dieses Madl, i leb schließlich auch net ewig, und außer der Marie hab i niemanden, der den Betrieb irgendwann mal übernehmen könnt. Vorher müsst i ihr natürlich noch so einiges beibringen, aber das kann i net, wenn ihr Gendarmen sie mir oafach ins Gefängnis sperrts.« Sie hat den Kuchen verdrückt, zwei Kirschkerne auf den Teller gespuckt und wischt sich jetzt mit dem Handrücken den Mund ab. »Du bist zwar manchmal ein bisserl ein Depp, Aigner, aber sonst doch ein gscheiter Bursch.«

Die Gabi grinst mich breit an, besser hätte sie es auch nicht formulieren können.

»Und deswegen bin i jetzt bei dir da«, fährt die Erni fort. »Die Marie hat mir erzählt, was der Max mit ihr machen wollt.« Angeekelt schüttelt sie den Kopf. »So etwas tut ein rechtschaffenes Mannsbild net. Aber erschlagen hat sie ihn trotzdem net, das hat sie mir erzählt.«

Neugierig horche ich auf. »Und was genau hat sie dir erzählt, Erni?«

Die Erni nimmt einen kräftigen Schluck Kaffee, bevor sie weiterspricht. »Also, das war so. Vor der Leichenfeier hab i die Marie zu mir in den Betrieb g'holt und der Belegschaft im Innenhof als neue Wirtin vorg'stellt. Zuerst hab i mir denkt, die packt das net, aber dann hat sie der Kathi zeigt, wo der Bartl den Most holt, und eine Rede g'halten, sauber, sag i euch. Damit hat sie die ganze Bagage sofort auf ihrer Seiten g'habt.«

Ich nicke zustimmend, weil ich ihr ja schlecht sagen kann, dass ich das alles quasi schon im Fernsehen gesehen habe.

Die alte Erni kommt so richtig in Fahrt und nimmt sich das zweite Stück Kuchen. »Nachher hat sie mir dann erzählt, wie sich der Saubub aufg'führt hat.« Sie bemerkt meinen Seitenblick auf Felix, der ja nicht unbedingt alles mitkriegen muss. »I kann's halt net so gut mit den Gefühlen«, sagt sie und senkt dabei die Stimme. »Aber diese Gschicht hat mich doch sehr betroffen g'macht. I hab den Saububen ja schließlich aufzogen. Nie hätt i denkt, dass der zu so was fähig ist, ang'soffen oder nicht.« Die Erni schüttelt sich noch mal vor Ekel, und innerlich tu ich das Gleiche. »Er hätt die Marie fast erstickt, als die auf einmal einen dumpfen Schlag g'hört hat. Aber der Saubub hat nix g'merkt und einfach weiterg'macht. Dann hat die Marie noch einen Wumms g'hört, und der Max ist auf ihr zsammg'sunken. Jemand hat zwoamal auf seinen harten Schädel g'schlagen g'habt. Das ganze Blut ist dem Madl ins Gsicht g'laufen, und dann hat s' den Lackl erst mal von sich herunterwälzen müssen.« Die Erni trinkt ihren Kaffee aus und sagt dann erst mal nichts mehr.

»Und?«, fragt endlich die Gabi und lehnt sich weit über den Tisch.

»Was und?«, meint die Erni nur.

Der nur mangelhaft gelb verpackte Busen meiner Schwester liegt nun quasi auf dem Tisch. »Na, wer war es? Wer hat zugeschlagen? Du kannst doch jetzt net einfach aufhören zu erzählen.«

»Na ja«, die Erni schaut mich finster an, »das ist jetzt net so günstig.«

»Was heißt, es ist nicht so günstig?«, fauche ich lautstark. Meine Nerven sind in den letzten Tagen wirklich sehr dünn worden.

Der Felix schreckt kurz vom Spielen auf und schaut irritiert zu uns herüber.

Mit der flachen Hand haut mir die Gabi auf den Hinterkopf. »Jetzt schrei halt net so. Du erschreckst noch die arme Erni.«

»Aber, aber, Madl, mich erschreckt so schnell nix mehr«, kichert die Alte. »Also gut, natürlich hab i die Marie g'fragt, was dann passiert ist, aber leider hat sie wegen dem Blut in den Augen net wirklich was sehen können. Sie hat nur g'hört, wie jemand die Treppen raufg'laufen ist und oben die Tür zur Schank aufg'rissen hat.« Sie zuckt mit ihren schmalen Schultern. »Dann ist s' übers Fenster raus und über die Fischweiher hoamg'rannt, um sich dort dem Max sein Blut vom Gsicht zu waschen. Die stand total unter Schock.«

»Weißt du, warum die zwei überhaupt geheiratet haben?« Ich fixiere die Alte. »Hat sie dir irgendwas erzählt? Aus Liebe ist die Hochzeit ja wohl nicht zustande gekommen.«

Die Erni verzieht das Gesicht. »Na, hat sie net. Aber danach hab i sie auch gar net g'fragt.« Sie schiebt sich ein drittes Stück Kuchen in den Mund und fährt deutlich unbekümmerter fort. »Sie hat mir halt net alles erzählen wollen, und das kann i ihr net verdenken. Sie kennt mich ja noch net so gut, das Madl. Aber das wird schon.«

Nach dem letzten Bissen erhebt sich die Erni energisch vom Tisch und steht stramm wie ein Soldat vor uns. »I leg meine Hand dafür ins Feuer, dass die Marie es net war, und so was würd i für sonst niemanden tun. Also, Aigner, unternimm was. Mach das, wofür du bezahlt wirst, und bring mir das Madl zurück, aber rasch!«

Sonntag

Kurz vor halb zehn Uhr vormittags stehe ich in Uniform vor dem großen gusseisernen Gartentor einer alten Villa in Aigen, einem der noblen Viertel von Salzburg.

Der Schlüssel zum Mord liegt meiner Meinung nach in der Vergangenheit der Marie. Wenn ich herausfinden kann, womit der Max sie erpresst hat, führt mich das bestimmt zum wahren Mörder – hoffe ich jedenfalls.

Ich werde von einer Angestellten mit mausgrauen Haaren in den »Salon« geführt, wie sie sich ausdrückt, einen großen, mit alten Möbeln vollgestopften Raum. Vor dem offenen Kamin sitzt eine elegante Frau um die fünfzig in einem für sie viel zu großen Ohrensessel. Frau von Gerheim. Neben ihr steht der Exmann der Marie, den ich vor Jahren, als Sabine noch lebte, am Kragen aus meiner Wohnung geschleift habe. Ich erkenne ihn sofort wieder. Er kann sich offenbar nicht mehr an mich erinnern, was mir sehr recht ist.

Er wirft einen kurzen Blick auf meinen Ausweis. »Herr Chefinspektor, grüß Sie Gott! Die Magda sagte uns, Sie wollten mich in Sachen Mord sprechen?«

Die Frau blickt mich mit verkniffenem Mund äußerst verärgert an. »Geht es schon wieder um diese Frau Steinhauser? Wegen ihr hatten wir doch schon vor ein paar Tagen Besuch von der Polizei«, meint sie schnippisch.

Ich nicke ihr charmant zu, und sie ringt sich tatsächlich ein kurzes Lächeln ab. »Ja, leider, die Exfrau von Herrn Deinhard hat sich mittlerweile zur dringend Tatverdächtigen in unserem Fall entwickelt.«

»Wie bitte?«, meint der Deinhard ungläubig und ist sichtbar verblüfft. »Was für ein Schwachsinn!«

Die Frau betrachtet ihren Liebhaber mit umwölkter Stirn.

Der beugt sich pflichtschuldigst zu ihr hinunter und nimmt

ihre Hand. »Liebes, wenn du erlaubst, werde ich jetzt alleine mit dem Herrn von der Polizei sprechen.« Ohne eine Antwort abzuwarten, dirigiert er mich durch die offene Terrassentür in den Garten. Während er die Tür hinter uns schließt, setzt er ein schiefes Grinsen auf. »Sagen Sie, kenne ich Sie nicht von irgendwoher?«

Keine zehn Sekunden später geht die Tür wieder auf, und die mausgraue Frau bringt unaufgefordert ein großes Tablett mit Kaffee und Tee und stellt es auf dem Gartentisch vor uns ab.

»Nehmen Sie doch Platz«, sagt Gery Deinhard und macht es sich auf einem der weichen Polstermöbel gemütlich. »Ich verrate Ihnen aber gleich, dass ich nicht gut auf meine Exfrau zu sprechen bin. Sie hat mich im Regen stehen lassen, hat sich scheiden lassen und ist in dieses Kaff zurückgezogen. Vor allen meinen Freunden hat sie mich damit blamiert. Aber jetzt sagen Sie schon: Was hat es mit dieser lächerlichen Geschichte auf sich?« Er nimmt sich eine Tasse Tee und löffelt geräuschvoll eine Menge Zucker hinein.

»Sie steht unter dem dringenden Tatverdacht, ihren Mann Max Riegler ermordet zu haben.« Dass sie den Mord gestanden hat, verschweige ich lieber.

»Die Marie soll diesen Zwerg, den Sie ihren Mann nennen, umgebracht haben?« Der Deinhard lacht ungläubig auf.

»Ja. Ihren Mann, Max Riegler«, wiederhole ich.

»Es war schon unvorstellbar für mich, dass die Marie wieder geheiratet haben soll. Aber das ist einfach nur lächerlich.« Er fährt sich mit der Hand durch seine dunklen Locken.

Frauen wie die Rita finden also, dass der Typ ziemlich attraktiv ist, denke ich mir. Nun ja, tatsächlich ist er zumindest gut gekleidet, davon könnte ich mir eine Scheibe abschneiden.

Der Deinhard blickt mir fest in die Augen. »Ich kenne die Marie so gut wie kaum jemand. Bei all ihren Fehlern, meine Frau kann keiner Fliege was zuleide tun.«

»Sie ist nur knapp einer Vergewaltigung durch den Riegler

Max entgangen, es kann Notwehr gewesen sein«, entgegne ich, und meine Stimme klingt rauer als gewollt.

Der Deinhard steht auf und öffnet kurz die Terrassentür. »Magda!«, brüllt er. »Whisky!«

Als die Hausangestellte Flasche und Gläser gebracht, eingeschenkt und sich wieder verzogen hat, leert er sein Glas in einem Zug und schenkt sich großzügig nach. »Dieses Arschloch. Dieses verdammte Arschloch!« Er füllt sein Glas noch mal nach und prostet mir auffordernd zu.

Ich schüttle den Kopf. In diesem Leben werde ich garantiert nicht mehr mit diesem Kerl anstoßen. Aber das scheint ihm egal zu sein, denn er zuckt unbeeindruckt mit den Schultern und nimmt einen weiteren kräftigen Schluck. »Ich habe diesen fetten Proleten einmal bei ihr getroffen, als ich sie besucht habe. Aber dass die Marie diesen Kerl heiratet, geschweige denn sich in ihr Bett holt? Nie und nimmer. Meine Frau hat doch Geschmack.«

Mir fällt auf, dass er zum wiederholten Mal von »seiner« Frau spricht.

»Ich habe die Marie betrogen«, verändert sich plötzlich sein Ton. »Ich habe sie von vorn bis hinten beschissen und zum Schluss die Weiber sogar mit zu uns nach Hause gebracht.« Wieder nimmt er einen Schluck und schenkt sich nach. Der Mann hat eindeutig ein Alkoholproblem. »Und was macht sie? Sie zieht aus, aus ihrer Wohnung. Und zeigt ganz souverän auch noch Verständnis für mich. Immer sachlich, bemüht, vernünftig. Stellen Sie sich vor, die Marie hat nicht ein einziges Mal geweint während unserer Trennungszeit, nicht ein einziges Mal. Ich war ihr völlig egal.«

»Warum haben Sie die Frau Riegler denn in Koppelried besucht?«

»Mann, jetzt sagen Sie doch nicht immer ›Frau Riegler‹, das klingt ja furchtbar.« Verärgert zündet der Deinhard sich eine Zigarette an. »Aber nun ja, das war wegen finanzieller Angelegenheiten. Sie hatte einen Batzen Geld geerbt von dieser alten Hexe, und mir als Ehemann hätte sie doch zumindest einen Teil davon abgeben können.«

»Unseren Informationen nach hat die Marie Riegler kein Geld geerbt, sondern nur die Hälfte vom alten Haus. Das Barvermögen der ›Hexe‹ ist an den Onkel von Marie Riegler gegangen.«

Der Deinhard lacht verächtlich auf. »Ich weiß, das haben die zwei gut eingefädelt, die Marie und ihr grenzdebiler Onkel. Die beiden wollten mir auch weismachen, all das Geld wär für die Schulden draufgegangen. Aber das glaube ich nicht, die alte Hexe hatte doch das ganze Vermögen von ihrem verstorbenen Mann gehortet und kassierte jahrzehntelang eine unverschämt hohe Witwenpension.« Er leert sein Glas. »Wissen Sie, ich hab die Marie geliebt, auch wenn ich sie wahrscheinlich zu oft betrogen hab. Aber das war doch nur, weil sie immer so grauenhaft perfekt war. So hübsch, sehr intelligent, ein absoluter Profi im Job und noch dazu phantastisch im Bett«, fährt er gedankenverloren fort. »Neben einer Frau wie ihr sieht jeder Mann wie der letzte Trottel aus. Das hält man auf Dauer nicht aus, niemand.« Er beugt sich zu mir herüber und bläst mir seinen Alkoholatem ins Gesicht. »Ich sage Ihnen jetzt mal was, Herr Chefinspektor: Das Ganze stinkt doch zum Himmel. Nie und nimmer hat die Marie diesen Proleten freiwillig geheiratet.«

Und darin bin ich nun wieder einer Meinung mit ihm. »Können Sie sich vorstellen, dass es etwas gibt, mit dem er sie erpressen hätte können? Hat sie sich strafbar gemacht? Hat sie Geld unterschlagen? Illegale Geschäft mit Ihrer gemeinsamen Agentur gemacht? Steuern hinterzogen?«

Der Deinhard lacht nur schallend. »Die Marie?« Sein Lachen wird hysterisch. »Ich durfte ja nicht mal private Restaurantbesuche von der Steuer absetzen. Sie kennen meine Frau anscheinend überhaupt nicht.«

Betroffen wird mir bewusst, wie richtig er damit liegt.

»Aber womit hätte der Riegler Max sie dann erpressen können?«, frage ich nun schon etwas verzagter.

»Ich sagte Ihnen doch schon, dass das bestimmt was mit dieser Hexe von Tante zu tun hat. Ich hab die alte Schachtel nur wenige Tage vor ihrem so plötzlichen Tod gesehen, und glauben Sie mir, die war pumperlgsund.« Er zwinkert mir mit vom Alkohol bereits glasigen Augen verschwörerisch zu und schenkt sich zum vierten Mal nach.

»Und ich dachte, Ihre Exfrau hätte jeglichen Kontakt mit ihr abgebrochen.«

»Hatte sie auch. Ich war damals allein bei der Alten, weil ich etwas Geld von ihr leihen wollte. Die alte Schachtel hatte doch genug. Aber sie hat mich ziemlich rüstig und gesund aus ihrem Haus gejagt. Die wäre bestimmt hundert Jahre alt geworden.«

»Sie glauben also, dass die alte Steinhauserin keines natürlichen Todes gestorben ist?« Mir fällt wieder ein, dass die Gerti letztens beim Begräbnis etwas Ähnliches angedeutet hat.

»Keine Ahnung, aber auffällig ist doch, dass die Hexe genau zum exakt richtigen Zeitpunkt für meine Frau verstorben ist. Sonst hätten wir die Schulden unserer Werbeagentur noch lange abbezahlt, das können Sie mir glauben. Aber mit dem geerbten Barvermögen hat uns die Marie geschickt beim Masseverwalter rauskaufen können, und die Restschuld wurde uns erlassen.« Er lässt ein kurzes, zynisches Lachen vernehmen und trinkt sein Glas leer.

Ich beschließe, dass ich genug gehört habe, und stehe auf, um mich zu verabschieden. Ich kann den Kerl keine Sekunde länger ertragen, aber er begleitet mich zum Gartentor.

»Darf ich Sie noch etwas Persönliches fragen?«, fällt mir dann noch ein, was ich wissen wollte. »Warum hat die Marie Riegler eigentlich Sie geheiratet? Unseren Informationen nach hatte sie zuvor eine Beziehung mit Ihrem Bruder.«

»Mit dem Paul, dem Arsch.« Gery Deinhard spuckt vor Verachtung auf den Boden. »Ein kompletter Trottel, was Frauen anbelangt. Der hätte eine wie die Marie nie halten können.«

»Sie haben es auch nicht geschafft«, entfährt es mir.

Erstaunt blickt mich der Mann an und starrt dann auf seine Spucke auf dem Gartenweg. »Tja, damit liegen Sie wohl leider richtig. Aber der Paul ist ein absoluter Idiot. Charme ist ein Fremdwort für meinen Bruder. Er ist ein Langweiler, absolut leidenschaftslos.« Er kickt mit dem Fuß ein paar kleine Steinchen von den Betonplatten. »Zugegeben, ich habe sie nicht sofort herumgekriegt, aber genau das hat mich so gereizt an ihr. Normalerweise habe ich nie Probleme damit, eine Frau um den Finger zu wickeln.« Er grinst selbstgefällig. »Eigentlich war das mit uns mehr Zufall. Auf der Weihnachtsfeier unserer Werbeagentur war sie etwas betrunken. Ich hatte Glück und hab sofort eingelocht.«

In dem Moment steigt mein Verlangen, ihm eine reinzuhauen, ins Unermessliche. »Und deswegen hat sie Ihren Bruder verlassen?«

»Na klar, die Marie war ja gleich nach unserem ersten Mal schwanger. Ein Volltreffer, sozusagen.«

Jetzt bin ich fassungslos. Davon hatte garantiert nicht mal die Sabine eine Ahnung.

Der Deinhard kommt auf mich zu. »Also, ich kenne Sie doch wirklich von irgendwoher, oder, Herr – wie heißen Sie noch mal?« Neugierig mustert er mich, und ich weiche sicherheitshalber einen Schritt zurück. Nicht, dass dieses Arschloch mir noch auf die Schulter klopft.

Ohne eine Antwort abzuwarten, redet er selbstgefällig weiter. »Die Marie hat das Kind nach vier Monaten verloren, aber vorher hatten wir schon standesgemäß geheiratet. Der Gedanke an eine Familie hat mir damals zugegebenermaßen gefallen, aber es hat eben nicht sein sollen.«

Ich betrachte ihn eingehend und habe nicht den Eindruck, dass ihm das auch nur irgendwie nahegeht.

»Danach haben wir uns in die Arbeit gestürzt und unsere Agentur gegründet. Die war dann sozusagen unser gemeinsames Baby.« Er grinst jetzt so breit, dass ich tief durchatmen muss. Einen letzten Rest an Höflichkeit aufbringend bitte ich ihn noch um die Adresse seines Bruders in München und notiere sie rasch.

»Danke für das Gespräch, Herr Deinhard«, würge ich schließlich irgendwie hervor und öffne das Gartentor, damit ich endlich von hier verschwinden kann.

Als der Deinhard mich noch von hinten zaghaft am Arm berühren will, kann ich im letzten Moment ausweichen, drehe mich aber um.

»Herr Chefinspektor, eines noch.« Er lächelt etwas verlegen. »Bitte helfen Sie ihr, sie hat es verdient.«

Staubedingte zwei Stunden später parke ich den Streifenwagen vor einem schönen alten Gebäude in der Seitzstraße in München, ganz in der Nähe vom Hotel Kempinski.

Ich drücke auf alle Klingeln auf dem Klingelschild aus Messing, ein alter Trick. Irgendjemand öffnet immer, selbst in so einem noblen Wohnhaus. Auch hier summt wenige Sekunden später die Schließanlage, und ich trete ein.

Auf mein Klingeln an der Wohnungstür wird ebenso prompt reagiert, und Paul Deinhard steht vor mir. Unverkennbar der Bruder vom Gery Deinhard, aber eine ältere, anscheinend gelungenere Ausgabe von ihm. Paul Deinhard trägt schwarze Anzughose und ein Langarmhemd ohne Knitterfalten, aber mit Krawatte – trotz der Sommerhitze.

»Wie sind Sie ins Haus gekommen?«

Ich halte ihm meinen Dienstausweis vor die Nase. »Chefinspektor Aigner von der österreichischen Landespolizei. Darf ich Sie in einer dringenden Angelegenheit wegen Frau Marie Riegler, ehemals Steinhauser, sprechen?«

Mit finsterem Blick will er mir die Tür vor der Nase zuschmeißen, aber ich habe bereits meinen Fuß in den Türrahmen gestellt. Auch ein alter Trick, funktioniert auch immer.

Missbilligend starrt Paul Deinhard auf meinen Fuß. »Setzen Sie sich gefälligst mit meinem Anwalt in Verbindung.

Soweit ich weiß, hat die österreichische Polizei bei uns gar keine Befugnisse.«

»Marie Steinhauser wird des Mordes beschuldigt.«

Damit hab ich ihn. Er ist so verblüfft, dass er mich hereinlässt.

Ich betrete die perfekte Männerwohnung. Alles hypermodern, dunkles Holz, viel Glas und Metall, kein Firlefanz, nüchtern und praktisch und von einer Klimaanlage wohltemperiert. Ich bin beeindruckt.

In dem abgedunkelten Loft setzen wir uns in zwei bequeme, wuchtige Ledersessel. Chesterfield, natürlich.

»Und warum kommen Sie damit zu mir?« Lässig schlägt er ein Bein über das andere, faltet die Hände im Schoß und betrachtet mich skeptisch. Selbst ich muss feststellen, dass er ein sehr attraktiver Mann ist, Typ George Clooney.

»Ich habe mich heute Vormittag mit Ihrem Bruder, dem Exmann von Marie Riegler unterhalten. Daraus haben sich einige Fragen an Sie ergeben«, antworte ich ihm wahrheitsgemäß.

Paul Deinhard schüttelt verständnislos den Kopf und will sich erheben. »Ich habe nichts mehr mit meinem Bruder zu schaffen. Ich kann Ihnen nicht helfen.«

»Bitte geben Sie mir zehn Minuten. Es ist wichtig, so viele Informationen wie möglich einzuholen, um herauszufinden, ob Marie Riegler ihren Mann ermordet hat, Max Riegler, Besitzer von Rieglerbräu.«

Nun bleibt er doch sitzen und schenkt sich ein Glas Wasser aus der Karaffe ein, die auf dem Tisch steht. »Marie hat also noch mal geheiratet? Dabei hätte ich nach ihrem Desaster mit meinem Bruder alles darauf verwettet, dass sie sich niemals mehr bindet.« Paul Deinhard wirft mir einen überheblichen Blick zu. »Noch dazu an einen Bierbrauer.«

»Marie Riegler ist wohl sehr auf Prestige und Ansehen bedacht?«

Unwirsch stellt er sein Glas auf den Tisch, sodass es klirrt. »Die Marie hat so etwas nicht nötig. Aber ja, sie war damals schon eine gebildete Frau, die sich gerne mit klugen Menschen umgeben hat. Als wir uns kannten, war sie ein sehr weitsichtiger Mensch, aber dann ist ihr dieser Fauxpas mit meinem Bruder passiert, diesem Taugenichts. Ich habe das nie verstanden.« Kurz klingt er verbittert, dann hat er sich wieder im Griff. »Aber machen wir es kurz: Was wollen Sie von mir wissen? Wie kann ich Marie helfen?«

Ich erzähle ihm von ihren finanziellen Umständen nach der Scheidung, ihrem Laden, der Schwarzarbeit in der Brauerei und der überstürzten Heirat. Mein Abenteuer mit ihr verschweige ich ihm natürlich.

»Mir ist, als würden Sie von einer ganz anderen Person reden«, sagt er schließlich. »Marie und Schwarzarbeit, das klingt in meinen Ohren absolut unglaubwürdig.«

Als ich ihm auch noch von dem offensichtlichen Mordversuch und der versuchten Vergewaltigung durch den Riegler Max erzähle, verzieht Paul Deinhard angewidert das Gesicht. »Warum nur zieht es eine Frau wie die Marie von einem miesen Kerl zum nächsten?«

»Das frage ich mich allerdings auch«, stimme ich ihm aus tiefstem Herzen zu, beinahe zu freimütig.

»Sie kennen sie näher?«, will er mit hochgezogenen Brauen neugierig wissen, aber anscheinend ist es eine rhetorische Frage. »Wissen Sie, die Marie hat schon seit jeher ein völlig übersteigertes Verantwortungsbewusstsein«, fährt er fort. »Seit ihrer Kindheit bei ihrer furchtbaren Tante glaubt sie, für alles in ihrem Leben ganz allein die Verantwortung tragen zu müssen, auch wenn es gar nicht notwendig ist. Das ist jetzt sehr privat, was ich Ihnen erzähle. Aber vielleicht hilft es Ihnen ja, Maries Beweggründe besser zu verstehen. Sie hat meinen Bruder aus reinem Pflichtgefühl geheiratet, das können Sie mir glauben. Zuerst hat der Kerl sie betrunken gemacht und dann geschwängert. Dabei wusste er, dass Marie nicht verhütet, weil ich nach den beiden Kindern aus meiner ersten Ehe eine Vasektomie hatte.«

Er räuspert sich, nimmt eine Fernbedienung vom Tisch und drückt einen Knopf. Die schwarzen Rollläden fahren nach oben und geben ein riesiges Fenster frei, durch das man auf einen begrünten Innenhof sehen kann. Paul Deinhard muss im Geld schwimmen, denke ich mir.

»Bei einer Abtreibung hätte ich ihr alles verziehen, alles.« Er klingt melancholisch. »Ich habe meinen Bruder sofort entlassen. Sie müssen wissen, zu dieser Zeit hat er in meiner Werbeagentur gearbeitet. Eigentlich hätte ich das schon lange vorher machen sollen, dann wäre dieses Unglück gar nicht passiert. Aber die Marie wollte dieses Kind tatsächlich zur Welt bringen.« Sein Gesicht ist wie versteinert. »Aus Rücksicht auf mich ist sie dann mit diesem Mistkerl nach Salzburg gezogen und hat dort ebenfalls eine Werbeagentur gegründet. Sie war verdammt gut in ihrer Arbeit. Ich bin sicher, sie wäre heute noch damit erfolgreich, wäre da nicht mein verfluchter Bruder gewesen.«

»Ich frage Sie geradeheraus: Glauben Sie, dass sie es fertiggebracht haben könnte, ihrem neuen Ehemann zuerst in Notwehr mit einem Maßkrug den Schädel einzuschlagen und ihn danach, während er noch halb bei Bewusstsein gewesen sein muss, zum Gärbecken zu schleppen und dort vollkommen nackt zu ertränken?«

»Natürlich hätte sie sich in einer Notsituation gewehrt, aber den Mann danach auf diese Art und Weise zu ertränken? Aus Rache? Aus Wut? Aus Angst? Nein, nicht die Marie.«

»Unsere Ermittlungen legen nahe, dass sie von Max Riegler zur Heirat genötigt wurde. Gibt es Ihres Wissens irgendwas, womit er Ihre Exfreundin erpresst haben könnte?« Ich hoffe inständigst, dass Paul Deinhard mir endlich weiterhelfen kann.

Aber er seufzt nur. »Die Marie ist nicht erpressbar. Ich kenne niemanden, der für alles und jedes mit derartiger Konsequenz geradesteht wie sie.« Dann hält er kurz inne. »Aber wenn es um einen Menschen geht, den sie liebt, würde sie für diesen alles tun. Allerdings ist mir nur einer bekannt, der in diese Kategorie fällt.«

»Ihr Onkel«, sage ich tonlos.

»Genau.« Damit steht Paul Deinhard bestimmt auf und bringt mich zur Tür. »Würden Sie mir einen Gefallen tun, Herr Aigner?«

»Kommt auf den Gefallen an«, antworte ich vorsichtig.

»Sollten Sie die Marie im Zuge Ihrer Ermittlungen treffen, richten Sie ihr doch bitte aus, dass ich sie gerne wiedersehen würde, wenn sie es mir erlaubt.« Er steckt mir seine Visitenkarte zu. »Geben Sie ihr die, sie kann mich zu jeder Tages- und Nachtzeit unter meiner Privatnummer erreichen. Sie natürlich auch, falls ich Marie noch irgendwie helfen kann. Vielen Dank.«

Weil der Hansl immer noch nicht vernehmungsfähig ist, fahre ich ins Rieglerbräu. Ich will jetzt endlich mal mit der Kathi reden, und außerdem knurrt mir der Magen. Der Gastraum ist voll, bestimmt trägt der berühmte Salzburger Schnürlregen dazu bei. Mit Bedauern stelle ich fest, dass der einzige freie Tisch der neben dem Stammtisch vom Gruber Alois ist, der dort still vor sich hin grantelt. Obwohl ich den im Moment eigentlich gar nicht sehen will, nehme ich Platz.

»Den Aigner bedien i selber«, rauscht da auch schon die Erni herbei und scheucht die Franziska fort. »Hast schon was rauskriegt?«

»Ich bin dran, Erni, aber selbst ich kann keine Wunder vollbringen«, erwidere ich leise mit einem Seitenblick auf den Alois, der neugierig zu uns herüberschielt.

»Schau net so deppert und zahl lieber endlich deine Zech, sonst kriegst bei uns gar nix mehr«, faucht die Erni den alten Postler an, der verschreckt den Kopf einzieht. »Magst Krautspatzen, Bub?«, fragt sie mich dann freundlich. »Ich bring dir auch eine Halbe dazu.« Als ich nicke, zapft sie flugs das Bier und flitzt auch schon in die Küche.

Ich blicke mich kurz um und grüße in alle Richtungen. Wie es der Zufall will, sitzt der Hopfner, unser alter Gemeindearzt, mit seiner Frau am Nebentisch, vor sich einen saftigen Schweinsbraten. Perfekt, denke ich mir, dann werde ich den jetzt ausquetschen, weil ich die Kathi gerade nirgends entdecken kann. Ich nehme mein Bierglas und wandere zum Hopfner, nicht, ohne vorher mit meiner Polizeikappe meinen Platz als besetzt markiert zu haben.

»Entschuldigen Sie, Herr Doktor, wenn ich Sie kurz stören darf? Frau Hopfner, grüß Sie«, lächle ich die alte Frau charmant an.

»Griaß Ihna, Aigner. Setzen Sie sich ruhig her da«, schmatzt der Hopfner mit dem Schweinsbraten im Mund.

»Haben S' meinen Mann gar net zur Leich vom Riegler g'holt.« Die Frau Hopfner schenkt mir einen beleidigten Blick.

»Das LKA hat sofort den Professor aus der Stadt benachrichtigt, da kann ich gar nix machen«, verteidige ich mich.

»Na bitte, Rosa. Ganz, wie ich's dir g'sagt hab, Vorschriften halt.« Der alte Doktor dreht sich zu mir und spuckt beim Reden ein paar Fasern vom Schweinsbraten. Gott sei Dank nicht auf mich, sondern auf den Tisch.

»Haben s' wenigstens ordentlich g'arbeitet, die Herren Stodinger-Professoren?« Wieder spuckt er, und diesmal kriege ich doch etwas ab. Sicherheitshalber halte ich die Hand über mein Bierglas.

»Ich denk schon, aber ich hab eine ganz andere Frage an Sie, Herr Doktor. Es geht um die alte Steinhauserin. Wie ist die noch mal gestorben?«

Die Hopfnerin fixiert mich jetzt neugierig. »Gell, das geht Ihnen sehr nah, Herr Aigner, das mit der jungen Steinhauserin?«

Ich lächle ihr höflich zu, bevor ich den Arzt wieder fragend anschaue.

Nachdem er ein Riesenstück Erdäpfelknödel hinuntergeschluckt hat, legt er das Besteck zur Seite. »Das Weiberl war pumperlgsund, die war eine Woch vor ihrem Tod noch bei mir in der Ordination. Bloß wegen einem eing'wachsenen Zehennagel.« Er zwinkert mir zu, beugt sich nach vorn und flüstert dann sehr, sehr leise. »Ich hab dem Hansl versprochen, nix herumzuerzählen. Sie wissen ja auch, wie die Leut tratschen, Aigner. Aber da Sie sozusagen die Staatsgewalt sind, kann ich es Ihnen ja sagen. Die Steinhauserin hat sich eigentlich dastessen. Die ist diese steile Treppe runterg'fallen und hat sich das Genick gebrochen. Die war ja auch wirklich gefährlich, diese Treppe. Der Hansl hat sie g'funden und mich gleich ang'rufen, aber da ist sie schon ein paar Tag lang tot g'wesen.«

»Und das haben Sie nicht der Polizei gemeldet?«, entfährt es mir wohl eine Spur zu laut, denn der Alois dreht schon wieder neugierig den Kopf in unsere Richtung.

»Nein. Weil die Frau sehr wohl ein Schlagerl g'habt hat und deshalb g'fallen ist. Also hab ich den Totenschein ordnungsgemäß mit ›Schlaganfall‹ ausg'stellt. Wenn ich bei jedem Toten immer gleich euch Schandis holen würde, dann hättets ihr keine Freud mehr mit mir, Aigner. Außerdem hat es bei der Steinhauserin nix zum Untersuchen geben, und ich wollt dem armen Hansl keine Umständ machen. Der hat unter der alten Hex doch eh schon genug gelitten g'habt.« Weil jetzt auch der Hopfner etwas lauter geworden ist, drehen sich ein paar Gäste zu uns um.

»Und trotzdem haben Sie dem Hansl einfach so geglaubt, dass er seine Schwester erst nach ein paar Tagen gefunden hat?« Entgeistert starre ich den Arzt an, senke aber meine Stimme.

»So ein Schmarrn. Jetzt werden S' doch net komisch, Aigner. Der Hansl ist komplett harmlos, und die Steinhauserin hat ja net einmal ihren eigenen Bruder ohne Keifen ins Haus lassen. Glauben S' etwa, dass der Hansl die alte Hex unter den Umständen gern und oft besucht hat?« Beleidigt nimmt er das Besteck wieder in die Hände.

»Haben Sie das jemals jemand anderem außer mir erzählt, Herr Doktor?«, frage ich leise, und selbst die Frau Hopfner reckt jetzt ihren Hals wie eine Giraffe, um mich zu verstehen.

Der Doktor schüttelt den Kopf. »Aber geh, warum hätt ich denn sollen?«

»Aigner, deine Krautspatzen!«, ruft die Erni da, lädt auf meinem Tisch eine Riesenportion ab und lässt sich auf einem der Stühle nieder.

Also wünsche ich den Hopfners noch mal guten Appetit und nehme vor meinem herrlich duftenden Abendessen Platz. Ich bin zufrieden mit meiner Informationsausbeute und felsenfest davon überzeugt, dass der Hansl beim Tod seiner Schwester die Finger im Spiel hatte. Jetzt muss ich nur noch herausfinden, durch wen der Riegler an diese Information gekommen sein könnte, dann habe ich seinen Mörder.

»Ein Traum«, lobe ich die Erni gleich nach dem ersten Bissen.

Sie lacht selbstbewusst. »Koa Wunder, i führ ja jetzt wieder das Regiment in der Küch. Der Haslinger Toni macht nur noch das, was ich ihm anschaff.«

»Sag mal, Erni, die Kathi, wann hat die wieder Dienst?«, will ich zwischen zwei Bissen wissen. »Ich würd mich gern noch mal mit ihr unterhalten.«

»Die Kathi ist net mehr bei uns«, wird die Erni gleich grantig. »Das Luder, das elendige. Seit dem Begräbnis hat sie sich nimmer mehr in der Wirtschaft blicken lassen. Morgen werd ich sie fristlos entlassen. Und wenn sie sich noch einmal dahertraut, kann sie was erleben. Aber i lass mir von der net die Laune verderben. Woaßt was, Aigner? I mach dir jetzt noch als Nachspeis eine Portion frische Salzburger Nockerl.«

Montag

»Vergiss mir ja nicht, den Felix um halb eins vom Kindergarten abzuholen.« Die Gabi fuchtelt drohend mit dem Zeigefinger durch die Luft. »Ich muss mit dem Pfarrer jetzt gleich nach Salzburg und werd erst am späteren Nachmittag wieder daheim sein.« Sie reißt den Felix förmlich vom Frühstückstisch weg und wischt ihm reflexartig den Kakaobart weg.

»Pfiat dich, Papa!«, kann mir der Felix grad noch zurufen, dann sind die zwei auch schon verschwunden.

Schon zum zweiten Mal innerhalb von zehn Minuten habe ich mich in diesem Irrgarten des Uniklinikums in Salzburg verlaufen. Und das nur, weil der unfreundliche Kerl beim Empfang »Haus D, fünfter Stock« gegrunzt hat, gefolgt von einer lapidaren Handbewegung in eine unklare Richtung. Am Ende des Ganges entdecke ich eine Krankenschwester.

»Entschuldigen Sie!«, rufe ich. »Können Sie mir helfen?« Für mein flehendes Grinsen ernte ich ein strahlendes Lächeln. Die könnte echt Karriere in der Werbung machen, denke ich mir. In natura habe ich noch nie so perfekte weiße Zähne gesehen.

»Ich suche die herzchirurgische Intensivstation, genauer gesagt den Herrn Steinhauser Hans«, halte ich ihr meinen Ausweis vor die Nase. »Chefinspektor Aigner, Inspektionskommandant.«

»Ein Herr Chefinspektor und Inspektionskommandant, soso. I woaß scho«, antwortet sie mit urbayrischem Akzent, »bei uns da herinnen brauchst fei ein Navi. Kimmst oafach mit.«

Ich bin kurz versucht, mit ihr zu flirten, aber wirklich nur ganz kurz.

»Bist fei a fescher Bulle. I find eure Uniform viel schöner als die unsrigen in Minga. Und deine Locken, na bumm. Schaust aus wie der Patrick Dempsey in ›Grey's Anatomy‹. Wie hoaßt noch mal? Hab's mir leider net g'merkt«, baggert sie mich unverblümt an.

Eigentlich mag ich diese direkte Art von jungen Frauen wirklich sehr, doch im Moment kommt sie mir leider etwas ungelegen. »Aigner Raphael, aber sag einfach Raphi zu mir, so wie alle«, antworte ich daher kurz, aber freundlich.

»I bin die Moni.« Sie streckt mir die Hand entgegen, und ich lasse einen weiteren Redeschwall über mich ergehen, während sie mich durch den Krankenhausflur führt.

»Schade«, meint sie dann enttäuscht, als sie stehen bleibt. »Da sind wir schon. Wennst mir noch mal sagst, wen du suchst, frag i für dich gschwind bei der Kollegin nach.«

Ich kann ihr gerade noch den Namen vom Hansl nennen, da huscht sie schon ins Schwesternzimmer. Trotz der hässlichen Krankenhauslatschen und weißen Strümpfe kann ich ihre wohlgeformten schlanken Beine nicht übersehen. Kurz darauf kommt sie mit einer äußerst gewichtigen Kollegin zurück.

»Sie dürfen nur zu ihm, weil Sie von der Polizei sind«, meint die Dicke schnippisch und stapft voraus, während mir die Moni noch grinsend einen kleinen Zettel in die Hand drückt.

»Meine Nummer, falls du mal Lust hast, mich zu treffen.«

Ich stecke den Zettel ein, aber mit den Gedanken bin ich schon beim Hansl.

Leichtfüßig hole ich das schnaufende Schwergewicht ein, und wir betreten gemeinsam das Krankenzimmer. Der Hansl sitzt komplett verkabelt, aber aufrecht in seinem Bett und beäugt mich ängstlich. »Dass du mich besuchst, Bub.«

Ich drehe mich zu der Dicken um. »Könnten Sie uns bitte allein lassen, Schwester?«

»Oberschwester Simona«, korrigiert sie mich streng. »Aber dass Sie mir den Patienten ja nicht überanstrengen.«

»Dann lass uns gleich zur Sache kommen, Hansl«, verliere ich keine Zeit, nachdem Oberschwester Simona verschwunden ist.

»I war's«, bricht es sofort aus ihm heraus. »Die Marie hat nix g'macht. I bin noch in der Nacht zum Rieglerbräu. Die Schank war leer, aber dann hab i die Tür zum Braukeller offen stehen sehen. Und unten hab i dann den Saukerl g'sehen, wie er meinem Madl wehtut, und ihm den nächstbesten Bierkrug über den Kopf zogen. Nachdem i das Dirndl hoambracht hab, bin i zurück und hab den Riegler ins Bier g'schleppt.« Der alte Mann wimmert.

Natürlich glaube ich ihm kein Wort. Dass der Riegler in seinem Bier ertränkt worden ist, hat er bestimmt von der Marie erfahren. Oder von jemand anderem im Ort. »Und wie hast du den Riegler zum Gärbecken gebracht? Mit deinem Ischias und deinem schwachen Herz?«

»Na, an den Hosenträgern hab i ihn hinzogen. Am Boden entlang, oder?« Der Hansl schaut mich verunsichert an.

»Von der Treppe aus gesehen, wo ist der Eingang zum Gärkeller fürs Weißbier?«, stelle ich ihm eine andere Frage. »Rechts oder links?«

Schweißperlen treten dem alten Mann auf die Stirn, und die Geräte neben dem Bett fangen an, verdächtig zu blinken. »Links?«

Natürlich ist der Gärkeller rechts. Der Alte war noch nie dort unten.

Oberschwester Simona steckt warnend ihren blonden Schopf durch die Tür, deutet auf die blinkenden Anzeigen, verschwindet aber wieder.

»Und warum behauptet auch die Marie, dass sie den Max erschlagen hat? Und erspar mir bitte das Theater, Hansl«, warne ich ihn. »Die vom LKA werden dein Geständnis in null Komma nix zerlegen.«

Der Alte beginnt zu weinen, die Tränen laufen ihm nur so über seine blassen Wangen und in seinen Bart. »I wollt net lügen, Raphi«, schluchzt er. »Und schon gar net wollt i dich anlügen. Sie ist hoamkommen, das Kleidl war zerrissen und blutbefleckt. Ganz bleich war mein Dirndl. ›Der Max‹, hat s' g'sagt, immer wieder. I hab s' unter die Dusch gestellt, damit sie sich den Dreck von der Sau runterwaschen kann.« Und dann erzählt er mir haargenau dieselbe Geschichte wie die Erni: dass jemand dem Max beim Versuch, dic Marie zu vergewaltigen, mit einem Bierkrug den Kopf eingeschlagen hat.

»Aber, Hansl, warum um Himmels willen habt ihr mich denn nicht sofort angerufen?«, frage ich. Ich kann es einfach nicht verstehen.

»Na, weil i ein Depp bin. I hab doch glaubt, dass ihr sie dann einsperrt. Es hätt uns doch koaner die Gschicht glaubt. Die Marie wollt dich sogar anrufen, aber i hab sie davon abg'halten.«

»Du sagst mir jetzt augenblicklich, womit der Riegler die Marie erpresst hat«, fordere ich den Hansl streng auf.

»Erpresst?« Der Alte blickt mich ehrlich erstaunt an. »Der Sauhund hat die Marie auch noch erpresst?«

»Warum, glaubst du, hat sie dieses Arschloch sonst geheiratet?«

Der Alte greift sich ans Herz. »Erpresst?«, wiederholt er verwirrt.

Es ist zum Aus-der-Haut-Fahren! Ich raufe mir die Haare und schüttle den Alten, natürlich ganz vorsichtig. »Hansl! Es reicht mir jetzt mit deiner Lügerei! Hast du deine Schwester die Treppe hinuntergestoßen? Hat die Marie deswegen den Riegler heiraten müssen? Weil er davon gewusst hat?«

Der Alte wird ganz grau im Gesicht. »Der hat sie erpresst, der Sauhund, der … der …«, stammelt er, und jetzt beginnen die Geräte zu piepen.

Sofort stürmt Oberschwester Simona mit einem Arzt ins Zimmer. »Also, das geht nun wirklich zu weit! Raus! Der arme Mann.« Sie zieht mich am Arm einfach vor die Tür.

Draußen gehe ich kurz unschlüssig auf und ab, aber steige dann doch in den Lift und fahre ins Erdgeschoss. Komm ich eben morgen wieder, gemeinsam mit dem Buchinger.

Just in dem Moment, als ich aus dem Fahrstuhl steige, schau ich direkt in das strahlende Gesicht der Schwester Moni.

»Ah, der fesche Polizist! So oa Zufall. Also, i hätt jetzt um oans Mittagspause.«

»Felix, deine Tant schickt mich. I soll dich abholen.«

»Aber das sollte doch eigentlich der Papa machen …«

»Siehst du deinen Vater hier irgendwo?«

Der Felix schüttelt unsicher den Kopf. Schon seit über zwanzig Minuten wartet er alleine auf der Treppe vor dem Kindergarten. Eine halbe Ewigkeit. Er schaut Richtung Gebäude und kann sehen, wie die Tante Ulli drinnen telefoniert.

»Na siehst! Die Gabi schickt mich, weil s' mit dem Herrn Pfarrer in Salzburg ist und dein Vater koa Zeit net hat. I soll dich in die Pfarre bringen, und dort sollst warten, hat deine Tant g'sagt.«

Der Felix schaut etwas unschlüssig, schnappt sich dann aber doch seine Kindergartentasche, die neben ihm liegt, und nimmt zögernd die ihm hingestreckte Hand.

Keine fünf Minuten später steckt die Kindergartentante Ulli den Kopf aus dem Fenster, das Handy noch am Ohr. »Felix, bist du noch da?«, ruft sie und spricht weiter in ihr Handy, als sie keine Antwort erhält. »Der Aigner hat seinen Buben endlich abg'holt, jetzt kann ich heim. Fesch ist der schon, der Aigner. Aber halt ein ziemlicher Hallodri, was die Leut sich so erzählen.«

Die Moni ist fröhlich und unterhaltsam und lässt mich für einen Augenblick die letzten Tage vergessen. Kurze brünette Haare umrahmen ein fröhliches Gesicht, nur hat sie für meinen Geschmack ein paar Kilo zu wenig auf ihren Rippen, aber ihr Dialekt hat eine Menge Charme.

Dann stört mich mein Handy. Schon wieder der Buchinger, denke ich mir seufzend, als ich auf das Display schaue. Ich stehe auf und gehe etwas zur Seite.

»Aigner!«, brüllt mein Exkollege ins Handy. »Wo verdammt noch mal bist du? Ich sitze da auf deiner Inspektion, und niemand weiß, wo du steckst!«

»Beruhige dich, Markus. Ich bin in Salzburg und hab mit dem Onkel von der Marie im Krankenhaus –«

»Typisch! Ganz typisch. Der Herr Aigner löst den Fall wie üblich alleine«, unterbricht mich der Buchinger grantig. »Du bewegst deinen Arsch jetzt gefälligst sofort hierher! Wir haben die Moser gefunden. Erhängt.«

Ich starre aufs Handy. Er hat einfach aufgelegt.

Wie ich auf der Inspektion eintreffe, schaut mich die Gerti ziemlich fertig an. »Da bist du ja endlich, Chef. Der Buchinger ist fuchsteufelswild und sitzt schon wieder in deinem Büro, mit dem Wiener Kupferdachl. Die arme Kathi ist tot.«

Ich nicke nur und gehe schnurstracks in mein Büro.

»Wo habt ihr sie gefunden?«, verliere ich keine Zeit.

»Zwei Spaziergänger haben die Frau in einem kleinen Waldstück ganz in der Nähe entdeckt. Vielleicht war es ja Selbstmord aus schlechtem Gewissen«, trällert die Rita fröhlich. Sie scheint gut gelaunt zu sein, von Empathie oder Betroffenheit keine Spur.

»Unsinn. Kein Abschiedsbrief, kein Geständnis oder sonst was«, wirft der Buchinger dazwischen. »Die Leiche ist schon in der Gerichtsmedizin, und die Kriminaltechnische untersucht grad den Fundort. Während du verbotenerweise Alleingänge machst, haben wir schon die Mitbewohnerin von der Moser befragt, eine Johanna Leitner. Die hat gemeint, die Tote wär seit Samstag nicht mehr in der gemeinsamen Wohnung gewesen. Sie hat sie bei ihrer Mutter in der Stadt vermutet und sich deshalb keine Sorgen gemacht. Die Mutter konnten wir noch nicht erreichen.«

»Wie's scheint, haben wir da gewaltig was übersehen«, sage ich mehr zu mir als zum Buchinger.

»Reg dich ab, Raphi. Um das mit Sicherheit sagen zu können, brauchen wir erst mal den Bericht vom Heinrich. Wir zwei fahren jetzt ins Rieglerbräu und sprechen dort zunächst mal nur von Selbstmord, verstanden? Und du«, er wirft der Rita seine Autoschlüssel zu, »fährst nach Salzburg und machst die Mutter von der Moserin ausfindig.«

Als wir der Erni von dem vermeintlichen Selbstmord der Kathi erzählen, ist die sofort Feuer und Flamme für eine neue Theorie. »Siehst, Bub! Die Kathi hat den Max derschlagen, net die Marie! Aus Eifersucht! Und jetzt hat sie doch das Gewissen plagt, und sie hat ihrem Leben ein End g'setzt.« Sie haut sich mit der flachen Hand gegen die Stirn. »Dass mir das net schon früher eing'fallen ist! Wann lasst ihr die Marie raus? Kann i sie gleich abholen?«

Wir bremsen die freudig erregte Erni ein und erklären ihr ganz langsam, dass der Tod von der Kathi noch kein Grund ist, die Marie freizulassen. Eben weil es weder ein Geständnis der Kathi noch irgendein Indiz dafür gibt, dass die Kathi den Mord begangen hat. Zur Belohnung zieht mir die Erni wortlos mit ihrem Geschirrtuch eins über den Kopf und lässt uns stehen.

Wieder hinter der Schank schimpft sie wütend und lautstark vor sich hin. »So ein Schmarrn, so was hab i ja noch nie g'hört! Das liegt doch auf der Hand, bitt schön! Die Moser hat den Max erschlagen und wollte das der Marie in die Schuh schieben. Du kriegst kein einziges Schnitzel mehr von mir, Aigner. Du nimmer!«

Ich hoffe, dass die Gäste im Gastgarten nichts von dem Ausbruch der Erni mitkriegen.

Nur der alte Alois hockt wie üblich auf seinem Stammplatz als Einziger hier drinnen und schielt neugierig zu uns herüber, während er am letzten Rest seines kleinen Bieres nuckelt.

»Ich muss Sie ersuchen, sich zu den anderen in den Gastgarten zu setzen. Wir führen hier Befragungen durch. Es sei denn, Sie haben was beizutragen zum Tod der Frau Moser Kathi«, fährt ihn der Buchinger scharf an.

Der Alois zuckt zusammen, murmelt beleidigt etwas vor sich hin, erhebt sich aber und will die Schankstube verlassen.

»Halt! Hiergeblieben!«, schreit die Erni da. »Zwoa Euro fuffzig! Aber dalli! Bei mir gibt's nix mehr umsonst, Gruber. Die Zeiten sind endgültig vorbei.«

Der Alois dreht sich widerwillig um, zückt seine Brieftasche und zählt drei Münzen ab. Dann verschwindet er.

»Der braucht net glauben, dass er von mir auch nur ein Bier noch g'schenkt kriegt. Woaß der Himmel, warum der Max mit dem so nachlässig war.« Geräuschvoll schmeißt die Erni die Münzen in ihre Kasse. »Auf jeden Fall hat die Kathi meinen Buben auf dem Gewissen!«

In diesem Moment betritt der Lehrbub Gregor mit einem Tablett voll leerer Biergläser den Schankraum. Er hat unübersehbar verweinte Augen, offensichtlich haben draußen doch alle das Geschrei von der Erni mitgekriegt. Mit voller Wucht stellt er das Tablett vor ihr auf die Schank, sodass es die Hälfte der Gläser umschmeißt.

Dann stellt er sich stramm vor uns hin. »Ich wollt sowieso schon längst zu Ihnen, Herr Aigner.« Er schluchzt laut auf und dreht sich trotzig zur Erni, die den Burschen irritiert anschaut. »Die Kathi hat niemanden erschlagen, damit Sie es wissen, Frau Chefin.« Damit wendet er sich wieder mir zu und krächzt: »Herr Aigner, ich möcht ein Geständnis ablegen. Ich war's, ich hab den Riegler erschlagen.«

Der Bub sitzt gegenüber vom Buchinger und mir in meinem Büro am kleinen runden Besuchertisch. Vor lauter Schluchzen kriegt er sich nicht mehr ein.

Und ich? Ich könnte mich ohrfeigen, weil ich nicht erkannt habe, dass der Gregor vor ein paar Tagen nicht vor pubertärer

Unsicherheit, sondern vor lauter Angst am Pissoir neben mir Blut und Wasser geschwitzt hat.

Als Vertrauensperson habe ich seine Mutter dazuholen lassen. Der Gregor ist mit seinen siebzehn Jahren zwar schon voll strafmündig, aber er tut mir leid.

Kreideweiß sitzt die Mühlnerin neben ihrem Sohn und tätschelt mechanisch seine Hand, während uns die Gerti mit Kaffee und Wasser versorgt. Zumindest ich kann das Koffein jetzt mehr als gut gebrauchen.

»Frau Mühlner, wir haben mit der Aussage Ihres Sohnes auf Sie gewartet«, beginnt der Buchinger schließlich. »Sie können jederzeit einen Rechtsbeistand hinzuziehen, falls Sie wollen.« Er schiebt ein Häferl Kaffee vor sie hin, das sie dankend annimmt.

»Brauchen wir denn einen Anwalt?« Die arme Frau blickt völlig verunsichert zwischen uns hin und her.

»Na ja, es wäre vielleicht schon besser für den Buben«, rate ich ihr und winke der Gerti, dass sie uns das Register mit den Strafverteidigern bringen soll.

»Nein, Mama. Ich will jetzt meine Aussage machen. Ich will das endlich loswerden.«

»Der Bub ist schon seit Tagen so durcheinander«, sagt die Mutter. »Der isst kaum mehr was. Aber wie hätt ich denn wissen können, was der hat, wenn er nix sagt, oder?« Verzweifelt wartet sie auf meine Bestätigung.

Ich nicke und verspreche ihr, dass wir sehr behutsam mit ihrem Buben umgehen werden.

Die Gerti setzt sich auf mein Zeichen an meinen Schreibtisch. Sie kann dieses Stenozeug und schreibt quasi in Sprechgeschwindigkeit punktgenau alles mit. Ein Band will ich da jetzt nicht laufen lassen.

»So, Gregor, nun erzähl uns bitte alles der Reihe nach«, fordere ich ihn auf. »Wir werden dich nur unterbrechen, wenn wir Fragen haben.« Ich versuche, möglichst rücksichtsvoll zu sein, schließlich habe ich ja auch einen Sohn.

Weil dem Buben der Rotz schon aus der Nase läuft, kramt seine Mutter in ihrer Tasche, bis sie ein Taschentuch herauszieht, in das er sich geräuschvoll schnäuzt.

»An dem Samstagabend war der Riegler furchtbar grantig. Bis ganz zum Schluss hab ich bedienen müssen«, fängt der Gregor jetzt an, zieht aber gleich darauf so geräuschvoll schon wieder Rotz hoch, dass seine Mutter das nächste Taschentuch aus ihrer Tasche zutage fördert.

»Dann war auf einmal der Chef weg, und die Franziska hat mir ang'schafft, dass ich mich hinter die Schank stellen soll. An der Bar stand der depperte Sieder, auf den war ich total sauer, weil der der Kathi schon wieder an den Arsch griffen hat. Gott sei Dank ist der nach einem Stamperl aufs Klo und dann wieder zurück in den Gastgarten.« Der Gregor wischt sich die Tränen aus den Augen.

»Moment, Gregor«, werfe ich ein, »der Sieder kann nicht gleich wieder in den Gastgarten zurückgegangen sein. Laut der uns vorliegenden Aussage von eurem Trainer haben beide eine halbe Stunde bei dir an der Schank verbracht, bevor sie wieder in den Gastgarten zurück sind.«

»Aber das stimmt nicht. Der hat den Schnaps runterg'stürzt, ist aufs Klo und keine fünf Minuten später hinten bei der Terrasse raus, ich hab ihn doch genau g'sehen. Der Herr Huber, unser Trainer, der hat noch einen weiteren Schnaps trunken und mir sicher eine halbe Stunde lang erklärt, was ich beim Doppelpass immer falsch mach, bis er endlich wieder in den Gastgarten zurück ist. Dabei kenn ich mich eh damit aus, mit dem ›give and go‹. Nachher war keiner mehr an der Bar, und ich hab nur mehr für die Franziska die Bier zapft und die Getränke eing'schenkt. Und irgendwann hat sie g'meint, dass jetzt einmal alle abg'fertigt sind und sie sich draußen kurz hinsetzen muss, zum Verschnaufen. Und während sie weg war, ist mir eing'fallen, dass der Chef doch im Keller sein könnt. Der Schlüssel ist nämlich nicht am Schlüsselbrett g'hängt wie sonst eigentlich immer. Ich hab mir denkt, dass er vielleicht auf der Couch dort unten seinen Rausch ausschlaft. Aber weil ich so eine Wut auf den Sieder g'habt hab, wollt ich, dass der Chef den rausschmeißt. Also hab ich meinen ganzen Mut zsammg'nommen und bin runter. Dort hab ich ihn auch schon g'sehen, besser g'sagt seinen Riesenarsch.« Er schnäuzt sich noch mal kräftig und lange.

»Da war diese blonde Frau unter ihm drunter«, spricht er mit brüchiger Stimme weiter, »der hat er brutal den Mund zudrückt. Ich hab glaubt, das ist die Kathi. ›I bring dich um!‹, hat er immer wieder völlig irre g'schrien, und sie hat irgendwie so g'röchelt oder gurgelt, etwa so.« Er macht ein gruseliges Geräusch. »Ich hab mir denkt, der Saukerl tut das wirklich, der bringt die Kathi um. Drum hab ich mich ang'schlichen und den alten Maßkrug vom Chef g'nommen, den mit unserem Bierlogo und seinem Namen drauf, der zufällig neben den beiden stand. Sogar ein bisserl Bier war noch drin. Der Chef hat mich gar nicht registriert, hat nur g'schrien wie ein Wahnsinniger.« Der arme Gregor zittert bei der Erinnerung.

Mir selbst wird ganz heiß, obwohl die Klimaanlage läuft. Mit trockenem Mund nehme ich einen großen Schluck Wasser und gieße auch dem Burschen ein Glas ein, der sofort daran nippt.

»Ich hab mir nicht anders zu helfen g'wusst und ihm den Krug über den Schädel zogen. Aber trotzdem hat der einfach weiterg'macht. Vor lauter Angst hab ich dann noch einmal mit voller Wucht draufg'haut, erst dann hab ich g'hört, wie ihm die Luft ausgangen ist. Er ist zsammg'sackt über der Frau, das Blut ist ihm nur so am Schädel runterg'ronnen.« Der Bursche atmet schwer. »Dann hab ich den Kellerschlüssel aufg'hoben, der neben ihm auf dem Boden g'legen ist, und bin die Treppen raufg'fetzt. Nach der Hälfte bin ich kurz stehen blieben, hab runterg'schaut und erst dann bemerkt, dass das gar nicht die Kathi war.«

Der Gregor wagt es nicht, den Blick vom Boden zu heben. »Die Frau Marie saß neben dem Chef mit angezogenen Knien und hat nach Luft g'schnappt. Der Träger am Kleid war abg'rissen und ihr Gesicht voller Blut.« Der Bursche verschränkt seine Arme auf der Tischplatte, legt seinen Kopf hinein und schluchzt laut.

Der Buchinger verzieht angewidert sein Gesicht und blickt mich vorsichtig von der Seite an.

Die Gerti ist leichenblass und schaut verzagt vom Gregor zu mir.

»Ist schon gut.« Ich streiche dem Buben sachte über seinen Rücken.

Als der sich beruhigt, den Kopf hebt und sich auf seinem Stuhl zurücklehnt, ergreift die Mutter schützend seine Hand und drückt sie.

»Ich hab so eine Panik g'habt, dass der Riegler mir hinterherkommt. Ich wollt der Frau Marie ja helfen, aber ich hab mich nicht getraut. Also hab ich die Tür zug'sperrt und den Schlüssel ans Brett zurückg'hängt. Dann bin ich einfach nur an der Tür g'lehnt und hab g'horcht. Aber da unten war es ganz still. Da hab ich wieder Panik kriegt, bin aufs Klo und hab ordentlich g'spieben.« Er dreht sich mit einem um Verzeihung bittenden Blick zu seiner Mutter. »Ich hab vor lauter Angst sogar den Rosenkranz gebetet, Mama, den schmerzhaften, das ist der einzige, den ich kann.«

Die Mühlnerin weint schon seit ein paar Minuten leise vor sich hin und schnäuzt sich jetzt mit der freien Hand in ein zerknülltes Taschentuch.

»Und der Bierkrug, Gregor?«, will ich wissen. »Was hast du mit dem gemacht?«

Verständnislos schaut er mich an. »Den hab ich einfach fallen lassen. Gleich neben dem Chef, glaub ich.«

»Hat Sie irgendjemand gesehen, wie Sie aus dem Keller raus sind?« Der Buchinger spricht so sanft mit dem Buben, wie ich es ihm gar nicht zugetraut hab.

Verzagt antwortet der Bub: »Ich weiß es nimmer. Es war ja schon vorher keiner mehr in der Schankstuben, die waren alle noch im Garten.«

»Sind Sie dann noch mal zurück in den Keller, Herr Mühlner?« Die jetzt etwas strengere Stimme vom Buchinger verfehlt nicht ihre Wirkung.

Der Gregor schreckt kurz auf. »Nein, ich hab mich da nimmer runtergetraut. Ich hätt mich ja nicht einmal mehr aus dem Klo g'wagt, wenn nicht die Kathi nach mir g'schrien hätt. Ich war so froh, dass sie noch lebt, die Kathi. Aber jetzt lebt sie nimmer.« Wieder beginnt er, haltlos zu schluchzen.

»Was ist dann passiert, Gregor?«, hake ich sanft nach.

»Wie ich zurück in die Schank bin, hat die Franziska grad Schnaps eing'schenkt für die letzte Runde der Gäste draußen, und die Kathi hat mich g'schimpft, weil ich so lang am Klo g'wesen bin. Ich hab denen g'sagt, dass mir schlecht worden ist. Dann ist die Kathi mit dem Tablett abg'rauscht und hat g'sagt, sie kassiert jetzt alle Gäste ab, und die Franziska hat ang'fangen, die Schank zu putzen. Auch die Tür und die Türklinke vom Braukeller hat sie poliert. Dabei hat sie kurz hochg'schaut, g'meint, ich schau wirklich zum Speiben aus, und mich dann heimg'schickt.«

»Und die Kellertür war noch immer verschlossen?«

»Natürlich, Herr Aigner, der Schlüssel ist immer noch am Brett g'hängt, das hab ich genau g'sehen.« Unglücklich blickt er mich an.

»Wie lange warst du ungefähr am Häusl, Gregor?«, will ich von dem Buben wissen.

»Ich weiß es nicht … eine Viertelstunde, zwanzig Minuten?«

»Hat dich beim Heimfahren jemand gesehen, Gregor? Oder hast du jemanden gesehen?«

Auf meine Frage hin schüttelt der Bub den Kopf und starrt auf den Fußboden. »Ich bin nur wie ein Irrer g'radelt und hab nicht nach rechts und links g'schaut.«

»Wir waren alle noch in der Stube, es war Vereinssitzung vom Frauenchor, da ist der Bub bei der Tür rein und einfach an uns vorbeig'saust«, meldet sich jetzt die Mühlnerin zu Wort.

»Er hat nicht einmal gegrüßt, das weiß ich ganz gewiss, weil ich mich g'schamt hab dafür. Die Hedi Eidenpichler, die Lisl Hehenbichler und das Hofer Hannerl waren noch da. Und ich weiß auch ganz bestimmt, dass es noch vor halb drei war, weil die Hedi g'sagt hat: ›Was, es ist schon bald halb drei? Da muass i hoam, weil sonst schimpft mein Oida morgen wieder den ganzen Tag.‹« Sie drückt erneut die Hand von ihrem Buben.

Der Gregor zieht noch mal die Nase hoch und nimmt auch die andere Hand seiner Mutter. »Ich wollt den Riegler nicht umbringen, Mama. Ich wollt das alles nicht. Bitte glaub mir.«

Seine Mutter entzieht ihm ihre Hände und klopft ihm beruhigend auf die Schulter. »Ist schon gut, Gregor. Ich glaub dir ja.«

Der Buchinger und ich schauen uns an. Es ist uns beiden absolut klar, dass der Bub den Riegler niemals in das Gärbecken verfrachtet hat.

Was ist in dem abgeschlossenen Keller also noch passiert? Wie ist die Marie herausgekommen? Und vor allem, wie ist der Mörder dort hineingekommen?

Mein Exkollege nickt mir zu, und ich stehe kurz auf und nehme direkt neben dem Gregor Platz. »Hör mir jetzt mal genau zu. Und Sie auch, Frau Mühlner.«

Beide starren mich erwartungsvoll an.

»Du hast den Riegler nicht umgebracht, Gregor. Er ist nämlich nicht an der Kopfverletzung gestorben, sondern im Gärbecken ertränkt worden. Das heißt, dass nach dir noch jemand in dem Keller gewesen sein muss. Denk noch mal ganz genau nach, ob du nicht doch jemanden gesehen hast.«

Der Bursche ist jetzt komplett irritiert. »Das heißt, ich hab den Chef gar nicht umgebracht? Ich hab schon die Gerüchte g'hört, dass der Chef in seinem Bier g'funden worden ist, aber ich hab das nicht glauben können. Ich hab ja g'wusst, was dort unten passiert ist.« Er dreht sich froh zu seiner Mutter um. »Mama, ich hab den Riegler gar nicht umgebracht.«

Die Mühlnerin macht ein ebenso erleichtertes Gesicht wie ihr Sohn.

»Trotzdem könnten Sie wegen versuchten Totschlags angeklagt werden, Herr Mühlner«, sagt der Buchinger und räuspert sich. »Auf jeden Fall werden Sie noch von einem Richter und einem Staatsanwalt befragt werden. Und vielleicht müssen Sie auch in Untersuchungshaft.«

Mutter und Sohn erschrecken sichtlich.

Schnell lächle ich ihnen beruhigend zu. »Allerdings glaube ich, dass der Richter mildernd berücksichtigen wird, dass du im Affekt gehandelt hast. Hättest du nicht eingegriffen, hätte der Riegler der Marie schwere Verletzungen zufügen können.« Ich halte kurz inne und denke nach. Wenn der Gregor nicht gewesen wäre, müsste ich heute vielleicht nicht den Mord am Riegler, sondern an der Marie aufklären.

»Nur nicht zu viel versprechen«, brummt der Buchinger grimmig, bringt dann aber doch so etwas wie ein Lächeln zustande. »Also, Herr Mühlner, haben Sie neben Ihren Kolleginnen noch jemand anderen nach diesem Vorfall gesehen?«

Der Gregor seufzt tief, wirkt aber im Unterschied zu vorhin dabei gelöst. »Nachdem ich vom Keller rauf bin, bin ich außer der Kathi und der Franziska niemandem mehr begegnet. Ganz bestimmt.« Dann sackt er wieder etwas in sich zusammen. »Aber ich muss Ihnen noch was gestehen. Sie finden's ja sowieso raus, Herr Aigner.« Der Bub räuspert sich kurz und blickt verschämt durchs Fenster. »In der Nacht nach der Hochzeit vom Chef hab ich der Kathi g'holfen, das Schaufenster von der Frau Marie zu beschmieren. Ich hab die Spraydosen besorgt und mit der Kathi zweimal ›ZUR SCHANDIHUR‹ raufg'sprüht. Das tut mir heut so was von leid, das können S' mir glauben.«

»Na, servus. Auf den Buben hätt ich ja nie getippt.« Der Buchinger kratzt sich nachdenklich am Hinterkopf.

Wir sind wieder alleine in meinem Büro. Die Gerti hat das

Protokoll abgetippt, den Gregor unterschreiben lassen, und dann sind Bub und Mutter heimgefahren.

Als ich meinem Exkollegen erzähle, dass ich mir Vorwürfe mache, weil ich nicht gemerkt habe, wie der Gregor letztens neben mir auf dem Häusl vor Angst Blut und Wasser geschwitzt hat, macht er nur eine wegwerfende Handbewegung.

»Hätt ich wahrscheinlich auch nicht, Aigner«, brummt er.

Laut denke ich nach. »Und wie geht's jetzt weiter? Meiner Einschätzung nach könnte dieser schmierige Sieder durchaus ein Erpresser sein. Wir können davon ausgehen, dass der Max von einem dunklen Geheimnis von der Marie wusste, und es wär doch möglich, dass der Sieder nach dessen Tod irgendwie an diese Information gekommen ist und die Frau einfach weitererpresst hat. Zutrauen würde ich es dem Burschen ohne Weiteres. Vielleicht hat er sogar was mit dem Mord zu tun. Wollen wir gleich zu ihm oder vorher noch der Marie einen Besuch in der U-Haft abstatten?«

Der Buchinger zupft sich am Kinn und überlegt. »Lass uns unbedingt den Sieder in die Zange nehmen, bevor wir in die Justizanstalt fahren.« Dann holt er sein Handy aus der hinteren Hosentasche und informiert den Staatsanwalt über die neuesten Entwicklungen.

Etwa zwanzig Minuten später betreten der Buchinger und ich das Lager vom Eidenpichler, weil der Sieder dort wie die anderen jungen Leute noch seine Strafe wegen der Einbrüche im Möbelgeschäft ableisten muss. Er lehnt im Lagerhausmantel mit Besen und Schaufel bewaffnet lässig an der Blechwand und tut nichts, während die Eidenpichler-Tochter brav in einer Ecke kehrt.

»Na, Herr Inspektor, was wollen S' da?«

»Draußen mit dir reden, Sieder. Gemma!« Mein Ton ist unmissverständlich.

Zu dritt gehen wir zur Hintertür hinaus in den Hof, wo sich der Sieder gleich eine Zigarette anzündet.

»Da wird jetzt nicht geraucht«, knurrt der Buchinger.

Der Sieder nimmt die Zigarette mit zwei Fingern aus dem Mund und lässt sie auf den Boden fallen, wo er sie betont langsam mit dem Fuß ausdrückt. Dabei grinst er den Buchinger mit seinem Pferdegebiss frech an.

»Vorletzten Samstag, in der Tatnacht, waren Sie mit Ihren Kollegen vom FC im Rieglerbräu«, stellt mein Exkollege fest. »Gemäß Zeugenaussagen wurden Sie nach ein Uhr für etwa eine halbe Stunde von niemandem gesehen.«

Der Sieder grinst weiterhin völlig unbeeindruckt vor sich hin und verschränkt die Arme.

»Etwa zur gleichen Zeit wurde der Riegler Max ermordet«, fügt der Buchinger langsam und bestimmt hinzu und baut sich vor dem langen, dürren Burschen auf. Er ist mindestens doppelt so breit wie er.

Ich stehe etwas abseits und verfolge die Szene halb amüsiert, halb ernst. In Situationen wie diesen weiß ich wieder, warum ich während meiner Salzburger Zeit so gerne mit ihm zusammengearbeitet habe.

Der Sieder schluckt jetzt doch, ich kann seinen Adamsapfel nervös auf und ab hüpfen sehen.

»Wo waren Sie, Sieder? Und sagen Sie mir die Wahrheit. Sie sind kein unbeschriebenes Blatt, verfügen in unserer Datei schon über einen ziemlich langen Eintrag. Nur ein einziges falsches Wort von Ihnen und ich nehme Sie sofort mit.«

Der Sieder blickt nervös zu mir, aber ich zucke nur mit den Schultern. »Ich war die ganze Zeit über im Wirtshaus«, sagt er schließlich.

»Erzähl uns keinen Schmarrn, Sieder. Wir wissen, dass du mit dem Huber Karl höchstens fünf Minuten im Wirtshaus warst und dann über die Terrasse nach draußen verschwunden bist.« Ich kann den selbstgefälligen Burschen einfach nicht leiden.

»Waren Sie im Braukeller beim Max Riegler?«, bellt ihn der Buchinger unwirsch an. »Haben Sie ihn umgebracht, weil Sie eifersüchtig auf ihn waren wegen der Kathi Moser?«

»Aber nein, ich war doch draußen am Parkplatz.« Der Sieder wirkt jetzt ziemlich eingeschüchtert.

»Das können Sie Ihrer Großmutter erzählen. Wir wissen, dass Sie es auf die Moser Kathi abgesehen hatten.«

»Und dass der Max dich deswegen schon mehrfach aus dem Wirtshaus geworfen hat«, ergänze ich.

»Vielleicht, aber ich war nicht im Braukeller. Fragen S' doch die Kathi. Wir waren gegen ein Uhr am Parkplatz und haben geschnackselt.« Seine Stimme überschlägt sich fast.

»So ein Schmarrn«, entgegne ich wütend. Der Typ hängt mir echt zum Hals raus. »Alle Gäste haben uns erzählt, dass die Kathi dir eine saftige Watschen verpasst hat, nachdem du ihr an diesem Abend an den Hintern gegriffen hast. Verkauf uns nicht für dumm.«

»Das stimmt ja auch«, nickt der Sieder energisch. »Daraufhin hat mich der Huber gleich an die Bar geschleppt und auf einen doppelten Schnaps eingeladen. Weil diese Loser vom FC Angst hatten, dass die Moserin uns rausschmeißt. Aber die wissen auch nicht, dass die drauf steht, wenn ich sie so anfass. Wie ich dann nach dem Häusl in den Gastgarten zurückgegangen bin, hat sie mich abgefangen, und wir haben eine Nummer geschoben. Am Parkplatz unter dem kleinen Vordach, wo die Mopeds und Fahrräder stehen. Fragen S' halt bitte die Kathi.« Nervös fischt er sein Handy aus der Hosentasche und will anscheinend die Nummer der Kathi wählen.

Der Buchinger macht ein paar Schritte zurück. »Tja, leider geht das nicht mehr«, murmelt er mehr in meine als in die Richtung vom Sieder.

So ein Irrsinn aber auch!, denke ich mir. Wir treten immer noch auf der Stelle, und wenn wir mal glauben, etwas rausgefunden zu haben, können wir es gleich wieder vergessen.

»Hat euch jemand beim Rummachen gesehen?«, frage ich genervt.

Der Sieder wählt offensichtlich inzwischen Kathis Nummer, aber niemand hebt ab.

»Die geht nicht ran.« Kopfschüttelnd legt er auf, schaut uns aber erfreut an. »Ja, der Gruber Alois, der alte Postler, der hat uns gesehen.«

Und wieder einmal läutet mein Handy im unpassendsten Moment, und der Name »Gabi« leuchtet bedrohlich auf dem Display. Während ich seufzend das Gespräch annehme, habe ich plötzlich ein ganz ungutes Gefühl im Bauch und weiß nicht, warum.

Ich bedeute dem Sieder, kurz still zu sein. »Gabi? Wir sind grad mitten in einer Vernehmung«, will ich meine Schwester abwürgen.

»Und wo hast du den Felix gelassen?«, plärrt sie mir entgegen. »Wenn er bei dir ist, bring den Buben jetzt sofort heim. Weißt du eigentlich, wie spät es schon ist? Es ist schon nach sechs und der Felix muss noch essen, baden und um acht ins Bett.«

Jetzt ist mir sauschlecht. Ich hab den Felix vergessen.

Der Bub kauert immer noch im Eck hinter dem Gitter, wo i ihn am frühen Nachmittag eing'sperrt hab. Er hat noch nix trunken und koan oanzigen Keks gessen. Jetzt zittert er in seiner kurzen Hose, verweichlicht sind s' alle, diese Gschrappen. Weil denen alles hinten reing'schoben wird. Unsereiner, der hat sich sein Lebtag schinden müssen. Koaner hat uns auch nur irgendwas g'richtet, koaner!

Der Max, das war auch so einer. Alles, aber auch wirklich alles hat der Saubub g'habt, von kloan auf. Schon immer hat ihm sein Vater das Geld in den Arsch g'schoben. Aber als er mich aus glasigen Augen ang'schaut hat, als ihm das Blut über den Schädel g'ronnen ist, da war er plötzlich ganz kloa.

»Ah, du bist es«, hat er g'lallt und mich dann wie immer ang'keift. »Was tust du da herunten? Schleich dich! Du hast da nix verloren!« Aber i hab mich net g'schlichen.

Aufstehen hat er wollen, aber seine Füß haben ihn nicht tragen, und er ist wieder zsammbrochen. Neben ihm am Bo-

den ist eine zerrissene Weiberunterhosen g'legen, so a ganz a knappe mit Spitze, die war sicher von der Hur.

»Schau net so deppert«, hat er gekrächzt. Schreien hat er nimmer können. »Hilf mir lieber auf. Damits dich wenigstens nützlich machst, wennst schon da herunten bist, wo du nix verloren hast.«

Dann hab i mich a bisserl umg'schaut und das Wagerl herzogen, weil der Max ja so ein schwerer Brocken war. Tragen hätt i den nie können. I wollt ihm wirklich helfen, obwohl er sich schämen hätt müssen. Die Lederhosen ist ihm bei die Knie unten g'hängt, im Schritt war er ganz nackert.

»Was soll i mit dem geschissenen Wagerl? Du bist ja für alles zu deppert. Weißt was? Mir reicht's echt mit dir. Ab sofort brauchst dich gar nimmer bei mir im Wirtshaus blicken lassen. Von mir kriegst du nix mehr, koan Cent.« Der hat nur mehr g'flüstert, ganz damisch, wie der schon war.

Da hab i laut lachen müssen. Liegt da, blutet wie eine abg'stochene Sau, aber spielt sich immer noch auf. I hab mich umdreht und wollt schon gehen. Da hat er sich noch einmal ein bisserl aufg'richtet und mir mit letzter Kraft nachg'schrien. »Schleich dich nur! Dir häng i alles an … I lass dich einsperren, damit die Marie endlich wieder ihren Frieden hat. Das bin ich ihr schuldig, zumindest das. Wegen dir ist das alles doch erst passiert. Wegen dir hab ich den ganzen Scheiß erst g'macht. Wegen dir ist es mit der Marie überhaupt erst so gekommen. Ich zeig dich wegen unterlassener Hilfeleistung und wegen Erpressung an, bei der Kripo in der Stadt. Gleich morgen. Einsperren werden s' dich. Was moanst, wem die dort mehr glauben werden? Einem g'standenen Brauwirt oder so jemandem wie dir, so …« Dann ist ihm d' Luft ausgangen, er hat sich an die Brust griffen und ist langsam wieder auf den Boden g'rutscht. Halb ohnmächtig ist er dag'legen und hat nur mehr g'schnauft. Da hab i g'wusst, der muss weg. Hätt er sich anständig verhalten, hätt i ihm ja vielleicht noch g'holfen, aber so sicher net. Du hast das letzte Mal Leut schikaniert, hab i mir denkt. Ganz ruhig hab i mir die Handschuh anzogen, die ich im Putzkübel unter der Kellerstiege g'funden hab. Dann hab i mich da unten umg'schaut und das Bierbecken in dem anderen Raum entdeckt.

Es war ganz schön anstrengend, den fetten Kerl aufs Wagerl hinaufzuheben. Aber das war mir wurscht. Und als er endlich am Wagerl war, war's mir um die teure Hose leid, also hab i das gute Stück schön zsammg'faltet. Das Hemd, die Socken und die Schuh hab i ihm schon vorher auszogen. Nackert hat er auf dem Wagerl g'legen und nur mehr g'wimmert, reden hat der nimmer können. Sein Gwand hab i zsammg'legt und samt der zerrissenen Unterhosen von dem Weib auf die Hosen tan.

Darauf bin i in das kühle Bier g'stiegen und hab den Max mit aller Kraft bei den Füßen ins Becken reinzogen. So lang, bis er mit dem Kopf, an dem seine schwarzen Haare gepappt sind, am Beckenrand g'legen ist. Schiach hat der aus'gschaut, und ang'starrt hat er mich. Drum hab i ihn umdreht, das Gsicht nach unten ordentlich ins Bier taucht. Ganz leicht war das, weil der sich nimmer g'wehrt hat.

Nix davon hätt passieren müssen, wär die Steinhauserin net so eine Hur. Schuld war nur sie! Die hat mir alles verdorben mit ihrem depperten Gendarmen.

Danach bin i zu der Schank im Sudhaus und hab mir ein Bier zapft. War eh koaner mehr da. Das Glas hab i dann gründlichst abg'waschen und wieder ins Regal g'stellt.

Und nach der kleinen Pause hab i mit dem Putzkübel das ganze Blut aufg'wischt, über eine Stunde, nur mit Seife, da geht das komplett weg, damit kenn i mich aus. Raus bin i über das Fenster in den Innenhof und hab das dann oafach hinter mir zufallen lassen.

Den Maßkrug wollt i zuerst zur Erinnerung mit hoamnehmen, hab ihn dann aber doch im Fischweiher versenkt, zusammen mit dem Gwand.

Nur der Steinhauserin ihre Schuh hab i aufg'hoben. Wer woaß, vielleicht helfen mir die noch, falls sie doch aus dem

Gfängnis freig'lassen wird, die Hur. Dass die davonkommt, das lass i garantiert net zu!

Alle sitzen wir in meinem Wohnzimmer und warten. Vielleicht kommt der Felix ja wie durch ein Wunder gleich durch die Tür herein.

Die Gabi ist nur mehr ein Häufchen Elend. Vorhin hab ich sie noch zurückhalten müssen, weil sie sich wie ein Berserker auf die Ulli vom Kindergarten stürzen wollte. Dabei hat sich das arme Mädel selbst schon Riesenvorwürfe gemacht, vor lauter Schluchzen hat sie kaum mehr ein Wort hervorgebracht. Jetzt kauert die Gabi auf der Couch in meinem Wohnzimmer, und der Andi hat ihr den Arm um die Schultern gelegt. Er ist genauso bleich wie sie.

Die Kollegen suchen immer noch, obwohl es draußen schon dämmert. Aber bisher haben sie keine Spur von meinem Sohn gefunden.

Der Buchinger telefoniert zum wiederholten Mal mit jemandem von der Gerichtsmedizin. »Mir ist das wurscht!«, schreit er ins Handy. »Wissen Sie, was mich der Heinrich kann? In spätestens einer halben Stunde will ich einen Bericht über die Moser! – Was? – Das ist mir scheißegal! Der Bub von unserem Kollegen ist verschwunden, und wir müssen wissen, ob und wie das mit diesem beschissenen Fall zusammenhängt! Also bewegen S' Ihren Arsch, aber flott! In dreißig Minuten, keine Sekunde später!«

Er kommt zu mir an den kleinen Küchentisch vor meiner Kochnische, wo ich über all den Unterlagen brüte, die wir in den letzten Tagen gesammelt haben, und schaut auf meine Kritzeleien. »Das mit Felix muss nicht mit dem Fall zusammenhängen, Raphi«, sagt er fast entschuldigend und legt mir tröstend den Arm um die Schulter.

Ich könnte aus der Haut fahren! Ich habe keine Ahnung, was ich jetzt machen soll, ich komme mir völlig hilflos vor. Wo ist mein Bub? Und bei wem? Gnade dir Gott, wer immer du bist, denke ich mir und starre auf mein Gekrakel. Der Name von der Erni steht da und der von der Marie und dem Hansl. Wobei ich die beiden letzten Namen schon durchgestrichen habe, weil die zwei ja quasi weggesperrt sind. Darunter hab ich die Namen aller sonst noch in den Riegler-Fall verwickelten Personen aufgeschrieben und werde nicht schlau daraus. Es scheint, als war der verdammte halbe Ort an dem beschissenen Samstag in der Mordnacht im Rieglerbräu. Jeder könnte der Mörder vom Max sein. Und ich bin mir absolut sicher, dass der Mörder auch der Entführer von meinem Buben ist.

Was ist bloß los mit mir? Hat mich mit der Sabine auch mein Gespür verlassen? Wenn ich meinen Sohn jetzt auch noch verliere … Ich wage nicht, den Gedanken zu Ende zu denken.

Überleg!, ruf ich mich zur Räson. Verlier nicht die Nerven! Reiß dich am Riemen, Aigner! Schalt dein Hirn ein!

Völlig erledigt schau ich zum Buchinger hoch. »Der Felix wäre doch nie mit jemandem mitgegangen, den er nicht kennt. Oder der ihm nicht einen triftigen Grund nennt, warum er mitgehen sollte.«

»Stimmt, das hätt unser Bub nie getan«, schluchzt die Gabi. »Warum bin ich bloß mit dem Pepperl nach Salzburg gefahren? Warum bloß?« Als sie sich mit der flachen Hand auf die Stirn schlägt, nimmt der Andi sie fest in die Arme und drückt sie.

Plötzlich klopft es, aller Augen richten sich auf die Tür, und dann steht auch schon der Michel im Zimmer. »Chef«, sagt er leise, »wir haben da was g'funden.«

Erschrocken springe ich vom Stuhl.

Sofort macht er eine abwehrende Handbewegung. »Nur das da.« Er hält mir ein Papier vor die Nase. Ein Zettel mit aufgeklebten Zeitungsbuchstaben, wie in alten Krimis.

»WENN DU DEINEN SOHN WIEDERHABEN WILLST, LASST DIE HUR IM GEFÄNGNIS VERRECKEN.«

Der Buchinger betrachtet den Zettel ganz genau, ohne ihn zu berühren, und faucht dann den Michel an: »Nach Salzburg bringen, auf die Kriminaltechnische, sofort!«

»Warte«, halte ich den Michel auf. »Wo habt ihr den gefunden?«

Der Michel wird rot im Gesicht und blickt verlegen auf den Fußboden. »Vor der Tür von der Inspektion«, antwortet er beschämt.

Das glaube ich jetzt nicht! Da spaziert der vermeintliche Mörder, der meinen Buben in seiner Gewalt hat, ganz seelenruhig vor unsere Inspektion und deponiert da einen Brief? Und niemand bemerkt das?

»Wer ist auf der Wache?«, brülle ich den Michel an.

Verunsichert blickt er von meinem Exkollegen zu mir. »Die Sandra, aber die kann nix dafür. Die hängt ja nur mehr am Telefon, weil sie die Suchaktion koordiniert. Die ist auch schon völlig fertig mit den Nerven.« Er blickt hilfesuchend zum Buchinger.

»Schon gut«, schiebt der den Michel raus aus dem Zimmer. Dann hängt er schon wieder am Handy, um mit der Kriminaltechnischen Abteilung zu telefonieren, damit die sich in Salzburg sofort darum kümmern, den Zettel zu untersuchen.

Ich bin mir allerdings ziemlich sicher, dass sie an ihm keine Spuren finden werden. Genau wie im Braukeller. Immer stärker bin ich davon überzeugt, dass der Mörder und Kindesentführer nur jemand sein kann, den alle im Ort kennen, der aber nicht auffällt.

»Weißt schon was vom Heinrich?«, bellt der Buchinger jetzt ins Handy. »Was? Den ruf ich gleich an.« Er wirft mir einen ernsten Blick zu, während er eine Nummer wählt. »Heinrich? Buchinger hier. – Nein, wir haben noch nix. Was ist jetzt? – Die Kurzfassung, wenn's geht, Herr Professor, wir haben keine Zeit«, knurrt er den Gerichtsmediziner an. »Aha, sind Sie sich da sicher? – Sollten Sie noch was rausfinden, rufen Sie mich bitte umgehend an. – Ich weiß, wie spät es ist, und wissen Sie was? Das ist mir scheißegal!« Dann legt er auf.

»Die Moser hat sich nicht erhängt, Raphi.« Sein Gesicht wird immer blasser. »Die wurde erst erstickt und ein paar

Stunden später aufgehängt. Das Ganze hat sich wahrscheinlich schon Samstagnacht abgespielt.«

»Lass uns zur Marie fahren«, komme ich endlich in die Gänge. »Auf der Stelle.«

Es ist mittlerweile nach zehn und dunkel. Weil der Buchinger mit dem Staatsanwalt telefoniert hat, wartet der trotz später Stunde vor der Justizanstalt auf uns. Mit besorgtem Gesichtsausdruck reicht uns der junge Mann im Anzug die Hand.

»Chefinspektor Buchinger, Chefinspektor Aigner«, begrüßt er uns knapp. »Wir können sofort zu Frau Riegler. Ich habe schon alles veranlasst, sie wartet im Vernehmungsraum. Ich überlasse die Befragung ganz Ihnen beiden und werde mich im Hintergrund halten.«

Energischen Schrittes gehen wir durch lange Gänge, bis wir in einem kahlen Zimmer stehen, wo die Marie bereits am Tisch sitzt. Sie sieht müde aus, ihr Blick ist verschlossen, und ich werde wütend. Nur durch ihre Lügen ist es überhaupt erst so weit gekommen.

»Keine Lügen mehr, Marie«, blaffe ich sie an. »Keine einzige. Der Mörder hat den Felix.«

Mit geöffnetem Mund und geweiteten Augen schaut die Marie erschrocken von mir zum Buchinger.

»Was ist an diesem beschissenen Samstag passiert? Warum hast du ein falsches Geständnis abgelegt? Was für ein Spiel spielt ihr alle? Raus mit der Sprache und zwar sofort. Wir haben keine Zeit mehr für deine Lügengeschichten.« Meine Kiefermuskeln zucken, und ich funkle die Marie böse an.

Mit grimmigem Gesicht schaltet der Buchinger das Aufnahmegerät ein, das bereits auf dem Vernehmungstisch steht, und dreht das Mikrofon in Maries Richtung. Verunsichert folgen ihre Augen jeder seiner Bewegungen, aber dann greift sie nach meiner Hand, die ich sofort zurückziehe. Ich kann ihre Berührung jetzt nicht ertragen.

»Es tut mir so leid, Raphi. Es tut mir ja so leid.«

»Das hilft dem Raphi im Moment gar nix«, brummt der Buchinger mit einem Seitenblick auf mich. »Kommen S', Frau Riegler, erzählen Sie uns jetzt alles, und zwar schleunigst. In Entführungsfällen zählen die ersten Stunden am meisten.«

»Und dieses Mal will ich nur die Wahrheit von dir hören und nichts als die Wahrheit. Hast du mich verstanden?«, ergänze ich mit rauer Stimme.

»Der Max hat versucht, mich zu vergewaltigen«, beginnt die Marie. Sie spricht schnell und blickt mir dabei fest in die Augen. »Aber das weißt du ja schon. Plötzlich sackte er über mir zusammen, jemand hatte ihm zweimal mit einem Gegenstand auf den Kopf geschlagen. Unmittelbar danach konnte ich hören, wie jemand die Treppe hochlief. Mit aller Kraft stieß ich den Max von mir runter und konnte endlich wieder frei durchatmen. Ich spürte, dass mich jemand von der Treppe aus beobachtete, aber ich konnte nichts sagen. Kein Wort brachte ich über die Lippen. Sehen konnte ich nur wie durch einen roten Schleier, ich schwöre es, sein Blut war mir ins Gesicht geronnen, meine Augen waren verklebt. Deshalb konnte ich die Person auch nicht wirklich erkennen. Sie war schmal und eher klein, aber ich kann nicht sagen, ob es sich um eine Frau oder einen Mann gehandelt hat. Kurz darauf fiel die Tür oben an der Treppe ins Schloss.«

Sie holt tief Luft, bevor sie fortfährt. »Ich habe keine Ahnung, wie lange ich dort am Boden saß und mich nicht bewegen konnte. Einerseits hatte ich Angst, dass Max tot war, andererseits hatte ich Angst, dass er noch lebte und mich wieder angreifen könnte. Irgendwann schaffte ich es aber doch, mich zu erheben, mir den Barhocker zum Fenster zu schieben und in den Innenhof hinauszuklettern.«

»Kannst du dich erinnern, ob in Ernis Wohnung noch Licht gebrannt hat? Oder hast du irgendjemanden gesehen? Hat dich jemand gesehen?«, unterbreche ich sie ungeduldig.

Sie schüttelt den Kopf. »Nein, Raphi. Da war niemand, bestimmt nicht, obwohl …«

»Was, obwohl?« Der Buchinger ist schon genauso ungeduldig wie ich.

»Hätte sich jemand in der Garage bei den Lastwagen versteckt, hätte ich diese Person sicher nicht sehen können.«

»Hast du das Kellerfenster von außen wieder zugezogen?« Ich erinnere mich, dass wir weder ein geöffnetes Fenster noch den Barhocker am Tatort gefunden haben. Auch die Kriminaltechniker konnten an den Kellerfenstern keine Fingerabdrücke sicherstellen, alles war akribisch gereinigt worden.

Ihre Hände zittern, ihr Gesicht ist bleich. »Nein, daran hab ich gar nicht gedacht. Weil ich meine Schuhe im Sudhaus vergessen hatte, bin ich barfuß zu den Fischteichen losgerannt, wo ich versucht habe, mir das Blut vom Gesicht abzuwaschen. Dann bin ich quer über das Maisfeld zu mir nach Hause, mein Onkel war noch wach.«

»Das bringt doch alles nichts, Marie«, fahre ich aus der Haut. »Du musst mir jetzt verdammt noch mal sagen, womit der Max dich erpresst hat! Nur so kann ich vielleicht herausfinden, wer der Mörder ist und wer meinen Sohn in seiner Gewalt hat!« Ich brülle sie so an, dass mir der Buchinger besänftigend seine Hand auf den Unterarm legt.

Die Marie deutet auf das Aufnahmegerät. »Kann man das ausschalten? Nur kurz. Bitte.« Sie weint beinahe.

Als ich genervt die Stopptaste drücke, schüttelt der Buchinger den Kopf. Er seufzt, und auch der Staatsanwalt sagt nichts. Es sind ja sowieso alle da, die wichtig sind.

»Erzähl jetzt, aber rasch.«

Die Marie schluckt. »Der Hansl-Onkel hat die Tante Irmgard damals die Treppe runtergestoßen, aber nicht mit Absicht. Es war ein Unfall. Er wollte mir beim Begleichen meiner Schulden helfen und hat sie gebeten, ihm das Geld zu leihen. Als Gegenleistung wollte er ihr sogar sein Schrebergartengrundstück samt Haus überschreiben, aber sie hat ihn nur wie üblich ausgelacht und wollte ihn fortjagen. Da hat er sich gewehrt, und sie ist rücklings die Treppe hinuntergefallen und hat sich nicht mehr bewegt. So hat es mir mein Onkel erzählt. In Panik ist er nach Hause gelaufen. Aber nach zwei Tagen hat ihn das Gewissen doch arg geplagt, und er hat den Doktor gerufen. Davon hat er allerdings die ganzen Jahre über niemandem etwas erzählt, auch mir nicht.«

Ihre Lippen beben, und sie zittert am ganzen Körper. »Aber vor etwa einem Monat hat der Max mir diese Geschichte erzählt. Zunächst habe ich ihm natürlich nicht geglaubt, bis ich meinen Onkel damit konfrontiert habe und er mir bestätigt hat, dass es so gewesen ist. Von wem es der Max erfahren hat, hat er mir nicht verraten, aber der hat mir schließlich gedroht, er würde zur Polizei gehen und meinen Onkel auf seine alten Tage als Mörder einsperren lassen. Der alte Mann würde bis an sein Lebensende nicht mehr rauskommen. Auf einmal war's vorbei mit Max' Freundlichkeit, als hätte er eine Maske abgenommen.« Kurz innehaltend fährt sie sich mit der Zunge über die trockenen Lippen. »Er war richtiggehend besessen davon, mich zur Frau zu haben. Es war ihm bitterernst mit seiner Drohung. Also hab ich notgedrungen zustimmen müssen, was hätte ich sonst auch machen sollen? Mein Onkel weiß bis heute nichts von der Erpressung. Ich hatte Angst, er würde sofort zu dir laufen und sich stellen, nur damit ich den Riegler nicht heiraten muss.«

»Was definitiv besser gewesen wäre. Für alle Beteiligten.« Meine Stimme klingt bitter.

Die Marie wendet sich verzweifelt an den Buchinger. »Aber mit seinem kaputten Herzen? Keine zwei Monate hätte mein Onkel im Gefängnis überlebt.«

»Und warum haben Sie selbst nach dem Tod vom Riegler ein falsches Geständnis abgelegt?« Fassungslos greift sich mein Exkollege an die Stirn.

»Irgendjemand hat mich weitererpresst.« Die Marie senkt den Kopf und starrt auf den Tisch. »Am Tag vor dem Begräbnis, am Mittwochmorgen, kam der erste Brief. Wobei, eigentlich war es gar kein richtiger Brief, sondern ein Papierbogen mit aufgeklebten Großbuchstaben. Er war in meinem Briefkasten. ›DU HURE, STELL DICH DER POLIZEI, SONST BRING ICH DEINEN ONKEL WEGEN DER IRMGARD INS GEFÄNGNIS‹, stand drauf. Und am Donnerstag folgte die zweite Drohung.«

»Verdammt, warum hast du mir nichts gesagt? Wo sind diese Briefe?« Ich springe fast zu ihr über den Tisch, sodass mein Exkollege mich zurückziehen muss.

Die Marie hebt den Kopf. Sie weint lautlos. »Ich hab sie verbrannt, Raphi. Ich Idiotin hab sie alle verbrannt.«

Ich raufe mir die Haare und würde die Marie am liebsten kräftig schütteln.

»Am Abend nach dem Begräbnis wollte ich dir alles erzählen, Raphi, ich schwöre es. Aber du hast mir nicht zuhören wollen«, haucht sie kraftlos. »Und als mein Onkel dann bei euch auf der Wache den Herzinfarkt hatte, wusste ich, dass ich handeln und ein Geständnis ablegen muss. Ich musste meinen Onkel in Sicherheit wissen, wer weiß, was dem Erpresser sonst noch eingefallen wäre.«

»Wer kann euch erpresst haben? Wer verdammt noch mal?«, unterbreche ich sie ungeduldig. Ich bin bitter enttäuscht von ihr. »Wer hasst dich, Marie? Wer hat so eine enorme Wut auf dich?«

Die Marie schüttelt ratlos den Kopf. »Niemand mag mich wirklich hier. Die Kathi vielleicht? Ich weiß es nicht. Oder der Gery, mein Exmann? Aber nein, der würde so etwas nicht tun, und unsere Scheidung liegt schon lange zurück. Es tut mir leid, Raphi, aber ich habe nicht die geringste Ahnung.«

Mein Hirn arbeitet auf Hochtouren: Wer hasst die Marie so abgrundtief? Wer verdammt? Die Kathi, ja, aber die ist schon selber umgebracht worden. Die Franziska oder die anderen Angestellten? Nein. Der Gregor? Der Max? Ja, aber auch der ist tot. Dann vielleicht doch die Erni? War die ganze Lobhudelei auf die Marie nur vorgetäuscht, um uns alle abzulenken? Heimtückisch genug wäre das Weib ja.

Irgendetwas habe ich übersehen. Aber was? Ich denke angestrengt nach.

»Andersrum«, meldet sich der Buchinger Gott sei Dank zu Wort. »Wer im Ort hatte Kontakt zu Ihrer Tante und kann Ihren Onkel nicht leiden?«

Die Marie ist völlig fertig mit den Nerven. »Ich weiß es nicht«, weint sie. »Ihr müsst den Hansl fragen, bitte.«

Der Staatsanwalt kommt an den Tisch. »Wir werden die Beschuldigte jetzt nicht mehr in der JVA behalten können, Herr Aigner«, flüstert er mir zu. »Sie ist höchstens Mitwisserin in dem Mordfall an ihrer Tante, der wahrscheinlich eher als fahrlässige Tötung zu sehen ist.«

Seufzend wendet er sich an die Marie. »Nach Paragraf 177 StPO müssen wir die Untersuchungshaft umgehend aufheben. Von nun an halten Sie sich bitte zu unserer Verfügung und melden sich regelmäßig bei uns. Sie werden vermutlich der Mitwisserschaft im Mordfall Irmgard Steinhauser angeklagt. Haben Sie eine Möglichkeit, hier in Salzburg unterzukommen, Frau Riegler? Ich vermute nämlich, es würde dem Herrn Aigner nicht gerade helfen, wenn Sie sich in Koppelried aufhalten. Der Entführer sollte besser nicht erfahren, dass Sie aus der Untersuchungshaft entlassen sind.«

Die Marie blickt ihn verstört an. »Ich könnte mir nur irgendwo ein Zimmer nehmen.«

Ich hole die Visitenkarte von Paul Deinhard aus meiner Hosentasche und knalle sie auf den Tisch. »Da kann sie hin. Der Typ wohnt zwar in München, aber er passt schon auf sie auf. Rufen Sie ihn an, er ist zu jeder Tages- und Nachtzeit für sie da.« Dann schenke ich der Marie einen letzten bitterbösen Blick und lasse meine Stimme hart klingen. »Außerdem ist sie damit weit genug weg von Koppelried. Ich kann sie nämlich nicht mehr sehen!«

»Unter keinen Umständen lassen wir Sie da jetzt hinein. Der alte Mann schläft seit Stunden.« Oberschwester Simona verschränkt ihre dicken Arme und stellt sich vor die Zimmertür vom Hansl.

Ich schiebe sie einfach zur Seite und gehe ins Zimmer. Mit der will ich mich jetzt nicht aufhalten.

Der Buchinger zeigt ihr seinen LKA-Ausweis, brummt böse: »Gefahr im Verzug«, macht dann die Tür vor ihrer Nase zu und lehnt sich dagegen. So bringt sie nicht einmal mehr die fette Oberschwester auf.

Unbarmherzig schalte ich das Licht an, gehe zu dem Bett, in dem der Hansl gemütlich schnarcht, und rüttle ihn unsanft wach.

Er ist völlig verwirrt und reibt sich die Augen. »Aigner, was machst denn du schon wieder da?«, stammelt er verschlafen.

»Wir haben keine Zeit für Geplänkel, Hansl. Der Mörder vom Riegler hat meinen Buben entführt, und wir wissen alles. Die Marie hat geredet. Wir wissen, dass die Irmgard nicht von allein die Treppe runtergefallen ist. Und dass der Riegler davon gewusst und die Marie damit erpresst hat. Was wir aber nicht wissen, ist, wer dem Riegler vom Mord an deiner Schwester erzählt hat. Wer weiß noch davon, Hansl?«, brülle ich den alten Mann völlig entkräftet an. Schön langsam verliere ich komplett die Nerven. Es ist bereits nach elf, und wir tappen immer noch im Dunkeln!

Der Alte atmet schwer vor Angst und stammelt immer wieder Felix' Namen. So geht das nicht.

Ich ziehe ihn am Nachthemd hoch. »Zum allerletzten Mal, Steinhauser: Wer verdammt noch mal wusste von diesem Treppensturz?«

»I woaß es net. Der Hopfner hat mir sicher abg'nommen, dass i sie erst zwoa Tag später g'funden hab. Das war ein Leichtes, weil der ja eh immer ein Schlagerl diagnostiziert. Und i wollt mir doch nur Geld von der Irmgard leihen. Aber sie hat den Kochlöffel g'nommen und auf mich eindroschen, so wie früher. I bin aus der Stube raus in die Diele g'flüchtet, aber da ist sie auch schon wieder neben mir g'wesen. Weil i mir das auf meine alten Tag nimmer g'fallen lassen wollt, hab i versucht, ihr den Kochlöffel aus der Hand zu reißen. Aber sie hat net loslassen wollen. Und dann hab i halt loslassen, und sie ist mit Schwung rücklings die steile Steintreppe runterg'fallen. I hab es knacksen g'hört, und dann ist sie ganz verrenkt da unten g'legen, i hab die Nerven verloren, bin davong'rannt und hab mich daheim versteckt. Erst zwoa Tag später hab i mich wieder hingetraut und den Hopfner g'holt. Es hat schon g'stunken im Haus. Niemandem hab i die Wahrheit erzählt, i schwör's. Auch der Marie nicht. Erst vor Kurzem hat sie mir wegen der Sach Löcher in den Bauch g'fragt, als ob sie's wissen tät, dass da was net stimmt. Da hab i's ihr dann gebeichtet.«

Hm, denke ich mir, der Dr. Hopfner war das bestimmt nicht. Der alte Doktor hat dem Max garantiert nichts erzählt und würde auch nie meinen Sohn entführen.

»Hansl, gibt es jemanden, der während des Unfalls im Haus gewesen sein könnte?«, frage ich ihn. »Jemanden, der die Irmgard besucht hat? Eine Freundin, ein Bekannter?«

Der Saubub weint net. Schluchzt net einmal. Er sitzt da hinter dem Gitter grad so wie Hänsel und Gretel im Märchen. Mäuse gibt's da herunten ganz sicher auch, wenn net sogar Ratzen. Ist der kloane Gschrapp vielleicht am End doch ein anders Kaliber, als es der Max war?

Das depperte Mensch hätt i besser auch da herbringen sollen. Aber nein, die wollt sich ja unbedingt im Wald mit mir treffen. Wieso hat sie sich überhaupt eing'mischt? Der Riegler hätt die doch nie und nimmer g'heiratet.

Selber schuld ist sie g'wesen. Hätt sie halt net so laut g'schrien da draußen. Aufg'regt hat sie sich und nimmer beruhigt. Der Max wär der Einzige für sie g'wesen, hat sie gebrüllt. Dass i net lach! Eine Schlampen grad so wie die Mutter.

»Du hast ihn umgebracht!«, hat sie g'schrien, immer wieder, immer lauter. Natürlich hätt i es ihr net verraten dürfen,

aber sie hat mich so aufg'regt. I hab ihr den Mund zuhalten müssen.

Hätt sie net so g'schrien, dann hätt i sie vielleicht auch da herbracht, wo der Bub jetzt ist. I wollt ihr nix tun, wirklich net. I wollt doch nur, dass sie stad ist, aber dann ist sie in sich zsammg'sunken, und i hab sie lang in meine Arm g'halten. Es hat mir so leidtan, dass i sie an den Baum hab hängen müssen.

Der Bub, der frisst oafach nix. I bin müd, i glaub, i geh jetzt hoam. Morgen kann i mich um den auch noch kümmern, wenn er vor lauter Angst da herunten net eingeht.

Ein paar Keks nehm i mir auch noch mit, sonst fressen s' am End noch die Mäus. Wär ja schad drum.

Das Handy vom Buchinger macht sich bemerkbar. Das »Kill Bill«-Gepfeife raubt mir echt den allerletzten Nerv.

Mein Exkollege geht rasch mit einem Seitenblick auf mich ran und stellt sich ans Fenster.

Der Hansl schüttelt schwer atmend den Kopf, aber ich sehe ihm an, dass er angestrengt nachdenkt. »Die hat nie Besuch g'habt, die Irmgard. Die war froh, wenn s' koane Leut hat sehen müssen, und umgekehrt auch. Sie hat nie jemanden in ihr Haus g'lassen, nie. Net einmal den Herrn Pfarrer und auch net den Herrn Doktor. Aber es wollt auch koaner zu ihr. Außer dem Postler hab i nie jemanden bei ihr g'sehen.«

Der Postler. Der Alois.

Mir fällt es wie Schuppen von den Augen.

Auch der Alois war in der Mordnacht in der Schankstube und hat die Marie schwer belastet.

Und was hat vorhin noch gleich der Sieder Hannes gesagt?, überlege ich. Der Alois soll ihn und die Kathi kurz nach ein Uhr auf dem Parkplatz beim Schnackseln erwischt haben? Und der Pepperl hat ausgesagt, dass der Alois ihn noch vor drei viertel eins herausgeläutet hat. Zeitlich wäre es doch durchaus möglich, dass der Alte danach wieder ins Rieglerbräu zurück ist.

Ich Vollidiot!, mache ich mich selbst nieder. Der Typ hat uns alle reingelegt. Wahrscheinlich hat er damals die Irmgard am Treppenende gefunden und dem Max davon erzählt. Daher auch das viele Freibier.

Und gestern hat er mich bestimmt belauscht, als ich mich mit dem Doktor über die alte Steinhauserin unterhalten habe, und konnte sich zusammenreimen, dass es nicht mehr lange dauern kann, bis ich die Wahrheit herausfinde.

Und selbst heute Nachmittag ist dieses Schwein noch seelenruhig im Wirtshaus gesessen, während mein Bub schon in seiner Gewalt war.

Aber was hat er mit dem Felix gemacht? Ich wage gar nicht, weiter darüber nachzudenken.

»Der Gruber, Markus! Der Gruber Alois ist es! Ich bin so ein Depp!«, brülle ich.

Der Buchinger unterbricht kurz sein Telefonat und winkt mich zu sich. »Das solltest du dir jetzt unbedingt anhören, Raphi.« Er stellt das Handy auf Lautsprecher. »Rita, bitte wiederhole rasch, was du mir grad erzählt hast. Der Aigner hört jetzt zu.«

»Ich hab endlich mit der Mutter von der Moser Katharina sprechen können. Die war mit Pensionisten auf einer Tagesfahrt und deshalb so schwer zu erreichen. Und jetzt halt dich fest, Raphi: Sie ist die Exfrau vom Gruber Alois, ergo war die Moser Katharina dessen Tochter. Nach der Scheidung der Eltern ist sie bei der Mutter in der Stadt aufgewachsen, hatte keinen Kontakt mehr zum Vater und hat als Erwachsene den Familiennamen ihrer Mutter angenommen. Und vor drei Jahren ist sie gegen den Willen ihrer Mutter nach Koppelried zurückgezogen und hat als Kellnerin im Rieglerbräu zu arbeiten begonnen. Niemand außer dem Alois Gruber hat sie erkannt, weil sie keine zwei Jahre alt war, als die Mutter nach der Scheidung in die Stadt gezogen ist, und Moser kein seltener Name ist. Ihre Mutter sagt, weder die Kathi noch der Gruber wären an einer Vater-Tochter-Beziehung interessiert gewesen. Für die Kathi war er eigentlich ein Fremder und umgekehrt wohl ebenso. Der Alte hat ihr versprochen, niemandem von ihrem Verwandtschaftsverhältnis zu erzählen, und sich offensichtlich daran gehalten.«

Ungläubig starre ich den Buchinger an. »Komm, Markus. Lass uns fahren.«

Auf dem Weg nach Koppelried informiert der Buchinger die Kollegen vom LKA. Als wir endlich eintreffen, sind die Beamten vom Einsatzkommando samt meinen Leuten schon alle um das Pfarrhaus positioniert. Der Pepperl wurde bereits leise und unbemerkt aus seiner Wohnung im ersten Stock geholt und in Sicherheit gebracht.

Vorsichtig schleichen der Buchinger und ich auf das Haus zu. Die Wohnung vom Alois, in der noch Licht brennt, ist durch einen separaten Eingang im kleinen Vorgarten zugänglich. Mein Exkollege hält seine Glock in der Hand und platziert sich direkt daneben. Einer inneren Eingebung folgend klopfe ich einfach an die Tür.

»Spinnst du?«, zischt mich der Buchinger leise an, als auch schon geöffnet wird.

Der Alois steht im Türrahmen. »Hat gar net so lange dauert, wie i glaubt hab, Aigner. Du kannst mich gleich mitnehmen.«

»Wo ist mein Bub, Alois? Wo ist der Felix?« Ich fasse den Alten unsanft an den Schultern.

»Das wirst du net aus mir rauskriegen. Ohne einen Anwalt sag i gar nix, Aigner.« Der Alte grinst mich hämisch an.

Obwohl ich mit der Faust drohe, bleibt der Alois stumm.

Langsam schiebt mich der Buchinger weg. »Genug jetzt, Raphi«, sagt er leise. »Wir kriegen das schon aus ihm heraus, keine Sorge.«

Während er den Saukerl noch vorschriftsmäßig über seine Rechte aufklärt und ein anderer Beamter ihm Handschellen anlegt, laufe ich in die kleine Wohnung und schreie mir die Seele nach meinem Buben aus dem Leib. Niemand antwortet.

Mit zehn Beamten stelle ich zuerst die Wohnung, dann das restliche Pfarrhaus und schließlich die Kirche auf den Kopf. Doch nichts, keine Spur vom Felix.

Als ich die weitere Suche den Kollegen überlasse, ist es halb drei in der Früh. Mein Sohn ist bereits seit vierzehn langen Stunden verschwunden.

Im Büro sitzt der Buchinger am Schreibtisch, deutet auf das eingeschaltete Aufnahmegerät und hebt bedauernd die Hände, als ich eintrete.

Unsicher rutscht der blasse junge Pflichtverteidiger auf seinem Stuhl hin und her, während der Schorsch mit verschränkten Armen neben dem alten Postler steht und ihn grimmig anschaut. Der Heinz wacht an der Tür, und draußen sichern ein paar Kollegen vom Einsatzkommando die Inspektion. Der Gruber Alois kommt uns nicht mehr aus.

Mir ist der Anwalt gänzlich wurscht. Ich greife mir den Alois am Hemdkragen und ziehe ihn zu mir hoch.

»Das dürfen Sie nicht. Entschuldigung, aber Sie dürfen nicht übergriffig werden«, stammelt der Anwalt und blickt hilfesuchend den Buchinger an.

»Was haben S'?« Mein Exkollege drückt am Aufnahmegerät die Pausentaste und schaut sich demonstrativ um. »Ich sehe nichts. Und ihr, Burschen? Seht ihr, dass irgendjemand hier übergriffig wird?«

Erwartungsgemäß schütteln der Schorsch und der Heinz synchron den Kopf.

»Ich werde … Sie dürfen nicht«, stottert der Strafverteidiger perplex.

»Sie sitzen seit einer Stunde hier und wissen schon, dass der mutmaßliche Täter den sechsjährigen Sohn meines Kollegen entführt hat und das Kind weiß Gott wo in diesem Moment ist, oder?«, knurrt der Buchinger ihn an.

Der junge Anwalt gibt auf und sinkt auf seinem Stuhl zusammen.

»I werd dich verklagen, Aigner!«, regt sich jetzt der Alois auf. »Das ist Amtsmissbrauch! Menschenrechtsverletzung! Lass mich los, sofort!«

»Ich lasse dich nimmer aus, bis ich weiß, wo mein Bub ist«, knurre ich ihn an.

»Ja, drohen, das könnts, ihr jungen Leut. Auf die Alten und Schwachen losgehen«, redet sich der Alois in Rage. »Nie hätte sich unsereins getraut, die Hand gegen die Alten zu erheben.«

»Dafür hast die Hand sehr oft gegen deine Frau und deine Tochter erhoben, gell?«, presse ich angewidert zwischen meinen Lippen hervor.

»Das Weib war nix als eine Enttäuschung«, verteidigt sich der Alois. »Nix hat s' arbeiten wollen, nur die Madame spielen. Das hab i der gehörig austreiben müssen.« Seine Augäpfel treten hervor, und seine Stimme wird schrill.

Der Buchinger stellt das Aufnahmegerät wieder an.

Der Alois ist ja vollkommen irre, stelle ich angsterfüllt fest. Was hat der mit dem Felix gemacht? Ich lasse ihn los, und er fällt wieder auf seinen Stuhl zurück. »Genau, Alois. Weil deine Arbeit ja erst mittags beim Zwölfuhrläuten aus war. Danach hat man dich nur mehr im Wirtshaus herumlungern sehen.« Ich muss ihn jetzt provozieren.

»Du hast ja koa Ahnung, wie das war! Um halb drei aufstehen, jeden Tag. Eine Schinderei, und das für eine ausgschamte Hur, die es mit jedem treibt, der ihr zwischen die Füß kommt. Wer woaß, ob das Dirndl überhaupt von mir war!«, schreit der Alois jetzt wie ein Wahnsinniger, der er vermutlich auch ist.

»Und weil der Riegler mit deiner Tochter geschnackselt hat, hast du ihn umgebracht, oder?« Ich bleibe dicht vor ihm stehen.

»Doch net deswegen, das war mir wurscht. Aber reing'legt hat er mich, der Hund. Wie der mitkriegt hat, dass i was über die spießige Steinhauserin woaß, hat er mir den Grieß um den Bart g'schmiert. Geld, Bier und Kost, solang i leb, hat der mir versprochen.« Er holt tief Luft und scheint sich etwas zu beruhigen. »Ganz narrisch war der nach der jungen Steinhauserin. Wie i ihm g'sagt hab, i woaß, wie er sich die gefügig machen kann, da war er komplett aus dem Häusl. Aber was hat dann wirklich rausg'schaut für mich? Bloß oan oder zwoa Bier pro Tag, manches Mal vielleicht ein Gulasch oder ein Schnitzel. Dazu hat er mir tausend Euro geben, nachdem er mich noch runterg'handelt hatte, der Geizkragen. Und frech war er, der Riegler. Hat droht, mich anzuzeigen, weil i am Tod der Irmgard wegen unterlassener Hilfeleistung mitschuldig wär.«

»Das bist du doch auch, oder? Letztendlich hast du die Frau auf dem Gewissen«, provoziere ich ihn weiter.

Heftig den Kopf schüttelnd fixiert er mich mit zusammengekniffenen Augen. »Aber geh, weil die Steinhauserin zu geizig war, sich ein Postkastl anzuschaffen, hab i ihre Brief unten im Treppenhaus ablegen müssen, die Tür war ja immer offen. Ja, und da hab i sie dort g'funden, total verrenkt ist sie dag'legen.« Sein Lachen klingt irre. »Die Alte war zäh, die hat sogar noch g'lebt. Sie hat mir gleich g'sagt, dass ihr depperter Bruder sie die Treppe runterg'stoßen hat. Weil er ihr Geld für ihre junge Nichte haben wollt. Sie hat g'sagt, die kriegt koan Groschen von ihr. Nur über ihre Leich.« Der Alois beginnt zu kichern. »Nur über ihre Leich, das hat die alte Funsn g'sagt.« Dann blickt er mich ernst an. »Der Steinhauser Hansl, der ist koa Guter. Der hat die Kirch ja noch kaum von innen g'sehen.«

»Aber du als gläubiger Katholik hast der Steinhauserin auch nicht geholfen«, begegne ich spöttisch seinem Blick.

Der Alois macht eine abweisende Handbewegung. »Geh, der Alten war nimmer zum Helfen, die war kurz vorm Abkratzen. Erst jetzt, ein paar Jahr später, hat es mir g'holfen, dass i die Wahrheit g'wusst hab. Vorher hab i ja nix damit anfangen können, da war mir das wurscht. Die Idee ist mir erst gekommen, nachdem i im Wirtshaus bemerkt hab, wie der Riegler der jungen Steinhauserin nachschwanzelt und wie die ihn immer abblitzen hat lassen. I bin ja bescheiden, also wollt i durch die kloane Gefälligkeit für den Riegler meine Situation ein wenig verbessern. Das hätt ja auch einwandfrei funktioniert. Aber dann kimmst du daher und schnackselst mit der Steinhauserin, dieser Hur, und von da an wollt mir der Riegler gar nix mehr geben. Alles habts ihr zwoa Deppen mir verdorben, und dafür werdets bezahlen.« Seine Augen blitzen feindselig.

»Hast du der Marie die Drohbriefe in den Briefkasten geworfen? Solche, wie du mir einen vor die Inspektion gelegt hast?«

Er nickt. »Sie muss doch im Gefängnis bleiben. Da, wo sie hing'hört. Wo alle Weiber hing'hören, wegsperren muss man sie.«

»Und warum der Felix? Der hat dir doch nichts getan, Alois.« Ich bemühe mich, so ruhig wie möglich zu sprechen, aber meine Stimme zittert vor unterdrückter Erregung.

Der Alte beginnt wieder wie verrückt zu schreien. »Aber du! Du hast was getan! Hättest du die junge Steinhauserin net pudert, wär der Riegler nie auf die Idee kommen, mich aus dem Wirtshaus rauszuschmeißen und sich nimmer an sein Versprechen zu halten. So geht man net ungestraft mit mir um! Aber i halt meine Augen und Ohren immer offen und hab gleich g'wusst, dass da im Keller was passieren wird. So wie der Riegler die Steinhauserin ang'schaut hat, hätt der die doch umbracht, garantiert. Nachts, auf dem Weg hoam, hab i mir überlegt, ob was für mich rausspringen könnt. Also hab i noch den Pfarrer herausg'läutet, fürs Alibi. Man woaß ja nie. Wie ich zurück beim Rieglerbräu war, hab i mein deppertes Mensch hinterm Gastgarten mit dem grauslichen Sieder erwischt. Sogar das hab i noch mitansehen müssen. Wütend hab i mich dann im Innenhof bei den Lastwagen versteckt und oafach abg'wartet. Warten kann i ja.« Der Alois wiegt den Kopf hin und her. »Es hat net lange gedauert, da ist die Steinhauserin aus dem Fenster herausgeklettert. Net einmal den Busen hat sie verdeckt g'habt, das ausgschamte Luder, alles hab i sehen können. Ihr Gsicht war mit Blut beschmiert, und die Haar waren ganz zrupft.«

Der Alte lehnt sich in den Stuhl zurück. »Erst war i perplex, weil i damit g'rechnet g'habt hab, dass der Riegler die fertigmacht und net umgekehrt. Nachdem sie weg war, hab i durch das offene Fenster g'schaut und den Riegler im Sudhaus liegen sehen, mit lauter Blut am Kopf. Reglos.« Seine Lippen verziehen sich zu einem breiten Grinsen. »Es war ein Leichtes, durchs Fenster reinzukommen. Sogar ein Hocker ist auf der anderen Seiten g'standen. Die Funsn war so blöd, dass sie ihre Schuh neben dem Hocker vergessen g'habt hat. Sei's, wie's sei, stirbt d' Kuah, bleibt 's Hei, hab i mir denkt. Die Schuh hab i immer noch dahoam, mit denen hätt i die noch gehörig unter Druck setzen können. Aber wurscht, jedenfalls ist der Max auf einmal wieder zu sich kommen und hat sich langsam aufg'setzt. Dann hat er mich g'sehen und gleich ang'schrien.« Der Alois hebt drohend den Zeigefinger in die Höhe. »Das hab i mir net g'fallen lassen können. Da hab i es ihm zeigt. Aber der hat sich nicht mehr zur Wehr g'setzt. Auch nicht, wie i ihn langsam ins Bier eintaucht hab, bis es nimmer blubbert hat.«

»Sie haben nicht nur den wehrlosen Riegler Max umgebracht, sondern auch Ihre eigene Tochter.« Der Buchinger verzieht angewidert das Gesicht.

»Du hast die Kathi auf dem Gewissen, Alois«, springe ich auf den Zug auf. »Das lässt sich ganz leicht nachweisen.«

Jetzt kullern dem Alten doch tatsächlich Tränen über die Wangen. »Wenn s' mich nur net g'sehen hätt da am Parkplatz. Die hat oans und oans zsammzählt und g'wusst, dass i was damit z' tun haben muss. Die hat net nachgeben und mich g'löchert, was i weiß. In einem schwachen Moment hab i sie eing'weiht, das hätt i net tun dürfen. Die ist durchdreht und hat sich nimmer einkriegt. Glaub mir, Aigner, i wollt meiner Tochter net wehtun.« Er hebt seine Hände, dreht sie und blickt sie fassungslos an. »Aber sie hat so laut g'schrien da im Wald, wo wir uns getroffen haben. I wollt doch nur, dass sie stad ist.« Seine Stimme ist leise. »Danach hab i sie in meinen Armen g'wiegt, grad wie damals, als sie noch ein Baby war. Aber sie hat die Augen nimmer aufg'macht, egal, wie oft i sie auch g'schüttelt hab.« Er bekreuzigt sich. »I hätt sie einfach nur wegsperren sollen.«

Das ist meine Chance. Ich hocke mich neben ihn hin. »Gell, Alois, so wie den Felix«, sage ich ganz ruhig. »Dem willst du auch nichts tun, ihn nur ein bisserl wegsperren, oder?«

Er nickt ganz langsam.

»Aber der Felix ist nicht wie dein Mädel, er ist ein Bub. Und zwar ein guter. Schlechte Mädels darf man wegsperren, aber gute Buben nicht, verstehst du?«

Der Alois schaut mich mit großen Augen an und nickt immer heftiger. »Das ist ein echter Bub, dein Bub, das hab i schon g'merkt. Der weint gar net. I hab ihm ein paar Keks dag'lassen, damit er was zum Essen hat. Und da ist auch nix, wovor er sich fürchten muss, nur ein paar Weinflaschen und ein paar Mäuse im alten Kellerstöckel.«

Kellerstöckel? Fieberhaft denke ich nach. Verdammt, wo in Koppelried ist denn jetzt ein Kellerstöckel? Wir sind doch nicht im Burgenland.

Frustriert fasst sich mein Exkollege mit beiden Händen an den Kopf.

»Komm mit, Chef.« Der Schorsch zieht mich hoch. »Der Pfarrer hat einen alten Keller drüben in der Kaindlau, den fast koaner mehr kennt. Der hätt schon längst abg'rissen g'hört, aber der Pepperl lagert immer noch ein paar recht gute Weinflaschen dort ein. Wir trinken da manchmal ein Vierterl zsamm.«

Noch nie habe ich den Schorsch so viel Wichtiges sagen hören.

Der Fuchsberger Xandl von der Feuerwehr zwickt das Kettenschloss mit einem Bolzenschneider auf. Als wir das Eisentor öffnen, quietscht es laut.

Immer wieder rufe ich nach dem Felix, damit er weiß, dass ich gleich bei ihm bin. Nachdem wir die paar Steinstufen hinuntergegangen sind, schnappe ich mir die Taschenlampe vom Fuchsberger und laufe den kurzen Gang entlang.

»Papa!«, höre ich plötzlich meinen Sohn. »Papa, da bin ich!«

Ich atme auf und sehe ein Weinregal in einer Mauernische, die mit einem Gitter aus Gusseisen abgesperrt ist. Dahinter kauert der Felix am Boden. Er hat sich eine alte graue Decke um den Körper gewickelt, klappert aber trotzdem mit den Zähnen. In der Hand hält er eine kleine Taschenlampe, die nur mehr schwach leuchtet.

Mit großen Schritten laufe ich zu ihm und stecke meine Hand durch das Gitter, um die Hand meines Sohnes zu fassen. »Felix, geht es dir gut?«

»Er hat mir nix getan, Papa. Und ich hab auch gar nicht viel Angst gehabt, weil ich gewusst hab, dass du kommst.«

Mir fällt ein Stein, nein, ein Felsbrocken, vom Herzen, und seit vielen Stunden kann ich endlich wieder normal atmen. »Wir holen dich da raus, Felix. Es dauert nicht mehr lange. Gleich bist du bei mir.«

Der Fuchsberger und sein Kollege bitten mich, kurz zur Seite zu treten, und schneiden fachmännisch das Schloss auf. Hinter den beiden steht der Schorsch mit einem breiten, glücklichen Grinsen auf den Lippen. Das werde ich ihm nie vergessen, mein ganzes Leben lang nicht!

Dann ist mein Bub frei, und ich hebe ihn überschwänglich hoch.

Er drückt sich an mich und schlingt seine Arme um meinen Hals. »Gut, dass du endlich da bist, Papa.«

Epilog

»Papa, schau ich cool aus?« Der Felix steht in seiner Badehose vor mir und hat sich die große rote Spiderman-Schultasche auf den Rücken geschnallt.

»Total cool.«

Umständlich friemelt er sich die Riemen der Schultasche von den Schultern. »Schau, was da alles drin ist. Turnbeutel, Regenhaut, Filzstifte«, plappert er fröhlich vor sich hin. »Sogar einen Füller hat mir die Tante Gabi schon gekauft, obwohl ich mit dem am Anfang noch gar nicht schreiben darf, das hat mir alles der Kevin erklärt.«

Ich lächle. Die Gabi würde ihm im Moment alles kaufen.

Meine Schwester und ich sind heilfroh, dass der Felix die Stunden in dem Kellerstöckel vor nicht mal zwei Monaten einigermaßen unbeschadet überstanden hat. Einmal in der Woche muss er zur Kinderpsychologin, und ich glaube, die Besuche tun ihm gut. Wir haben Glück gehabt. Mehr Glück als Verstand.

Der Gregor ist wie erwartet nicht zu einer Freiheitsstrafe verurteilt worden. Der Richter hat einen Schuldspruch unter Vorbehalt der Strafe gefällt. Er arbeitet wieder im Rieglerbräu und ist im Ort ein kleiner Held, weil er seine Chefin gerettet hat. Die Petra, die Tochter vom Eidenpichler, ist jetzt seine Freundin. Für ihn hat sie sogar dem Wimmerl-Roman den Laufpass gegeben. Na ja, wo die Liebe hinfällt.

Der Hansl wird wohl auch noch mal mit einem blauen Auge davonkommen. Aufgrund seines Gesundheitszustandes wird keine Untersuchungshaft verhängt, und im Fall Irmgard Steinhauser wird es für ihn wohl auf fahrlässige Tötung hinauslaufen.

Die Verhandlung gegen den Gruber Alois läuft noch, aber der wird wohl nicht mehr das Vergnügen haben, lebend aus der Strafanstalt herauszukommen.

Und ich? Ich versuche, wieder ein halbwegs normales Leben mit meinen Kolleginnen und Kollegen auf der Inspektion und meiner dominanten Schwester zu führen. Und mit dem Felix, den ich von nun an sein Leben lang jederzeit von wo auch immer abholen werde. Pünktlich.

Apropos Normalität, letztens habe ich mich mit Krankenschwester Moni in der Stadt getroffen. Sie ist ein herrlich unkompliziertes Mädel, das keine Ansprüche stellt. Genau das, was ich im Moment brauche.

Und der Buchinger ist mittlerweile zum Leiter seiner Abteilung befördert worden, muss aber leider auf die heiße Rita verzichten, die eine fixe Stelle in Wien bekommen hat.

Tja, was noch?

Am Samstag sind wir wieder mal zu einer Hochzeit eingeladen, ähnlich spontan wie die von der Marie und dem Max, aber diesmal aus freiem Willen. Die Renate heiratet den Haubner Walter, wer hätte das gedacht. Sie besteht auf einer ziemlich ausgefallenen Trauungszeremonie. Trotz ihres Jobs als Pfarrorganistin hat sie es nicht so mit dem Katholizismus und vertraut sich lieber ihrem Salzburger Schamanenfreund an. Der Felix freut sich schon wie närrisch auf all die »Indianer«. Schamanen sind Indianer, so wie es in seinem Vorlesebuch »Willi und die Indianer« geschrieben steht, davon ist er überzeugt. Der Bräutigamvater, der alte Haubner, ist natürlich fuchsteufelswild und wird der Hochzeit wohl fernbleiben, meint die Gabi. Obwohl die Renate beinahe den ganzen Ort eingeladen hat, um ihr Glück mit allen zu teilen. Bei dieser Gelegenheit werde ich dann auch die Marie wiedersehen, was ich bis jetzt tunlichst vermieden habe.

Auf sie kommt nur eine Geldstrafe wegen Mitwisserschaft zu, wenn überhaupt. Sie wurde ja erpresst. Mittlerweile hat sie ihr Geschäft samt Wohnung am Hauptplatz verpachtet und wohnt im Rieglerbräu in der alten Wohnung der Erni.

Die ist in die ehemalige große Wohnung vom Max über dem Wirtshaus übersiedelt und hat bereits begonnen, den größten Teil zu Fremdenzimmern umbauen zu lassen, um daraus eine Pension zu machen. Ansonsten ist die rüstige Erni als Chefin noch immer ganz in ihrem Element, tut, als wäre es nie anders gewesen, und verhält sich der Marie gegenüber wie eine Mutter.

Die Belegschaft schwört auf die Marie, alle mögen die neue Chefin. Genauso wie die Koppelrieder. Die reden nur in höchsten Tönen von »unserer schönen Wirtin«. Wie rasch sich die Zeiten doch ändern.

Woher ich das alles weiß? Nun, meine Schwester lässt keine Gelegenheit aus, mir alles über die Marie unter die Nase zu reiben.

Im Rieglerbräu war ich seit dieser Geschichte nämlich nicht mehr. Und der Andi, mein bester Freund, drängt mich auch nicht dazu, was ich ihm hoch anrechne. Obwohl er mir neulich im angeheiterten Zustand erzählt hat, dass dort immer öfter ein Münchner Casanova älteren Semesters um die Marie herumscharwenzelt. Schaut ein bisschen aus wie George Clooney, meint der Andi.

»Du, Papa?«

Ich richte meine volle Aufmerksamkeit wieder auf meinen Sohn.

»Bei der Indianerhochzeit am Samstag, ist da auch die Marie dabei?«

»Ich denke schon, dass sie dort ist. Warum?«

»Na ja, ich vermiss sie halt schon ganz arg.« So ein Schlawiner, denke ich. Dabei ist er doch mindestens einmal pro Woche mit der Gabi bei ihr und turnt leidenschaftlich gerne auf dem Spielplatz vom Rieglerbräu herum.

Aber wer weiß, vielleicht nehme ich die Marie ja doch noch mal irgendwann mit mir und dem Felix mit auf den Gaisberg. Ganz unverbindlich natürlich.

Mundartbegriffe kurz erklärt:

alloan – alleine
anschaffen – jemandem eine Anweisung erteilen, etwas befehlen
ausgschamt – durchtrieben, unverschämt
Bagage, die – Personen, über die man sich ärgert
Brocken, der – großer, starker Mann
Bua, der – Bub, junger Mann
damisch – verwirrt, benommen
dastessen – verunglücken
Dirndl, das – Mädchen
Dodel, der – Idiot
Dutteln, die – Brüste
Falott, der – Gauner, Betrüger
Fetzenschädel, der – Dummkopf, Idiot
Funsn, die – unzufriedene, sekkante Frau
Grantscherm, der – übel gelaunte Person
griaß di – grüß dich, servus
gschaftig – sich wichtigmachen
gschamig – schüchtern, scheu
Gscherr, das – Missgeschick, Unannehmlichkeit
Gschrappen, die – kleine Kinder
gschwind – rasch, schnell
Gspusi, das – Liebschaft, Verhältnis
Gwand, das – Kleidung
Haderlump, der – liederliche Person
Hallodri, der – Frauenheld
Häusl, das – Toilette, WC

Heugeigen, die – große, dünne Person
himmellang – sehr lang, groß
hinig – kaputt
hoam – heim
Hundsfott, der – feiger Schurke, Schimpfwort
Kanaille, die – Schuft, Pack, böse Person
kasig – blass
keifen – auf giftige Art schimpfen
Keuschen, die – Bruchbude, Loch
koan/koane – kein/keine
Kracherl, das – Saft, Getränk
Krampen, der – derbe, unattraktive Frau
Lackl, der – grober oder großer Mann
Leich, die – das Begräbnis, Leichenfeier
Mensch, das – Mädchen
moan – etwas meinen
oafach – einfach
Oaschwarzn, die – österreichisches Schimpfwort, Steigerung von »Arsch«
pack dein Pinkerl – nimm deine Sachen (und mach, dass du wegkommst)
Pantscherl, das – Verhältnis, Liebelei
Pappen halten – Mund halten, Klappe halten
pfiat di(ch) – auf Wiedersehen, tschüss
Pippn, die – freche Person
Postkastel, das – Briefkasten
pudern (vulgär) – koitieren
Rabenbratl, das – ungezogenes Kind
Rotzlöffel, der – sehr frecher Lausbub
sakradi – Empörung, harmloser Fluch

sauberes Weiberleut, das – hübsche Frau
schiach – hässlich, abscheulich
schinden – sich abmühen, anstrengen
Schlagerl, das – Schlaganfall
schnackseln (vulgär) – koitieren
Schnoferl ziehen – beleidigt sein, eine Schnute ziehen
schupfen – etwas betreiben, erledigen
Sei's, wie's sei, stirbt d' Kuah, bleibt 's Hei – Es gibt keinen Nachteil ohne Vorteil
speiben – kotzen, sich übergeben
stad – leise, ruhig
Stamperl, das – Schnapsglas
Stodinger, die – Bewohner der Stadt Salzburg
Sturschädel, der – Sturkopf
Trampel, der – dummes, ungeschicktes Mädel
Tratschen, die – klatschsüchtige Person
umara zwoa – gegen zwei Uhr
Urschel, die – dummes Fräulein
Watschen, die – Ohrfeige
Wimmerl, das – Pickel
Wüdsau, die – Person, die die Gefahr nicht fürchtet
Zornbinkel, der – leicht zu erzürnende Person
zwider – übel gelaunt
Zwiderwurzn, die – mürrische, unfreundliche Person, männlich oder weiblich

Dank

Mein aufrichtiger Dank gilt:

- meinem Mann Peter, für den ich während unzähliger Stunden des Schreibens kaum ansprechbar war und ohne den ich das Manuskript niemals an Emons gesendet hätte.
- Sabine und Eva, meinen ersten beiden Leserinnen, für ihre wertvollen Tipps und ihren Zuspruch.
- dem wunderbaren Team von Emons, das an Herzlichkeit kaum zu überbieten ist.
- meiner Lektorin Susanne Bartel, durch deren Unterstützung und Professionalität mein Manuskript erst zum Buch geworden ist.
- meiner Mutter Renate, einfach für alles.
- meiner Schwiegermutter Gusti für ihre stets aufmunternden Worte.
- meiner Schwester Elke, meiner Freundin Anita und meinem Cousin Oliver, die an mich glauben, egal, was passiert.
- Livia, Jasmin, Carina, Fabio, Nino, Rene und dem kleinen Felix, weil sie mein Leben seit ihrer Geburt unglaublich bereichern.
- und nicht zuletzt dem schönen Land Salzburg, das mich zu den Figuren in meinem Buch inspiriert hat.